「大方、寝ぼけて飲んだのだろうな」

「……ゼシアの妹……です……っ！」

魔王学院の不適合者 9

MAOH GAKUIN NO FUTEKIGOUSHA

～史上最強の魔王の始祖、転生して子孫たちの学校へ通う～

著†秋
illustration†しずまよしのり

魔王学院の不適合者

登場人物紹介

創造神ミリティア

この世界を創造した原初の神。二千年前、平和を願う魔王の意志に賛同して力を貸した。

破壊神アベルニユー

破壊の秩序を司る創造神の妹。現在は魔王城デルゾゲードとして封印されている。

エンネスオーネ

神界の門の向こう側でアノスたちを待っていた謎の少女。

ゼシア・ビアンカ

《根源母胎》によって生み出された一万人のゼシアの内、もっとも若い個体。

シン・レグリア

二千年前、《暴虐の魔王》の右腕として傍に控えた魔族最強の剣士。

エールドメード・ディティジョン

《神話の時代》に君臨した大魔族で、通称"熾死王"。

ノノ・イノータ

シア・ミンシェン

ヒムカ・ホウラ

カーサ・クルノア

シェリア・ニジェム

Maoh Gakuin no Futekigousha
Characters introduction

【魔王学院】

アノス・ヴォルディゴード

泰然にして不敵、絶対の力と自信を備え、《暴虐の魔王》と恐れられた男が転生した姿。

ミーシャ・ネクロン

寡黙でおとなしいアノスの同級生で、彼の転生後最初にできた友人。

サーシャ・ネクロン

ちょっぴり攻撃的で自信家、でも妹と仲間想いなミーシャの双子の姉。

レイ・グランズドリィ

かつて幾度となく魔王と死闘を繰り広げた勇者が転生した姿。

ミサ・レグリア

大精霊レノと魔王の右腕シンのあいだに生まれた半霊半魔の少女。

エレオノール・ビアンカ

母性に溢れた面倒見の良い、アノスの配下のひとり。

【アノス・ファンユニオン】

アノスに心酔し、彼に従う者たちで構成された愛と狂気の集団。

エレン・ミハイス

ジェシカ・アーネート

マイア・ゼムト

§プロローグ【～神の転生～】

二千年前。魔王城デルゾゲード。

夜の闇は深く、静寂に満ちていた。玉座には城の主、魔王アノスが腰かけている。頬杖（ほおづえ）をつき、思案するかの如（ごと）く、暗闇に視線を落としていた。

ひらり、と光がちらつく。彼は顔を上げ、高窓を見る。そこに白銀の光が差した。

闇に包まれていた夜の空には、先刻まではなかったはずの《創造の月》、アーティエルトノアが淡く輝いている。ひらり、ひらりと――雪の結晶にも似た一片の花弁が、高窓をすり抜け、城内へ入ってくる。それは魔王の眼前にそっと舞い降りた。

白銀の瞬（また）きとともに雪月花（せつげつか）は人の輪郭を象（かたど）る。そうして、長い髪の少女――創造神ミリティアが地上に顕現した。彼女は静謐（せいひつ）な瞳を、まっすぐ魔王アノスへ向けた。

「待ってた？」

「来るだろうと思っていた」

アノスは立ち上がり、ゆるりとミリティアのもとへ歩を進ませる。

「滅びの元凶、破壊神アベルニユーは俺が堕とした」

静かに、ミリティアはうなずいた。すでにわかっているというように。

「この城が？」

「そのなれの果てだ」

二つの瞳で、創造神は城を見た。世界を俯瞰するように、彼女の神眼には魔王城デルゾゲードのすべてが映ったはずだ。

彼女の口から言葉が優しくこぼれ落ちる。

「――アベルニユーは」

「なにか言ってた？」

一瞬、アノスは、目を閉じた。破壊神の言葉が脳裏によぎる。

「絶望になどなりたくない、と」

その声は確かに、神族が持たぬはずの悲しみだった。ゆえに、魔王の心に深く刻みつけられたのだ。目を開き、まっすぐ創造神を見つめ、彼は伝えた。

「滅びを見つめる秩序でいるのは、もう沢山だそうだ」

「あなたは、彼女を救ってくれた」

自嘲するように、アノスは笑う。

「どうだかな。俺はただ、なにもかもが脆く滅び去る、この世界が気に入らなかっただけだ。ディルヘイドを俺の望む国にするために、破壊神が、《破滅の太陽》サージエルドナーヴェが邪魔だった」

アノスが手をかざせば、デルゾゲードの立体魔法陣が起動する。浮かび上がった無数の魔法文字とともに、影の剣がそこに現れ、彼の手元に柄を向けた。

魔王はそれをつかんだ。影が反転し、理滅剣ヴェヌズドノアが姿を現す。

「救ってなどいない。問題を先送りにしたにすぎぬ」

鋭く眼光を放つアノスへ、ミリティアは言った。

「あなたは、この世界に生きる一個の生命として、精一杯戦ってくれた」

表情を変えず、けれど、どこか優しい顔で小さな神は言う。

「あとは、創造神である秩序の役目」

「そう意地を張ることはあるまい。ここまで来たのだ。最後までつき合おう」

静かにミリティアは首を左右に振った。長い髪が、ゆらりと揺れる。

「大丈夫」

アノスの視線を、ミリティアは柔らかく受け止めた。

「……ふむ。俺の力が不要だというなら、それに越したことはないがな。どうするつもりだ？」

「考えてある。それに」

ミリティアは、優しい声で言った。

「彼女が望んだことだから」

「わかるのか？」

僅かにミリティアは微笑みを湛えた。

「あなたが届けてくれた手紙に書いてあった」

「そうか」

アノスは理滅剣の切っ先をほんの僅かだけ上げげた。

「ここに」

そう口にして、創造神はそっと自らの胸に手を触れる。

「俺がその気になれば、お前は滅ぶぞ」

無表情の創造神に、アノスは言った。

「恐れぬか？」

「神は秩序。怖いものはない」

胸から手を放し、ミリティアは手招きするように伸ばした。

「おいで」

ヴェヌズドノアの切っ先が、ミリティアに向く。夜の静寂を保ったまま、足音を立てずにゆるりと歩き、魔王は創造神の右胸に、理を滅ぼす魔剣を突き刺した。血は流れず、されど、その刃は神を斬った。彼女の大切なものを。理滅剣が、秩序を滅ぼしていく。

「《転生(シリカ)》」

巨大な魔法陣が描かれ、アノスは引き抜いた理滅剣をそこにかざす。城内から黒き粒子が、無数に立ち上り始める。破壊神アベルニユーから切り離された、意識の欠片(かけら)だ。その一粒一粒が、玉座の間を満たしていく。

《転生(シリカ)》の魔法陣の中を彷徨(さまよ)うその根源を、アノスは《破滅の魔眼》にて見据えた。

「ミリティア。お前の願いは叶(かな)えてやる。破壊神アベルニユーは魔族として転生する。秩序に縛られることなく、神のお仕着せを脱ぎ捨て、その想(おも)いを解き放つだろう」

「あなたの血族に？」

ミリティアが問う。

「アベルニユーと俺は同じ《破滅の魔眼》を持つ。我が血から生み出した遠い子孫には、この魔眼の片鱗が発現するだろう。その魔眼をつながりとし、理滅剣にて、自らのよりしろと錯覚させる」

たとえ、生まれ変わろうと神は神。その秩序を、魔王アノスが、ヴェヌズドノアが滅ぼしていく。

「優しくしてあげて」

「俺が？　アベルニユーにか？」

ミリティアがうなずく。

「せっかく転生するのだから、前世とのかかわりなど断った方がよい。特に、破壊神であった過去などはな」

「記憶は忘れても、想いは忘れない」

確信めいた口調で、創造神は言った。

「それが世界の理とて、邪魔になるなら滅ぼしてやろう」

ミリティアは微笑んだ。魔王アノスにも滅ぼせぬものがあるとでもいうように。

「想いを辿り、きっと思い出す」

彼女の瞳が、銀の輝きを発する。

「あなたのことを」

「なぜそう思う？」

まるで慈しむように、そして、ほんの少し嬉しそうに、ミリティアは答えた。

「彼女は、恋をしたから」

「光栄なことだがな」

アノスは自嘲するように言った。

「刷り込みにすぎぬ。アベルニユーに初めて感情をもたらしたのも、その破壊の秩序から解放できたのも、たまたま俺だっただけの話だ。平和な世界では、心は更に自由になろう」

アノスはミリティアから視線を外し、高い天井を見上げた。あるいはそれはアベルニユーに言い聞かせていたのかもしれない。

「荒んだ世界も、背負わされた破滅の秩序も、犯した罪も、心を縛るあらゆる枷を俺は奪い去ってやった」

口元を緩め、アノスは言う。

「それが望みならば、また恋をすればよい。枷のない自由な心で。真実、愛する者に出会うことだ」

創造神は無言で佇む。アノスが視線を戻すと、彼女は口を開いた。

「盟約を交わそう」

「ほう」

創造神の提案に、魔王は興味深そうな表情を浮かべた。

「転生したら、一番最初に彼女に会いにいってあげて」

「それで？」

「もしも、彼女が恋をしたら、もらってあげて」

真面目な表情でそう口にした小さな神がおかしくて、アノスは声を上げて笑った。

「くはは。もらってくれと来たか。あのじゃじゃ馬をな。面白いことを言うものだ」

喉を鳴らし、更にくつくつとアノスは笑う。淡々とミリティアは言った。

「神は冗談を解さない」

「考えておく」

《転生（シリカ）》の魔法に、アノスは視線を向けた。神族の転生は、魔族や人間のそれとは勝手が違う。それも秩序と切り離すとあっては尚更（なおさら）だろう。

「名前を決めておくか」

ミリティアは瞳に疑問を浮かべ、アノスの顔を覗（のぞ）く。

「アベルニユーは俺の子孫として生まれる。神の秩序を失う以上、お前とて探すのは困難だ。《破滅の魔眼》の他にも、目印をつけておいて損はあるまい」

アベルニユーは、アノスが魔法で生み出す魔族の子孫として生まれる。子孫たちの根源に働きかけ、その教えを潜在意識に代々受け継がせ、名前を決めることぐらいはできるだろう。

「思いつかぬなら、俺が決めるぞ」

「サーシャ」

ミリティアは言った。

「サーシャはどう？」

「良（よ）い名だ」

アノスの言葉に、創造神は微笑（ほほえ）みを見せた。

「ありがとう」

アノスは振り向き、彼女に問う。

「お前はどうする？」

一瞬、ミリティアは返答に詰まる。しばらく考えた後、彼女は優しい表情で言ったのだった。

「どこかで、この世界と、あなたを見守っている」

§1.【星を飲む魔女】

ザー……ザー……と、ノイズが混ざったような耳鳴りがした。日の光がまぶたにさす。鈍い痛みが頭の奥を揺さぶり、微睡(まどろ)んでいた意識が徐々に輪郭を取り戻してきた。

「——アノスちゃーん、そろそろ朝ご飯食べるー？」

遠くから母さんの声が聞こえ、俺は目を開いた。ぱちぱちと眼前で瞬(まばた)きをしている少女がいた。ふわふわの縦ロールを風にたなびかせながら、ベッドの横に置いた椅子にちょこんと腰かけている。膝には開かれた本があった。彼女は薄く微笑(ほほえ)む。

「おはよう」

淡々と告げ、ミーシャは本を閉じた。

「寝坊したか？」

「少し」

ザー……と、再び、耳鳴りがした。俺としたことが、少々疲れがたまっていたようだな。

ゆるりと身を起こすと、ミーシャが魔法陣を描く。その中心に手を入れ、中から水差しとコップを取り出す。冷たい水をとくとくとコップに注ぎ、彼女は俺に差し出した。

「ちょうど欲しいと思っていたところだ」

嬉しそうにミーシャは微笑む。喉を潤し、俺は起き上がった。描いた魔法陣を自らの体にくぐらせ、寝衣からいつもの服に着替える。

「ミーシャちゃーん。アノスちゃんってもう起きてるー？」

再び母さんの声が聞こえてきた。

「今起きた。朝食のついでに、昼食の用意も頼む」

一階にいる母さんのところまで、魔力で声を飛ばす。

「はーいっ！　アノスちゃんは育ち盛りだもんねっ！」

と、元気な声が返ってきた。

「ミーシャはいつ来た？」

そう尋ねると、僅かに彼女は小首をかしげる。

「二時間前ぐらい？」

どうやら相当待たせたようだ。

「すまぬ。起こしてくれても構わなかったぞ」

ふるふるとミーシャは首を左右に振った。

「気持ちよさそうだったから」

気を遣わせたか。

「アルカナとサーシャは？」

「アルカナはガデイシオラに行った」

そういえば、様子を見に行くと言っていたか。

「サーシャはまだ寝てる」

ふむ。朝は弱いが、さすがに昼まで寝ているのは珍しい。

「起こしに行くか」

《転移(ガトム)》の魔法陣を描く。そのときだ。

「アノスー、ちょっと来てくれっ！　緊急事態だっ！」

騒がしい声が一階から聞こえてきた。父さんだ。ミーシャに視線を向けると、彼女は小首をかしげた。まあ、知らぬだろうな。いったい、なにが緊急事態だというのか？

「少し待ってくれ」

「ん」

部屋を出て、ミーシャとともに一階へ下りる。鍛冶・鑑定屋の店舗部分へやってくると、父さんが椅子に片足を乗せ、鍛冶用の大鎚(おおづち)を肩に担(かつ)ぐようにして、気取ったポーズをつけていた。

まるで緊急事態には見えぬ。

「父さん。どうしたんだ？」

「ポーズが」

父さんは、この世の絶望をかき集めてきたかのような顔で言った。

「ポーズが決まらないんだっ‼」

これが二千年前、歴史に名を残すことなく戦った英雄の現在の姿だ。

「いつもと同じに見えるが？」

すると父さんは、人差し指を左右に振りながら、ちっちっちと言った。

「いいか、アノス。男なら、いつもと同じじゃだめだ。常に限界を超えていかなきゃな。限界を超え続けた果てに、今の父さんがあるんだ」

わからぬことを言う。ミーシャに視線を向ければ、彼女は小首をかしげた。

「灯滅せんとして光を増し、その光を持ちて灯滅を克す？」

ふむ。父さんのポージングさえも、その理に通ずるとはな。すなわち、父さんの恥が社会的に滅びに近づくとき、恥はより輝きを増し、社会的な滅びを克服してきたということか？

ならば——

「思いきりが足りないんじゃないか？」

すると、父さんははっとした表情を浮かべた。

「……思い……きり……⁉」

これでもかというほど目をかっぴらき、父さんは驚愕をあらわにした。

「……そう、か……そうだったのか……」

なにかを悟ったように、父さんが言う。

「……わかった。ようやく気がついたよ、アノス。父さんに、なにが足りなかったのか。父さん、これまで思いきりが足りないなんて言われたことがなかった。むしろ、思いきりが良いことだけが取り柄、思いきりがよすぎると褒められてた方なんだ」

ふむ。褒められていない気がするが？

「だけど、父さん。子供ができて、責任が増えて、知らない内に守りに入っていたんだ……」

まさか、これまで攻めていなかったとはな。

「それを、アノス。お前に教えられるとは。息子に教わるとは、まさにこのことだっ」

フッと笑いながら父さんは言う。いつもの言いたいだけというやつだ。

「ようしっ！　やってみようっ。あと一歩、いやさ三歩っ！　父さん、あの日の自分を思い出して、そしてその先の領域に足を踏み込んでみるぞぉぉっ！」

父さんは大鎚（おおづち）を垂直に立て、その細い持ち手の部分だけを支えに、うつぶせになるように体を乗せて、両手両足を伸ばす。その姿は、さながら大道芸人――

「感謝するぞ、息子よっ！」

見事なバランスであった。

「ところで、どうしてポーズを決めてたんだ？」

父さんは宙を泳ぐようにバランスを保ちながら、気取った風に言った。

「聞いて驚け、アノス。父さん、弟子ができるんだ。今日、工房へ来るから、最初に格好いいところを、ガツンと見せておこうと思ってさ」

ガツンと見せられた弟子が、その足で帰らぬことを祈るしかあるまい。

「アノスちゃん、おはようっ！」

エプロン姿の母さんが満面の笑みで顔を出した。

「ミーシャちゃんもご飯食べるわよね？」

ミーシャが俺の方を見た。言わんとすることは大体わかる。

「サーシャの分もいいか？　これから連れてくる」

「サーシャちゃんもね。任せて。アノスちゃんが疲れてるから、お母さん、はりきっちゃうっ！　沢山食べて、元気をつけようねっ！」

にっこりと笑いながら言って、母さんはまたキッチンへ戻っていった。

「じゃ、父さん、食事の支度ができるまでには戻る」

「おう。行ってこいっ。父さんは、ここで新たな世──」

ミーシャとともに《転移》で転移する直前、垂直に立てた大鎚がバランスを失い、そのまま父さんは床にダイブしていく。しかし、父さんは俺に向かってニカッと笑い、親指を立てている。受け身を取ろうとしない父さんの末路は、推して知るべしといったところだ。

ババダバァンッと倒れ込んだ音が遠く消えていき、目の前に天蓋付きベッドが現れた。ネクロン家のサーシャの自室だ。

「大丈夫？」

父さんのことだろう。

「なに、いつものことだ」

そう答え、ベッドの上に視線を向けるが、しかしサーシャはいない。ベッド横の小さなテーブルに、飲みかけのグラスが置いてあった。起きた後にサーシャが飲んだのだろう。

「行き違いか……いや」

グラスから漂う、独得の香りが鼻をつく。魔力を送れば、グラスが宙を飛んできて、俺の手元に収まった。

「どうかした？」

「酒だ」

ミーシャが僅かに目を丸くする。

「水と間違えた？」

「大方、寝ぼけて飲んだのだろうな。今頃はどこかで酔っぱらいながら徘徊（はいかい）でも――」

ネクロン家一帯を魔眼で見てみれば、存外近くにサーシャはいた。

「そこだ」

俺が指さすと、ミーシャがとことことベッドの反対側に回り込む。サーシャが床で寝ていた。なぜかベッドの下に顔を潜り込ませており、足だけが僅かに出ている。

「起きよ、サーシャ」

サーシャの足をつかみ、ズズズとベッドから引きずり出す。酒瓶に抱きついた金髪の少女が姿を現した。

「空っぽ」

ミーシャが淡々と言う。すべて飲み干したか、酒瓶の中には一滴も酒が残っていない。

「起きぬわけだな」

そう口にしながら、サーシャの体に《解毒（イース）》の魔法陣を描く。アルコールが取り除かれる寸前で、彼女はぱちっと目を開き、《破滅の魔眼》で魔法陣を破壊した。

「……なにをしている？」

「ねえ、魔王さま」

ハキハキと彼女が喋（しゃべ）った。

「お酒が強すぎるのもつまらないわ。もっと酔えたらよかったのに」

「そうだな」

適当に返事をして、《解毒（イース）》の魔法を使う。すかさず、サーシャは《破滅の魔眼》で、それを滅ぼした。

「ねえ、今日も勝負しましょう」

サーシャは起き上がると、優雅に微笑した。

「唐突になんの話だ？」

「あなたが勝ったら、今日は髪を一房あげるわ」

「髪？」

「そ。わたしの体が欲しいんでしょ？　いいわよ。でも、勝ったら。あげるのは魔王さまが勝ってからだからね」

ミーシャが小首をかしげ、不思議そうに呟（つぶや）いた。

「珍しい酔い方」

相当飲んだようだな。

「わたしが勝ったら」

サーシャが俺の唇にそっと人差し指を触れる。

「あなたの唇をもらうわ。恋の魔法をかけてあげる。わたしに絶対服従、どんな些細な口答えも許さないわよ」

初めて会ったときも、似たようなことを言っていた気がするな。

「あなたはわたしの魔王さまになるの。いい？」

「仕方のない」

サーシャの肩に手をやり、こちらへ抱きよせる。

「きゃっ……」

サーシャが顔を赤らめながら、《破滅の魔眼》でこちらを見てくる。並の者ならば、軽く反魔法を突破し、昏倒させているだろう。

「う、うー……き、気安く触らないでよっ……滅ぼすんだからっ。滅ぼすんだからねっ……」

「それぐらいで滅ぼされてはかなわぬな」

額と額が当たるほどの至近距離で、俺も《破滅の魔眼》を使い、サーシャの《破滅の魔眼》を相殺する。

「勝負は睨めっこだ。視線を逸らせば負けだぞ」

「得意だわ。だって、わたしが見ただけで、世界中のすべてが滅ぶ。魔族も人間も精霊も、神だって滅びるもの。誰もわたしと目を合わさない」

「くはは。大きく出たものだ。では、いくぞ」

ギロリ、と《破滅の魔眼》でサーシャを睨めつける。サーシャはふっと微笑し、俺を睨み返す。じっと睨み合うこと数秒、サーシャは俺の頬にそっと手を当てた。

「なんだ、この手は？」

「な……なんでもない……」

言いながら、サーシャは無理矢理、俺の首をどかし、視線を逸らそうとしている。更に《破滅の魔眼》に力を込め、サーシャの瞳を覗き込むようにした。このまま魔眼の力で押し切り、視線を逸らさせる。

「わ、わかったからっ……」

「なにがだ？」

「うー……だから……」

彼女は顔を真っ赤にして、観念したように俺から視線を逸らした。

「……そ、そんなに、見ないでよ……馬鹿……」

「俺の勝ちだな」

言うと同時、彼女に《解毒》を使った。アルコールを抜き、酔いから醒ましてやる。

「あれ？」

はっと気がついたように、サーシャは俺を見て、それからミーシャに視線を移した。

しかし、心ここにあらずといった様子だ。

「サーシャ？」

ミーシャの呼びかけにも応じず、サーシャは呆然と俺たち二人を見ている。彼女の瞳から、涙の雫がはらりとこぼれ落ちた。

「よかった。ミリティア、アノス」

酔いが醒めたはずの彼女は、けれども、そんなことを言った。

「約束通り、また三人で会えたわ」

「約束？」

ミーシャが隣で不思議そうに呟いた。

「ふむ。なるほど」

俺はサーシャの顔にじっと魔眼を凝らす。

「サーシャ、口を開けろ」

「え……？　口って、口っ？　会ったそばから、なによ……？　魔王さまは横暴だわっ」

「いいから、開けろ。お前の体は俺のものなのだろう？」

「……きょ、今日は、髪だって言ったのに……」

恥ずかしげにサーシャは俺の方を見て、控えめに口を開く。すると喉の奥に、蒼白く輝く魔力が見えた。

「まったく。酔っているからといって、なにを飲み込んでいる」

開いたサーシャの口に、唇を近づけ、すうっと息を吸った。

「……あ……ぅ……」

と、言葉にならぬ呻き声を上げるサーシャの唇から蒼白い光が溢れ出す。

「ふむ」

蒼白い光はやがて小石ぐらいの大きさになり、星のように瞬き始めた。

「エリアル？」

「ああ」

目の前でエリアルが大きく瞬いたかと思うと、徐々に光を失い、やがて消えた。

「寝ぼけ、酔っぱらい、酒と一緒に誤飲し、エリアルが見せた過去を夢に見ていたといったところか」

呆然としていたサーシャの瞳が、段々と焦点が合ってくる。

「……エリアルの……夢…………？」

自問するように言い、サーシャが俺を見た。

「目が覚めたか？」

しばらくぼーっとした後、サーシャはこくりとうなずく。

「えっと、うん……寝坊しちゃったわ……ごめんね……」

「構わぬ」

「……なんだか、変な夢を見てて……エリアルを飲み込んで、二千年前の過去が、わたしに流れてきた気がしたんだけど……」

「飲み込んだのは夢ではないぞ。なにを見たか知らぬが、おかげで綺麗にエリアルは消え去った」

「え……？」

驚いたようにサーシャが俺を見返す。

「……夢じゃないの……？」

「十中八九な」

「今のが……エリアルが見せた過去……なの……？」

サーシャが、今見た夢を思い出しているかのように呟く。ひどく複雑そうな表情で。

「アノス……」

信じられないといった表情で、サーシャは言った。

「わたし、破壊神アベルニユーだわ」

§2.【想い辿るは盃の水】

ミーシャが目を丸くする。大抵のことでは動じぬ彼女が、珍しく本気で驚いているようだ。

「エリアルの夢で見た？」

ミーシャが問うと、サーシャはうなずいた。

「アノスと創造神ミリティアが話してたわ。破壊神アベルニユーは、破壊の秩序であることを嫌って、転生を願ったたって。アノスはミリティアに理滅剣を向けた後、アベルニユーの願い通り、破壊神の意識をデルゾゲードから切り離した」

不思議そうにミーシャは首をかしげた。

「ミリティアに理滅剣？」

「うーん、なんでかわからないけど、そうしてたわ。創造神の秩序になにかしたってことなのかしら？」

サーシャが考え込むような表情で言う。

「とにかく、破壊神アベルニユーは破壊の秩序から切り離されたの。《破滅の魔眼》があるから、それをつながりにアノスの子孫に転生させられるって……」

「ふむ。不可能とは言えぬな」

昔の俺が言ったのならば、その術を見つけていたのだろう。

「また再会できるように、ミリティアが転生後のアベルニユーに名前をつけてたわ。『サーシャ』って」

《破滅の魔眼》を持つ俺の子孫で、名はサーシャか。

「確かに、お前以外にはいまい」

「サーシャが破壊神……」

呟き、ミーシャはサーシャの顔を見つめる。

「破壊神は良い子？」

「……存外、それが答えなのやもしれぬな」

「答えって？」

サーシャが問う。

「天父神ノウスガリアが《破滅の太陽》サージエルドナーヴェを復活させ、空に輝かせた。だが滅びの光——黒陽は俺の配下や、ディルヘイドの民を傷つけることはなかった。その確信が俺にはあった」

金髪の少女の顔を、その根源の深淵を、俺は覗く。依然として心当たりはない。だが、二千年前にすでに出会っていたのかもしれぬ。

「お前だったからだとすれば、納得がいく」

今現在、破壊神アベルニユーは二つに分かれているというわけだ。その秩序は魔王城デルゾゲードに、その心はサーシャという魔族に。

「……全然、実感はないんだけど」

「記憶がなければそんなものだ」

「破壊神アベルニユーだったわたしは、ミリティアみたいにアノスの味方だったってことよね……？」

「恐らくな。しかし、それが創星が見せた過去ならば、少々腑に落ちぬこともある」

「なに？」

「なぜミリティアは、俺からその記憶を奪った？」

「あ……」

と、理解したようにサーシャが言葉をこぼす。ミリティアは俺から破壊神アベルニユーの記憶を奪い、それを創星に残した。父のときとは違い、記憶を奪う必要はなかったように思える。では、なぜ奪ったのか？

「……どうしてかしら？」

「他になにか見た？」

ミーシャが問うと、サーシャが頭を捻る。

「うーん、夢だったからか、ちょっとぼんやりしてるんだけど……確か、問題の先送りにしかならないって言ってたような気がするわ……」

「なにについてだ？」

「それが思い出せないんだけど……」

自分の言葉を聞き、サーシャがはっとする。

「……思い、出せない……？」

彼女は勢いよく顔を上げた。

「ミリティアが、言ってたわ。思い出すって。わたしが、アベルニユーだったことを」

「どうやってだ？」

「……えっと……確か、わたしが、こ――」

何事かを思い出し、サーシャは固まった。徐々に、その頬が朱に染まっていく。

「こ？」

ミーシャが不思議そうに呟く。

「な、なんでもないわっ。そう、想いっ、想いだわ。記憶を忘れても、想いは忘れないからって。想いを辿って、記憶を思い出すって言ってた気がするわ」

想いを辿り、記憶を思い出す、か。

「さて。そう都合良くいくものか？」

「無理？」

ミーシャが尋ねる。

「なんとも言えぬ。神族の転生は、他と違うようだからな。しかし、言葉通りの意味ではなく、なにかの比喩ということも考えられよう」

「実際に記憶が残されている？」

「ああ。創星のような形で、アベルニユーが自分の記憶をどこかに残したといったことも考えられよう。忘れたくない記憶を、その想いを手がかりに見つけられる場所にな」

サーシャに視線をやれば、逃げるように彼女は視線を逸らした。

「なぜ視線を逸らす？」

「な、なんでもないわっ」

なんでもないなら、視線を逸らす必要はないだろうに。

「二千年前、アベルニユーだったときの想いは、なにか残っているか？」

「……残っていると言えば、残っているのかしら……？」

「なんだ？」

「残ってなかったわっ！」

ふむ。少し記憶に混乱が見られるか？

「まあいい。なら、お前の想いを呼び覚ましてやろう」

サーシャが自分の体を抱くようにして身構える。

「……そ、そんな魔法があるのっ？」

「いや。転生の際に失われた記憶は、《追憶》を使っても取り戻せぬ。想いは記憶よりも曖昧なものだからな。魔法ではうまくいくまい」

「でも、じゃ、どうするのよ？」

不思議そうに、サーシャは尋ねる。

「地底の民たちをディルヘイドに招き、酒宴を催したときのことを覚えているか？」

「え？　あー……あのときのことは、全然記憶がないのよね……」

自らの醜態を恥じるようにサーシャは言う。

「あのとき、お前はわからぬことばかりを口にしていたが、今思えば、二千年前の出来事を語っていたのかもしれぬ」

「え……？」

サーシャが驚いたように声をこぼす。

「そうかもしれない」

ミーシャが同意した。

「だけど、そう言われたって、全然思い出せないわよ？　そのときのことを、《追憶（エヴィ）》で引っぱり出してみるってこと？」

「悪くはないが、それだけ思い出しても役に立つまい。だが、どうすれば、二千年前の想い（おも）を引っ張り出せるか、その手がかりは得た」

俺はその場に魔法陣を描く。

「ねえ……それって……？」

「酒だ」

《食料生成（ロゥズ）》の魔法により、上等なぶどう酒がそこに現れる。創造したグラスを宙に浮かせ、俺はとくとくと酒を注いでやる。

「飲め。そして、思い出せ」

「馬鹿なのっ⁉」

「二千年前の出来事を見た今なら、その想(おも)いを辿(たど)りやすいやもしれぬ。あのときも、ナフタとディードリッヒが交わした神姻の盟約を見て、引っかかるものがあったようだからな」

グラスを押しつけてやると、サーシャは両手でそれを手にした。

「……やるだけ、やってみるけど……」

サーシャはグラスの中の赤い液体を見つめる。

「一杯ぐらいで、ちゃんと酔えるかしら？」

こくこく、と喉を鳴らしながら、彼女は一気にぶどう酒を飲み干した。

「《転移(ガトム)》ッ！」

唐突にサーシャは、ミーシャに魔法陣を描き、彼女をどこかへ飛ばそうとする。ぱちぱちとミーシャは瞬(まばた)きをした。

「……行ってみた方がいい？」

「そうだな。なにかの手がかりになるかもしれぬ」

《転移(ガトム)》の魔法が完成し、ミーシャはなされるがまま転移していった。彼女が消えた空間に、サーシャは視線を向けた。

「あれ？　ミーシャはどこ行ったの？」

自分で飛ばしたというのにな。

「ここにいる」

　ガチャ、とドアが開き、ミーシャが部屋に入ってきた。ずいぶんと至近距離に飛ばされたものだ。

「よかった。じゃ、早く行きましょ」

　サーシャがミーシャの手をつかむ。

「どこへ？」

「デルゾゲード。わたしがお城になってるところを、三人で見たいわ」

　ミーシャが俺に視線を送ってくる。

「しばらくつき合ってみるか。数を撃てば、当たるやもしれぬ」

「ん」

　サーシャが俺に手を伸ばしてくる。はにかみながら、彼女は言った。

「送ってあげるわ」

「それはありがたい」

　三人で手をつなぎ、俺たちは転移する。やってきたのは、魔王城デルゾゲードの敷地（しきち）内、ちょうど闘技場の入り口付近だった。

「こっちよ」

　サーシャが歩き出し、俺たちはその後を追う。彼女は周囲に忙（せわ）しなく視線を巡らせながら歩いていたのだが、唐突に立ち止まった。

「うー……」

　サーシャがくるりと反転し、恨めしそうに俺を睨（にら）んできた。

「まるで城だわ」

「まあ、そうだな」

「これがわたしなのっ？」

サーシャが魔王城を指さす。

「これがわたしっ？」

「どうした？」

城だ。

「もっと綺麗で可愛いのがよかったわ……ピンク色とか……なんか、禍々しいもの……」

「なに、これほど立派な城は二つとないぞ」

「ほんとっ？」

サーシャが嬉しそうに表情を綻ばせる。

「ああ、決して陥落せぬ、最強の城だ」

ふふっとサーシャは笑った。

「わたしの魔王さま以外にはね」

「そうとも言うな」

すると、サーシャは上機嫌な様子でまた歩き出した。そうかと思えば、くるりと回転し、後ろ向きに進みながら、俺に言う。

「ねえ。あそこに行ってもいい？」

「好きなところへ行けばよい」

「じゃ、行くわ」

サーシャが再び前を向き、近くにあった塔へと突っ込んでいく。そこは扉ですらなく、ただの壁だ。

「サーシャ、危ない」

「大丈夫よ。ここ、通れるんだから。わたしにしかわからない、秘密の入り口だわ」

ミーシャの心配をよそに、サーシャはまっすぐ壁へと向かう。魔王城デルゾゲードは、破壊神アベルニユーが形を変えた姿。だとすれば、本人以外には通れぬ入り口が隠されていたとしても、不思議はない。俺とミーシャはサーシャの動きを視線で追い、魔眼に魔力を込めた。彼女は歩調を強めて、迷いなく塔の壁へ飛び込んだ。

ガゴンッと思いきり頭を打ち、サーシャがその場に崩れ落ちる。

「うー……アノス………秘密の入り口が逆らったわ……」

ただの酔っぱらいなのか、破壊神アベルニユーの想いを辿っているのか、非常に想像がつきにくい。

「よしよし」

ミーシャがしゃがみ込み、サーシャの頭を優しく撫でる。嬉しそうに彼女は微笑んだ。

「ありがとう、ミリティア」

ぱちぱちとミーシャが瞬きをして、俺を上目遣いで見た。

「ミリティア？」

「……そういうこともあるかもな」

サーシャがアベルニユーなのだからな。しかし、ミーシャはこの時代では、《分離融合転生》の魔法により、生まれた疑似人格だ。そこへ神が転生することがあるのか？

「そろそろ、あの人が来る気がするわ」

サーシャが言う。

「あの人？」

「うん、あの人。名前なんだっけ？」

ミーシャは小首をかしげる。勢いよくサーシャが立ち上がると、また歩き出した。

「秘密の入り口は、こっちだったわ」

そう言って、塔の扉を普通に開けた。室内にあるのは、書物ばかりだ。ところ狭しと設けられた書棚に、大量の本が詰め込まれている。サーシャは迷いなく階段を上っていき、俺たちはその後を追う。最上階の六階に差し掛かった。

「誰がいる？」

「うーん。それが思い出せないんだけど、たぶん行けばわかるわ」

階段を上り終え、俺たちは最上階に辿り着いた。そこには――

「あれ……いないわ……」

どこをどう見ても、人の姿はない。想いを辿っているにせよ、今現在のことを言っているとは限らぬしな。

「……うーん、おかしいわね……来てくれると思ったのに……」

「なにかわかった？」

ミーシャが訊いてくる。

「さてな。これだけではまだなんとも――」

言葉を切ると、不思議そうにミーシャが俺を見た。人差し指を立て、静かにするように促す。

コツン、と階段を上る足音が聞こえた。それはこちらへ近づいてくる。足音の数から予想するに、人数は二人か。段々と歩調は速くなってくる。そうして、とうとう、その二人は塔を駆け上がり始めた。まもなくこの最上階に到着するだろう。

ミーシャとサーシャが、階段の方向を注視する。勢いよく、二つの人影が飛び込んできた。

「お待たせだぞっ！」

「……呼ばれて……きました……！」

二人の視線が、俺たちと会う。

「わおっ！　アノス君たちだぞっ？」

「……ゼシアたちを……呼びましたか……？」

やってきたのは、エレオノールとゼシアだった。

§３．【ゼシアの夢】

四つの視線が交錯する。疑問の暗雲が立ちこめる中、目映い光がさすかの如く、一人の酔っぱらいが意気揚々と声を上げる。

「思い出したわ、エレオノールよっ！」

ビシッと、サーシャはエレオノールの顔を指さす。なにかわかったと言わんばかりだ。

「んー、なんの話だ？」

事情を知らないエレオノールが、不思議そうにサーシャの方を振り向いた。

「昔ね、むかーしむかーしね。誰かを呼んだのよ。誰を呼んだのか思い出せなかったけど、きっとエレオノールを呼んだんだわっ」

エレオノールを呼んだ、か。二千年前、アベルニユーが本当に彼女を呼んだのか、それとも、昔会った誰かにエレオノールが似ているのか？　はたまた、たまたまここを訪れたのがエレオノールだったために、そう思っただけなのか？　もう少々、事態をサーシャの酔いに任せてみるとしよう。この調子で思わぬことを思い出すやもしれぬ。

「サーシャちゃんが？」

「わたしじゃないわっ」

若干舌っ足らずな口調でサーシャはきっぱり否定した。

「じゃ、誰が呼んだのかな？」

「誰かが呼んだわっ！」

ふむ。早速、暗礁に乗り上げたか。

「だけど、安心して、エレオノール。あなたがある質問に答えてさえくれれば、それがはっきりするわ」

エレオノールはのんびりとした表情を浮かべる。なぜか、ゼシアが期待に満ちた眼差しで、両拳をぐっと握った。

「んー？　なにを答えればいいんだ？」

サーシャはふっと微笑する。

「誰が、なんのために、あなたをここへ呼んだのか、それを話してもらうわ」

「わーおっ！　いきなり無茶ぶりされたぞっ」

ただの酔っぱらいかもしれぬ。

「できないとは言わせないわよ」

「そんなこと言われても、できな――」

「えいっ！」

サーシャがエレオノールの口を両手で塞いで、喋らせないようにしている。

「おわかりいただけたかしら？」

優雅な所作で、サーシャはたおやかに笑う。できないと言わせなかったことにご満悦だ。

「あー……サーシャちゃん、もしかして酔ってるのかな？」

「サーシャちゃん？　なにを言っているのかしら？　わたしは城よっ！　この城そのものだわっ！」

「……う、うん……だいぶ酔ってるぞ……」

力説するサーシャに、エレオノールはただただ圧倒されている。

「そんなことより、エレオノール、あなたがここへ呼ばれた理由を話しなさい」

「んー、呼ばれたわけじゃないんだけど、なんて説明すればいいかな……？」

すると、ゼシアが勢いよく手を挙げた。

「……ママの子供に……会いに来ました……！」

「子供？」

ミーシャが不思議そうに呟く。

「……ゼシアが……お姉ちゃん……です……！」

ミーシャとサーシャが、エレオノールをじっと見た。

「ちっ、違うぞっ。誤解だぞっ。全然、ミーシャちゃんとサーシャちゃんが考えてるようなことじゃないんだぞっ」

「誰の子よっ⁉」

サーシャが、エレオノールに詰め寄っていた。

「さ、サーシャちゃん、落ちついて。ボクの話をきいてほしいぞ」

「いいわ。でも、その前にわたしの質問に正直に答えてもらうわ」

「……な、なにかな？」

「エレオノールって、子供の作り方、知ってるのかしら？」

サーシャの気迫に、エレオノールはたじろいでいる。

「ど、どの作り方のことかな？」

「どの作り方っ⁉」

サーシャがけしからんことだとばかりに大声を上げた。

「ち、違うぞっ。そうじゃなくて、色々あるから」

「色々っ⁉」

サーシャが過敏に反応を示す。アベルニユーの想いは微塵もなくなってきたようにも思えるが、もう少し様子を見るべきか。

「黒っ、黒っ！　真っ黒だわっ！」

今にも《破滅の魔眼》を浮かべそうな瞳で、サーシャはエレオノールをじっと睨んだ。

「最後の質問よ、エレオノール」

「……わーお……なんだか知らないけど、ものすごい疑惑の目だぞ」

「……容疑者……です……！」

エレオノールがサーシャから目を逸らそうとすると、両の頬をがっとつかまれ、固定された。

「誰の子よ？　返答次第によっては、《破滅の太陽》サージエルドナーヴェが、再びディルヘイドを照らすことになるわ」

ふむ。アベルニユーの想いがこもってそうな台詞だな。やはり、もう少々泳がせておこう。

「よ、よくわからないけど、物騒なこと言っていることだけはわかるぞ。落ちつこう、サーシャちゃん」

「落ちつくのは、あなたよ、エレオノール。もしかしたら、わたしが、あなたを始末するためにここへ呼んだのかしら？」

エレオノールが困ったように、俺に視線を送ってくる。

「アノス君、そろそろ助けてほしいぞ？」

「アノスっ⁉　やっぱり、アノスの子っ⁉」

「あー、違うぞっ！　そういう意味じゃなくて、ゼシアが言っているのは、相手がいる子じゃなくてっ」

「相手がわからないのっ⁉　馬鹿なのっ⁉」

「そっ、そんなこと言ってないぞっ」

誤解するサーシャに、エレオノールは必死で弁解する。

「ミーシャちゃん、サーシャちゃんどうにかできないのかなっ？」

ミーシャはじっと考える。

「今のサーシャは――」

淡々と彼女は言う。

「アノスのお母さんと互角」

「わーおっ、諦めろってことだっ！」

敵の巨大さを思い知ったエレオノールに間髪入れず、サーシャは人差し指を突きつける。

「ふしだらっ、ふしだらだわっ！　アノスがいるのに、どこの馬の骨かわからない男の子供を作ってくるなんてっ！　それでも、魔王の側室なのっ⁉」

「ど、どこの馬の骨かわからない男の子供なんて作ってないし、そもそもボクは側室じゃないしっ。サーシャちゃんは、ボクをアノス君とくっつけたいのか、引き離したいのか、全然わからないぞっ！」

そもそもの話で言えば、魔王に側室など必要ない。子孫が欲しければ、一人で創ればいいのだからな。破壊神アベルニユーもそんなことはわかっていたと思うが、ということはただの酔っぱらいか？

「側室じゃなくても、エレオノールは魔王の配下なんだから、アノスのものでしょっ！　でも、アノスの心は手に入らないわっ！　だって、魔王さまだものっ！」

「なんかひどいこと言ってる人がいるぞっ」

サーシャは犬歯を剝き出しにして、エレオノールを睨んでいる。

「まあ、少し落ちつけ、サーシャ」

サーシャの頭を軽く押さえつければ、彼女は「うー……なによ……？　わたしが間違ってるって言うの……？」と怨みがましい言葉を漏らす。聞き流し、エレオノールに尋ねた。

「子供に会いに来たというのは？」

彼女はほっと胸を撫で下ろし、俺に答えた。

「……子供って言っても、ゼシアが見た夢の話だぞ。ね」

ゼシアが大きく、うなずいた。

「ゼシアは、よく夢を……見ます……ゼシアの妹の夢です……！」

「夢の中で、その子供がお前たちをここへ呼んだのか？」

楽しげにゼシアはうなずいた。

「ゼシアを……呼びました……！　ゼシアの妹は、早く産まれたい……です……！」

奇妙な話だ。

「まだ産まれていない子供が、呼んだと？」

「ゼシアは迎えに……行きます……！　迎えに行くと……産まれます！」

彼女は得意気な表情で、瞳をキラキラと輝かせる。

「ゼシアは……お姉さん……です……！」

エレオノールが小さく手招きをするので、俺は顔を寄せた。彼女は小声で言う。

「そういうわけで、ゼシアにつき合ってるんだぞ」

なるほど。

「アノス君たちは、サーシャちゃんを酔っぱらわせてなにしてるんだ？」

「最後の創星で、サーシャが破壊神アベルニユーだということがわかってな」

「わおっ。じゃ、サーシャちゃん、本当にお城になっちゃったんだっ！」

エレオノールがサーシャと、窓の外から見えるデルゾゲード魔王城を見比べている。

「おわかりいただけたかしら？　わたしの中に、土足で踏み込まないでちょうだい」

優雅な笑みを浮かべるサーシャ。

「んー、真面目に想像するとすっごくシュールだぞ」

エレオノールは唇に人差し指を当て、なにやら想像を巡らせている。

「今一つ、ミリティアが俺の記憶を奪った理由がわからぬ。サーシャを酔わせれば、アベルニユーだったときの想いを思い出すようでな。こうして野に放ってみたというわけだ」

「なによー……それじゃ、わたしがケダモノみたいじゃないっ……」

頭を押さえられながら、サーシャが不服を訴える。

「ここにいたのはどうして？」

エレオノールが訊く。

「サーシャが、ここに誰かが来ると言い出したのでな」

「あー……それで来たのが、ボクたちなんだ」

すると、ゼシアが瞳をキラキラと輝かせた。

「ゼシアの妹と……関係ありますか……？」

「さて。アベルニユーの想いか、酔っぱらいの戯れ言か、判断がつかぬのが問題だ」

しかし、ゼシアがよく見る夢か。

「ふむ。関わりがある可能性もゼロではないか」

「……《根源母胎》の魔法……」

隣でミーシャが呟く。彼女は俺を見上げ、訊いた。

「それに関係してる？」

エレオノールが、驚いた表情を浮かべた。

「二千年前、人の王であったジェルガの根源は、魔族を滅ぼす意志ある魔法、《魔族断罪》と、そして《根源母胎》に分かれた。その魔法化に関わっていた神族が、天父神ノウスガリアだ」

《根源母胎》は失敗作だった。憎悪と憎しみに囚われることなく、《魔族断罪》へ抵抗を続けたのだ。なぜ失敗した？　秩序を司る神族が、理由なくしくじるとも思えぬ。

「あるいは、ミリティアが、《根源母胎》に干渉していたのかもしれぬな」

「んー、ミリティアのおかげで、ボクはボクでいられたってこと？」

「簡単に言えばそうだ」

ミーシャはぱちぱちと瞬きをし、小首をかしげた。

「ミリティアが《根源母胎》に、なにかを残した？」

「でも、あれだぞ。ボクが産まれたのはアノス君が転生した後だし、その頃はもうアベルニユーは魔王城になってるでしょ」

俺はうなずく。

「ミリティアはともかく、どうしてアベルニユーのサーシャちゃんが知ってるんだ？」

「魔王城デルゾゲードに、ミリティアが伝えておいたのかもしれぬ」

だとすれば、サーシャと破壊神アベルニユーのつながりは完全には途絶えていない、か。

「断定はできぬがな。時間があるなら、ともに来い。お前たちも、俺が失った記憶を探す手がかりになるやもしれぬ」

「うんっ、大丈夫だぞっ。ねっ、ゼシア」

ゼシアは元気よくぴょんっと跳ねる。

「ゼシアの妹は……呼びました……きっと、手伝うと……産まれてきます……！」

「うんうん、産まれてくるかもしれないぞ」

意気込むゼシアを、エレオノールは温かく見守っている。

「どこに行く？」

ミーシャが問う。

「まずは――」

そろそろ、いい時間か。仕方あるまい。

「一度、家に帰る。母さんが料理を終える頃だ」

§4.【父さんの弟子】

《転移（ガトム）》を使い、俺たちは再び家に戻ってきた。

「――違うっ！　そうじゃないっ！　こうだっ！」

工房から聞こえてきたのは、父さんの声だ。いつになく真剣な口調である。

「あ、おかえり、アノスちゃん。もうすぐご飯できるからね」

キッチンの方から、母さんが顔を出す。

「いいか、小手先の技術じゃないぞっ。鍛冶は心だっ！　魂だっ！　刃を研ぐ前に、まずは心を研ぎ澄ますんだっ！」

熱のこもった父さんの声が、ドアの奥から大きく響く。サーシャたちが何事かとその方向へ視線を向けた。

「お弟子さんがいらしたのよ。初日だから、お父さん、はりきっちゃってるみたい」

嬉（うれ）しそうに母さんが言う。そういえば、そのようなことを言っていたか。

「ところで、これからお昼ご飯なんだけど、エレオノールちゃんとゼシアちゃんも一緒に食べてく？」

「あー、ボクたちはあんまりお腹空（なか）いてな――」

「ゼシアは……腹ぺこです……！」

魔法陣を描き、その中に手を突っ込んでは、ゼシアはマイスプーンとマイフォークを取り出した。恥ずかしそうにエレオノールが笑う。

「ええと……ぜ、ゼシアの分だけでも、もらえると嬉しいかな……」

「今日は沢山作りすぎちゃったから、よかったら、エレオノールちゃんも食べるの手伝ってね」

「あー……うん。じゃ、ご馳走になるぞ」

恐縮したように、エレオノールは言った。

「ふふっ、ありがと。もうちょっと待ってね。すぐできるから」

母さんはキッチンへ戻っていった。

「──よしっ！　そうだ、そうっ！　コツがつかめてきたみたいだな！　その調子だっ！」

気合いの入った父さんの声が、一際大きく響く。サーシャたちは、工房のドアを振り向いた。

「……ちょっと気になるぞ」

エレオノールは興味津々といった表情だ。ミーシャがこくこくとうなずいていた。

「ちょっと覗いてみよっか？」

「……邪魔はよくない」

「だから、覗くだけ。邪魔にならないようにするぞ。アノス君のお父さんに、どんなお弟子さんがついたのか、ミーシャちゃんも気になるでしょ？」

ミーシャはじっと考え、こくりとうなずく。

「ゼシアも……気になります……！」

「じゃ、こっそりだぞ、こっそり」

そろりとエレオノールたちは、工房のドアへ近づいていく。

「じゃ、次はそれをそのままキープだ。これが基礎だが、良い形を保つには毎日の訓練が必要になるんだ」

父さんの声が響く中、エレオノールは鍵穴に目を近づけた。安物のため、室内が覗ける。

「……見え……ますか……？」

「んー、見えるけど、さすがによくわからないぞ……」

すると、彼女たちの背後でサーシャが優雅に微笑した。

「わたしの出番のようね」

サーシャは自信満々で歩み出た。エレオノールと入れ代わり、彼女はドアの前に立つ。

「行くわよ、《破滅の魔眼》っ！」

「こっ、壊しちゃだめだぞっ！」

サーシャはたおやかな所作で指先を目の辺りへ持ってくる。

「わたしを誰だと思っているのかしら？　破壊の秩序を司る神、アベルニユーよ。なにをどう壊すか、わたしの瞬き一つで決まるわ」

サーシャの瞳に魔法陣が浮かぶ。

「中がはっきり見えるように鍵穴を少し広げればいいんでしょう？」

「そうだけど、そんなに酔っぱらってて、魔眼の制御できるのかな？」

サーシャは不敵な笑みを覗かせ、キッと目の前を睨む。

「破壊神の力、見せてあげるわ」

ドッガァアンッと工房のドアが跡形もなく自壊した。

「えぇぇぇぇぇっ⁉　なにしてるのかなっ、サーシャちゃんっ⁉」

「吹っ飛んだ……」

エレオノールとミーシャが呆然と今は亡きドアの痕跡を見つめる。ふう、とサーシャが満足そうに息を吐いた。

「これぐらい鍵穴を広げれば、見やすいかしら？」

「サーシャちゃん、馬鹿だぞっ！」

見通しのよくなったドアからは、工房の中がよく見える。ぽかんとした表情で、父さんが何事かとこちらを振り向いていた。慌ててエレオノールが頭を下げる。

「ご、ごめんなさいっ。お弟子さんに教えてるところをこっそり見ようと思ったんだけど、失敗しちゃっ――」

顔を上げた彼女が、目の前にいる父さんの弟子を見て、目を丸くした。大きな眼帯をつけた隻眼の魔族が、鍛冶用の大鎚を肩にかつぎ、椅子に足をやっては、いつも父さんがやるような気取ったポーズをとっていた。

「なんだなんだ、見たかったんなら、言ってくれりゃいくらでも見せてやったのに。むしろ、いつだって見せつけたいぐらいだからな」

キランと歯を見せて笑い、父さんはご満悦といった様子で、弟子の前で気取った風に跪く。そうして、その魔族を紹介するように手で指し示した。

「これから、うちで弟子として働くことになった、イージェス・コードだ。父さんの一番弟子だな」

弟子ができたことに、父さんは有頂天といった様子である。

「弟子？　あなたが？」

サーシャがずいと前へ出て、イージェスを指さした。

「なにを企んでいるのかしら、冥王イージェスッ？　わたしの魔眼が破滅の内は、アノスの家で勝手な真似は許さないわよっ」

「サーシャは酔ってる」

すかさず、ミーシャがフォローを入れた。

「企むもなにも、ただの成り行きよ。たまたま、師事することになっただけのこと」

イージェスが、相変わらずの口調で言う。

「信じられないわっ。たまたま師事することになったって、どういうことよ？」

サーシャが追及する。すると、父さんが静かに頭を振った。

「男一匹、長く生きてりゃ、他人には言えねえ過去の一つや二つあるもんよ」

父さんが、悟りきった職人のような口調で言った。

「俺ぐらいになりゃ、一つや二つじゃ利かねえ。いやさ、一〇や二〇でも利かないぐらいさ」

恥の多い人生である。

「うー……なによ……女にだってあるわよ」

そういう問題ではない。

「イージェス。そのまま、姿勢をキープな」

「承知」

イージェスがしっかり決めポーズを保っているのを確認した後、父さんは俺たちと一緒に工房の隅へ移動する。ひそひそ話でもするように、父さんは尋ねる。

「で、あいつは知り合いか？　アノスたちとなにかあったのか？」

「なにかあったどころじゃないわっ！　大変よ、大変っ！」

サーシャが深刻そうな表情で訴える。

「大変ってのは、どう大変なんだ？」

「あのね……イージェスっていかにも堅物そうで、目的のためには手段を選ばないような顔してるけどね、そんな生やさしいものじゃないわ」

「……な……そうなのか？」

うなずき、忠告するようにサーシャは言った。

「あいつ、実は、良い人なのよ……」

「……なんだってっ⁉」

父さんは、驚きの声を漏らす。サーシャの雰囲気に呑まれているのだろう。

「やはり、そうだったか……」

イージェスの方向をちらりと見つめ、父さんが言う。

「しかし、それなら問題ないようにも思えるが……」

父さんは深刻そうに考えているが、考えるまでもなく、まるで問題はない。

「いいえ、絶対騙されるわ。悪いことすると見せかけて、なにか良いことする気よ……。今度はどんな善行を企んでるのかしら……」

警戒心を剝き出しにして、サーシャが言う。

「いつでもお礼を言う準備をしておかないと、でないと、うっかり言い忘れるわ」

「そいつは、確かに気をつけないとな……」

雰囲気だ。酔っぱらいサーシャと父さんは、最早、雰囲気だけで話している。

「罪悪感すごいわよ」

「サーシャはすごく酔ってる」

ミーシャが言い、エレオノールがぴっと人差し指を立てる。

「ところで、なんでイージェスがお弟子さんになったんだ？」

「ん？　ああ、まあ、なんつーかな」

父さんは頭を軽くかく。

「加入してる鍛冶師ギルドで、たまに駆け出しの鍛冶職人たちを相手に、講義やら訓練やらをすることがあるんだけどな」

父さんが真面目に講義している姿は思い浮かばぬ。一度、見てみたいものだな。

「そこにイージェスが来てたんだ」

「んー、なんでだ？」

不思議そうにエレオノールは頭を捻った。ミーシャが俺の方を向く。

「そういうことだ」

答えると、彼女はうなずいた。すると、エレオノールから《思念通信》が飛んでくる。

『こら、ミーシャちゃんだけわかっても、ボクたちは全然わかんないぞ』

『……贔屓……です……』

ゼシアが不服を訴える。

『父さんが、俺の実の父、セリス・ヴォルディゴードだったとイージェスに伝えた。それで様子を見に行ったのだろう』

そう《思念通信》を返しておいた。

「まあ、駆け出しの鍛冶師はまだまともに仕事もできないから、自分のところの工房で教えてもらう以外にも、そうやって色んなところで勉強するらしくてさ。アゼシオンとはちょっと違うみたいだ」

エレオノールの疑問を勘違いし、父さんはそう説明した。

かつての師が、この平和な世でどう生きているのか、イージェスは知りたかったのだろう。

「でもって、講義が終わった後も、イージェスは最後まで残っててな。訊いてきたわけよ、鍛冶師の仕事はどうですかって」

「なもんで、楽しいことばかりじゃないけど、良い仕事ができたときはお前、そりゃもう格別だぞって答えたんだ」

父さんの笑顔が頭に浮かぶようだ。

「『お前もがんばれ』って肩を叩いたら、俯いて、震えててさ。イージェスの顔を見て、はっとしたよ」

先程、サーシャと話していたときとは違う。真に迫った深刻な口調で、父さんは語った。

「なんでそんな大事なことを、今まで忘れてたのかって思った。間違いない。間違いなく、イージェスは――」

真剣な顔で、父さんは力強く言った。

「――無職……!!」

エレオノールは口を開けて、ぼんやりと父さんの顔を眺めている。

「講義に来るのは駆け出しだけじゃなくて、失職している鍛冶師もいるってのを忘れててさ。イージェスはほら、隻眼だろ。たぶん、初めて働いた工房でミスっちまったんだろうな。それでクビになったんだと思う。新入りの上に片目がなくなったら、そりゃ厳しいわな」

相変わらず、父さんの勘違いは斜め上だ。

「気がつかなかったからさ。『目のこと、悪いな』って言ったら、そこでイージェスが涙を堪えるような顔になって、確信したんだ」

記憶がない、というのはイージェスも知っていたというにな。そのときの心境は察するに余りある。

「そもそも、新入りの目を怪我させるなんて、教えた鍛冶師が悪いんだからさ。それで、クビっていうのはあんまりだろ。っていっても、俺みたいな弱小の鍛冶屋がなに言ったって、ギルドが動いてくれるわけもない」

義憤に駆られたように父さんは言う。もしかすれば、心のどこかでイージェスに思うところがあったのかもしれぬ。

「なもんでな、お前が一人前になるまでちゃんと面倒見てやるから、俺の弟子にならないかって言って強引に連れてきたんだ。ははっ、父さん、ちょっと格好つけちゃったかな」

褒めてくれと言わんばかりに、父さんがキリッとした表情を向けた。

「まあ、そんなわけで、ああしてな。まずはこうイージェスが隻眼をハンデに思わないように、鍛冶は技術だけじゃなくて、魂を研ぎ澄ます作業だっていう心構えから教えてるんだ」

父さんが振り向く。イージェスは、先程父さんに教えられた通り、大鎚を肩にかつぐ気取ったポーズをつけていた。俺と目が合うと、彼は少々ばつが悪そうに言葉をこぼす。

「……先に言った通り、ただの成り行きよ……」

四邪王族とまで呼ばれた男が、よもや鍛冶師とはな。父さんが勘違いしたとはいえ、イージェスに断れるわけもなかっただろう。いかなる巡り合わせか、二千年のときを超え、再び弟子は師のもとへ戻ったのだ。

「お。イージェス。ポーズがなってないぞ。教えたのはそうじゃないだろ？」

「……そんなはずは。言いつけ通り、1ミリたりとも動いては……」

父さんはすべてを見透かしたように笑い、イージェスの胸の辺りを指さす。

「ここが揺れ動いてる。俺は世界一の鍛冶師だっていう心がな」

「……こ、心………⁉」

今度の修行は、亡霊になるよりも、少々骨が折れるかもしれぬがな。

§５．【深奥から響く声】

食事の用意が調い、俺たちは大きな食卓を囲んでいた。

「ふふふー、今日は沢山、お客さんが来てくれて嬉しいわ。まだ作ってる料理もあるから、みんな、いっぱい食べてね」

母さんは軽い足取りで冥王の後ろへ歩いていく。

「イージェス君も遠慮しないで食べてね」

「……は。ありがたく」

恐縮した面持ちでイージェスは頭を下げた。

「……アップルパイ……です……」

ゼシアが両手にナイフとフォークを握り締め、アップルパイの皿にきらりと視線を光らせる。その表情は、あたかも獲物を狙う小動物の如し。

「あ、だめだぞ、ゼシア。デザートは一番最後、まずはご飯を食べないと。最初は、お野菜がいいかな？　ほら、サラダがあるぞ？」

エレオノールが大皿のサラダを指さし、ゼシアに興味を向けさせる。幼い表情が、悲しみに染まる。

「サラダは……草です……！」

「草は栄養があるんだぞ。美味しいぞぉー」

ぶるぶると大きく首を横に振って、ゼシアは言った。

「……ゼシアは……勉強しました……」

「んー、偉いぞ。なにを勉強したのかな？」

「……アップルパイの生地は……小麦です……小麦から、こねこねこねて、ボォーボォー焼いて……パイになります……すごい……です……」

さりげなく、アップルパイを食べたいとの主張であった。

「うんうん。すごいよね。偉いぞ。ちゃんと勉強してるんだ。じゃ、ご褒美にサラダをたーくさんあげちゃうぞ」

エレオノールがゼシアを褒めつつも、サラダの大皿を彼女の前に寄せる。目の前に突きつけられた山盛りの草に視線を注ぎ、ゼシアが絶望的な表情を浮かべる。戦場では勇猛に戦う彼女も、サラダを前にしてはその気さえ起きないようだ。

「……小麦は……植物です……」

めげずにゼシアは次なる主張を繰り出した。

「植物は、野菜です……！」

名案を思いついたか、キラキラと彼女は瞳を輝かせている。

「……リンゴは……果物です。野菜と果物は……サラダ……です……！」

彼女は目に力を入れて、エレオノールに訴えた。

「アップルパイは……サラダです……！」

「そっかそっか。ゼシアは、サラダが好きなんだ？」

「大好き……ですっ！」

ナイフとフォークを握り締め、力一杯ゼシアはうなずく。

「じゃ、はい、沢山とってあげるぞ」

星のように瞳を輝かせるゼシアの前で、エレオノールはにこにこと笑いながら、野菜サラダを大量に盛っていく。みるみるゼシアの瞳は輝きを失い、どんよりと濁ってしまった。

「ほーら、ゼシアの大好物が大好きなサラダだぞ」

「……ゼシアの大好物が……草に……なりました……」

渋々といった調子で、ゼシアはサラダを食べ始めた。「偉いぞ」とエレオノールが褒めているが、ゼシアは恨めしそうな視線で彼女を見返す。

「平和なことよ」

イージェスが焼きたてのパンを千切り、口に放り込む。ライ麦で作ったパンだ。少々堅めの仕上がりだが、その分しっかりとした歯ごたえがあり、噛めば噛むほど旨味が出る。豊かな土壌、大地の味を感じさせる母さんお手製のパンである。冥王はコーヒーの入ったコップを手にし、眉根を寄せながら、それを飲んだ。

「お。なんだ、イージェス？　お前もしかして、コーヒーはだめか？」

ベーコンをナイフで切り分けながら、父さんが言う。

「いえ、師よ。そのようなことは」

「そうかぁ？　そのわりには、しかめっ面で飲んでるように見えるけどな」

父さんがベーコンを食べると、冥王は一気にコーヒーを胃に流し込む。味わう間もなく、飲んでしまえと言わんばかりだ。

「くはは。まさか冥王と呼ばれたお前に、好き嫌いがあろうとはな」

俺がそう笑い飛ばすと、イージェスはその隻眼でこちらを睨んできた。

「好き嫌いとは大げさなことよ。ただ苦いだけのこと。そなたこそ、相も変わらず、キノコグラタンに夢中とは、二千年前から進歩がない」

蕩けるようなキノコグラタンをスプーンですくい、ゆるりと口へ運んだ後、その甘美なる味を舌のすべてで十分に堪能する。すっとスプーンをテーブルに置き、俺は堂々と答えた。

「ときが経とうと、変わらぬものもある」

「悠長なことよ。そなたが好物を隠そうともせぬため、ミッドヘイズ領の山々からキノコが消え去ったのを忘れたか」

二千年前の話である。俺の好物を知った一部の魔族たちが、乱獲したのだ。ある者は貢ぎ物にするため、ある者は同じものを食べ、験を担ぐため、またある者は魔王の強さの秘密がそこにあると踏み、研究のためにキノコを採った。

「好いたものさえ滅ぼすのが、そなたの宿命よ。ゆめゆめ忘れるな」

「滅ぼす？　俺がキノコを？　宿命だと？」

くくく、と腹の底から笑いがこみ上げる。

「戯けたことを申すその口、封じてやらねばならぬようだな」

俺はキノコグラタンを大皿から小皿にとりわけ、魔力で飛ばす。それはふわりとイージェスの手元に収まった。

「食らうがいい」

　イージェスは不可解な表情でこちらを見た。だが、すぐにキノコグラタンの香りに引き寄せられるようにスプーンを手にし、それをそっと口元へと運ぶ。

「食べ物で釣ろうとしても、詮無きことよ──」

　シャリ、とポルチーニ茸が奴の口で踊った。

「こ、れ、は……⁉」

　静かに隻眼を閉じ、奴は味覚に全神経を集中しながら、グラタンを堪能する。シャリ、シャリ、とキノコが魅惑のダンスを踊っている。

「……この独得のシコシコ食感、溢れる旨味、すっきりとして、それでいていつまでも残る、この後味は──」

　イージェスが驚愕の表情をしながら、その隻眼を開いた。

「──まさか。滅びたはずの、ミッドへイズ産のポルチーニ……か」

「乱獲したからといって、俺のキノコが滅びると思ったか」

「種を蒔いていたか。自らの子孫のみならず、キノコの種を」

　二千年前、キノコが滅びかけたミッドへイズ領の山から僅かな種菌を採取し、それを蒔いた。森林や山岳地帯など、キノコが育ちやすいところに。食物というのは不思議なもので、魔法で作ったり、急成長させたとしても、含まれる栄養は十分ではなく、なにより一級品の物に比べると味が悪い。ゆえに自然に繁殖するのを待ったのだ。

「魔族ですらそうそう立ち入らぬ奥地に、《四界牆壁》で壁を作った。千年も経てば、人々はキノコがミッドヘイズの名産品であることを忘れる。その場は、キノコの楽園となろう」

そうして再び数を増し、たわわに実ったキノコが、今ではこのミッドヘイズ領の至るところに溢れているのだ。

「……あの大戦の最中、人々の平和のみならず、キノコの平和すらも守っていたとは……相も変わらず、恐ろしい男よ」

冥王がキノコグラタンを口に運ぶ。慈しむように味わうその顔を見れば、同好の士だということがすぐにわかる。好きだったのだろう、キノコが。だからこそ、俺に苦言を呈したのだ。

二度と食べられないはずだった好物を、その平和の味を、奴はぐっと噛みしめた。

「その舌に旨味を刻め。俺が魔王、アノス・ヴォルディゴードだ」

「なんか格好いいこと言ってるけど、美味しいキノコを保護してただけだぞっ」

人差し指を立て、エレオノールがそう突っ込んでくる。いつもなら、サーシャがなにか言っているところなのだが、彼女はあいにくまだ酔っぱらっていた。

「うー、食べても食べても、減らないわ」

「それは、みんなの分」

サーシャは、大皿いっぱいに入ったマッシュポテトを、ひたすら口にかき込んでいた。

「どうして、みんなの分をわたしが食べてるのっ？」

「わたしが聞きたい」

ミーシャが淡々と言う。

「残飯処理なのっ⁉」

サーシャはあまり聞いていないようだ。

「うー……みんなの分だとしても多い気がするわ……」

「朝食と昼食だからな」

「どういうことなの？」

顔に疑問を貼りつけ、サーシャが俺に訊いてくる。

「寝坊し、朝食を食べ損ねたのでな。昼食ついでに、朝食も食べることにしたわけだ」

「その理屈おかしくないっ!?」

ふむ。酔いが醒めてきたか？

「じゃ、わたし、お城になっている間、なにも食べてないから、二千年分食べなきゃいけないわっ！」

気のせいだな。

「ね、ミーシャ。そうでしょ？」

ミーシャは、ぱちぱちと瞬きをする。うなずけば、今にもサーシャが二千年分食べ出しそうだからか、若干困ったような顔をしていた。

「……サーシャは、ダイエットした……」

「あ、そっか。だから、お城から、こんなに小さくなれたんだわ。食べるとまたお城にリバウンドしちゃうわね……」

理屈はよくわからぬが、サーシャは納得したようだ。

「イージェス君。これ飲んでみてくれる？」

母さんが、コップに赤いジュースを入れて持ってきた。

「これは……？」

「トマトとレモンを搾って、ハーブを混ぜて、ジュースにしてみたの。サラダを沢山食べてたから、これならお口に合うかなって思って」

冥王の口にコーヒーが合わぬため、作ってきたのだろう。イージェスは、無言で手にしたコップをじっと見つめている。いや、見ているというより、混ぜられたハーブから漂う香りを嗅いでいるのか？　しかし、楽しんでいるといった風ではない。

「トマトジュース、嫌いだった？」

「……いえ……」

イージェスは、コップを傾け、特製トマトジュースを飲む。僅かに、彼はその隻眼を見開き、コップを置いた。

「…………奥方様…………」

「なあに？」

「あ……いえ……」

取り繕うようにイージェスは言った。

「その、このハーブは、数種類を混ぜて……？」

「そう、そうなのよっ、わかる？　お庭で育ててね。ぜんぶで、一〇種類使ってるの。中には野草みたいなのもあるけど、あ、でも、野草って言ってもね。こうやってジュースやハーブティーにできるようなものもあるのよ」

　母さんは嬉(うれ)しそうに語る。

「味は、どうかな？」

　イージェスはうなずき、そして言った。

「とても、美味(おい)しい……」

「よかったー。苦手なものがあったら、遠慮なく言ってね」

　そう口にして、また母さんは調理場の方へ戻っていく。その後ろ姿を、イージェスは懐(なつ)かしそうに、視線で追いかけた。

　そういうことも――

「…………」

「アノス？」

　ミーシャが俺に問いかける。

　なんだ？　耳鳴りがする。ザーザーとノイズ交じりの不吉な音が、頭蓋に響く。

『世界は優しいと――』

　違う。声が聞こえてくるのは、この身の深奥(しんおう)。根源の、その深淵(しんえん)からだ。

『世界は優しいと――思っているのか？』

　まるで聞き覚えのない、ノイズ交じりの声は、強い魔力を感じさせる。

『暴虐の魔王、アノス・ヴォルディゴード』

　どくん、と心臓が波打ち、一際(ひときわ)激しい耳鳴りがした。

『適合せぬ、世界の異物よ』

何者かも知れぬそいつは、静かに俺に語りかける。

『いずれ、選ぶときが来るだろう。この世界の歯車と化すか、それとも異物として取り除かれるか――』

ザーザーと頭の中にノイズが溢（あふ）れる。

『――せいぜい、考えておくことだ』

§6.【重ねた魔眼】

食事を終え、母さんはいそいそと後片付けを始め、父さんとイージェスは鍛冶の訓練のため、工房へ戻っていった。

先程、一瞬響いた声は、もう聞こえぬ。耳鳴りも止（や）んだ。恐らくは《思念通信（リークス）》の応用なのだろうが、どこから飛ばされた声なのか、俺の魔眼でもまるで捉えられなかった。

俺の根源に、直接響いた。そんな気さえする。

どくん、どくん、と心臓が鳴る。根源から溢（あふ）れ出（だ）す、魔力に激しく揺さぶられるように。

「んー、じゃ、これから、どうしよっか？」

エレオノールが言った。

「サーシャちゃんの酔いに任せて、アベルニューの記憶を思い出してもらうのかな？」

「今のところ、それが一番確実そうだ。もう少し酒量を増やしてみるか？」

サーシャを見ると、彼女は「なによー」と言いながら、少し恥ずかしげに視線を逸らす。

酒を創るため、俺はその場に魔法陣を描く。

「待って」

と、ミーシャが声を上げた。全員が不思議そうに彼女を見る。じー、とミーシャは俺に魔眼を向けてきた。

「いつもと魔力が違う」

「んー？」

エレオノールが魔眼を凝らして、俺の深淵を覗く。

「……ほんとだぞ。というか、アノス君、またちょっと強くなってないかな？」

「なに、グラハムの根源を取り込んだ副産物にすぎぬ。虚無を滅しようと、俺の根源が秘めた力を発揮しているといったところか」

「わーお、まーだ秘めてたんだっ」

おどけた口調でエレオノールは言う。しかし、すぐに彼女は疑問を浮かべた。

「あー……っと……でも、それがどうかしたのかな、ミーシャちゃん？」

「強くなるのは、よくない」

淡々とミーシャは言う。

「んー？　どうしてだ？　強くなったら、悪い奴を簡単にぶっ飛ばせちゃうぞっ」

「ゼシアも……強くなりたいです……！」

手をピッと上げて、ゼシアが大きく主張する。

「アノスの魔力の深淵は、たぶん、この世界が許容できる限界を超えているから」

唖然とした表情で、エレオノールが俺の顔を見る。

「強くなればなるほど、力を抑えなきゃいけなくなるだけ」

淡々とミーシャは言う。

「溢れ出す魔力で、世界が壊れないように」

ふむ。大したものだ。ずいぶんとミーシャの魔眼は成長した。出会ったときからその素質は尋常ならざるものだったが、そのときと比べても見違えるほど万物の深淵を覗くことができるようになった。

「強くなりすぎて、力を抑えきれていない」

俺の心を覗くようにして、彼女は訊いた。

「違う？」

その問いに俺はうなずく。

「予想より多く魔力が増してな。少々、制御に苦労しているところだが、なに、直に慣れる」

「地底のときは、根源がぐちゃぐちゃだった」

《極獄界滅灰燼魔砲(エギル・グローネ・アングドロア)》を克服し、おかげで俺の根源は乱れに乱れた。滅びを克服し、根源が新たな形に落ちつくまでには少々時間が必要だ。地底では、あまり猶予がなかった。

「今回は、とうに落ちついているぞ」

こくりとミーシャはうなずく。

「根源は綺麗な形」

静かに彼女は言った。

「なのに、あのときよりも、不安定」

ほう。そこまで見えているとはな。

「急に背丈が伸びたようなものだからな。これまで届かぬ場所に手が届き、うっかり壊してしまうこともあろう」

魔力を魔力で抑え、拮抗させる。力の総量が変化すれば、その整合を保つのも一苦労だ。今はまだ完全には抑えきれず、溢れ出そうとする魔力を、俺自身の根源にて受け止めるしかない。結果、少々、傷を負う羽目になる。このところ、耳鳴りが続いているのもそのためだ。

しかし――あの声については、心当たりはないがな。

「強くなりすぎるというのも、なかなかどうして、困りものだ」

「また手伝う」

「以前は確かに助かったが、今回はまた状況が違うぞ」

ミーシャはうなずく。

「前は歪んだ根源の形を整えた」

迷いなく彼女は言った。

「今度は、魔力が抑えられるように補助する」

「俺の力を抑えると？」

「ん」

ミーシャは視線を逸らさず、じっと俺の深淵を覗いている。引くつもりはないようだな。

「信じられない？」

その問いに、俺はふっと笑った。

「任せよう」

ミーシャは嬉(うれ)しそうな表情を浮かべると、エレオノールを見た。

「手伝って」

「もちろんだぞっ」

「ゼシアも……手伝い……ますっ……！」

ぐっと両拳を握り、彼女は意気込みを見せた。

「アノスの部屋に」

そう口にして、ミーシャが歩き出す。二階へ上がり、俺の部屋に移動した。

「座って」

ミーシャがベッドを指さす。俺はそこに腰かけた。とことことミーシャが歩いてきて、ベッドの上でちょこんと正座をする。俺の頭に手を触れ、《飛行(フレス)》で体をふわりと浮かせながら、ゆっくりと仰向けに倒していく。そのまま俺の頭は、ミーシャの膝の上に収まった。

「アノスの深いところ」

柔らかい声で、彼女は言う。

「見せて」

根源の反魔法を解除していき、その場に曝(さら)す。

「んー？」

エレオノールがぴょんっとベッドに飛び乗り、俺の体に顔を近づける。その魔眼に魔力が集中し、光を放っていた。

「すっごい魔力なのはわかるけど、なにがどうなってるのか全然わからないぞ」

エレオノールの魔眼では、たとえ反魔法を解除しようと、俺の根源の深淵まではまだ覗けぬのだろう。

「自然に溢れ出そうとしている魔力を、アノスが操っている魔力が堰き止めている」

ミーシャがそう説明した。無論、口で言うほど、単純なことではない。外に出ようとする魔力もあれば、内側で循環している魔力や、奥に秘められている魔力など、大きく分類しただけでも一〇〇を超える力の流れがあり、それらは絶えず入り乱れ、変化しているのだ。

「……ボクには全然わからないけど、大丈夫なのかな？」

ミーシャはうなずく。

「アノスの根源のできるだけそばに、疑似根源を作って」

「了解だぞっ。アノス君、ちょっと濡れるけど、ごめんね」

エレオノールの周囲に魔法文字が漂い、そこから聖水が溢れ出す。俺やミーシャを巻き込まないよう、その水はいつものように球体を象らず、彼女の体に沿うように展開された。

「触っちゃうぞ」

そっと俺の胸にエレオノールの手が触れる。できるだけ、根源近くで《根源母胎》の魔法を使うためだ。

「なんなら、貫いても構わぬぞ」

「そっ、そんなことできないぞっ。反魔法もないし、ここからでもできるから」

魔法陣が描かれ、俺の体の内側に、疑似根源が出現する。しかし、瞬く間にそれは、力を減衰させ始めた。

「できるだけ強く。アノスの根源のそばだと、すぐに滅ぶ」

「……わかったぞ………」

《聖域》の光が、エレオノールに集う。ゼシアが元気よく挙手をした。

「……ゼシアは……なにをしますかっ……？」

「応援してあげて」

ゼシアはうなずき、言った。

「……がんばれっ……です……！　がんばれっ……です……！」

ゼシアの応援で、《聖域》の光が僅かに輝きを増す。

「……効きましたかっ⁉」

嬉しそうな表情でゼシアが問う。

「うんうん、その調子だぞ」

ゼシアが得意満面の顔で大きく手を振って、応援を始めた。

「……がんばれっ……ですっ……！　がんばれっ……ですっ……！」

「んー、これが限界だぞ。たぶん、もって三日ぐらいかな」

「大丈夫」

ミーシャは《創造の魔眼》を浮かべ、俺の内側を覗き込む。そうして、その魔眼の力にて、エレオノールが作り出した疑似根源を創り変えていく。

「アノスの魔力は膨大すぎて、細かい制御は手順が複雑」

たとえ一万分の一以下の単位で力を制御できたとて、元が強すぎれば、微細な魔力制御にはならぬ。単純化して述べるならば、一〇の力が根源から溢れ出そうとするとき、俺は一〇の力をそのままでは作り出せぬ。一万一〇と一万を相殺させ、残った一〇の力にてそれを抑えるのだ。ミーシャの言う通り、手順が少々複雑だ。それが一つ二つならばいいが、膨大な数となってくれれば、いくつかは甘んじて根源で受け止めた方がリスクが小さい。小さな力が漏れ出ること自体に害はないのだが、そこが突破口となり、より大きな力が溢れ出す危険性もある。

「細かい魔力制御を請け負う補助根源を創った」

ミーシャが視線で俺の深淵を撫でるようにして、補助根源を俺の根源に近づけていく。それは文字通り、弱い力を相殺すべく働く俺の魔力を補助している。小さな魔力を足したり引いたり、あるいは漏れ出る力の防波堤となる。先程エレオノールが言った通り、補助根源自体が、俺の根源による滅びの力に曝され、やがては消滅することになるがな。

それまでに、この力を制御できるようになればいいだけの話だ。

「どう？」

「ふむ。なかなか楽になった。大したものだ」

「よかった」

ミーシャが嬉しそうに笑う。

「もう少し、補助根源を調整する」

「うー……ミーシャ……わたしは、できることないのっ……？」

蚊帳の外だったサーシャが、一人ぽつんとベッドから離れたところに立ち、不服そうな顔をこちらへ向けている。ミーシャは困ったように、首をかしげた。

「応援？」

「どうせ破壊神だもんっ。壊すことしかできないんだもんっ」

駄々っ子のようにサーシャは言う。

「わたしは、ただアノスより弱いだけだから、アノスの役には——」

言いかけて、サーシャは口を閉ざした。

「サーシャ？」

ミーシャが問うが、彼女は無言だ。まるで、なにかを思い出そうとしているかのように。

「……アノス……」

ゆっくりとサーシャがこちらへ歩いてきて、俺の顔に、その顔を寄せる。ゆらり、とその金の髪が垂れ、鼻先をくすぐった。彼女の瞳には《破滅の魔眼》が浮かんでいる。

「できるかも。たぶん……わたしにも」

その滅びの魔眼に見つめられ、俺の瞳に勝手に魔法陣が浮かび上がる。それは《破滅の魔眼》だった。

「ふむ。なにをした、サーシャ？」

「アノスの《破滅の魔眼》を通して、アノスの根源の中で暴れている力を自壊させるわ」

サーシャの《破滅の魔眼》がじっと俺の根源を、その深淵を覗き込む。彼女が口にした通り、魔力が淀み、荒れ狂っていた力が破壊されていき、滞っていた流れがスムーズになった。

「……思い出したかもしれない……うぅん、思い出したわ……」

熱に浮かされたようにサーシャは言う。

「少しだけ」

「過去をか？」

うなずき、彼女は瞬きして、《思念通信》の魔法陣を描いた。

「見て。わたしの頭の中を。アベルニユーの想いが、ここにあるわ」

彼女の魔眼が、蒼白く光っていた。それはまるで創星エリアルのように。《思念通信》を通し、俺の頭に、過去の映像が蘇る――

§7.【破壊の空】

神話の時代。それはある日の尊き戦い。魔族の兵たちが、支配されていたディルヘイドの空を取り戻そうと、犠牲を顧みず、決死の覚悟で太陽を目指したときのこと。

青き空は、破壊の暗雲に覆われていた。

「《獄炎殲滅砲》掃射準備」

魔族の兵の声が響く。

「了解。魔法陣展開。第一門から第一〇門展開完了」

「第二門から第二〇門展開完了」

「第二一門から第三〇門、並びに第一〇〇門までの砲門展開完了！」

地上より遥か彼方、大空を駆けるのは《創造建築》の魔法にて創られた飛空城艦ゼリドへヴヌス——希代の創造魔法の使い手、創術家ファリス・ノインが一〇〇〇年の歳月をかけて完成させた巨大要塞である。その城の前に、次々と魔法陣の砲門が展開されていた。

「第二陣、来ますっ！」

警告の声に数瞬遅れ、ぬっと闇色の影が姿を現す。飛空城艦ゼリドへヴヌスを取り囲むように、翼を持つ天使の影が無数に浮かび上がった。破壊の番神エグズ・ド・ラファン。破壊の秩序を守護する神だが、これほど多くの個体が同時に地上へ現れることは珍しい。

理由は二つ。この空は神界の入り口に最も近いこと。もう一つは、ファリスが駆る飛空城艦ゼリドへヴヌスには暴虐の魔王が乗っている。その船は、この世で最も大きな滅びの秩序、破壊神アベルニユーへと近づいていた。

「秩序ヲ乱ス事ハ、許サヌ」

影の天使たちが、翼を広げる。

「《神破爆砕》」

ゆらゆらと影の陽炎が立ちこめる。けたたましい音が鳴り響き、飛空城艦ゼリドへヴヌスの上部が砕け散った。備えられた自動修復魔法にてすぐさま復元されるも、破壊の番神による《神破爆砕》は次々と牙を剝き、ゼリドへヴヌスを砕いていく。激しい爆音が空に響き渡り、地上までも揺るがすほどであった。

「ぐ、ぐおおおおぉぉぉっ……！」

「た、隊長、これ以上の被弾はっ……！」

《神破爆砕(ドミオス)》の集中砲火により、魔族の精鋭たちもたまらず、悲鳴を上げる。しかし、操舵室(そうだ)にて舵(かじ)を握る男は、どこ吹く風で言った。

「美しい。さすがは破壊の神々といったところでしょうか。我が魂を込めた傑作、飛空城艦ゼリドヘヴヌスをこうまで美麗に砕くとは」

　魔眼を光らせ、ファリスは言う。

「洗練されたものはかくも美しい。秩序の番神ともなれば、最早(もはや)、そこに存在するだけで鮮やかかな。しかし――」

　希代の創術家は、上品な笑みを見せた。

「その美麗なる秩序、あえて破壊してこそ描ける絵があるというもの。ゼリドヘヴヌスは、我が生涯最高の作品。神秘に満ちた自然の美――神にさえ引けを取るものではありません」

《神破爆砕(ドミオス)》の被弾を続け、魔法による修復が追いつかなくなり、ボロボロと飛空城艦は崩れ落ちていく。だが、それでも力強く、ゼリドヘヴヌスは飛ぶ。装甲という重りを捨て去ることで、ぐんぐん加速していった。

「さあ、舞い上がりなさい、ゼリドヘヴヌス。この空の彼方(かなた)へと」

「りょ、了解。おめえらっ、隊長のお墨付きだ。飛ばせぇぇっ」

「「「おうりゃあああああああぁぁぁぁっ!!」」」

　ファリスの《魔王軍(ガイズ)》により、集団魔法を行使する魔族たちは、神々への反撃は行わず、

《飛行》にてゼリドヘヴヌスの速力を更に上げる。あたかも光の矢の如く、飛空城艦は空を駆け、包囲していた影の天使たちを瞬く間に置き去りにした。

「第三陣、第四陣を突破っ！」

「も、目標補捉っ！　視認可能空域に入りますっ！」

魔族の一人が声を上げる。進行方向に、禍々しくも巨大な太陽の影が見えた。

「前方、距離八〇〇〇。《破滅の太陽》サージエルドナーヴェですっ！」

「……美しい……」

ファリスが感嘆したように呟く。途端に真っ黒だったその太陽の影が、更に濃くなり、禍々しい闇にて空を彩り始めた。

「サージエルドナーヴェの変異を確認。完全顕現まで、およそ三分と予想されます」

「さあ、いよいよフィナーレです。黒陽照射までに零距離へ接近。美しく飛びなさい」

「了解っ!!」

強大な魔力を発する《破滅の太陽》へ向かい、ゼリドヘヴヌスは突撃した。

「第五陣、来ますっ！」

前方に立ち塞がったのは、またしても影の天使、破壊の番神エグズ・ド・ラファンたちだ。

「「行カサヌ」」

不気味な声とともに、その空域に影の陽炎が揺らめいた。一斉に展開された《神破爆砕》が《破滅の太陽》への行く手を遮るように壁を作る。それは、破壊に満ちた結界だ。

「描きなさい。我らが炎の美、神々へと見せて差し上げましょう」

「了解っ！　《獄炎殲滅砲(ジオ・グレイズ)》一斉掃射っ！」

描かれた一〇〇門の砲門から、ぬっと漆黒の太陽が姿を現す。

「美しき炎の調べを」

「放てぇぇぇぇーっっっ！！！」

《神破爆砕(ドミオス)》の結界へ向け、《獄炎殲滅砲(ジオ・グレイズ)》が一斉に掃射される。漆黒の太陽が、陽炎(かげろう)の結界に衝突し、次々と爆砕していく。空は黒き炎に染まった。

「そうら、道ができましたよ。苛烈に燃ゆる、あの太陽への懸け橋が」

「まさか、隊長、あそこへ？」

部下の一人がごくりと息を呑む。ファリスは美麗な笑みを覗(のぞ)かせた。

「美しくあれ」

「りょ、了解っ！　聞いたか、野郎共っ！　《獄炎殲滅砲(ジオ・グレイズ)》が爆砕している場所は、《神破爆砕(ドミオス)》の威力が最小限。つまりは穴だ。掃射を続け、突っ込めぇぇぇっ!!」

ぐんとゼリドヘヴヌスが加速し、同時に《獄炎殲滅砲(ジオ・グレイズ)》を掃射する。《神破爆砕(ドミオス)》の結界の中で、次々と爆砕していく《獄炎殲滅砲(ジオ・グレイズ)》は彼らに一本の道を作る。それは、ファリスの言う通り、さながら炎の懸け橋だった。その黒く燃え上がる炎の真っ直中へ、飛空城艦ゼリドヘヴヌスは突っ込んでいく。《神破爆砕(ドミオス)》は、《獄炎殲滅砲(ジオ・グレイズ)》に阻(はば)まれるといえども、黒き炎はゼリドヘヴヌスを直接焼く。すでに半壊していた飛空城艦が炎に包まれ、ますます崩壊の一途を辿(たど)った。

「渡れ。破壊の空にかけられた、険しき炎の道を。いと美しく！」

炎に身を焼かれながらも、飛空城艦は空を駆ける。黒く輝く影の太陽へとみるみる押し迫り、あと僅かで艦体が届く——しかし、その直後、ゼリドヘヴヌスは急激に減速した。

「これは……⁉　まさか……⁉」

「さ、サージエルドナーヴェの黒陽ですっ！」

「馬鹿なっ！　まだ完全顕現前だぞっ！」

ファリスは、その魔眼にて、影の太陽を見つめる。

「……どうやら、サージエルドナーヴェに近づけば、完全顕現前とて、破滅の光の影響を受けるようですね……」

ドゴゴゴォォンッとけたたましい音が響き渡り、飛空城艦が激しく揺れた。いつのまにか、黒陽を纏った破壊の番神エグズ・ド・ラファンが、飛空城艦を包囲している。影の天使たちは、神弓に矢をつがえた。黒陽を鏃としたその矢が一斉に放たれると、飛空城艦ゼリドヘヴヌスの堅固な反魔法を容易く突破し、艦体に無数の穴を穿つ。

「しゅ、修復が効きませんっ！」

「なんと鮮やかかな。サージエルドナーヴェの黒陽の下、破壊の番神はその美しさを増すといったところでしょうか。これこそ、自然の美」

ファリスがそう状況を分析する。飛空城艦に雨あられとばかりに、黒陽の矢が降り注いでは突き刺さり、これ以上は進むどころか、今にも墜落しそうだった。

「「「ぐ、ぐああああああああああああぁぁぁぁっ……‼」」」

「じょ、城艦下部大破っ！　落とされましたっ！」

「たっ、隊長っ！　さすがにこれ以上は……!!」

「このままでは、無駄死にですっ！　一度、退却を……!!」

集団魔法による《飛行》で魔力を叩き込んでも、最早、ゼリドヘヴヌスの墜落をかろうじて防ぐのが精一杯だった。その艦体は今にも破壊され、空に散ろうとしている。

「ふむ。ご苦労だったな、ファリス」

飛空城艦ゼリドヘヴヌスの操舵室に、声が響く。神へと挑む精強な魔族たちすら畏怖を覚えるその言葉は、混乱していた操舵室に静寂すらもたらした。彼らの後方、玉座に座っているその男は魔王アノス・ヴォルディゴード。傍らには、その右腕シン・レグリアが跪いていた。

「誇るがよい。お前たちは十分に役目を果たした」

アノスが立ち上がれば、その後ろにシンが付き従う。だが、彼の歩みを阻むように、ファリスが立ちはだかった。

「魔王陛下ともあろう御方が、私に筆を途中で止めろと仰せで？」

その進言に、シンが視線を険しくする。

「陛下は、あの《破滅の太陽》まで御身を運ぶように仰せられました。サージエルドナーヴェの中心にいる破壊神を堕とすため、その魔力を温存する必要がありましょう」

「口が過ぎますよ、ファリス。我が君の恩情、受けられぬというのなら、その首をここで落とすまで」

鋭い殺気を放つシンを、アノスは手で制する。魔王の視線を、ファリスは真っ向から受け止めた。

「死ぬつもりか？」

「お言葉ながら、陛下。元よりこの戦乱の世に、私のような創術家に生きる道などありません。空に描く炎ではなく、海に浮かべた氷像ではなく、戦争のための城艦ではなく、一枚のキャンバスにただ絵の具を走らせたかった」

ファリスは手に一本の筆を持ち、魔力を込めた。

「陛下の目指す美しい平和こそが、私の唯一生きる道」

黒陽の矢を受けて、ゼリドヘヴヌスが激しく揺れる。

「動力部に被弾っ！　固定魔法陣損壊率六八パーセントっ！　もうもちませんっ！」

「ゼリドヘヴヌスをこの空域へ上げるために、多くの魔族の兵が、あの黒陽に焼かれていきました。すべては陛下を、万全の御姿で破壊神のもとへ辿り着かせるため」

ファリスは、柔らかい表情で言った。

「争いは終わるのでしょう？　破壊神を堕とした後に、平和な世が訪れるのでしょう？」

「二言はない」

創術家は笑った。

「お座りください。そして、どうか命じてくださいますよう。この破壊の空に、平和の絵を描くように」

シンは踵を返し、背中を見せる。魔王は再び玉座に座った。

「連れていけ、ファリス。お前の船は、ディルヘイド一美しく空を駆ける」

「とくとご覧に入れましょう」

魔筆を振るい、ファリスは魔法陣を描く。

「美しき、魔王の兵よ。我らの目的はなにか？」

ファリスの問いに、一人の魔族が答えた。

「我が君を……あの《破滅の太陽》までお連れすること……！」

「我らが同胞は、この戦乱の最中、人間や精霊、神々の手によって、死に絶え、滅び、消滅した。すべての元凶、滅びの秩序はあの空に輝く不吉な太陽、サージエルドナーヴェにある」

部下を鼓舞するように、ファリスは言った。

「ならば、なにを恐れる必要がありましょうか。あれを堕とせば、あのとき救えなかった者たちの命を、今度は救うことができる。あの悲惨な別れを、我らが愛する子孫たちが、繰り返すことはないのです」

その声に、操舵室にいた全員が腹をくくる。

「美しき魔王陛下が命ぜられた。御身をあそこまで運べと。ならば、その絵が我らに描けぬわけがないでしょうっ！」

「然りっ！」

「我らが魔族の悲願のためにっ！」

「美しき平和のためにっ！」

「行くぞぉおおおおおっ、振り絞れぇぇぇぇぇっ！！！」

飛空城艦ゼリドヘヴヌスが巨大な魔法陣に包まれる。

「《創造芸術建築》」

ゼリドヘヴヌスが、巨大な翼を広げた。集団魔法による《創造芸術建築》により、その城艦の姿を新しく創造したのである。変わらず、影の天使たちから、黒陽の矢が放たれる。それは悉く飛空城艦に直撃し、滅ぼしていくが、みるみる内にゼリドヘヴヌスは修復する。

否、新しく創っているのだ。黒陽の矢で滅ぼされた城艦は直すことができない。ゆえに、攻撃を受ける度に、ファリスは新たな城艦の形を創り出し、そこに生み出している。戦乱の世に、それでも芸術家を夢見たファリス・ノインならではのは創造魔法であった。

「さっ、サージエルドナーヴェ、まもなく完全顕現しますっ！」

「番神どもが、前方の進路を塞ぎっ……！　迂回が間に合いませんっ！」

ファリスは言った。

「美しくあれ」

「りょ、了解っ！　突撃ぃぃいいいいっっっ！！！」

前方を塞ぐ影の天使たちに、構わずゼリドヘヴヌスは突っ込んだ。破壊の番神エグズ・ド・ラファンを蹴散らすとともに、その秩序の影響をもろに受け、《創造芸術建築》の術式自体が破壊されていく。

「「「ぐ、うおおおおぉぉぉぉぉぉぉおっ！！！」」」

艦体がボロボロになりながらも、それでもゼリドヘヴヌスは船首を刃と化し、影の壁をこじ開けていく。

「「「行っけぇぇぇぇぇぇぇぇぇっっっ！！！」」」

残った砲門から《獄炎殲滅砲》が一斉に撃ち込まれ、僅かに隙間が空いた。その先には、

《破滅の太陽》が見える。

「今っ――」

ドゴオォオンッと飛空城艦が大きく揺れ、失速した。エグズ・ド・ラファンどもに取りつかれ、《創造芸術建築》の術式が完全に破壊されたのだ。最早、城艦を新しく創ることもできない。翼すら失い、ゼリドヘヴヌスは破壊の陽炎に飲まれ、落ちていく。声が響いた。

「陛下。後は――」

「よくやった」

魔王アノスが、空に浮かんでいた。彼は、破壊の番神たちの壁を越え、すでにサージエルドナーヴェの目前にいる。ゼリドヘヴヌスがこじ開けた僅かな隙間から、その刹那、なによりも速く飛び抜けたのだ。

「ファリス、お前の願いは叶えてやる」

墜落するゼリドヘヴヌスに背を向けて、アノスはまっすぐ《破滅の太陽》を目指した。後ろにはシンがついてきている。

「我が君」

シンが鋭く声を発する。巨大な影が反転し、闇色の日輪が姿を現す。万物万象に等しく死と滅びを突きつける、《破滅の太陽》サージエルドナーヴェが、冷たい輝きを放ち始める。

「《身体変異》」

「御意」

シンの体に魔法陣が描かれ、その身体が変異していく。闇の光が彼の体を覆えば、その輪郭がぐにゃりと歪(ゆが)んだ。みるみる凝縮されていく闇は、ある姿を象(かたど)り始める。片側だけにきらりと光る刃、まっすぐ伸びた剣身、鍔(つば)はなく、無骨な柄。それは、一振りの魔剣だった。

「神殺凶剣(しんさつきょうけん)シンレグリア」

《破滅の太陽》サージエルドナーヴェが、滅びの光、黒陽を放つ。空が闇に包まれ、地上に滅びの気配が覆った。それを斬り裂くが如(ごと)く、神殺凶剣が閃(ひらめ)く。一呼吸にてアノスの剣閃(けんせん)が闇に刻んだのは、魔法陣の跡である。

「《凶刃狂斬神殺三昧(ゴルドラ・エゴロノイア)》」

一閃(いっせん)――剣閃(けんせん)の魔法陣に向かって振り下ろされた神殺凶剣は、迫りくる黒陽を真っ二つに両断してのけ、闇を払った。サージエルドナーヴェが身を隠すように、再び影に戻り始める。

「逃がさぬ」

空を飛び、《破滅の太陽》に突っ込んでいくアノスは、その巨大な日輪の影へ手にした魔剣を突き刺した。ギギギギギギギギギッと滅びの秩序が荒れ狂う。アノスは刃を放すと、僅かにできたその傷口をつかみ、ぐっとこじ開けた。中は深い闇である。アノスの魔眼をもってすら、一寸先も見えなかった。滅びの充満したその場所へ身を投げれば、あらゆるものが瞬(またた)く間(ま)に滅びるだろう。ゆえに、万全の姿でここまで昇る必要があった。

迷いなく、彼はその中へ飛び込んでいく。滅しようと襲いかかる破滅の秩序を、滅紫(けしむらさき)に染まった魔眼にて封殺しながら、アノスはひたすら深奥(しんおう)を目指す。進めば進むほど、上下の感覚がなくなり、闇はひたすら深くなる。だが、中心にある強大な魔力だけは隠しようがなく、アノスはそこへ向かっていた。ふと、なにかが聞こえた。幽(かす)かな声。それは、誰かの泣き声のように思えた。深奥に迫るごとに、その声は大きく、はっきりと輪郭を帯びる。

そうして、アノスはそこに辿り着いた。暗闇の深奥に座すのは、恐ろしいほど強大な魔力。この世の破滅を凝縮したかのような力が、そこから発せられていた。その馬鹿げた破壊の力とは裏腹に、闇の中心にぽつんと浮かんでいたのは、小さな人影だ。闇よりも更に暗く、真っ黒な影である。魔王が更に近づけば、影が反転していき、それは一人の少女と化した。

長い髪は金に染まり、闇の中をふわふわと漂っている。再び泣き声が聞こえたような気がした。少女は、抱えた膝に顔を埋め、震えながら、じっとうずくまっている。アノスが近づいても、彼を見ようともしなかった。

「名乗るがいい」

聞こえていないのか、やはり、少女は俯いたままだ。アノスは手を伸ばし、彼女の顎に触れる。そして、ゆるりと持ち上げた。少女の神眼と魔王の魔眼が交錯する。

「……あ……」

その神眼から滅びの力が溢れ出す。凶悪な魔力が、荒れ狂うように猛然とアノスに襲いかかった。

「睨めっこでもしたいのか？」

牙を剝いた破滅の視線を、彼は真っ向から受け止め、睨み滅ぼしてみせた。

少女は、目を丸くする。

「問おう。名はなんという？」

一瞬の静寂。その後に、声が響いた。

「アベルニユー」

淡々と彼女は口にした。アノスの予想通りの答えを。

「破壊を司る秩序。わたしは、破壊神アベルニユーよ」

まるで泣き腫らしたような赤い目に魔法陣を浮かべながら、アベルニユーは問う。

「あなたは、誰なの？」

§８．【思い出を巡る方法】

「あれ……？」

自室にて、サーシャが呟く。蒼白く光っていた彼女の魔眼が、元の碧に戻った。《思念通信》にて伝えられていた過去の映像が忽然と消え、俺を覗き込む少女の顔だけがそこにあった。

「……うーん、おかしいわ……もっと思い出せそうだったのに……」

サーシャが頭を捻り、うんうんと唸る。しかし、それ以上は思い出せない様子だ。

「だけど、あれよね？　あのとき、アノスがアベルニユーにしたのって、こういうことじゃない？」

《破滅の魔眼》を浮かべながら、サーシャは俺の魔眼を覗き込む。視線を介し、俺の深奥まで、その滅びの魔力が届く。根源にサーシャの《破滅の魔眼》が強く干渉し、溢れ出る力を自壊させていた。無論、今のサーシャの力で俺の魔力を削りきれるわけもないが、幾分か弱められた分、制御が少々楽になった。

「俺とは違い、力が強大すぎるために制御が効かぬ、というわけではなさそうだったがな。神族が司る秩序には、元より己に制御できぬ領域がある」

「んー、どういうことだ？」

エレオノールが訊く。ゆるりと身を起こしながら、俺は説明した。

「たとえば天父神は、秩序を生む秩序だ。自らの意志で番神程度ならば生むことができるだろうが、他の秩序を司る神を自由に生めるかというと、そうはいくまい。そんなことをすれば、容易く秩序が乱れるからな」

「アベルニユーは破壊の秩序を制御できなかった？」

ミーシャが尋ねる。

「そういうことだ。殆どの神族は、制御できぬ秩序を己の意志だと認識しているが、アベルニユーは違ったのやもしれぬ」

たった今、サーシャが見せたあの過去で、アベルニユーは泣いていた。それは自らが破壊の秩序であることを憂えてのことか？　あれだけでは、まだ断言できぬが、彼女がサーシャだというのならば、おかしな話でもない。

「アノスは今の、覚えてないの？」

「アベルニユーとまともな話をした覚えはない。俺が失った記憶だろう」

ミリティアが奪い、辻褄を合わせる記憶を創造したのだろうが、さて、なにが目的だったのか？　依然として、ミリティアにあの記憶を奪う理由は見つからない。

「……続きが、知りたいわね……」

呟くサーシャの顔を、じっとミーシャが覗き込む。

「どうしたの、ミーシャ？」

不思議そうにサーシャは、ミーシャの顔を見返す。

「酔いが醒めた？」

「え？　あ、うん……そういえば、ちょっと醒めてきたわ……なんか、家を出てからの記憶が怪しいんだけど、変なこと言ってなかったかしら？」

ミーシャは少し困ったように考え込む。その後に言った。

「アベルニユーっぽい感じだった」

「じゃ、本当にお酒の力で記憶が戻ったの……？　そんな馬鹿なことってあるかしら？」

サーシャは釈然としない様子である。

「でも、サーシャちゃん、実際に思い出したぞ」

エレオノールが言う。

「……お酒飲んだら、普通は忘れるじゃない……なんで、思い出すのよ……？」

「酒の力だけではあるまい。お前は先程、《破滅の魔眼》にて、俺の根源から溢れ出そうとする滅びの力を自壊させた。その行為が、かつてのアベルニユーの想いを呼び覚ましたのではないか？」

サーシャが考え込む。すると、エレオノールが指を一本ぴっと立てた。

「じゃ、あれだ。アベルニユーが大事にしてた思い出と、似たようなことを見たり、やったりするとと、思い出すんじゃないかな？」

「想いを辿り、記憶を思い出すとミリティアも言っていたことだしな」

サーシャが頭を手で押さえる。

「うーん。じゃ、それはそれとして、この先どうすればいいのかしら？　そもそも、その思い出がなにかわからないわけだし」

「つまり、これが一番手っ取り早い」

立ち上がり、俺は魔法陣を描く。その中心に手を入れ、先程生成したぶどう酒の瓶を取り出す。創造したグラスに、酒を注いだ。

「飲め」

「なんか、昼間からお酒ばかり飲んでるって、悪いことしてる気分だわ」

グラスを手にして、サーシャはこくこくとぶどう酒を飲み干した。とろんとした表情で、彼女は言った。

「おかわり」

「あまり飲みすぎぬことだ」

グラスに酒を注いでやる。

「あら、ご挨拶ね。沢山飲めば、わたしのこともっと思い出すかもしれないわ」

「んー、あれ、誰目線だ？」

「サーシャとアベルニユーが半分？」

エレオノールとミーシャが疑問の表情を向け合っている。すると、ゼシアが大きくを手を挙げて、得意満面に言った。

「サーシャベルー……です……！」

　こくこくと再びぶどう酒を飲み干すと、サーシャは手を頭に当てた。

「あ……！」

「サーシャちゃん、思い出しそう？」

「……頭が痛くなってきたわ」

　ふらふらの足取りで、サーシャはグラスを俺に差し出す。

「とりあえず、お酒を飲んで治すわ」

「サーシャベルーから、ただの酔っぱらいになっちゃったぞっ」

　そううまくはいかぬものだな。ひとまず、サーシャのグラスには魔王酒を注いでおく。彼女は嬉しそうにそれを飲んだ。

「ねえ、外に行ってみてもいい？」

「ああ」

　サーシャはふらふらの足取りで部屋を出て、階段を下りる。彼女の後についていき、俺たちは家を出た。無軌道に歩き回るサーシャを見守りつつ、ミッドヘイズの街を歩いていく。

「んー、このままなにも考えずに歩いてても、偶然アベルニユーの思い出に辿り着く気は全然しないぞ」

　エレオノールが言うと、ゼシアは両拳を握った。

「ゼシアは……思いつきました……！」

「お。なにを思いついたんだ？」

「偶然思い出に辿り着く魔法を使います」

「ゼシアはお利口さんだっ。アノス君の出番だぞっ」

冗談めかしてエレオノールが言う。ミーシャが首をかしげ、俺の顔を見上げた。

「ある？」

「サーシャの記憶があればな」

記憶さえはっきりしていないのに、思い出に辿り着けるような、そんな都合の良い魔法は存在しない。

「……しかし、そうだな。直接的ではないが、近いことならばできるやもしれぬ」

なにもない往来でつまずき、倒れそうになったサーシャの手をつかみ、俺は言った。

「サーシャ。これから、レノに会いに行くがいいか？」

「大精霊レノ……？」

アベルニユーの想いが混ざっているのか、サーシャがきょとんとした顔になる。しかし、すぐに嬉しそうに笑った。

「うんっ、いいわ。久しぶりね」

俺は《転移》の魔法陣を描く。

「あ、そっか。精霊だ。思い出の精霊みたいなものがいないか、レノちゃんに訊いてみるってことかな？」

思いついたようにエレオノールが言った。

「噂と伝承に左右される精霊の能力は不可思議だ。サーシャの思い出を辿るのに役立つ精霊がいるかもしれぬ」

たとえ、記憶を蘇らせる精霊がいたとしても、俺の記憶もサーシャの記憶も戻らぬだろう。

それで、戻せるものならば、《追憶》の魔法で戻せている。だが、探し物が見つかりやすくなる、あるいは運が良くなる、といった精霊であれば、その力は発揮されるかもしれない。

「行くぞ」

全員で手をつなぎ、《転移》の魔法を使った。視界が真っ白に染まり、やってきたのはミッドヘイズの外れにある土地だ。自然の豊かな場所で、木々に溢れ、草花が生い茂った奥には、家ほどの大きさの大木があった。大精霊レノが、ミッドヘイズに作った邸宅である。レノ、シン、ミサの三人でそこに暮らしている。

時折、アハルトヘルンに戻っているようだが、今はここに彼女の魔力を感じる。

「誰かいる」

ミーシャが、大木の邸宅の方角を指さす。そこにいたのは、一組の男女だった。一人は白髪で薄い青の瞳を持った中性的な顔立ちの少年。もう一人は、癖のある栗毛の少女。誰あろう、レイとミサである。二人はミサの自宅である、その大木の邸宅に視線を注いでいる。

「少し緊張するね」

「だ、大丈夫ですよー。今日はお父さんはお仕事があるって言ってましたから、お母さんしかいませんし」

レイの緊張を解すように、ミサは言った。

「それにお母さんは、あたしの味方ですし。ちょっとお茶するだけですし。なにかあったら、あたしがなんとかしますから。レイさんは気楽に構えていて、全然大丈夫ですっ」

レイはふっと爽やかに微笑む。

「心強いよ」

そう口にした後、レイはミサと一緒に、大木の邸宅の中へ入っていった。

サーシャがずいと身を乗り出して、その様子を見た後、ぱっとこちらを振り返った。

「ご挨拶だわっ!!」

§9.【レグリア家のおもてなし】

二人が入っていった大木の邸宅を一瞥し、俺は言った。

「出直した方が良さそうだな。レイたちの邪魔をするわけにもいくまい」

隣でミーシャがこくりとうなずく。

「ボクもそれがいいと思うぞ。どんな話をするのかは気になるけど……」

「……ゼシアも邪魔……しません……我慢の子……です……！」

ゼシアがそうアピールすると、ミーシャはよしよしと彼女の頭を撫でる。ご満悦とばかりにゼシアは笑みを覗かせた。

「サーシャ。レノに会うのは後回しだ。まずはお前が行きたいところへ向かうとしよう」

「わかったわ！」

そう口にすると、サーシャはまっすぐ大木の邸宅へと向かっていく。

「サーシャちゃんっ、そっちはだめだぞっ⁉」

「……ズルい……ですっ！」

エレオノールとゼシアが声を上げる。サーシャの横に並び、俺は手をつかんだ。

「レノに会うのは後だと言っただろうに」

「だって、レイとミサが心配だもの。ちゃんとご挨拶できるか、見守ってあげなきゃ」

サーシャはずんずんと大木の邸宅を目指して足を動かすが、俺に手をつかまれているため、一向に前には進まない。

「遠いわ……」

遠いわけではない。

「挨拶の相手が、仇敵(きゅうてき)というわけでもあるまい」

「うー……なによー。アノスは、心配にならないの？」

「なにが心配だというのだ？」

「だって、レイがレノに受け入れてもらえなかったら、二人の恋は終わってしまうわ。そんなの悲しすぎるもの。恋は報われなきゃ、わたしは嫌だもんっ」

ふむ。判断のつかぬことを言う。果たしてこれは、二千年前の想(おも)いなのか、サーシャが酔っぱらっているだけなのか？　両方ということも考えられるがな。

「まあ、しかし、レイがレノに受け入れてもらえない、というのはありえぬ」

「うー……魔王さまの薄情者ぉ……」

瞳に魔法陣を浮かべ、サーシャが俺をじとっと睨(にら)む。物騒なその魔眼を、同じ魔眼できっちり相殺(そうさい)した。

「仕方のない。お前の好きにせよ」

「うんっ。好きにするわ」

手を放してやれば、勢いよく、けれどもふらふらの足取りでサーシャが大木の家に近づいていく。おもむろにドアをノックしようとして、しかし、彼女はピタリと停止した。なにやら考えているようだ。

「ねえ、ミーシャ。普通に入ったら、邪魔よね？」

振り返り、背後にいたミーシャに彼女は問う。

「ん」

「中、見えないかしら？」

大木の中へ、俺は魔眼を向けてみた。だが、霧に包まれた視界に変わり、なにも見えぬ。精霊の力か。

「ふむ。さすがは大精霊レノの住処(すみか)だ。俺の魔眼(め)でも、中は見通せぬ」

「うーん、じゃ、どっかに隙間でもないかしら？」

大木に沿って、サーシャはぐるりと円を描くように歩く。ざっと見たところ、窓はいくつかあったが、そこから覗(のぞ)けば瞬(またた)く間(ま)に勘づかれるだろう。

《幻影擬態(ライネル)》と《秘匿魔力(ナジラ)》でも使うか？

「お困り？」

ふと聞き覚えのある声が聞こえた。目の前に霧が漂い、小さな妖精の形を象っていく。

「覗き見？」

「したい？」

「ご挨拶ご挨拶」

「興味津々」

現れたのは悪戯好きの妖精ティティである。彼女たちは楽しそうにサーシャの周囲を飛び回っている。

「覗き見したいわっ」

堂々とサーシャは言った。クスクス、クスクス、とティティたちは笑う。

「おいで」

「おいでおいで」

「覗き見できるよ」

「得意分野ー」

ティティたちは空を飛び、大木の邸宅の上部を目指す。それを追いかけ、生い茂った木の葉と枝をすり抜けるようにしながら、俺たちも《飛行》で飛んでいく。

「穴空け開始ー」

「悪巧み、悪巧み」

「どどどどど」

「ごごごごご」

ティティたちは楽しそうな声を上げながら、釘を大木に刺し、小さな棒でカンカンと打ちつけている。その様子を眺めながら、サーシャが尋ねた。

「そんなことしても、釘が木に刺さるだけじゃないの？」

クスクス、と妖精たちは笑う。

「ところがどっこい」

「釘を、木に刺す」

「するとすると」

「じゃーん」

釘で円形に縁取られた木の一部に水が現れた。

「なにこれ？」

「水溜まり窓ー」

「水に顔をつけると、中が覗けるよー」

「見てみて」

「こんな感じー」

ティティたちが、木にできた水面に顔をつける。サーシャはそれを真似して、水の中に顔を入れた。彼女が足をジタバタさせたかと思うと、ぽちゃんとその水溜まり窓とやらに体ごと落ちていった。

「ゼシアも……やりますっ……！」

瞳をキラキラと輝かせて、ゼシアは木の水面に顔をつける。サーシャと同じく、その体は水の中に落ちていった。

「行ってみるか」

俺とミーシャ、エレオノールは順番に木の水面に顔をつけ、水の中に落ちた。どういう原理になっているのかわからぬが、中は広い。サーシャが水底に張りついているのが見えた。

『あ、レイ君とミサちゃんだぞ』

エレオノールが俺に《思念通信(リークス)》を飛ばす。水底にはガラス張りのように透明な膜があり、そこから家の中の様子を覗(のぞ)くことができるようだ。

『向こうからは見えない？』

ミーシャがティティに尋ねる。

「大丈夫ー」

「たぶんー」

「恐らく？」

「隠れるのは得意」

ティティたちがそう答える。まあ、レイがこちらに気がついた素振りはない。何事もなければ大丈夫だろう。俺はサーシャの隣に移動し、水底から、邸宅へ視線を向ける。

大木の内部を家にしたといった内装である。多くの草花が木の壁から生え、綺麗(きれい)に飾りつけられていた。繭のようなベッドや、正確に時を刻む火時計、水晶の棚など、ディルヘイドでは見慣れないものが置いてある。大きな木の机と、切り株の椅子があり、そこにレイとミサが腰かけていた。

「ええと……す、すぐ来るって言ってたんですけど、遅いですね……」

先程からミサは、別室の方へ何度も顔を向けている。足を揺らしたり、手を何度も組み替えたりと、そわそわしていた。

「落ちつかないかい？」

レイが問うと『あ……』とミサは声を発し、俯(うつむ)いた。

「す、すみません……。さっきあれだけ大きいこと言って、いざとなったら、あたしの方が緊張してますね……」

あはは、と力なく笑うミサを見て、サーシャがぐっと拳を握る。

『がんばって、ミサ。わたしがついてるわ』

なにやら感情移入しているようだった。

『危なくなったら、わたしが《破滅の魔眼》でどうにかするわ』

滅ぼしてどうする？

「おかげで僕の方は、すっかり緊張が解けたけどね」

「……え？」

不思議そうに、ミサは彼の顔を見た。

「ミサがあんまり可愛(かわい)いところを見せるからね」

くすっとレイは涼しげな笑みを漏らす。

「そっ……」

ミサは顔を真っ赤にして、再び俯いた。

「……ど、どうしてくれるんですか……こんな顔、お母さんに見せられません……」

「いつもの僕たちを見てもらおうよ」

机にあったミサの手に、レイはそっと手を重ねる。

「取り繕わなくても、大丈夫だよ」

「あ……えと……その……」

ゆっくりと顔を上げ、ミサの視線がレイの瞳に吸い込まれていく。

「はい」

僅かに緊張が解けたか、ミサは笑った。

「不思議ですね。レイさんに言われると、なんでも大丈夫な気がしてきます」

「僕も、君と二人なら、怖いものはなにもないよ」

「あはは……ちょっと……恥ずかしいですけど……嬉しいです……」

顔を赤らめながら言い、ミサは彼の手を両手で握った。

『そうよ、そう。うまくミサの緊張を解したわ。ちょっと気障だけど、今日ばかりは許してあげるわよ、レイ』

上から目線でサーシャが感想を漏らす。

「好きだよ」

まっすぐなレイの言葉にミサははにかみ、ただこくりとうなずいた。

「はいはい、そこの人っ。私の可愛い娘を、あんまり誑かすんじゃないんだよっ」

ぱっともの凄い勢いでミサはレイから手を放す。

視線を向ければ、すぐそこに、ドレスを纏った少女がいた。髪は湖のように蒼く、瞳は琥珀の輝きを発している。ミサの実の母親にして、シンの妻、大精霊レノであった。

『来たわね……いきなりの先制攻撃だわ……。耐えて、レイ……』

サーシャの頭の中では、ご挨拶という名の戦いが繰り広げられているようだった。

「ち、ち、違うんですよ。これは、あの、違うんですっ。あたしが、緊張してたから、それをなんとかしようとしてくれただけで、レイさんは別に、そのっ……」

立ち上がり、ミサはレノへ必死に弁解しようとしている。

「そんなに慌てないの。ただの冗談なんだから」

「あ……は、はい……ですよね、そうですよね……あはは」

気まずそうにミサは笑う。

『信じちゃだめよ、ミサ。冗談と見せかけて、追撃を仕掛けてくるかもしれないわっ……レイの盾になれるのは、あなただけなのよっ』

サーシャは手に汗を握り、そう言った。

「やあ」

立ち上がったレイに、レノは笑いかける。

「久しぶり。ちっとも遊びに来ないんだから、カノンって昔から用がないと来ないよね。そういう人だよね」

「魔王再臨の式典のときに会ったけどね」

「言い訳しない。バタバタしてたから、ろくに話せなかったよ」

レイが苦笑すれば、レノは穏やかに微笑んだ。その間で、ミサが不思議そうに、二人の顔を交互に見ていた。

「え？　あれ？　お母さんとレイさんって、会ったことがあるんですか？」

「だって、二千年前、精霊と人間は、ともに魔王軍と戦ったんだよ。アハルトヘルンの精霊たちに協力を頼みに来たのが、人間の代表、勇者カノン。そのとき、話したのが私だよ」

「アノスを相手に、共闘したこともあるよ」

レイが言う。

「あのときは、もうだめかと思ったよ」

ミサは唖然とした表情で、レノを見つめている。

「あれ？　人間と精霊が協力してたのは君も知ってるから、てっきりわかってると思ってたんだけど……」

「……確かに、よく考えれば、そうなんですけど……じゃ、じゃあ、緊張するって言ってたのは……？」

困ったように笑い、レイは母なる大精霊に視線をやった。

「昔の知り合いに、娘さんと交際してるってはっきり伝えるのは、やっぱりね」

「せっかく、可愛いミサと再会できたのに、もうとられちゃっててがっかりだよ。しかも、カノンに。勇者の手が早いなんて知らなかったなぁ」

じとーとレノは、レイを睨む。彼は気まずそうに、苦笑するしかなかった。

「あははっ。でも、変な人よりはカノンでよかったよ。シンみたいな人だったら、苦労するだろうし、その点、カノンは大丈夫だから」

「もう、なんですか、それ……。緊張して損しましたよ」

へなへなとミサは脱力した。レノとレイが温かい視線を彼女に向けた。とても穏やかな空気が、大精霊の邸宅を包み込む。そんな平和な一幕を水溜まり窓から目撃した少女が言った。

『なによ、これ……』

サーシャは拳を水底に叩きつけ、《思念通信》で叫んだ。

『出来レースだわっ……!! こんな舗装された道を行くようなご挨拶ってあるっ!?』

応援して損したと言わんばかりに、彼女は不平を訴えている。

「ほら、座ろうよ、二人とも。お茶淹れよっか。あ、知ってた、カノン? ミサが誰かを連れてくるなんて初めてなんだよ。お友達を連れてきたらって言っても、なかなか連れてこないの。最初は誰かさんを連れてきたかったのかな?」

「な、なにを言ってるんですか、お母さんっ。そ、そんなこと別に言わなくてもいいじゃないですかーっ」

「ほら、ミサの可愛いところをアピールしておこうと思って」

娘をからかうようにレノは微笑む。ミサは恥ずかしそうに小さくなっていた。

「積もる話もあるよね。ほら、座ってよ」

レイは笑顔でうなずき、ミサに座るように促す。二人がまた切り株の椅子に座ろうとしたそのときだった――

「たまには、私がお茶を淹れましょう。レノ、あなたもどうぞお掛けください」

和やかな空気を斬り裂くが如く、冷たい声とともに、一人の男が姿を現す。ミサの父、レノの夫にして、かつて勇者カノンと死闘を演じた魔王の右腕、シン・レグリアその人だった。

「あれ？　シン、今日はお仕事があるって言ってなかった？」

「ええ。魔王に弓引く者の情報を得ましたが、しかし、少々胸騒ぎ――いいえ、三秒で事を済ませてきました」

レイの方向を見つめると、彼は冷たい表情を崩さず言った。

「娘が連れてきた初めての客人。家長として、誠心誠意、もてなさなければいけませんね」

§10．【二千年前の婚姻交渉】

ピリピリと張りつめた空気が、室内を覆いつくしていた。

切り株の椅子に浅く腰かけながら、ミサは気まずそうに隣のレイへ視線をやった。彼は大丈夫という風に笑い返したが、しかし、普段より幾分か表情が硬い。

「よかったね、シンのお仕事が早く終わって。せっかくカノンが来てくれたんだから、みんなそろってた方がいいよね」

和やかに、レノは言う。

「あ、あはは、ですね――……」

ぎこちない笑顔で、ミサが同意する。まずはレノとレイの仲を取り持ち、外堀を十分に埋めた後に、本命のシンを攻略する。次はアハルトヘルンの精霊たちに紹介するつもりだったか、ミサが描いていたであろうプランは、脆くも崩れ去っていた。

「お待たせしました」

家の中にもかかわらず、シンが隙を見せぬ体捌きで歩いてくる。その周囲には、羽を生やしたティーカップが四つ飛んでいた。ふわふわと宙を漂い、ティーカップは机に着地し、すっと羽を閉じた。そういう精霊なのだろう。

「紅茶の精霊ティィルムンクです。カップにお湯を注げば、紅茶に変わります」

ケトルを傾け、ティィルムンクにお湯を注ぐと、鮮やかに色づき、紅茶の香りが漂い始めた。

「どうぞ」

レイは軽く頭を下げ、ティーカップを手にする。

「でも、シンが紅茶を淹れてくれるの、初めてだよねっ」

上機嫌にレノが言うと、紅茶を飲もうとしていたレイが、ピタリと手を止めた。彼はじっとその鮮やかな液体に視線を向ける。

「いつも家の中では、あなたにばかり負担をかけていますからね」

「あっ、うぅんっ。いいんだよ、それは。私がやりたくてやってるんだし」

少し慌て気味に、レノが弁解する。

「そうじゃなくて、こうやってミサがカノンを連れてきたときに、仕事を早く切り上げてくれて、紅茶も淹れてくれて、嬉しいなって」

静かにシンはうなずく。

「もてなしをしなければいけませんからね」

その言葉にレノは和やかに笑った。だが、レイを貫く彼の視線は、それだけで身を斬り裂くほどに鋭い。場に合わせてレイも笑ったが、その瞳の奥には深刻な色が見てとれる。

「どうかしましたか、レイ・グランズドリィ？」

表情を崩さず、シンは言う。

「毒など入ってはいませんよ」

レイはまるで喉もとに刃を突きつけられているように、ごくりと唾を飲み込む。

「あはっ、シンが、そんな冗談を言うなんて、珍しいねっ」

レノは嬉しそうだが、レイは曖昧な笑みを浮かべるしかなかった。本当に冗談なのか、と今にも喉から言葉が出かかっているように見える。

「カノンもティルムンクの紅茶は飲んだことないよね？　美味しいんだよ。飲む人の心境に一番相応しい味と香りになるっていう噂と伝承があるんだ。落ちついた気分で飲めば飲むほど美味しいから、リラックスしてね」

「……へえ」

感心した風にレイが言う。彼はひとまず、香りを楽しむように、鼻にカップを近づけた。

すっ、とシンが、何気なく手を上げ、柔らかく虚空をつかむような仕草を見せる。レイが手にした紅茶の水面が、動揺したように揺れた。

「どうしたの、シン？」

「いえ、お気になさらず」

「ふふっ、変なシン。あのね、カノン。シンってたまによくわからないことするんだよ。堅物で融通の利かない人って思ってるかもしれないけど、実はちょっぴり天然なんだから」

レノには天然に見えたかもしれぬが、剣に精通したレイには、シンの仕草がなんなのかはっきりとわかっただろう。洗練された所作は、魔法陣から一瞬にして剣を抜くための技。彼がその気にさえなれば、瞬く間に魔剣がレイに突きつけられているはずだ。

いかなる状況、環境であっても素早く剣を抜くことは、剣士にとって修めておくべき術である。レイとて、十分に修練を積んでいる。しかし、シンのその手技は、あまりに洗練されていた。あの椅子に座り、あの机を挟んだ状況に特化している。まるでこのご挨拶の場に、備えていたと言わんばかりに。

『レイ君、あれ、味がしないんじゃないかな？』

と、水溜まり窓から、様子を見守っていたエレオノールが言った。

『……緊張した気分で飲むとどうなるのかしら？』

サーシャが、興味深そうに言った。

『本の妖精リーランに記述があったな。緊張している場合はスッとする香りに、敵意や疑念を抱いている場合は甘くなる。落ちついている場合は、酸味と甘味、辛味が絶妙に混ざった至高の味がする、と』

『だっ、大ピンチだぞっ。あれを飲んで味の感想を聞かれたら、レイ君の今の心境がわかっちゃうってことだっ！』

　エレオノールが心配そうに声を上げる。

『もてなしをしつつ、レイの人柄を見極めるといったところか。シンの奴（やつ）も、ずいぶんと親らしい心を持つようになったものだ』

　まったくもって微笑（ほほえ）ましい。

『でも、シンは、レイに娘をとられたくないのよね？』

　サーシャが言う。

『うんうん、ボクもそう思うぞ』

『じゃ、たとえば、毒じゃなくても、あのカップに砂糖とか忍ばせてないかしら？』

『あー、それでレイ君が甘いって言ったら、レノちゃんが敵意や疑念があるって勘違いするやつだっ！』

『ミサッ、気づいてっ……罠（わな）よ……』

　サーシャが祈るように手を組んだ。

『なに、その心配はあるまい』

『どうして？』

　と、サーシャが訊（き）いてくる。

『複雑な親心はあろうがな。娘をとられる、そんな想（おも）いも存在しよう。それでも、シンがミサの幸せを願っていることは疑いようもない』

　俺の言葉に、隣でミーシャがこくこくとうなずく。

『シンは俺の右腕だ。小細工など弄さぬ。真っ向勝負のもてなしにて、レイの深淵（しんえん）を見極める腹づもりだろう』

『んー、でも、これまでのシン先生を見てると、レイ君とミサちゃんの仲を祝福しているようには思えないぞっ』

『ミサがつれてきたのが、レイでなければ、あるいはシンも自分を曲げ、ミサのために、すぐにも祝福したのかもしれぬ』

不思議そうにエレオノールは首を捻った。

『どういうことだ？』

ふっと俺は笑った。

『ああ見えて、シンの奴も少なからず期待をしているということだ。自分が全力で立ちはだかったとしても、レイならばそれを超えていくだろう、と。なにせあの男は、一度きりとはいえ、剣技にてシンを打ち負かした唯一の人間だ』

もしかしたら、シンにとっても喜びであったかもしれぬ。ミサが恋をした相手がレイだということが。

『どこまで自覚があるかわからぬがな。レイが心より娘の幸せを託せる男になることを、シンも願っているといったところか』

どうせならば、自分を誤魔化さず、心から祝福し、送り出したい。そんな親のわがままを受け止められるかもしれない男だったということだろう。

『あー、じゃ、あれだ。レイ君をけっこう認めちゃってるから、おかげでハードルが上がっちゃったんだ』

『レイとて、ミサの父に心より認めてもらいたいと思っているはずだ。ゆえに、心のまま全力で認めぬことこそが、彼に対する最大のもてなしとなる』

納得したようにエレオノールはうなずいている。

『……ミーシャ、世の中って、期待されてる人の方が大変なの？　そんなのいいの？』

そうサーシャがぼやくと、ミーシャが言った。

『……試練？』

『うー……わたしはもっと簡単な方がいいわ……』

『サーシャは大丈夫』

『ほんと？』

『ん』

サーシャは嬉しそうに笑ったが、『あれ？　わたしが期待されてないってこと……？』と疑問を浮かべた。

『まあ、レイもここに来たからには腹を据えているだろう。シンが現れたのが想定外だからといって、また出直しといった真似はするまい』

『じゃ、もしかして？』

エレオノールの問いに、確信を持って俺は言った。

『無論、この場で決める気でいるだろう。ご挨拶をな』

『レイのご挨拶が通るか、シンのおもてなしが阻むか、勝負なんだわっ！』

緊迫した物言いで述べて、サーシャはじっと彼らの様子を見守る。

『ゼシアも……言いたいことが……あります……！』

これまで話に入って来られなかったゼシアが、手を挙げて発言を主張する。

『あの紅茶……です……！』

『……紅茶がどうしたの？　なにか動きがあった？』

目を皿にして、サーシャがレイの手にした紅茶を見つめる。

『……ゼシアも、飲めますか……!?』

サーシャは肩すかしを食らったような顔になる。

『ふむ。後でもらって来よう』

『約束……ですっ……！』

嬉しそうに彼女は笑った。

『あ、見て、ミサちゃんが動いたぞっ！』

エレオノールが言う。ミサはティーカップに入った紅茶を火傷も辞さない勢いで、ごくごくと飲み干し、机に置く。少し驚いたように彼女を見ながら、レイは言った。

「喉が渇いてた？」

「そ、そうみたいですっ。よかったら、レイさんの分くれますか？」

シンの思惑を素早く察知し、ミサはそんな機転を利かせた。紅茶をレイに飲ませなければ、彼の心境が知られる心配もない。

「こら。はしたない真似しないの。ミサのは新しいの淹れてあげるから」

「……はい、すみません……」

レノに怒られ、ミサはしゅんとする。空回りしている彼女に、しかし、レイは優しげな視線を向けた。そうして、ティーカップの紅茶を飲む。

「美味しいね」

「よかった。たまにティルムンクの紅茶が美味しくない人がいるんだよ。心の持ちようだと思うんだけどね。でも、カノンにはそんな心配ないか」

もう一口、レイは紅茶を口に含み、机に置いた。

「ところで――」

あたかも殺気が込められたような鋭い視線を放ち、シンは問う。

「どんな味がしましたか？」

レイが笑顔でシンを見る。二人の間に、ただならぬ緊張が走った。

「あ、あれですよねー。ティルムンクの紅茶は、気の持ちようで――」

ぱくぱくとミサが口を動かす。なぜか声が出ていなかった。

「ミサ？　どうしたの？」

レノが問う。

「あ、あれ？　えーと、おかしいですね。ティー――」

見える。ミサがティルムンクの紅茶について、レイにさりげなくアドバイスをしようとした瞬間、略奪剣にて、その言葉を斬り裂いているシンの姿が。一瞬で魔法陣を展開し、抜くと同時に刃を放ち、斬り裂くや否や、魔法陣に略奪剣を収納している。どうやら相当な修練を積んだようだ。

「どんな味がしましたか、レイ・グランズドリィ？」

鬼気迫る表情で、再びシンは問う。とても紅茶の味を尋ねているとは思えぬ。

「ほどよく甘くて——」

「甘い？」

シンの片眉がぴくりと上下する。宙をつかもうとする手は、今にも剣を抜きそうだ。

「ほどよく酸味があって——」

ピタリ、とシンの手が、止まった。

「それでいて、ピリッとした辛さもあって、不思議な紅茶だよね。すごく美味しいよ」

「………………」

ギリッと奥歯を嚙む音が、耳に響いた。

「それはなにより」

シンが手を下ろす。この状況下で、レイはリラックスして紅茶を飲んだ。並の胆力ではない。あるいは、それは覚悟ゆえか。恋人の親に疑心を抱くぐらいならば、死んでも構わないという強い想いが見てとれる。

『シンのおもてなしを真っ向から受けきったわ……』

サーシャが言う。

『うんうんっ、恋人の両親にご挨拶に来て、ものすごい平常心だぞっ。あれなら、シン先生も認めるしかないかもっ』

『見て』

ミーシャが指さす。レイに視線をやれば、彼は居住まいを完璧にただしていた。

「シン、レノ」

二人に向かい、レイは言う。

「今日は、どうしても二人に伝えておきたいことがあって来たんだ」

非の打ち所のない誠意の言葉に、シンが険しい表情を浮かべる。

「僕はミサと交際している」

温かい表情を浮かべるレノとは裏腹に、シンはまるで吹雪が吹き荒ぶような寒々しい視線を返す。

『い、言ったわっ！　シンの殺気をものともしないでっ！』

『偉いぞっ、レイ君っ！　それでこそ男の子だぞっ！』

エレオノールとサーシャが騒ぎ立てる。

『まだ』

ミーシャが指摘する。レイが両手を机についていた。

『もしかして、このまま一気に……!?』

頭を下げるような姿勢で、レイは言った。

「本気なんだ。僕は君たちのように――」

「レイ・グランズドリィ」

ぴしゃり、とシンが言い放ち、立ち上がった。描いた魔法陣に手を入れ、取り出したのは一枚の魔法紙である。それを指先でぴっと弾き、レイの手元に飛ばす。彼はそこに記された魔法文字に視線を落とす。

『んー、あの紙は、なんだ？　魔法具みたいだけど？』

エレオノールが俺に尋ねる。

『ふむ。また懐かしい代物を持ち出したものだな。血縁状だ』

ミーシャが小首をかしげる。

『初めて聞いた』

『二千年前、婚約は主に《契約》にて行われていた。婚姻は家同士の存続のためといった理由が優勢でな。しかし、恋をする者もいる。恋をしたはいいが、すでに家同士が決めた許嫁がいる場合も多かった』

実力のある一族同士、あるいは弱点を補い合える一族同士が手を取り合うために、子供を結婚させるというのは、ごくごく一般的に行われていた。今では考えがたいほどに。

『そんなときに使われるのが血縁状だ。あの魔法紙は、《契約》とほぼ同じ効果を持つ。一つ違うのは、魔族を殺した際の血でもって調印を為すところでな』

『わーお、すっごく嫌な予感がしてきたぞ』

『要は恋愛結婚に反対する親たちが、自分を殺せるのならば婚姻を認めてやってもよい、と血縁状を持ち出すわけだ。これを婚姻交渉というが、早い話、婚姻と命を賭けた決闘だ』

恋人と添い遂げるために、その親を殺さねばならぬというのはなんとも理不尽な話だ。

『専らどこの馬の骨かわからぬ不逞の輩を大っぴらに葬るために使われていたようだがな』

『とんだ御愛殺だわ……』

サーシャがぼやく。

「二千年前の借りを、まだ返していませんでしたね」

血縁状を見つめるレイに、シンは冷たく言った。カノンに一度敗れたときの話だろう。

「どうですか、これから一本、本気で死合ってみるというのは？」

なにも今更、二千年前の敗北にこだわっているわけではないだろう。むしろ、逆か。あの一戦がマグレではないことを、はっきりと確かめたいのだ。どうしても踏ん切りがつかぬ。ゆえに、力尽くでミサをさらっていってほしいと願った。娘を任せるのならば、自分よりも強い男に、と。一振りの剣として生きてきたシンの、それは不器用な親心なのかもしれぬ。無論、神話の時代ならばともかく、今となってはその想いは少々時代後れではある。だが――

「僕は構わないよ」

その不器用な想いに、真っ向から応えるとばかりにレイが立ち上がる。誠心誠意、頭を下げれば、レノもミサもいることだ。シンとて、頑なに拒否するわけにはいかなかったはずだ。

それでも、レイは、父親としての彼の気持ちを汲んだ。その不器用な想いを受け止めることを選んだ。男と男、口に出さずとも、伝わる想いがあるものだ。

「ここを汚すと大変だから、裏庭にしようか？」

珍しくシンがその表情を綻ばせる。そして――

「けっこうです」

レイが魔眼を見開く。彼にすら、抜いた瞬間を見せぬほど迅速に、シンの手には美麗な刃文が浮く魔剣が握られていた。流崩剣アルトコルアスタ。魔剣神の力を宿した一振りが、容赦なくレイに向けられていた。

せせらぎが響く。シンとレイの間に、薄い水鏡が現れる。ぽちゃん、と水滴が落ち、そこに映ったレイの体に七つの波紋が立てられた。

刹那、レイはその手に、霊神人剣エヴァンスマナを召喚していた。それでも、彼の表情は焦燥に染まる。水鏡に浮かぶ波紋、耳に響く小さなせせらぎ。一分たりとも隙のないシンの構えと、強大な魔力。たとえ霊神人剣にて一〇〇の宿命を断ち切ろうとも、滅びの運命は免れられない。流崩剣の秘奥は、七つの根源を持つレイをすら、ただの一度で斬滅する。そんな匂いを、レイは嗅ぎ取っていたのだろう。

なによりも凄まじいのは殺気だ。決して娘はやらぬというシンの殺気。必ず殺すとでも言わんばかりのその気迫が、彼に絶望的なまでの死の予感を突きつける。あるいはそれは、魔王であるこの俺と対峙したとき以上に。

『あっ、あんなの無理だぞっ。シン先生、やっぱり全然、娘をあげるつもりはないんじゃっ……!?』

『……で、でも、大丈夫よね？　そこまではしないわよねっ？』

サーシャがすがりつくように俺に問う。

『ふむ』

『ふむじゃないわっ。どっちなのっ？』

エレオノールとサーシャは、二人の一挙手一投足に気を配る。

「流崩剣、秘奥が壱――《波紋》。おわかりでしょう。剣を打ち合うまでもございません」

「……いいや」

勝利を確信し、剣を引こうとしたシンに、レイは言った。この御愛殺、勝機はゼロに等しい。それを承知で、勇者はぐっと聖剣を握り締めた。

「いつだって、僕は絶望的な戦いに挑んできたよ」

「けっこうです。それでこそ勇――うっ……！」

ザパパパパァァァアンッと、突如、どこからともなく現れた大量の水がシンの足元をさらい、彼の頭まで飲み込んだ。

「馬鹿っ、馬鹿ぁっ！　馬鹿シンッ！」

頬を膨らませ、目を三角にして、怒鳴ったのはレノだった。八つ首の水竜リニヨンの力を使い、邸宅の窓から、シンを裏庭へ押し流していく。

「せっかく、カノンが遊びに来てくれたのに、なんで剣のことばっかり。せっかくミサと仲よくしてくれてるのに、シンがそんな態度じゃ、離れていっちゃうんだから。そしたら、ミサにも嫌われるんだよっ！」

水の竜の上に座り、流されているシンを追いかけながら、レノはご立腹の様子だ。

「……いえ、レノ、これは、婚姻交がぼぼぼっ……！」

喋ろうとしたそばから、レノはシンの口の中に大量の水を注ぎ込んでいる。

「こんな婚姻交渉ないよっ。もうっ、馬鹿っ、馬鹿ぁっ！　カノンが怒って、もういいって言われたらどうするのっ？　責任とれるのっ？　ミサになんて言うのっ？」

有無を言わせぬ気迫に、シンは押し黙った。彼女は魔族の文化には疎い。血縁状も婚姻交渉も、知らぬのだろう。

「……彼は、そのような器の小さい男では」

「だ・か・ら、そうやってカノンに甘えてると、そのうちに愛想(あいそ)を尽かされちゃうって言ってるのぉぉっ！」

「しかし」

「しかし、じゃないのっ。返事は、はいっ。お説教だよ、お説教。さっきから、こそこそミサの言葉を斬って、私が気がつかないと思ったの？」

押し黙るシン。しかし、レノは視線を光らせた。

「もっと速く剣を抜けるようにならなきゃって思ったでしょ」

「……いえ、そのような」

「シンのことは、なんでもわかってるんだからっ。そんな嘘(うそ)ついてもだめっ。反省、はい、反省だよっ」

二人の声が遠ざかる。そのまま彼らと一緒に、水はどこまでも流れていった。

「……あはは……行っちゃいましたね……」

「困ったね」

レイとミサは、半ば呆然(ぼうぜん)と二人が流されていった方向を見る。

「初めての挨拶なのに、ちょっと急ぎすぎたかな？」

そう言って、レイはエヴァンスマナを魔法陣の中に収納する。

「えーと、な、なにを言おうとしたんですか……？」

恥ずかしげに、ミサが訊く。

「わかってるのに？」

「わ、わかりませんよー、そんなの。レイさんの口から言ってくれなきゃ、あたしはなんにもわかりませんー」

顔を赤らめながら、ミサはそっぽを向いた。

「こっちを向いたら、教えてあげるよ」

「ほんとです――……」

ミサが振り向くと、目前にレイの顔があった。あと僅かというところで、唇が重なろうとしている。

「惜しかったね」

「……な、なにをしようとしたんですか……？」

「わからない？」

はにかみながら、ミサは言う。

「……教えてくれないと、わかりません……」

俯き、上目遣いでミサがレイを見る。二人の唇が、今にも重なろうとしていた。

『わーお、すっごいぞ。ね、サーシャちゃー――』

「あ――――――――――――――――――――――っっ！！！」

サーシャがなにかに気がついたように大声を上げると、目には《破滅の魔眼》が現れていた。ピシピシと水溜まり窓にヒビが入り、レイとミサがピタリと止まった。声が聞こえたのか、不思議そうに彼らは天井を見つめる。

『さ、サーシャちゃん？　いきなり、どうしたんだ？』

エレオノールが問う。

『思い出した……かも……』

『え？』

その瞳は、再び蒼白く輝いていた。

『……いつか……どこかで……こんなことがあった気がするわ……』

サーシャが、記憶を探すようにしながらも、《思念通信》の魔法陣を描く。

『遠い昔……二千年前に……』

蘇った過去の映像が、俺たちの頭を通り過ぎていく——

§11. 【心、呼び起こす、魔王の強奪】

いつか、二人が失った記憶だった——

《破滅の太陽》サージエルドナーヴェの中心。破壊に満ちた深い暗黒が広がるその場所で、破壊神アベルニユーは膝を抱えている。瞬き一つで地上を更地に変えてしまいそうなほどの魔力を有する彼女は、しかし、まるで迷子の子供のように震えていた。

「あなたは、誰なの？」

「魔王アノスだ」

アベルニユーの質問に、アノスは答えた。

「魔王……アノス……？」

その名を、少女の姿の神は繰り返す。

「……どうしてかしら？」

あどけない声で少女は疑問をこぼす。感情が希薄な神は、けれどもひどく純真に見えた。

「なにがだ？」

「あなたはどうしてわたしの神眼(め)を見つめていられるの？」

不思議そうにアベルニユーは問う。その瞳に描かれた魔法陣が闇の日輪へと変わった。《破滅の太陽》サージエルドナーヴェにそっくりな神眼を、アノスは真っ向から見つめている。

破壊神アベルニユーは静かに立ち上がった。すると、一面の暗黒だったその場所に、真っ黒な地面が現れる。

「……この眼(め)は、終わりを映す、《終滅(しゅうめつ)の神眼(しんがん)》。わたしに見つめることが許されているのは、物事の終わりだけ。破壊神アベルニユーの眼前で、万物は滅びから逃れられない。それが、摂理だわ……」

少女は俯(うつむ)き、弱々しく言葉をこぼす。

「終わりをもたらす神の力だからといって、滅ぼされぬとでも思ったか」

そうアノスが口にすると、アベルニユーは静かに顔を上げた。彼女が見据えるのは、滅紫(けしむらさき)に染まった魔王の魔眼。深淵(しんえん)を覗(のぞ)けばその奥に闇十字(やみじゅうじ)が描かれていた。

「……ありえないはずだわ……」

アベルニユーが言う。

「すべての終わり、すなわち滅びは、破壊神の秩序に従うもの。それがこの世の理、世界の摂理。誰も彼も、生きとし生ける者は、皆等しく秩序に従っている。その枠から は決して外れることはできないもの。破壊神の眼前で終わりに至るのは覆せない運命なのに……」

「ならば、理屈は簡単だろう」

アノスの言葉に、破壊神は疑問の表情を浮かべる。

「その運命を滅ぼしてやったまでだ」

アベルニユーは口を閉ざす。その神眼はまっすぐアノスの魔眼を見つめていた。

「ねえ……魔王……アノス?」

少女は問う。

「それとも、魔王さま? なんて呼べばいいかしら?」

「好きに呼ぶことだ」

「じゃ、魔王さま」

軽い調子でアベルニユーは、そうアノスを呼んだ。

「ここへは、なにをしに来たの?」

「この世界から、破壊神の秩序を奪いにきた」

破壊神は、唇を吊り上げ、目を細めた。

「あはっ——」

唐突に、破壊神は笑い出した。嗜虐的に、ほんの少し、自虐的に。

「――あはははっ、あはははははははっ。そう？　そうなんだ。わたしを滅ぼしに来たの？　破壊神アベルニユーを？」

「なにがおかしい？」

《終滅の神眼》が、暗く輝く。

「だって、待っていたんだもの。いつか、こんな日がやってくるのを」

周囲に立ち上るのは、灰色の粒子。夥しい量の灰の光が闇を照らし、破壊の力がますます充満する。その容赦ない秩序は、魔王アノスですら、ただその場にいるだけで魔力の消耗を余儀なくされるほどであった。

「ね。もう少しだけ、お話をしてもいいかしら？　それとももう待てない？」

サージエルドナーヴェが再び黒陽を放つまでには、まだ幾分か時間がある。アノスは鷹揚に答えた。

「許す」

「沢山、滅ぼしたわ。魔族も人間も精霊も、ときには神ですら、わたしは滅ぼしてきた。この世のすべての終わりは、わたしの手の平の上で起きたこと」

上機嫌に、アベルニユーは話し始める。

「だって、そうでしょ。人々が壊れ、根源が消え去るのは、破壊神の秩序があるからだもの」

破壊という秩序があるがゆえに、命は永遠に続かない。あらゆる死の原因を追及していけば、必ずアベルニユーに辿り着く。

「《破滅の太陽》だってそうね。あれを空に輝かせて、その滅びの光が、あなたの仲間を灼(や)いたんだわ。何十人も、何百人も。もしかしたら、もっと沢山」

アノスはただ黙って、アベルニユーの言葉に耳を傾けている。

「その屍(しかばね)を乗り越えて、魔王さまはここまで来たのね」

一歩、アベルニユーはアノスに近づく。

「わたしが憎い？　この破壊神の秩序が？」

「ああ」

短くアノスは答える。彼の脳裏には、数多(あまた)の配下の死と滅びがよぎったことだろう。救えなかった、多くの命が。

「許さぬ」

魔王がそう答えると、アベルニユーは嬉(うれ)しそうに笑った。そうして、くるりと彼女は踵(きびす)を返(かえ)した。

「さっきも言った通り。ずっとね、待っていたの。誰かがここに来てくれるのを。願っていたわ。滅ぼして、滅ぼして、滅ぼしながら、わたしを憎む人がやってこないかって。サージエルドナーヴェを斬り裂いて、わたしの目の前に現れないかって。何度も何度も、諦めながら」

ゆっくりと歩を進めながら、彼女は語る。

「だって、つまらないんだもの。ずっと一人ぼっちで、こんな暗い明かりしかない太陽の中で、誰と話すこともできない。だからって、外に出たって、なにも変わらないわ」

ふっと笑い飛ばすようにアベルニユーは言った。

「わたしの神眼に映るのは、絶望と悲しみだけ。破壊神の眼前では、ただ終わりだけが横たわっている。地上を歩けば、一晩で世界は破滅するわ」

立ち上る灰色の粒子と戯れるように、少女は両腕を大きく広げた。

「ねえ、魔王さま、憎いって言ったわね？」

アベルニユーは問い、続けて言った。

「憎いって、どんな気持ち？」

嘲笑するように、彼女は尋ねる。けれども、その表情は無邪気な少女を彷彿させた。

「憎しみの前には、喜びや嬉しさがあるのかしら？　それもわたしは知らないわ。喜びや嬉しさが、怒りに変わって、そこから憎悪が生まれるってことは、なんとなくわかるけど――」

後ろ手を組みながら、くるりと彼女はアノスを振り向く。

「ぜんぶ、わたしは知らないわ」

微笑を湛え、彼女は言う。

「だって、ぜんぶ滅びるんだもの。花は美しいって言うけれど、どんな形をしているのかしら？」

アベルニユーが手を伸ばせば、灰色の粒子が、花に似た形を作る。

「山は雄大って言うけれど、どんな大きさなのかしら？」

今度は灰色の粒子が、そびえ立つような山に似た形へ変わる。

「家は？　ベッドは？　椅子は？　本は？」

次々と彼女が口にしたものの形を、灰色の粒子が象っていく。しかし、そのどれもがどこか破損し、歪だった。

「キスって、どんな風にするのかしら？」

灰色の粒子が、二人の男女の人影を作る。寄り添うように近づく二つの影は、しかし、途中で崩れ落ちる。

「なにも知らない。ただとても強い人々が、戦う姿だけがわたしの神眼にかろうじて映るわ。血と、涙と、争いと、叫び声。それも、すぐに終わる」

冷たい声と顔で彼女は述べる。

「ねえ、教えて、魔王さま？　どうして、人は生きているのかしら？　終わらないものなんてどこにもない。いつか必ず終わるわ。だったら、今日終わっても、明日終わっても、一〇〇年後に終わっても同じことでしょ」

アベルニユーがその場を一睨みすれば、歪な山や花が砕け散り、灰色の粒子に戻る。

「希望があるとでも思っているのかしら？　続きがあるとでも思っているのかしら？　だったら、とんだお笑い種だわ。なんにも残らないのに。そうとも知らず、必死に生きてるなんて、馬鹿みたいね」

大きく破壊神が手を横に振れば、灰色の粒子が舞い上がる。

「世界は笑ってなんかいないわ。だって、わたしが見ているんだから。この神眼に映るのは、終わりだけ。いつだって、そこには悲しみしかない。いつも、いつだって、この世界には涙しか残らないわ。それが真実」

挑発するような視線を向け、彼女は言った。

「ねえ、魔王さま？　あなたにそれが覆せるのかしら？　このわたしを、破壊神アベルニユーを滅ぼすことができるの？」

じっと睨んでくる少女の視線を受け止め、アノスは答えた。

「造作もない」

一瞬虚を突かれたような顔をして、アベルニユーは目を細める。

「傲慢なのね、魔王さまは」

「お前こそ、なかなかどうして、やはりミリティアの妹だな」

アベルニユーは興味深そうな表情を浮かべる。

「どういう意味かしら？」

「破壊の秩序は、終わりをもたらす。お前の話では、すべてのものはいつか必ず終焉を迎える宿命だ。世界は笑わず、悲しみだけがそこにある。だが、すべてが終わるのならば、そこには無しかないのではないか？」

きょとんとした顔で、アベルニユーは魔王を見た。

「なぜ、涙が残っている？」

魔王アノスは、不敵な笑みを浮かべ、断言した。

「答えは簡単だ。世界を見つめるお前が、その終わりに涙している」

「あはっ、わたしが？　破壊の元凶であるわたしが？　本当は、壊したくなんかないって言うの？　あははっ」

お腹を抱え、破壊神アベルニユーが声を上げて笑う。

「ふふっ、ふふふっ、あはははははははははははははははっ！！！」

嬉しそうに、楽しそうに。まるで救われたとでも、いうように。いつしかその笑い声に、憂いが混ざり、嗚咽に変わっていた。

笑っているような、泣いているような、そんな声でアベルニユーは言う。

「……なんだか、今日は本当に夢みたいだわ……」

静かに、彼女は、アノスへ向かって歩いていく。

「ねえ、恋って知ってる？」

「言葉ならな」

「知りたいことが沢山あったわ。花の形や、山の雄大さ、喜びや、嬉しさを。だけど、この神眼には、決して映ることはない」

淡々と告げる少女は、けれどもやはり泣いているように見えた。

「でもね、とても強い人がいたら、もしかしたら、その人の姿は見ることができるかもしれないと思った」

アノスの姿を視界に映し、少女は目を細める。

「話をすることができると思った。その人はきっとわたしを恨んでいて、破壊神の秩序を滅ぼすためにやってくる。世界の悲しみを止めるためにやってくる」

強い瞳で、何度も何度も、彼女は魔王を見つめた。見つめる度に、破壊神は微笑する。

《終滅の神眼》で見つめても滅びぬ男が、そこに立っている。終わり以外のなにかが、確かにそこにある。それは、彼女にとって紛れもない奇跡だったのだろう。

「わたしはその人に恋をするわ。だって、そんな人、いたとしても一人だわ。わたしの相手は、その人以外にはありえない」

アベルニユーは、魔王のそばで立ち止まる。

「沢山、沢山待ったわ。気が遠くなるほど待った。沢山、沢山滅ぼしたわ」

彼女は、アノスをじっと見上げた。

「あなたがやってきた」

「恋ではあるまい」

「そうかしら？」

「恋に恋をしているにすぎぬ」

自嘲するように、アベルニユーが笑う。

「そうかもね」

ふっと息を吐き、彼女は言った。

「それでも、恋だわ。これが、わたしの、かけがえのない、精一杯の」

アベルニユーは、その細い指先を、アノスの顔に触れた。

「滅ぼして、滅ぼして、滅ぼし続けてきた。生まれたときから、ずっと、それがわたしの秩序だった。もうわたしは、なにも滅ぼさなくていい」

朱く、朱く、その神眼が光り輝く。

「そうでしょ？」

深い暗闇に、溢れかえる灰色の粒子、そこに朱く膨大な光が差した。

「ああ、もう時間ね。《破滅の太陽》がまた地上を照らすわ。ごめんね、わたしにも止められないの。これは、世界の秩序だから」

だらりと両手を下げて、アベルニユーは身を曝す。

「どうぞ」

瞳を閉じて、彼女は無抵抗を示した。しかし、アノスはじっと彼女を見つめたまま、動こうとしない。

「どうしたの？　時間がないわ」

アベルニユーの問いかけを無視するように、アノスはやはり微動だにしない。

「ねえ……聞いてるの？　わたしを滅ぼしに来たんでしょ？」

「破壊神の秩序を奪いに来たとは言ったがな。お前を滅ぼすとは言っていない」

「なにを言っているの？　滅ぼさずにどうやって……」

瞬間、闇が反転するように消え去り、アノスとアベルニユーの周囲に空が映った。外からは、《破滅の太陽》が影の姿から闇の日輪へと変化したのがわかっただろう。

「散々終わりを撒き散らしておいて、楽に逝けると思うな。その責任を取ってもらおう」

暗黒が瞬き始める。破滅の光、黒陽が今にも地上へ向けて照射されようとしていた。

「責任って……」

「終滅を御すがいい」

「……無理だわ。神は秩序。摂理に逆らうことはできないもの……」

「言い訳は聞かぬ。やれ」

アベルニユーが絶句する。

「つまらぬお仕着せだ。なあ、アベルニユー。秩序だ、摂理だと、そのような理不尽になぜ振り回されなければならぬ」

強い怒りを内に秘め、アノスが言う。

「少しでよい。抗ってみせよ。それをくさびに、お前の戒めを解き放つ」

「だけど……」

「ただ一人、その神眼に映しただけで満足か？」

黒陽が、サージエルドナーヴェの外周に満ちる。破滅の光がゆらゆらと揺れていた。

「美しい花を、雄大な山を、商店や家々が立ち並ぶ都を、店の軒先に並ぶ様々な品々を見物しながら地上を歩き、真の恋をしたくば、つまらぬ秩序など押しのけてみせよ」

ぐっと拳を握り、力強くアノスは言う。

「俺がその神眼に、笑顔を見せてやる」

「わたし、は――」

《破滅の太陽》に魔力が満ちる。万物を滅ぼす黒陽が、空を黒く染め上げた。

「…………あ……」

地上は、灼かれていない。その破滅の光は、サージエルドナーヴェの内側へ降り注ぎ、魔王を照らしていた。

「……くはは。やれば、できるではないか……」

黒陽に灼かれながらも、魔王はアベルニユーへ手を伸ばす。

「今ここでも、お前に見せられるものが一つある」

「魔王さま――」

呼吸が止まる。少女の唇を、魔王が奪っていた。

「俺をよく見よ」

「……ん…………？」

「これが、キスだ」

「……ん……ん……ぁ……」

アベルニユーは口づけを交わしながら、その神眼を大きく開いていた。瞳の奥の日輪に、彼女の感情が滲み出す。

「《因縁契機魔力強奪(ガガ・ギヨニヨル)》」

二人の体を覆うように魔法陣が展開された。魔力と思考を自らに集中させるのを契機に、魔力を強奪する《因縁契機魔力強奪(ガガ・ギヨニヨル)》。魔王は口づけにてそのきっかけを作り、アベルニユーの破滅の力を一部その身に引き受けたのだ。秩序の乱れに反発するように黒陽が荒れ狂い、魔王の体を灼いては、その根源に終滅をもたらさんと襲いかかった。

魔王の血が滲み、照射される黒陽が錆び落ちていく。滅びの根源と、破壊の秩序。同じ滅びと滅びの力が鬩ぎ合い、膨大な破壊がその場に溢れかえる。それは地上を滅ぼしてなお釣りが来るほどの強大な力だった。

「願え。想いはお前を自由にする」

神眼と魔眼で見つめ合い、滅びと破壊が交錯する。

「……ん……」

ゆっくりとアベルニユーの唇から魔力が流れ出していき、《因縁契機魔力強奪（ガガ・ギヨニヨル）》に導かれるように、破壊の秩序が収まっていく。

とくん、とくん、と代わりに少女の心臓の音が大きく響く。黒陽が消えていくごとに、鼓動はみるみる激しくなり、大きく彼女の耳に鳴り響く。そうして、どのぐらい経（た）ったか。

《破滅の太陽》が再び影に戻る頃、破壊神の心臓は恋を訴えるよう高鳴る調べを奏（かな）でていた。

「……ぁ………」

ゆるりと魔王アノスは顔を離す。ふっと微笑（ほほえ）みかけながら、彼は言った。

「見よ。理不尽など滅ぼしてやったぞ」

顔を赤らめ、俯（うつむ）きながら、アベルニユーは視線を逸（そ）らす。

「……強引に奪うなんて……理不尽だわ……」

§12.【奇妙な裂け目】

二千年前の映像が、頭の中から消えていく。サーシャに視線を向ければ、彼女はものすごい勢いで背を向けた。どうやら、これ以上は思い出せぬようだ。

『ふむ。恋に恋をしていた破壊神アベルニユーの感情を呼び覚まし、自らの秩序を制御させたといったところか』

すると、ミーシャが言った。

『心が芽生えた破壊神は、破壊の秩序に逆らうことができた？』

俺はうなずく。愛と優しさは、神族の弱点だ。それを神自身が手にすることにより、自らの秩序を御す力となる、というのはあながち間違った話でもあるまい。

『あの時点で、アベルニユーには心が芽生えかけてはいたようだがな。俺は最後の一押しをしたにすぎぬ』

芽生えた心に加え、《因縁契機魔力強奪（ガガ・ギョニョル）》によって、秩序の力を弱めた破壊神は、それにどうにか抵抗できたというわけだ。アベルニユーは破壊を司（つかさど）る神だ。滅ぼそうとすれば、より強い力を発揮するやもしれぬ。下手をすれば、それがきっかけで更に破壊の秩序が力を増すといったことも考えられる。ゆえにあのときの俺は破壊神を滅ぼさず、味方につけることを選んだのだろう。彼女が滅びを拒否していたのが、一番の理由だろうがな。

『んー、あの後どうなったのか続きが気になるぞ。サーシャちゃん、思い出せないのかな？』

エレオノールが言った。

『つ、続きなんてないわっ……！　あれで終（お）わりっ、あれで終わりなのっ！』

サーシャが顔を真っ赤にして、そう訴えた。ミーシャは不思議そうに首をかしげる。気がついたように、エレオノールが人差し指をピンと立てた。

『キスの続きの話はしてないぞっ？』

ますますサーシャの顔が赤く染まる。うー……と唸（うな）りながら、彼女は瞳に《破滅の魔眼》を浮かべ、エレオノールを恨めしそうに睨（にら）む。

『わおっ！　嘘、嘘っ。冗談だぞっ。ボクの反魔法はアノス君みたいに強くないからっ』

慌てて、エレオノールはサーシャを宥めにかかる。しかし、彼女にその声はまったく届いていないようだ。羞恥に染まった表情で、サーシャは魔眼をきらりと光らせる。

『……わーお、サーシャちゃん、まだ酔ってるぞ……』

『う……』

サーシャの感情が爆発する寸前、エレオノールは背を向けて逃げ出した。

『奪われたんだもんっ、奪われたんだもんっ！　キスじゃなくて、《因縁契機魔力強奪》なんだもんっ！』

『痛いっ、痛いぞっ。サーシャちゃんの視線が刺さってるぞっ』

水の中を泳ぐように逃げるエレオノール、追うサーシャ。《破滅の魔眼》がチクチクと刺してくるのにたまらず、エレオノールは自らの周囲に魔法文字を展開する。聖水を張り巡らせ、発動した《聖域》を盾にして、彼女はサーシャの視線をなんとか凌ぐ。

『……バリヤー……です……』

ゼシアが楽しそうに言った。

『それに、転生した後に、取り返したんだもんっ』

『んー、なにを取り返したんだ？』

サーシャの魔眼がますます破滅に染まる。エレオノールはしまった、といった表情を浮かべた。いたたまれないといった様子で彼女が魔眼を逸らした瞬間、その視線になぞられた水にピシィッと亀裂が入った。先程すでにヒビが入っていた水溜まり窓は、耐久力の限界を超えたといった風に、ミシミシと不吉な音を立てながら、亀裂を広げていく。

「また」

レイが天井にじっと魔眼を向ける。

「……さっきより、大きい音でしたよね……？」

ミサが言う。《破滅の魔眼》にやられ、ティティの覗き窓の効果が弱まったのだろう。

「そこに誰かいるのかい？」

「気にするな。ティティの悪戯だ」

俺はそう答えておいた。レイは一瞬固まった後、ゆるりとミサの方を向き、笑顔で言った。

「ティティの悪戯のようだね」

「お、おかしいですよねっ。今、アノス様の声っ、アノス様の声がしませんでした？」

すると、俺の顔の前にティティたちが、ふっと現れた。

「見つかったー」

「バレたー、バレたー」

「悪戯お仕舞い」

「お仕舞いだよー」

一瞬で水がすべて霧に変わり、水溜まり窓が忽然と消える。俺たちの体は天井に投げ出され、そのまま落下していた。《飛行》で姿勢を制御し、床にトン、と足をつく。

「騒がせてすまぬ」

ミサがきょとんとしながら、俺たち全員に視線を向ける。

「……え、えーとですね……」

恐る恐るといった風に、ミサは尋ねた。

「ご覧になってたんですか？　皆さんで？　ずっと？」

「ず、ずっとじゃないぞ。ちょこっとだぞ、ちょこっと。ねえ、ミーシャちゃん？」

ぱちぱちと瞬きをした後、こくこくとミーシャはうなずく。真似するようにうなずきながら、サーシャが口を開く。

「そうよ。ほんのちょこっとだけ、レイとミサが二人で家に入っていくところから、キスしようとするところまでしか見てないわっ！」

「さっ、最初からぜんぶじゃないですかぁぁぁぁぁぁぁぁぁぁーっ！」

ミサの叫びが、家中に響き渡る。両手で赤い顔を覆い、彼女は恥ずかしげに俯いた。そんなミサの肩を優しく撫で、レイは俺に視線を向ける。

「またなにかあったのかな？」

「サーシャが破壊神アベルニユーだったということがわかった。しかし、記憶が完全ではなくてな。彼女の思い出を辿ってみているところだ」

「へえ」

レイがサーシャを見る。彼女はなぜか、ミサを慰めるように、よしよしと頭を撫でていた。

「精霊の力を借りられれば、想いを辿りやすいかもしれぬ」

「あ、じゃ、私に会いに来たんだ」

声の方を振り向けば、水に流されていったシンと、レノが空を飛び、窓から戻ってきていた。

レノは久しぶりといった風に、俺たちに手を振っている。

「ちょうどよかったね、シン。さっきのこと、アノスに話したら？」

そう彼女は、シンに言った。

「我が君のお言葉が優先です」

「ふむ。なにかあったのか？」

尋ねると、恐縮したようにシンは答えた。

「つい今しがた、七魔皇老より私に《思念通信》が届きました。ネフィウス高原に、奇妙な空間の裂け目ができているのを確認したそうです」

ミーシャとエレオノールが顔を見合わせる。

「深淵を覗くことができない、とのこと」

その空間の裂け目がなんなのか、わからぬというわけだ。

「どんな魔法を使おうとも、閉じることができないそうです。七魔皇老による魔法砲撃の集中砲火でも、なんの影響を与えることもできない、と」

「ほう」

「空間の裂け目は時とともに広がっているとのこと。発見当初は一〇〇メートルほど、現在では四キロに達しているそうです」

確かに奇妙だな。

「四キロってけっこうあるぞ？」

「ん」

　エレオノールが言い、ミーシャがうなずく。

「七魔皇老はどうしている？」

「使い魔を残し、一旦ネフィウス高原からは離れています。空間の裂け目の解析、破壊方法を模索していたのですが、手の打ちようがなく、私に連絡が」

　七魔皇老で手に負えぬ事象ということは、神話級の魔法が働いていると見てまず間違いあるまい。それも、神話の時代でも上位の魔法だ。

「ご指示を」

「任せる。エールドメードと二人で――」

　そのときだった。ザー、と耳鳴りがした。

「……アノス？」

　ミーシャが俺の顔を覗き込む。心配はいらぬと軽く手を上げた。意識を内側に集中すれば、再び、ザーと頭蓋にノイズが響く。

　ザー……ザー……と根源の深奥から、そのノイズに混ざって、不快な声が木霊した。

『――いいのか？』

　ねっとりと頭の内側を撫で回すような言葉。

『任せて、いいのか、本当に？』

「ふむ。先程から、何者だ、貴様は？」

　そう問いを向ければ、レイたちが緊迫した表情で俺を見つめる。

『まもなく扉が開く。絶望の扉が。手にした平和の代償が、支払われるときが訪れよう』

俺の言葉に応じず、そいつはただ一方的に話を続ける。聞こえていないのか？　それとも、聞く気がないのか？

『まもなく、もうまもなく――すべての扉が開き、お前たち魔王軍は、守るべきものとともに戦火に飲み込まれる』

ザー……ザー……と、一際(ひときわ)大きくノイズが頭に反響し、ぴたりと止まった。耳をすましても、最早(もはや)なにも聞こえぬ。頭に響く不快な音は、綺麗(きれい)に消え去っていた。

「気が変わった」

視線を送ってくる配下たちに、俺は言う。

「どうも近頃、耳鳴りが続いていてな。どこの誰だか知らぬ輩(やから)が、わけのわからぬことを宣(のたま)う。世界は優しくないだの、俺たちが戦火に飲み込まれるだの、と」

彼らは黙って、俺の言葉に耳を傾けている。

「どうやら、ネフィウス高原にできた奇妙な裂け目に関係しているようだ」

この場に、《転移(ガトム)》の魔法陣を描く。

「ともに来い。何者が、いかなる計略を巡らしているか知らぬが、その正体を暴き出し――」

不敵に笑い、俺は言った。

「魔王軍に逆らえばどうなるか、頭蓋に刻んでやる」

§13.【戦火の狼煙】

見渡す限り広がる緑と一面に鮮やかに咲き誇る黄色い花。風にそよそよと揺れ、空を舞う花弁は微弱な魔力を帯びている。ネフィウスの花の生育に適したこの地を、古来から魔族たちはネフィウス高原と呼んだ。

高原の上空には、数羽のフクロウが旋回している。七魔皇老が一人、メルヘイスの使い魔だ。それを目印にするかのように、ネフィウス高原に複数の魔法陣が出現する。《転移》の魔法にて、俺がその場に姿を現せば、レイやシン、ミーシャたちが次々と転移してきた。

「……あれが……空間の裂け目ですか……？」

高原を一望するなり、ミサが驚きの声をこぼす。草花に彩られたなだらかな丘の向こう側に、ぱっくりと開いた裂け目が見える。縦は、ちょうど立ち並ぶ木々の高さから地面に跨るぐらい、横幅はかなりの長さだ。四キロ程度との話だったが、今はもう五キロに達しているか。

「直接見ればなにかわかるかと思ったけど、予想以上に、普通の裂け目じゃないみたいだね。たぶん、奥になにかあるんだろうけど、魔力すら見えない」

レイがこちらを振り向く。

「いかなる魔法か知らぬが、この距離でなにも見えぬなら、まだ完成ではないのだろうな。なにをするつもりにせよ、魔法の効果を発揮しようとすれば自ずとその力があらわになる」

「その前に、ぶっ壊しちゃうといいのかな？」

エレオノールが訊(き)いてくる。あの雑音の声は、俺たちを戦火に飲み込むと言ったが、しかし、どうだろうな？

「害のあるものなら、悠長に待つ必要もないが、馬鹿正直に信じるのもな。逆に、あれを壊してほしい何者かがいたとしても不思議はない」

「裂け目の中に入ってみる？」

ミーシャがそう提案する。確かに、そこまで近づけば、なにか見えるかもしれぬな。

「行ってみるか」

《飛行(フレス)》で飛び上がろうとすると、俺の袖をサーシャがつかんだ。

「ねえ、魔王さま。さっきからみんななんの話をしてるの？」

サーシャは不思議そうな表情を浮かべている。そういえば、まだ酔わせたままだったか。

「あそこにある空間の裂け目だ」

「空間の裂け目？」

サーシャは、高原の彼方(かなた)に視線を向ける。その隙に《解毒(イース)》の魔法陣を描き、彼女の酔いを醒(さ)まそうとすると――

「魔王さま。裂け目じゃないわ。あれ、扉よ」

手をピタリと止め、構築した術式を破棄した。

「わかるのか？」

「だって、神々の蒼穹(そうきゅう)にあったやつだわ。神の扉って言うのよ。昔、《四界牆壁(ベノ・イエヴン)》で塞いだ入り口……えーと、あれ、なんだったかしら？　神界の……門？　うん、そう、神界の門と似たようなものだと思う……たぶん……」

　想いを辿り、記憶を思い出しているのか、サーシャは辿々しく説明した。

「神々の蒼穹？」

　ミーシャが小首をかしげる。

「神界の別名です」

　シンが短く答えた。

「ふむ。つまり、あれは蒼穹へ続く扉というわけか」

「うん。神の扉は一方通行だから、向こうから、地上へ来ることしかできないけど」

　神族の仕業か。だとすれば、俺の身に直接響く声は、どこぞの神のものか？　いずれせによ、地上でこれほど派手に動くとは珍しい。

「あれだけ大きな扉を作らないと通れない神が降りてくるってことかな？」

　笑みを湛えたまま、レイが巨大な空間の裂け目を見つめる。

「あるいは、それだけ多くの神族どもがやってくるのかもしれません」

　シンが言うと、ミサが「あはは……」と乾いた笑声をこぼす。

「……どっちにしたって、あんまり良いことじゃなさそうですよね……」

「サーシャ。あの扉が開くのはいつ？」

　ミーシャが尋ねると、うーん、とサーシャが頭を悩ませる。

「まだ数日はかかりそうな気がするけ……ど……？」

　途中まで言いかけて、彼女は不思議そうにこちらに視線を向ける。俺が前方に巨大な魔法陣を描いていたからだ。

「なに、今微（かす）かだが、あの奥に魔力がちらついたのでな。少々確かめるまでだ」

魔法陣の砲門から巨大な漆黒の太陽が姿を現す。

「《獄炎殲滅砲（ジオ・グレイズ）》」

彗星（すいせい）の如（ごと）く撃ち出された漆黒の太陽は、黒き炎の尾を引き、みるみる加速する。ゴオオオオォォォと音を立て、神の扉の中心へ押し迫った《獄炎殲滅砲（ジオ・グレイズ）》は刹那、その輝きを失い、巨大な石に変化した。バラバラとなにかに切断されたかの如（ごと）く、石となり果てた《獄炎殲滅砲（ジオ・グレイズ）》が無数に分割され、地面に落ちる。

「いかなる砲撃も、我らが前には石つぶてにすぎん――」

「――死に急ぐな、魔族の王」

魔眼を向ければ、その空間の裂け目に一つ、人影が映った。

冷徹な声に、大気が震えた。神の扉に隠されてはいるものの、それでもなお、人影からは膨大な魔力が溢（あふ）れ出（だ）している。

「ふむ。貴様は神族か？」

「戦火の秩序、すなわち秩序の軍勢を率いる、戦（いくさ）の神。我は軍神ペルペドロなり」

「なにが目的だ？」

「戦火を」

軍神は短く答えた。

「不適合者。貴様が乱した秩序を整えるため、世界を戦火に飲み込む」

「乱した？　ふむ。神族どもがよく宣う破壊神の秩序を奪ったことか？」

「是である。しかし、それだけではない」

厳しい口調で、軍神ペルペドロが声を上げる。

「世界は平和に傾きすぎた」

すっとペルペドロが手を上げる。すると、数百もの人影が空間の裂け目の左翼に現れる。

「ゆえに、神の軍勢はそれを粛清する」

更に数百の人影が、今度は右翼に現れる。

「起こるべき戦の芽を悉く潰した魔族の王。不適合者アノスよ。世界に咲くべき戦火の花を、貴様は散らした」

「人を殺す毒花があれば、その前に摘んでおくのが人情というものだと思うが？」

「されど、世界はそれを許容せず」

その言葉を笑い飛ばし、俺は言った。

「どうかな？　案外、世界はそれを望んでいるやもしれぬ。なあ、軍神とやら。ただお前がそう信じ込んでいるだけのことではないか？」

「否。神の軍勢は秩序である。信じる、信じぬに値せず。すなわち、この決定は、覆しようのない摂理なのだ」

くはは、と再び俺は笑った。

「またずいぶんと利いた風な口をきく神が現れたものだ。最近はなかなか話のわかる神族も多くてな。お前のような者は逆に新鮮だぞ」

軍神ペルペドロはじっと口を閉ざし、俺を睨む。

「天父神ノウスガリア以来か？　奴の末路を、知らぬわけではあるまい」

その言葉を意にも介さず、軍神は厳しい声を発した。

「宣戦布告する」

「ほう。魔王軍にか？」

「否。神の軍勢は、生きとし生けるものへ平等なる戦火をもたらす。我々の戦は必然だ。決して避けられぬ戦いの炎に、あらゆる人間、あらゆる精霊、あらゆる魔族が、飲み込まれる」

なるほどな。

「戦えぬ者とて、否応なしに戦場に立たせると？」

「戦火の狼煙はすでに上がった。秩序の軍勢の前に、あらゆる抵抗は無意味であり、神の火は必ず、世界全土を燃やす。不適合者。貴様たち魔王軍が立ちはだかろうと、神の進軍を止めることは不可能だ」

神の扉、その純白の空間に、更に倍以上の人影が現れた。

「我々は個体ではなく、総体、すなわち秩序の軍勢である」

ゴゴゴ、ゴオオォォッと不気味な音が響き、空間の裂け目がますます広がる。神の扉が開いているのだ。その隙間にぎっしりと多くの人影が現れた。

「遙か神々の蒼穹より、彼の地への扉が開き、軍靴を鳴らす戦の橋がかけられる。もうまもなく、我々神の軍勢は地上へと至る。そのときこそ、世界が戦火に燃ゆるときだ、不適合者アノス・ヴォルディゴード」

ミサが険しい視線で、神の扉を見据える。

「……一〇〇や二〇〇じゃありませんよね……あんな数の神族が、地上にやってきたら……」

「大変なことになっちゃうぞっ」

エレオノールがそう声を上げる。

「以上だ。束の間の平和を楽しむのだな。軍靴の音が聞こえる、その日まで」

宣戦布告は済んだと言わんばかりに、無数の人影が、奥の方からうっすらと消えていく。

「どこへ行く気だ、軍神？」

ピタリ、とペルペドロは足を止める。俺は多重魔法陣を両手で描く。

「秩序の軍勢とやらは、敵軍を前に尻尾を巻いて逃げるのか？」

「宣戦布告だと言ったはずだ。貴様らはまだ我が軍勢の前に立ってすらいない」

俺の挑発に対して、毅然と奴は言い放つ。

「我々は今、遥か彼方、神々の蒼穹にいるのだ。貴様らにとっては朗報だが、秩序の軍勢の力とて、地上への扉を開けるにはまだ幾分か時間がかかる」

軍神は神の扉越しに俺をじっと睨みつけた。

「せいぜい軍備を整えるがいい、魔族の王。まもなく貴様らの前に、この世界に、絶望という名の戦火がもたらされるのだ」

奴は颯爽と踵を返す。うっすらと、その人影は消えていった。

「なるほど。よくわかった」

多重魔法陣に腕を通せば、両手が光に包まれる。蒼白き《森羅万掌》の手にて、高原の奥にある空間の裂け目、その上下をぐっとつかむ。コオオオオオオォォォッと不気味な音が木霊する。それは、あたかも神の扉が軋むかのようだ。

「……………なにを、しているのだ……？」

驚いたように、軍神がこちらを振り向き、そんな言葉を発した。

「なに、お前たちもさっさと世界に戦火をもたらしたいだろうと思ってな。俺とて、いつ来るともしれぬ軍勢を今か今かと待ち構えているのは億劫だ」

がっと神の扉をつかみ、上下に引きちぎるかの如く力を入れる。ビギィイイイイイイッと大気が破裂するような音が、高原中に響き渡る。

「こじ開けてやる」

「……………な……………!?」

《森羅万掌》の右手を上に、左手を下に、渾身の力と魔力を込め、振り抜いてやる。純白の光を撒き散らし、空間の裂け目が、更に引き裂かれるようにぐんと広がり、弾けて散った。

徐々に光が収まっていく。魔眼を凝らせば、人影でしかなかった神々がはっきりとその姿を見せている。扉が完全に開け放たれ、神の軍勢がこの場に顕現したのだ。

「ふむ。ざっと一〇〇〇といったところか」

武装したその軍勢へ向かい、俺は軽く手招きをした。

「かかってこい。蹴散らしてやる」

§14.【魔王軍　対　神の軍勢】

ネフィウス高原にずらりと並ぶ神の軍勢。その先頭に立っているのは、赤銅色の全身鎧を身に纏った神族、軍神ペルペドロ。金の輝きが混ざった赤いマントを風になびかせ、フルフェイスの兜からこちらへ視線を向けている。

「神の扉を力尽くでこじ開けるとは……」

小さく呟いた軍神の言葉が魔力を伴い、離れた場にいる俺まで届く。

「貴様は世界の異物。紛うことなき不適合者だ、アノス・ヴォルディゴード。その傲慢な心が、我々をこの地へ誘い、そして世界を戦火に巻き込むのだ」

世界の異物。俺の深奥へ話しかけてきた者も、そんなことを言っていたな。

「世界を戦火に巻き込む、か。大層なことを口にしたものだが、お前たちは所詮アベルニユーの代わりだろう？　あの空に浮かんでいた《破滅の太陽》の末路、知らぬわけではあるまい」

「我々は、個であった破壊神とは異なる。戦火をもたらす軍勢なり」

軍神ペルペドロが、すっと片手を上げる。

「剣兵神ガルムグンド」

ザッと一糸乱れぬ隊列で、剣を持った兵隊が前進した。蒼白き鎧は、剣のようなフォルムであり、右手には透き通るような神剣を携えている。

「槍兵神シュネルデ」

右翼にいた兵隊が前進する。蒼白き鎧は、槍を彷彿させ、輝く神槍を手にしている。

「弓兵神アミシュウス」

馬に跨った兵たちが前進する。蒼白き鎧は弓の如き意匠で、巨大な神弓を持っている。

「術兵神ドルゾォーク」

最後尾にいた兵たちが、前進する。蒼白き鎧は、それ自体が魔法陣の形をなし、両手に神杖を握っている。

「我が軍は秩序そのもの。何人たりとも、その進軍を止めることは能わず」

「ふむ。破壊神を守護していた番神どもとは、わけが違うとでも言いたいのか？」

「是である」

簡潔に軍神ペルペドロは述べた。

「全軍、前進。敵は僅か八人。踏み潰せ」

ペルペドロが号令を発すると、雄叫びのような声が上がり、神の軍勢が歩く速度で進軍を始めた。全員の歩調は完璧なまでに揃っており、一歩ごとに地響きがした。ネフィウス高原が、神の力を有す軍勢の前進で揺れているのだ。

「……さっきまで、あたし、どうやってあの扉を閉じようかって考えてたんですけど……」

「ボクもアノス君が、神の扉だからといって開くと思ったか、とかなんとか言うのに期待してたぞ……」

ミサとエレオノールが、呆れたような言葉を漏らす。

「膿は出し切った方がよい」

「そう言われるとそうなんですけど、心の準備ができてなく、ですね……」

不安そうに軍勢を見つめるミサに、俺は言った。

「たかだか二〇〇〇の兵、一人二五〇倒せばそれで済む」

「んー、ボクの力で二五〇も倒せるかなぁ？　あんまり攻撃向きじゃないんだぞ」

エレオノールが緊張感のない声で疑問を浮かべた。

「あたしも、どうなんでしょうね？　真体なら、それぐらいいけるかもしれませんけど……」

ミサが不安そうに言う。真体を現した途端、真逆のことを口にしそうなものだがな。

「大丈夫だよ」

そう口にして、彼女の隣でレイは微笑む。目映い光とともに、彼の手に、霊神人剣が姿を現した。

「いざとなったら、僕が君の分まで倒すからね」

「じゃ、ボクの分の二〇〇もあげるぞ」

悪戯っぽくエレオノールが人差し指を立てる。

「ゼシアの二五〇もあげますっ！」

二人の軽口に、レイが苦笑いを浮かべる。

「では、そちらは私が引き受けましょう」

神の軍勢が構築していく陣形に、油断なく視線を配りながら、シンが言う。

「しかし――」

数歩前に出ながら、シンは背中越しに彼へ告げる。

「たった七五〇体の神も倒せない男に、娘を渡す親がいるかどうか。あくまで一般論ですが」

まるでご挨拶の続きかのように、彼は冷たい声で言う。今ならレノはいない、と、その背中が語っていた。

「じゃ、一〇〇〇体倒そうかな」

受けて立つと言わんばかりにレイは応じ、前へ出る。

「それはどうでしょう？」

シンは静かに言い、隣に並んだレイを横目で睨む。

「あなたの分が一〇〇〇体も残っているとは限りませんので」

先に一〇〇一体倒してしまうと言いたげだった。

「やってみなきゃ、わからないよ」

一瞬交わったレイとシンの視線が火花を散らす。

「ふむ。面白そうな余興だ。ならば、勝負の合図をくれてやろう」

言って、俺は虚空に手をかざす。バチバチ、と紫電が走れば、それが球体魔法陣を構築する。右手を突っ込み、ぐっと握り締める。手の平の中で凝縮されていく紫電は、膨大な破壊の力を宿し、高原に光を撒き散らした。右手を天に掲げ、こぼれ落ちる紫電にて、一〇の魔法陣を描く。そこから稲妻が走り、魔法陣と魔法陣がつながったかと思えば、俺の目の前には、一つの巨大な魔法陣が構築されていた。

「《灰燼紫滅雷火電界》」

連なった魔法陣が、高原を進軍してくる神の軍勢へ向かい、勢いよく放たれた。紫の稲妻がみるみる広がり、散開していく神々を覆いつくす。魔法陣の内側は堅固な結界を成す。最早、奴らにできるのは、その圧倒的な破壊の紫電を耐え抜くのみ。高原一帯が紫に染まり、大気が割れんばかりの雷鳴が轟いた。荒ぶる紫電は猛威を振るい、昼よりなおも明るい光が辺りを照らす。終末を彷彿させる不気味な音とともに神の軍勢は焼かれた。

光が収まり、鮮明になった視界に映ったのは、夥しい量の灰燼である。

「えーと……」

エレオノールがきょとんとしながら、声を漏らす。

「合図って、普通に全滅じゃないですかー……」

呆れたようにミサが言う。その刹那――彼女の目の前に、なにかが飛来した。

「え……？」

巨大な鏃が、ミサの鼻先に突きつけられていた。だが、寸前のところで当たってはいない。その神弓の矢を、シンが左手でつかみ、防いだのだ。

「魔法が石にされた」

ミーシャが言った。次の瞬間、灰が舞い上がる。その中から、神の軍勢が現れた。

「全軍進め。魔王軍を分断し、各個撃破する」

軍神ペルペドロが命令を発する。奴らは四部隊に分かれ、こちらを包囲するような陣形を取り始めた。

「神の軍勢を名乗るだけのことはある。《灰燼紫滅雷火電界》さえ、八割は石に変えたか」

あの灰燼の殆どは、元は石に変わった紫電だ。滅びたのは凡そ二〇〇ほどか。確かに、これだけの兵が街中へでもやってきたものなら、被害は甚大なものとなろう。

「シンは右翼、レイは左翼へ向かえ。各個撃破がお望みならば、存分に狙わせてやる」

「御意」

「了解」

シンとレイは、地面を蹴り、こちらへ進んでくる兵たちへ向かう。彼らならば、一瞬で間合いを詰めることもできるだろうが、それは向こうとて同じこと。

ゆっくりと間合いを詰めながらも、陣形を変え、こちらを牽制している。深淵を覗けば、軍勢が描く陣形から強い魔力が放たれている。なにかある、と見て間違いないだろう。奴らの動きに合わせ、レイとシンも緩やかに駆けつつ、あちらの陣を切り崩す隙を探っている。

「ミーシャ、サーシャ、ミサ、エレオノール、ゼシアはこの場にて、シンとレイを援護せよ。分断されるな」

ミサが手を頭上にやれば、そこから暗黒が溢れ出し、彼女の身を包み込む。彼女を覆った暗黒に、次いで無数の雷が走った。稲妻が闇を払うようにして、彼女の真体をあらわにする。檳榔子黒のドレスと背には六枚の精霊の羽。深海の如き髪を優雅にかき上げ、ミサは言った。

「アノス様はどうなさいますの？」

「決まっている」

迂回せず、まっすぐ向かってくる二陣を見据える。約八〇〇名の兵たちへ向け、魔法陣を一〇〇門描く。瞬間、中央の兵から漆黒の太陽と神弓の矢が無数に放たれた。

「やらせないぞっ！」

エレオノールが《四属結界封》にて、その場に盾を構築する。

ゼシアは《四属結界封》を挟むように、外側に、大きな魔法の鏡を二枚展開した。

「《複製魔法鏡》……！」

「合わせ……鏡……です……」

《複製魔法鏡》に映った魔法は複製される。合わせ鏡により、無数に増えていく《四属結界封》はその場に堅固な結界を構築した。

「神の軍勢如きが、わたしの魔王さまに手を出してるんじゃないわ」

サーシャが《破滅の魔眼》で一睨みし、襲いかかる神弓の矢と《獄炎殲滅砲》を自壊させていく。減衰したその攻撃は、エレオノールとゼシアの《四属結界封》にあえなく封殺された。

「返礼だ」

一〇〇の砲門から《獄炎殲滅砲》を乱れ撃つ。神の軍勢に降り注いだ漆黒の太陽は、しかし、術兵神ドルゾォークが構築した結界に侵入した瞬間、すべてが石の塊に変わる。剣兵神ガルムグンドが神剣を振るい、その石は細切れに刻まれた。

「これなら、どうですの？」

ミサが、《魔黒雷帝》を放つ。しかし、その黒雷も、術兵神たちの結界によって阻まれ、瞬く間に岩に変わる。すぐさま、石は切断され、バラバラと地面に落下した。

「間合いの遠い魔法砲撃を、石に変えられる術式のようですわね。ですけど――」

ふわりとミサが微笑する。次の瞬間、最前列の兵が、黒き炎に包まれ、宙を舞っていた。

「至近距離の魔法は、防げませんわ」

「《焦死焼滅燦火焚炎》」

ミサが黒雷にて隙を作った間に、俺は一足飛びに中央の陣へ接近し、剣兵神ガルムグンドを弾き飛ばしていた。石にされた《獄炎殲滅砲》とは別に、《波身蓋然顕現》にて放っておいた《獄炎殲滅砲》を魔法陣とし、俺の右手に輝く黒炎が纏う。

「どけ」

地面を蹴り、俺の体はさながら閃光と化す。神の兵が密集する中央の陣を、駆け引きなしにぶち抜いた。何十体もの剣兵神、槍兵神が悉く弾き飛ばされ、折れた神剣や神槍が宙を舞う。《灰燼紫滅雷火電界》を石に変え凌いだとはいえ、その滅びの紫電を僅かでも浴びたなら、無傷では済まぬ。疲弊した神の兵を軽く薙ぎ倒し、その中心にいる赤銅の全身鎧を纏った軍神へ肉薄した。

「大将が一騎駆けとは、愚策」

俺が繰り出した《焦死焼滅燦火焚炎》の指先を、軍神ペルペドロはその赤銅の手にて、真っ向から受け止める。ゴオオオオオオォォォォッと輝く黒炎が荒れ狂うも、渦を巻いた神の反魔法にてそれが押さえ込まれた。

「多数をもって、少数を制す。これぞ、兵法というもの。いかなる力も、正しき秩序には抗えぬのだ」

「古い秩序だ、書き直しておけ」

そのまま軍神をぐっと押しやり、奴の体ごと周囲の軍勢を蹴散らしていく。地面に足を踏ん張り、渾身の力を込め、ペルペドロは俺の突撃を止めようとしている。足が止まれば、その瞬間にも軍勢たちが一斉に神の刃を突き立てるだろう。だが、止められぬ。

「ぬぅぅぅ……!!」

奴（やつ）の神眼（め）と、俺の魔眼（め）が交錯し、激しく火花を散らした。

「魔王をもって、多数を蹂躙（じゅうりん）する。俺が兵法だ、軍神」

§15．【魔王の兵法】

ドゴゴゴゴゴォォォッと轟音（ごうおん）が響き渡り、高原に敷かれた中央の陣が真っ二つに割れた。

軍神ペルペドロを押しやり、軍勢の最後尾までぶち抜いたのだ。魔王の進撃に轢（ひ）かれるが如（ごと）く、神族どもが派手に吹き飛び、地面に叩（たた）きつけられていく。《焦死焼滅燦火焚炎（アヴィアスタン・ジアラ）》を土手っ腹に叩（たた）き込（こ）まれたペルペドロは、炎に巻かれながらも弾（はじ）き飛（と）ばされ、なだらかな丘に体をめり込ませた。

「ほう」

むくり、と奴（やつ）は立ち上がった。その赤銅（しゃくどう）色の鎧（よろい）は、多少焦げついてはいるものの、大したダメージを負ってはいない。

「陣形魔法か」

この高原を俯瞰（ふかん）して見れば、俺に蹴散らされながらも、神の兵どもは一定の規則に則（のっと）った陣形を保っている。俺を包囲してはいるものの、一方でまったく関係のない場所にも陣取っている。一見して無駄にも思えるその陣形の正体は、魔法陣である。各々が魔法陣の一部となることで魔法を発動し、部隊全体に強力な加護をもたらしている。

「《攻囲秩序法陣》」

陣形魔法陣が、赤銅色に光り輝く。その力は、軍神たるペルペドロの秩序であろう。

「不適合者。いかに貴様が強かろうと、神の包囲は、個の力では打ち破れない。《攻囲秩序法陣》は兵法のみを受けつけ、それ以外を殲滅する。すなわち、多数をもって、少数を制す。これが、戦の秩序なり」

ふむ。なるほどな。闇雲に人数だけを計上し、力の差を無視したわけではないということか。

この陣形魔法陣の内側では、あの神の軍勢共に対して、個の力による攻撃の威力が減衰される秩序が働いている。

「たった八人しかいない貴様らに、勝利はない」

弓兵神アミシュウスの部隊が矢をつがえ、俺めがけ一斉に放った。上空より雨のように降り注ぐ神の矢に対して、《四界牆壁》を展開する。しかし、その闇のオーロラは容易く貫かれ、神弓の矢が頭上に迫る。《焦死焼滅燦火焚炎》の手にて、それを焼き滅ぼすも、それをすり抜けた一矢が俺の左腕を貫いた。

「加護があるのは守りだけではなさそうだ」

刺さった矢を引き抜き、へし折って燃やす。陣形魔法《攻囲秩序法陣》の内側では、奴らは個に対して無類の力を発揮する、か。同じか、それ以上の規模の軍勢を用意してやれば、難なく対抗できるのだろうが、あからさまだな。奴の目的は戦火。誘っているのかもしれぬ。

「貴様の配下二人もすでに《攻囲秩序法陣》に飲み込まれた。秩序の前に、力など無力であることを思い知れ」

軍神ペルペドロが言い放つ。レイとシンの方へ視界を向ければ、彼らも神の軍勢に包囲されていた。

「では、試してやろう」

手を開き、天に向けて魔力を飛ばし、俺は大空に巨大な魔法陣を描く。そこから無数の黒い魔石が姿を現し、勢いよくこの場に落下を始めた。《魔岩隧星弾》が、次々と高原に降り注ぎ、神の兵士を押し潰しては地面を抉り、深い穴を開ける。

「無駄だ」

軍神の言葉と同時に、穴から這い出てきた剣兵神ガルムグンド共が、神剣を振りかぶる。こちらへ突進してくる奴らは、傷一つ負っていない。

「《魔黒雷帝》」

黒き稲妻が嵐の如く吹き荒び、雷鳴とともに神々を薙ぎ払う。なおも肉薄してきた剣兵神の神剣を避けては、輝く黒炎の手でその胸を抉る。ぐっと根源をつかみ、《根源死殺》を重ねがけすれば、ガルムグンドはがくんと膝を折った。それをぐっと持ち上げ、背後に迫った槍兵神に軽く投げつけた。鎧と鎧が衝突して、バラバラと砕け散る。

弾け飛んだ二体の神の内、根源を貫いてやったガルムグンドは起き上がれず、滅び去る。もう一体の槍兵神にはダメージを与えたが、しかし、《魔黒雷帝》にて薙ぎ払った剣兵神共は、ほぼ無傷で立ち上がった。

「ふむ。大体わかった」

《攻囲秩序法陣（アルネスト）》の中では、質よりも量が優位に働く。個による多勢への攻撃はあまり効果を得られぬが、個と個ならば、屠（ほふ）ることはそれほど難しいわけではない。

量については、根源の数を判定しているといったところか。だとすれば、一体ずつ滅ぼしていけばいいことだが、それでは日が暮れよう。

「シン、レイ、かき乱せ」

二人に《思念通信（リークス）》を送り、俺は駆け出した。

『御意』

シンの視界を覗（のぞ）けば、四方八方から神槍が迫っていた。一突きで山をも粉々に打ち砕こうという刃が、逃げ場もなく襲いかかり、爆風が弾（はじ）けた。砂埃（すなぼこり）が舞う中、一本の神槍がバラバラと崩れ、それを手にしていた槍兵神（そうへいしん）シュネルデの鎧（よろい）に穴が空いた。血が噴水のように溢（あふ）れ出（だ）す。

ぐらりとその場に神が倒れれば、槍兵神（そうへいしん）の包囲を抜け出していたシンが後ろに立っていた。手には美麗な波紋が浮く魔剣、流崩剣アルトコルアスタを携えている。

「《攻囲秩序法陣（アルネスト）》でしたか。その陣、斬り裂いて差し上げましょう」

シンが目にも映らぬ速度で駆け出した。神の陣形魔法は、彼の足をも阻（はば）み、減速させているが、それでもなお恐るべき速さでシンは進む。

「無駄だ。我々は秩序の軍勢。完全に秩序だった軍隊なればこそ、いかな動きを取ろうとも、個の力にて陣を打ち破ることは不可能なり」

彼が速く遠くへ動くほどに、包囲する陣形に乱れが生じ、通常ならば《攻囲秩序法陣（アルネスト）》は崩れていくはずだ。しかし、神の軍勢どもは、軍神ペルペドロの言った通り、完全なまでに秩序だった動きを見せ、その包囲を保ち続ける。奴(やつ)らは、陣形を乱そうというシンの狙いを先回りし、行く手を阻(はば)もうとする。アルトコルアスタにてそれを斬り捨て、彼はなおも駆けた。
神剣や神槍、神弓が放たれるも、いずれも寸前のところで回避し、シンに致命傷を与えるには至らない。神の兵が壁を作っていようと、一体ならばその剣にて切り崩せる。殲滅(せんめつ)はできずとも、シンの力ならば突破は容易(たやす)い。そうして、道を切り開きながらも、彼は高原の中央を目指していた。

その反対側——左翼にいたレイもシンと同じく中央を目指して進んでいる。術兵神ドルゾォークにより、《獄炎殲滅砲(ジオ・グレイズ)》の集中砲火が放たれるも、彼の背に輝く桃色の秋桜(コスモス)が、ひらひらと舞っては、その漆黒の太陽を防いでいる。《愛世界(ラヴル・アスク)》。それを発動したレイは、愛の力により、《攻囲秩序法陣(アルネスト)》に対抗し、風よりも速く駆け、左翼の陣を斬り裂いていく。彼の根源は七つ。ゆえに、一人でありながら、七体までは《攻囲秩序法陣(アルネスト)》を優位に戦える。

「さて、いつまで包囲を続けられる?」

両手に《焦死焼滅燦火焚炎(アヴィアスタン・ジアラ)》を使い、俺は中央の陣を蹴散らし、後退する。俺たちの包囲を保つため、右翼、左翼、中央の二陣は、みるみる一点へ近づいていく。奴(やつ)らの各部隊を四本の直線で結んだ、その中央へと。

「いかに動こうと《攻囲秩序法陣(アルネスト)》を崩すことは叶(かな)わず。神の布陣は、完璧なり」

軍勢の奥の方から、軍神ペルペドロの声が響く。

「無駄な足掻(あが)きだ、不適合者」

「見透かしたことを言うようだが、軍神。完全に秩序だった軍勢ほど、脆いものはないぞ」

「我々には、いかな戦術も通用しない。まして、このような陳腐な戦術など」

「ならば、試してみるがよい」

　俺たちの包囲を崩さず、追いかけるようにして、高原の一点へと四陣に分かれていた神の軍勢が迫っていく。すなわち、二、三方向から味方の部隊が猛突進してくるのだ。衝突を避けるために止まれば、俺たち三人の内誰かは《攻囲秩序法陣》の外に出ることになるだろう。上手くすり抜けようにも、その瞬間、進行方向の食い違う互いの部隊が、邪魔し合うことになる。

「貴様の頭の中は読めているぞ、不適合者。完全に秩序だった軍勢は、誘導しやすい。味方に味方の行く手を阻ませ、陣形に僅かな綻びでもできれば、そこを突破する。そういう策であるが――」

　神の軍勢が交錯する――その寸前、右翼の陣の一部は左翼の陣となり、左翼の陣の一部は、中央の陣となる。そして、中央の陣の一部は右翼の陣になり、なんの混乱も起こさず、《攻囲秩序法陣》を保った。あたかも軍が一個の生き物かのように。

「言ったはずだ。我々は戦火の秩序。すなわち、秩序の軍勢を率いる戦の神なり！」

　立ち止まった俺の背中に、軍神ペルペドロが立っていた。

「神の包囲から脱する兵法などない」

　奴の手に光が集い、赤銅の輝きを放つ神剣が姿を現す。

　思いきり振り下ろされたその神剣を、俺は《焦死焼滅燦火焚炎》の手で受け止める。ジジジジジジジッと魔力と魔力が鬩ぎ合い、俺と奴の周囲に風圧が巻き起こる。

「万策尽きたようだな、不適合者。貴様の配下二人も足が止まった」

「なにを言っている？」

不敵に笑い、俺は右手に《根源死殺》を重ねる。

「よく見るがいい。貴様らがとった布陣は、俺の戦術を完成させたぞ」

「戦術だと……？」

更に《魔黒雷帝》を重ねがけし、ぐっと神剣を押し返せば、それに対抗するが如く、軍神ペルペドロは渾身の力を込めてきた。

「そのような虚言が、我々に通じると思うたかっ……!!」

奴は左手で、俺の肩をつかむ。

「放ていぃっ!!」

ペルペドロの命令に従い、術兵神ドルゾォークが《獄炎殲滅砲》の集中砲火を放つ。自ら炎に焼かれるつもりか、軍神は俺の肩をぐっとつかんで放さない。ゴオオオオオオオオオォオォッと、俺とペルペドロを漆黒の炎が包み込む。

「ぬるいぞ」

《破滅の魔眼》で《獄炎殲滅砲》を消火した直後、俺は奴の足を払い、その体勢を崩す。

「ぬっ……！」

「秩序の軍勢を率いる神が、俺がとったこの戦術を知らぬとはな」

握った神剣を奴の腕ごと捻って、押さえつける。

「……この身を倒そうと無駄なことだ。我々は個ではなく、軍勢である」

「まるでわかっていないようだな。答えをくれてやろう」

神剣を奪い取り、放り捨てる。

「ビリヤードだ」

「……ビリ…………ヤード…………………？」

思いも寄らなかったといった声を発する軍神ペルペドロに、俺は手の平をかざし、《四界牆壁》で包み込む。

「……な、に………？」

「お前が球だ、軍神。お前たちがな」

球状の《四界牆壁》で包み込んだ軍神を見据え、手を振り上げる。

「行け」

《四界牆壁》の球を思いきり押せば、軍神ペルペドロは光よりも速く弾け飛んでいった。すぐそばで俺を包囲していた神の兵に衝突し、ペルペドロが飛んでいく軌道が変化する。衝突した神の兵は同じく勢いよく弾き飛ばされ、また別の神に衝突する。そうして、あたかもビリヤードの球のように神の兵たちは次々と神の兵に衝突し、弾き飛ばす。個対個であれば、《攻囲秩序法陣》の影響は軽微となり、その攻撃は通る。そして、根源にて数の判定を行っているため、弾き飛ばされた神による衝突は、その神の攻撃として判定される。

無論、衝突は一度きりではない。弾き飛ばされた神は、また別の神を弾き、そして自らも弾き飛ばされる。ドガキグギッ、ガガンガガガンッ、ギギギギギッ、ガギギガギンゴゴゴ、ガンッと互いに幾度となくぶつかる音が、高原というビリヤード台に響き渡る。そうして、複雑な軌道を描く奴らは、先程俺が《魔岩墜星弾》で空けた穴に次々と落ちていく。

高原にいた神々の軍勢はあっという間に一掃され、最後に軍神ペルペドロが、その穴にストンと落ちた。陣形は完全に崩され、最早、《攻囲秩序法陣》の効果は消え失せた。

「完全に秩序だった軍勢。常に最善の布陣を敷くお前たちは、確かに戦には強いだろうな。だが――」

ニヤリと笑い、穴に落ちた奴を見下ろしてやる。

「ビリヤードにはもってこいだ」

ボロボロになった兜の奥から、ペルペドロの魔眼が光った。

「陽動である」

よろよろと軍神は手を上げ、空を見た。魔眼を向ければ、このネフィウス高原の遥か上空に、無数の影があった。白馬に跨った神の軍勢たちである。この場の部隊をすべて陽動に使い、別働隊を空に飛ばしておいたのだろう。

「我々の目的は戦火を広げること。空にて陣形を整えた航空部隊は魔族の街を焼く。今更気がつこうとも――」

「――もう手遅れだ、とでも思ったか？」

軽く指を鳴らせば、魔力がちらつく。遥か上空に陣を敷く神族たちの、その更に上にだ。

姿を現したのは、魔王城デルゾゲード。その城の下部には、闇色の長剣、ヴェヌズドノアが暗く煌めいていた。

「……撃ていっ！」

デルゾゲードへ向けて、弓兵神、術兵神から、矢と魔法砲撃が放たれる。次々と着弾していくが、しかし、その城はびくともしない。

「お前たちの布陣がヴェヌズドノアにどこまで通じるか、試してみるか？」

魔王城を見据え、《転移（ガトム）》の魔法陣を描く。そこへ転移しようとした瞬間――デルゾゲードの前に人影がよぎった。

金色の髪をなびかせ、彼女はゆっくりと降下している。サーシャだ。

ふむ。なにをしているのだ？

「ね。魔王さま」

彼女は宙に浮かぶ理滅剣にそっと手を触れ、優雅に微笑（ほほえ）む。

「少しの間、返してもらってもいいいかしら？　わたしのサージエルドナーヴェ」

§16. 【破壊の秩序】

空に浮かぶ神族たちは、秩序だった動きにて陣形を瞬時に変えていく。それは進軍の速度を上げるためのものか、彼らの体に《飛行（フレス）》の魔法陣が描かれ、勢いよく魔力が溢（あふ）れ出（だ）す。

空域を飛び抜け、ヴェヌズドノアの有効範囲から離脱するつもりだろう。その陣形魔法陣が完成した瞬間、しかし、サーシャは眼下にいる神族どもを一睨（にら）みした。機先を制され、神の軍勢がピタリと停止する。蛇に睨（にら）まれた蛙（かえる）のように、奴（やつ）らは恐れ戦（おのの）き、動けずにいた。

「ね。いいでしょ?」

酔いが醒めず、アベルニユーの想いと記憶が蘇っているのか、サーシャはどこか楽しげに、ヴェヌズドノアを指先でつついている。やらせてみる価値はありそうだな。

「他のものを巻き込まぬというのなら、構わぬが?」

「わかったわ」

サーシャが理滅剣ヴェヌズドノアを握る。彼女に従うよう、俺はその剣に働きかけた。

「魔王さまの許可が出たわ。元の姿に戻りなさい、サージエルドナーヴェ」

くるりと剣身を回転させ、遙か空に切っ先が向けられる。彼女が手を放せば、ヴェヌズドノアは更に上空へ飛んでいった。すると、黒き粒子がその空に立ちこめ始める。次第に、それは闇の長剣を球状に覆っていく。暗闇に塗りつぶされるように理滅剣の姿は消え、そこには影の太陽が浮かんでいた。

「ね。知ってるかしら?」

ふわりと舞い上がるように、ツインテールの髪をなびかせ、サーシャは《破滅の太陽》を背にする。

「どんなに目を閉じていても、まぶたの裏側に映るわたしの視界を。みんなみんな、破壊の空って呼んだわ」

《破滅の太陽》は影のままだ。しかし、その空域にいる限り、破壊の秩序は力を及ぼす。

「《四方秩序退陣》」

サーシャが空へ昇っていったのを確認した後、神の軍勢は好機とばかりに、その場から四方に離散した。陣形魔法《四方秩序退陣》は、撤退時の速度を極限まで高めるのだろう。

神の軍勢は、極めてスムーズに退却行動を取り、有する魔力を遙かに超えるほどの速度で、空を駆け抜け、影の太陽の支配下から脱出していく。そして、それは、魔族の街や村への進軍を兼ねていた。それだけの速度で空域を抜ければ、数秒とかからず目的地に着く。

奴らの狙いは、世界を戦火に巻き込むこと。戦えぬ魔族の民とて、容赦なく焼くだろう。

しかし——進めども進めども、奴らは逃れることができない。とうに世界を一周するほどの距離を飛び抜けたにもかかわらず、眼下には依然としてネフィウス高原が広がっており、影の太陽は頭上にあった。

「そんな矮小な翼じゃ、《破滅の太陽》から逃れることはできないわよ。だって、この空の秩序は、壊れているんだもの。自由に飛べたのは、わたしの魔王さまと、その配下が描いたゼリドへヴヌスだけ」

暗い光が、空を照らす。それはあっという間に神の軍勢を飲み込んでいく。

「ナゼダ？」

「ナゼ逆ラウ？」

「破壊神アベルニユー」

「答エヨッ！」

剣兵神が、槍兵神が、弓兵神が、術兵神が、口々にサーシャへ言葉を放つ。

「なぜ秩序に逆らうのだ、破壊神っ！　破壊の秩序たる貴様がっ！　なぜ世界の秩序を乱そうとするっ⁉」

遙か地上で、軍神ペルペドロが叫ぶように言った。

「不適合者に、いらぬ戒めを植えつけられたかっ⁉」

「ああ……そうね。思い出したわ。それね、嫌いだったのよ」

「……なに？」

サーシャは微笑した。まるで、破壊神アベルニユーのように。

「わたしは昔から、秩序なんて大嫌いだったって言ったのよ。むしろ、秩序の方が、わたしの戒めだったわ。魔王さまはその戒めから解き放ってくれたの」

サーシャは瞳に《破滅の魔眼》を浮かべ、眼下にいる軍神を睨みつけた。

「ねえ。あなたはそれで満足なのかしら、軍神さん？　軍勢の秩序として、世界に戦火をもたらすってあなたは言うけれど、それは本当に自分の意志なの？」

「我々に意志はなく、あるのはただ秩序である」

「ふーん。そ。可哀相な人ね、あなたは」

闇の光が、その空を覆いつくした。破壊神は魔王城デルゾゲードと化している。サーシャ自身は破壊の秩序を有していないからか、《破滅の太陽》は影のまま、その力も本来のものとはほど遠い。されど不完全ながら、それは確かにサージエルドナーヴェの滅びの光、黒陽だった。

「まぶたを開けば、わたしの神眼にはいつも絶望が映った」

闇に染まる空域で、防御陣形を敷き、神の軍勢はかろうじて黒陽の照射に耐えている。

「オノ……レ……」

「戦火サエ、飲ミ込ムカ、破壊神……」

生物が死に絶えるその破壊の空をサーシャは飛び抜け、高く、高く、《破滅の太陽》サージエルドナーヴェのそばまで辿り着く。

「だけど、今は違うわ」

厳かにサーシャは両手を広げる。その体がサージエルドナーヴェに吸い込まれていき、やがて彼女は影の中に完全に消えた。

「わたしは魔族として、生まれ変わったの。魔王さまが、わたしに命をくれたんだわ」

「破壊神……アベル……ニユー……」

「それはもう昔の名前ね。わたしは、サーシャ・ネクロン。破滅の魔女にして、魔王さまの配下よ」

影の太陽がみるみる縮んでいき、金髪の少女がそこに姿を現す。極限まで凝縮され、小さくなった《破滅の太陽》サージエルドナーヴェは、サーシャの左目に宿っていた。

「ディルヘイドはね、わたしの故郷なの。わたしはここで生まれて、育ったわ。楽しいことばかりじゃないけれど、素敵なところよ。学院に通ったり、お店をやったり、農業をしたり、狩りをしたり。そうやって、みんな生きてる。みんな、笑ってるわ。だからね、神の軍勢だか秩序だか知らないけど、この国を戦火に飲み込むって言うなら」

サーシャは、その空域全体を視界に収め、キッと睨みつけた。

「あなたたちに本物の絶望を見せてあげるんだからっ！」

左の魔眼に宿る、影の太陽が反転し、闇の日輪と化す。それはまさに、《破滅の太陽》が完全顕現した姿――

「包囲セヨッ！」

逃げられぬと知った神の軍勢が、今度はサーシャへ向かって飛んでいく。だが、先程と同じだ。どれだけ空を飛んでも、彼女のもとには辿り着かない。彼我の力量がそれだけ離れているとでもいうように、常に軍勢の位置は彼女の眼下にあり、包囲することはおろか、近づくことさえ叶わない。そうして、遙か高みから、サーシャが神々の軍勢を一望した瞬間、彼らの体だけが暗黒に飲まれる。

本来は無差別に照射される黒陽が完全に制御され、標的だけを照らし滅ぼしているのだ。

「……消エル……」

「体ガ……」

「神ノ軍勢ガ……」

防御陣形による反魔法も、破壊の視線を防ぎきれず、神の軍勢は瞬く間に、空に散った。

「《終滅の神眼》を……なぜ、破壊の秩序を……我々に向けるのだ……アベルニユー……」

地上の穴という穴に落ちていた残りの軍勢も、黒陽に照らされ、滅びていく。軍神ペルペドロの赤銅の鎧すら、最早半分以上が闇の光に飲まれている。

「いかに滅ぼそうとも、逃れられはせん。それがわからぬ、貴様ではあるまい」

「おあいにくさま。そんなことはすっかり忘れたわ」

「ならば、思い出せ。生きとし生けるものは争いを起こす。それが世界の秩序であり、理であり摂理、すなわち運命なのだ。何度扉を塞ごうとも、破壊しようとも同じことだ。再び扉は開き、軍靴の音が聞こえてくる。それを始まりに――」

黒陽がペルペドロのすべてを暗く照らし、彼は終滅を迎える。その間際だ。

「――世界は戦火に包まれる」

軍神は、最後にそんな言葉を残した。

「知らないのかしら？」

微笑しながら、サーシャは言った。

「運命なんて、ぶち壊すものだわ」

彼女は、自分の背中を振り返る。

「ね、アノス」

その視線の先に、《転移》にて転移した俺がいた。さっと暗闇が消え去り、空は青さを取り戻す。サーシャはふわふわとこちらへ飛んできた。

「ふむ。その目は、破壊神の神眼か？」

「そうよ、《終滅の神眼》。サージエルドナーヴェを通して、デルゾゲードから力を借りてるの」

闇の日輪と化していたその神眼が、影の太陽に戻る。

「今は半分ぐらいの力しか使えないし、数秒ぐらいしか維持できないけど」

サーシャが目の前を優しく睨めば、そこに影の剣が浮かび上がる。彼女の瞳から、影の太陽が消えていき、代わりに理滅剣ヴェヌズドノアが目の前に現れた。《終滅の神眼》は、いつもの《破滅の魔眼》に戻った。

「思い出したのか？」

「うーん、またちょっとだけね」

「ずいぶんとアベルニユーらしく話していたと思うが？」

サーシャはうーんと頭を捻って、額を手で押さえた。その仕草はいつもの彼女らしい。

「なんでかしら？　なんだか、そんな気分になったんだわ。神の軍勢が、破壊神に似てたから、昔のわたしは思うところがあったのかも？」

考え込むように彼女は言う。

「でも、この魔眼のことは、思い出したわ」

サーシャが座り込むような姿勢で浮かびながら、俺の魔眼を見つめる。

「どうして、わたしがアノスと同じ《破滅の魔眼》を持っているかとか」

「ほう。なぜだ？」

サーシャは《思念通信》にて、俺の頭に映像を送る。魔法線を経由して、それをシンたち配下にも転送しておく。

「悲しみしか見えなかったわたしの神眼に、アノスが小さな笑顔を見せてくれたの」

ふふっ、とサーシャは微笑し、からかうように言った。

「わたしの魔王さまがね」

《思念通信》にて、彼女が思い出した記憶が伝わってくる。

二千年前の映像が、俺の頭に蘇った――

§17.【魔王の神眼と破壊神の魔眼】

二千年前。《破滅の太陽》サージエルドナーヴェ中心部。

金髪の少女が膝を抱えてうずくまり、闇の中をふわふわと漂っている。上下の判然としないその空間で、まるで風に流されるように、くるり、くるりと頭と足の位置が何度も入れ替わっていた。時折目を開き、彼女は暗闇に視線を投げては、はあ、と小さくため息をつく。ひどく退屈そうな表情だった。

「……ちっとも来ないわ……なによー……忘れてるんじゃないの……？」

小さくぼやき、再び彼女は膝に顔を埋める。

「……早く来ないと、滅ぼすんだから……知らないわよ……」

そのとき、暗き暗黒が立ちこめる中心に、一条の光が差し込んだ。勢いよく顔を上げ、その少女、破壊神アベルニユーは表情を輝かせた。途端に、暗闇に黒き大地が形成されていく。降り注いだ光の中から、漆黒の装束を纏（まと）った男が姿を現す。暴虐の魔王、アノス・ヴォルディゴードであった。闇の地面に着地すると、彼はまっすぐアベルニユーのもとへ歩いてくる。

思わず頬を緩ませ、駆けよろうとした破壊神は、しかし頭を振って、足を止め、興味なさげにそっぽを向いた。ツンとした表情で、退屈そうに彼女はアノスが歩み寄るのを今か今かと待ち構える。やがて、彼がそこへやってくると、

「ふーん。何度も《破滅の太陽》の中までやってくるなんて、酔狂なのね、魔王さまは」

興味がない体を装い、彼女はアノスに背中を向けたままだ。

「伊達や酔狂で会いになど来ぬ」

アノスの言葉に、アベルニユーは俯き、頬を緩ませた。

「お前を放置しておくわけにはいかぬからな」

「そ？　別に会いにきてなんて頼んでないわ」

ツンとした口調で破壊神は言った。少女の深淵を覗くように、アノスは魔眼を光らせる。

「ふむ。破壊の秩序をずいぶんと御せるようになったものだ。サージエルドナーヴェも黒陽を放つことなく、影の状態を維持している。最早、俺の手助けは必要あるまい」

「誰かさんが無理矢理唇を奪ったおかげかしらね」

「すまぬな。俺に注意を向けてもらわねば、《因縁契機魔力強奪》は発動しなかった」

アベルニユーは唇を尖らせ、不服そうに言う。

「別に、謝ってもらわなくてもいいけど。キスなんて、神にとっては、犬に噛まれたようなものだわ」

「ならばよい」

本当に歯牙にもかけていないのならば、《因縁契機魔力強奪》は成立しなかったのだが、アノスが口に出すことはなかった。

「そういえば、前に魔王さまが言ってた手紙書いたわよ」

アベルニユーが魔法陣を描けば、手の平に一枚の手紙が現れた。差し出されたそれを、アノスは片手で受け取る。

「良い土産になる」

「ね。ミリティアって、どんな神なの？」

興味津々といった風に、アベルニユーは尋ねた。僅かにアノスは笑みを見せる。

「さて、どんな神なのだろうな？」

「知らないの？」

少し驚いたように、彼女は言った。

「知りたいと思っている」

「ふーん、そ。じゃ、わたしとおんなじだわ」

アベルニユーが優しげな表情を浮かべる。

「会ってみたいわ。ミリティアに」

そう口にして、彼女はくるりと背を向ける。

「おかしいわよね。こんなに近くにいるのに、秩序だから、会うこともできないなんて。だったら、どうして、わたしたちは姉妹なのかしら？」

ゆっくりとアベルニユーは闇の中を歩いていく。

「なんて魔王さまに言っても仕方ないわね」

「アベルニユー。今日は告げることがあって来た」

アノスの言葉に、彼女は足を止める。背を向けたまま、破壊神の少女は顔だけ振り向いた。

「なに？」

「お前が欲しい」

彼女の頬は朱に染まり、その瞳は丸くなる。

「…………え？」

魔王は真剣そのものの表情で、力強く彼女へ告げる。

「お前の体を、その根源を、秩序を、破壊神アベルニユーを俺に寄越せ」

ほんのりと上気した表情のまま、破壊神はアノスへ体を向ける。

「代わりに、お前の願いを叶えてやる」

彼を見つめ、じっと考えた後に、アベルニユーは言った。

「……足りないのね。《破滅の太陽》だけじゃ」

彼女はそっと、自らの胸に指先を当てる。

「魔王さまは、この破壊神の秩序を奪い去りたいのね。世界が変わるぐらい、完全に」

アノスはうなずく。

「お前は秩序を御せるようになった。だが、神族ゆえか、この世に破壊が存在するというその根幹の秩序にまでは手が出せぬ。お前が望む望まずとも、変わらず世界には滅びが存在し、その神眼は絶望を映すだろう」

《破滅の太陽》が黒陽を放つのを、アベルニユーは制御できるようになった。それでも、その神眼が地上を覗けば、視界に映るものは等しく自壊する。なにより、人が簡単に死ぬというこの世の秩序は、なにも変わってはいない。サージエルドナーヴェの代わりに、別のものが魔族や精霊、人間を滅ぼすのみだ。

「しかし、神ならぬ俺が今のお前を得たならば、その根幹の秩序を奪い去ることができる。

《破滅の太陽》と破壊神を堕としたならば、世界中で巻き起こる滅びは最小限に食いとめられる。死ぬはずの者は死なず、滅びるはずの者は滅びぬ。その後に、必ずや平和が訪れる」

「平和のために、わたしが欲しいの？」

「喉から手が出るほどにな」

ふーん、と彼女は、魔王に視線を向ける。

「準備はすでに大方整った。残るは、お前の意思だけだ」

「嫌だって言ったら？」

「言わせぬ」

ふふっ、とアベルニユーは笑った。

「しょうがない魔王さまだわ」

「あいにくと強欲でな」

彼女は考えるように唇に指先を当て、トントンと軽く叩く。

「いいわ。ただであげるのも癪だから、勝負をしましょう。魔王さまが勝ったら、わたしが持っているものを一つあげる。どうかしら？」

「構わぬ」

アベルニユーは目を細める。

「勝負の内容は？」

「そうね。わたしが欲しい物を魔王さまが持ってきてくれたら、魔王さまの勝ちでいいわ」

「ほう。なにが所望だ？」

アベルニユーは、アノスの右目を指さした。

「魔眼が欲しいわ。あなたの綺麗な魔眼が」

悪戯っぽい口調で、破壊神は言う。

「どうかしら?」

「くれてやろう」

アベルニユーは目を丸くする。

「いいの?」

「欲しいのだろう?」

「そうだけど……」

軽い悪戯心だったのだろう。破壊神が有する《終滅の神眼》すらも封殺する魔王の魔眼は、彼にとって失うわけにはいかない力だとアベルニユーは思ったのだ。ゆえにねだった。彼が困る姿を、彼女は見てみたかったのだ。

「二言はない」

アベルニユーを魔法で浮かせると、アノスはその後頭部に手を回し、滅紫に染まった魔眼を見せる。瞳の深淵には、闇十字が描かれていた。

「これをくれてやれば、俺の勝ちだ。お前の右目をもらうぞ」

破壊神の両目に、《終滅の神眼》が浮かぶ。その瞳は、闇の日輪を象り、黒く輝いていた。

「……ねえ。魔王さまの魔眼は、なんていう名前なの?」

ふと思い立ったというようにアベルニユーが尋ねる。

「名など聞いてどうする？」

「ちょっと知りたかっただけだわ」

「《混滅の魔眼》と名づけた」

「ふーん、どういう意味かしら？」

「混沌とした滅びだ。この魔眼の力は滅びを本質とするが、どうにも混沌としていてな。いくら覗いても俺にも底が見えてこぬ。確かめようにも、まともに開眼すれば世界がもたぬ」

滅びぬものさえ滅ぼす力。それさえ、《混滅の魔眼》からこぼれ落ちる余波にすぎない。真の力を見ようにも、魔眼を開きかけただけで世界が崩れゆき、混沌とし始める。開眼すればいったいなにが起こるのか、暴虐の魔王と呼ばれた彼でさえ確かめる気にはなれなかった。

ゆえに、その力は極限まで抑えて放つ。そうすることで、《混滅の魔眼》は秩序を滅ぼす力を発す。

「物騒な魔眼ね」

「自信がないなら、やめておくか？」

「まさか。せっかく魔王さまがくれるというんだから、いただくわ」

静かに顔を近づけ、破壊神と魔王は、右目と右目をそっと重ねる。滅紫の光と闇の輝きが混ざり合い、魔力の粒子が立ち上った。

「あのね、魔王さま」

穏やかな声でアベルニユーは言う。

「あなたが初めてわたしを見つめてくれたときから、色んな想いがここに溢れてくる気がするわ」

彼女は細い指先を、左胸に当てる。

「色んな感情を、知らなかった気持ちを、わたしは知った気がする。この神眼には、いつも絶望しか映らなくて、世界は悲しくて、いつも泣いているんだと思っていたの」

混ざり合った光が、互いの体に吸い込まれていった。ゆっくりと二人は体を離す。アノスの右目には黒き神眼が、アベルニユーの右目には滅紫に染まった魔眼があった。

「でも、違うのかしら？　あなたの魔眼なら、違うものが見えるの？　わからないけど、でも、願いを叶えてくれるって言ったわよね？」

「くはは。勝負に負けておいて、願いも叶えてもらうつもりとはな」

アベルニユーはきょとんとした。無垢な瞳で、彼女は尋ねる。

「なにかおかしいの？」

「なに、正直で良いぞ」

ぱちぱち、と瞬きをして、アベルニユーは魔眼を調節する。魔力が右目から左目に移るようにして、彼女の両眼が滅紫に染まった。だが、瞳の深淵に闇十字が浮かぶことはない。

「あれ……？　魔王さまと同じ魔眼に、ならないわ……」

「二つに割ったのだから、そんなものだ。一時的になら本来の力も出せるかもしれぬが、お前からもらった《終滅の神眼》も、殆ど秩序を失った」

右目にあった神眼の魔力が左目にも移り、《終滅の神眼》の象徴たる闇の日輪は消え去る。代わりに、アノスの両目には魔法陣が描かれていた。彼は手に《魔炎》を出すと、それを睨み、かき消す。

「ふむ。滅する力は弱まったが、反魔法としては比類ない。制御が容易く、便利そうだ」

「《混滅の魔眼》に比べればの話でしょ？」

肯定するようにアノスは笑う。

「《破滅の魔眼》とでも名づけておくか」

「こっちは？」

アベルニユーが、自らの滅紫に染まった魔眼を指さす。

「《滅紫の魔眼》でいいだろう」

「そのまんまだわ」

ぱちぱちと瞬きをして、破壊神は魔眼を切り替える。滅紫に染まった瞳が元の色に戻ってい き、今度はそこに魔法陣が描かれた。《破滅の魔眼》だ。ふふっと笑声がこぼれた。

「おそろいだわ」

嬉しそうに、アベルニユーが微笑む。

「あ、そう、だからね。さっきの続きなんだけど……もし、叶うんだったら」

思い出したように、彼女は言った。

「地上を歩きながら、魔王さまの魔眼で、今度は悲しみ以外を見てみたいわ」

花が咲いたような笑顔で、彼女は希望を見つめた。

「この世界が笑っているところを」

§18.【相似精霊】

ネフィウス高原にあった神の扉が消え去ったのを確認した後、俺たちは再びレグリア邸を訪れていた。

「……うーん……やっぱり、これ以上思い出せないわ……」

頭を手で押さえながら、サーシャが言う。酔いも幾分か醒めてきているようだ。

「またお酒の力を借りなきゃだめかしら？」

「くすくす、サーシャちゃん、それ、完全にだめな酔っぱらいの台詞だぞ」

エレオノールがからかうように言う。

「なによ？　しょうがないじゃない、お酒飲んだら思い出すんだから」

「でも、あれだよね。アノス君の《破滅の魔眼》がサーシャちゃんから譲られたものだったなんて、驚きだぞ」

のほほんとした表情で、エレオノールが人差し指を立てる。

「てっきりアノス君から遺伝したんだと思ってた」

「まあ、サーシャが今持っている《破滅の魔眼》は、ほぼ俺からの遺伝といっても差し支えあるまい」

そう口にすると、エレオノールはきょとんとした顔を向けてきた。

「あれ？　破壊神アベルニユーが《終滅の神眼》を半分アノス君にあげて、力が弱まったのが、

《破滅の魔眼》じゃなかったっけ？」

「過去を見た限り、俺が持っている《破滅の魔眼》は、破壊神の右眼だ。だが、左眼はサーシャが持っているのではなく、デルゾゲードと化している。《混滅の魔眼》の右眼とともにな」

「あー、そっか。今のサーシャちゃんは思い出せないだけじゃなくて、破壊神の秩序を持ってないんだっけ？」

「……そうみたいね。さっきみたいに、理滅剣を経由すれば、デルゾゲードから一時的に元の力を借りられるけど……？」

それとて、本来の力とはほど遠い。真価を発揮するには、破壊の秩序をこの世に蘇らせる必要がある。つまり、デルゾゲードの封印を解き、破壊神を元の姿に戻すということだ。だが、そんなことをすれば、再び世界に死と滅びが蔓延することになろう。

「神の軍勢は」

控えめに、ミーシャが手を挙げる。

「滅んでいない？」

「……たぶん、そうだろうね。アノスが無理矢理扉を開いたから、あれが軍勢の全戦力じゃなかったのかもしれない」

レイがそう答えた。

「あるいは、番神などと同じようにいくらでも湧いて出るのかもしれませんね」

静かにシンが述べる。軍神ペルペドロは、軍勢を率いていた。他の秩序を司る神とは、少々毛色が違う。番神に近い特性を持つ、という予想も、あながち間違ってはいないだろう。

「世界は戦火に包まれるって言ってましたね……」

仮初めの姿に戻ったミサが、不安そうな表情を浮かべる。

「アノス様だから、簡単に倒しましたけど、もし街や村があの軍勢に襲われたら？」

「大変なことになっちゃうぞっ」

エレオノールが同意するように声を上げ、サーシャが続いた。

「あいつら、《灰燼紫滅雷火電界（ラヴィア・ギーグ・ガヴエリイズド）》で全滅しなかったものね……」

魔法砲撃を石に変える術式や、少数より多勢が優（まさ）る秩序を有する。他の者どもが、奴（やつ）らを退けるには、戦う者の数を増やし、多勢には多勢で対抗する他ない。その分、死者は増え、戦火は拡大するだろう。

「ディルヘイドの全魔皇に伝え、神の扉を探させる。アゼシオン、アガハ、ジオルダル、ガデイシオラにも通達しよう」

神族が地上への進軍を計画していたなら、神の扉はあれ一つとは限らぬ。あの軍勢は先遣隊で、本命の神がいる可能性もある。特に魔眼の届かぬ竜域や、雷雲火山（らいうんかざん）のように魔力場が乱れ、天然結界となっている土地などは警戒区域とした方がいいだろう。その旨（むね）、七魔皇老へ《思念通信（リークス）》を送っておく。

「アハルトヘルンも警戒した方がよい」

レノに言うと、彼女はうなずく。

「みんなに気をつけるように言っておくよ。そういうのを探すのが得意な子たちもいるし、大丈夫だと思う」

「神の扉は見つけ次第こじ開け、軍勢を滅ぼす。だが、シンの予想通り、奴らがいくらでも湧いて出てくるならば、それとは別に策を講じねばならぬ」

「策って、どうするの？」

サーシャが訊く。

「たとえば、神界へ乗り込み、秩序の軍勢を生む魔力源を探し出し、それを断つ、とかな」

「わーお……策っていうか、ただの実力行使だぞ……」

呆れ気味にエレオノールが言葉をこぼす。

「まあ、まずは神の扉が先決だ」

「じゃ、これからボクたちで探しに行くんだ？」

「それは他の者に任す。俺たちはサーシャの記憶を探すとしよう」

秩序の軍勢は、破壊神の代わりとも言える。二千年前のアベルニユーを知ることは、奴らの情報につながるかもしれない。滅びるはずのものが滅びず、ゆえに軍神は世界に戦火をもたらそうとした。その辺りをどうにかできれば、もう神は地上に攻め入っては来ないはずだ。

「そういうわけだが、レノ。かつて破壊神アベルニユーだったときの思い出が、サーシャの記憶を想起させるようでな。なにか役に立つ精霊がいればと思い、訪ねたのだが、どうだ？」

「記憶と思い出かぁ……ちょっと待ってね、今考えるから……」

レノはぶつぶつと精霊の名を呟きながら、考え込んでいる。

「あ……いるかも……？　でも、実際、どうなのかはわからないんだけど……」

「構わぬ。なんという精霊だ？」

「相似精霊ペンタンっていうんだよ。ペンタンは変わってて、誰が見ても前に会ったことがあると思うんだよね」

また一風変わった精霊だな。

「どこにでもいて、誰でも会える精霊だから、私がいたら、すぐに会えるよ。ついてきて」

レノの後を追い、俺たちはレグリア邸の外へ出た。そのまま木の葉が生い茂る遊歩道を歩いていく。

「ペンタンの噂と伝承は、やっぱり少し変わっててね」

足を進ませながらも、レノが説明してくれる。

「一緒にいると、どこかで見たことがある初めてのことに遭遇するんだって。なんていうんだっけ、そういうの、えーと……？」

「デジャヴ？」

と、ミーシャが言う。

「そう、それ。デジャヴだよ。デジャヴって、初めてなのに、見たことあったり、体験したことあったりな気になるでしょ。なんでだと思う？」

ミーシャはぱちぱちと瞬きをして、首を捻った。

「なんで？」

「ただの気のせいだと思うがな」

俺が言うと、レノはうなずいた。

「うん、そう。アノスの言う通り、たぶん、ただの気のせいなんだよ。でもね、デジャヴには

「こういう噂があるんだ。それは、忘れ去った前世の出来事を見たときに感じるって」

なるほど。

「それはあくまでデジャヴの噂で、ペンタンの噂と伝承じゃないから、ちょっと遠くて、確実ってわけじゃないんだけど。でも、噂は精霊に力を与えるから。もしかしたら、ペンタンと一緒のとき感じるデジャヴのどれかは、本当に前世に経験した出来事かもしれないんだよ」

「試してみる価値はありそうだな」

「そうだよねっ」

レノは目の前を指さした。草花が生い茂っている。

「ほら、いたよ。ペンタン」

置いてあったのは一つの長靴だった。右足用のものだけで、左足の長靴はどこにもない。

「んー、あれが精霊なのかな？」

「……長靴に……見えます……！」

エレオノールとゼシアが興味深そうに長靴に近づく。すると、ぴょこん、と長靴から赤ちゃんドラが顔を出した。

「……トラ……です……！」

ゼシアが満面の笑みで言った。

「ふむ。不思議なものだな。確かに会ったことがあるような気がする」

全身で長靴を履いた赤ちゃんドラのペンタンが前足を広げ、空をかく。謎の動きだが、それさえも妙に見たことがある気がした。

「サーシャ」

彼女はこくりとうなずく。エレオノールとゼシアが一歩退き、サーシャはペンタンに近づいた。すると、長靴がぴょんぴょんと跳ね出し、みるみるサーシャから遠ざかっていく。

「え？　ちょ、ちょっと、なんで逃げるのよっ？」

慌ててサーシャは追いかける。

「たぶん、デジャヴを感じるところにつれていってくれると思うよ」

「では、後はこちらで色々と試してみる。シン、お前はレノとともにアハルトヘルンへ向かえ。精霊界にある神の扉を探すがよい」

俺の前ですっと跪き、頭を垂れながら、シンは言った。

「我が君の寛大な心に、感謝を」

「なにかわからないことがあったら、《思念通信》してね」

手を振るレノ、そしてシンと別れ、俺たちはサーシャの後を追った。あまり近づきすぎると、俺やミーシャなどのデジャヴに辿り着くかもしれぬため、遠巻きに見守りながら、往来を歩いていく。やがて、ペンタンは魔王学院へとやってきた。城に入り、長靴を履いたトラは、奥へ奥へと進んでいく。第二教練場の前で立ち止まったので、サーシャはドアを開けた。

「きゃっ……」

中から声が響く。エレオノールがドアから室内を覗いた。

「あれ？　居残りちゃんだぞ？」

教練場には、ナーヤがいた。いきなり入ってきたサーシャとペンタンに驚いている様子だ。

クゥルルルー、と彼女の腕の中にいるトモグイが、長靴を履いたトラに視線を光らせる。食べられるのか、食べられないのか、迷っているように見えた。

「休みなのに、どうしたの？」

　サーシャが尋ねる。

「熾死王（ししおう）先生が、時間が空いてるときは勉強を教えてくれるって。あ、でも、約束があるわけじゃ……忙しいときは来られないので、今日は来られないかもしれないんですが……」

　言いながら、ナーヤは慌て気味に黒板に書かれた沢山の文字を消す。

「ふーん」

　すると、ペンタンがぴたりと動きを止めた。ナーヤはなぜか、逃げるように第二教練場を去っていく。

「お邪魔しましたー。あっ、アノス様っ⁉」

　教練場を出た瞬間、ナーヤは俺の顔を見て、びっくりしたように声を上げる。

「しっ、失礼しましたっ！」

　ぺこりと頭を下げ、彼女は走り去っていった。

「あれ？　エールドメード先生を待ってたんじゃないのかしら……？」

　不思議そうにサーシャが自問する。ペンタンに視線をやれば、やはり、その精霊は動きを止めている。目的が消えてしまったと言わんばかりだ。

「ふむ。あの黒板に書かれていたことに、なにかありそうだな」

　俺は教室の外から、黒板に魔法陣を描く。《時間操作（レバイド）》を使い、黒板の時間を戻した。

「んー、あれって、昨日の授業の内容だぞ？」

黒板を見つめながら、エレオノールが言う。

「あ……」

サーシャが声を上げる。黒板には、授業で書かれた魔法文字とは別に、エールドメードとナーヤの名が記されていた。それを覆うように、見覚えのない術式が描かれている。

「初めて見るな。あれはなんだ？」

「相合い傘魔法陣」

ミーシャが淡々と答えた。

「珍しいが、お粗末な術式だ。見たところ、魔法を発動できそうもないが？」

ミーシャに視線を向ければ、彼女はこくりとうなずく。

「恋のおまじない」

「ほう」

「名前を書いた二人が結ばれると言われている」

すると、エレオノールが振り向き、指を立てた。

「でも、仲の良い二人が、からかわれるときの方が多いぞ」

「では、昨日の放課後、あれを友人に描かれ、からかわれたといったところか。消すのを忘れたことを、今日思い出したのだろう」

「あはは、それで慌てて学院まで来たんでしょうか」

ミサが言う。

「あー、すっごくありそうだぞ。エレンちゃんたちとか、やりそう」

「……ですよね……」

まあ、あの相合い傘魔法陣の筆跡は、ナーヤのものだがな。今日、この教練場で描いたのだろう。おまじないか。微笑ましいものだ。

とん、と俺の肩をレイが叩く。

「ペンタンが消えたみたいだね」

彼が言う通り、役目を果たしたというように長靴を履いた精霊の姿が消えている。

「……これ……見覚えがあるわ……」

サーシャが呟く。教練場に入り、俺は尋ねた。

「その相合い傘か？」

「うん。これ、最初にわたしが書いたんだわ……悪戯で……二千年前に……」

そう口にして、サーシャが走り出す。

「ついてきてっ」

教練場を出て、全力で駆けるサーシャの後を、俺たちは追いかけていく。彼女が足を止めたのは、地下ダンジョンの入り口だった。壁に取りつけてある黒板には、ダンジョン使用の注意事項などが書かれている。サーシャは《破滅の魔眼》で、その黒板を睨みつける。

一瞬にして、黒板は粉々に砕け散り、後ろに古い壁が見えた。そこには、まるで落書きのように、相合い傘魔法陣が刻みつけられている。一見して、相当昔に描かれたものだというのがわかる。

「やっぱり……これ、わたしの……アベルニユーの悪戯書きだわ……」

「黒板を増築する前、この壁にあった相合い傘の記号が、恋のおまじないとして広まっていったということか」

相合い傘の文字は削れてしまっており、なんと書いてあったかわからない。俺はそこに《時間操作》の魔法をかけた。

「ちょ、ちょっとアノスっ、なななっ、なにしてるのっ⁉」

「なにが書いてあったかわかれば、お前の記憶を戻す手がかりになる」

「そ、そうだけど……だけど、これっ、これって、だからっ……わたしと――！」

壁の時間が遡り、アベルニユーの名前がそこに刻まれる。そして、もう一つの名は――

「わたしと……あれ……？」

――ミリティアと書いてあった。サーシャは、心底不思議そうな表情で、相合い傘に書かれた二つの名前を見る。ミーシャがぱちぱちと瞬きをして、ぽつりと言った。

「アベルニユーは、ミリティアが好きだった？」

「嘘でしょっ⁉」

§. 19【破壊神の落書き】

壁に《時間操作》をかけ、更に時間を遡らせたが、相合い傘魔法陣以外の刻字はない。

「んー、なんでアベルニユーはこんな落書きしたんだ？」

疑問を顔に浮かべながら、エレオノールがサーシャに訊く。

「わたしに訊かれても知らないわよ……覚えてないんだもの……」

「サーシャベルーの……出番……ですっ……！」

得意満面でゼシアが言う。

「……なによ、それ？」

「これのことだ」

魔法陣からぶどう酒を取り出し、《創造建築》で作ったグラスを魔力で宙に浮かべる。そこに酒を注いでやった。

「結局、またお酒の力を借りるわけね……」

サーシャはグラスを手にして、勢いよくぶどう酒を飲み干した。瞬間——

「——敵よっ！」

ばっと振り返り、サーシャは虚空に《破滅の魔眼》を向けた。

「ぎゃんっ、ぎゃばばばばばばばばっ！」

ちょうどその場を通りかかったジェル状の体を持った犬が、反魔法を張り巡らしながらも、きゃんきゃんと悲鳴を上げ、床を転がった。

「しぶといわね」

追い打ちをかけるべく、サーシャは瞳に魔力を込める。

「よせ、サーシャ。それは敵にもならぬ」

「うー……だって、こいつ、アノスに喧嘩売ってきたのよ？」

舌っ足らずの口調で、サーシャが言う。

「よく見よ。最早、ただの犬だ」

俺に言われた通り、サーシャはジェル体の犬をじっと凝視する。

「く、くぅーん、くぅーん」

と甘えた鳴き声で、その犬はサーシャにすり寄っていき──

「気持ち悪いわ！」

「ぎゃんっ、ぎゃんっ、ぎゃばばばばばばばばばばばばっ……!!」

《破滅の魔眼》をもろに食らい、ジェル犬はじたばたと床にのたうち回る。元が元だけあって、なかなか頑丈だな。

「えーと、あれは、緋碑王ギリシリスなのかな？」

「……です、ね。ここにいるってことは……？」

エレオノールとミサが顔を見合わせると、「カッカッカッ！」と愉快そうな笑い声が聞こえてきた。コン、コン、コン、と杖をつく音が響き、そこへシルクハットを被った教師が姿を現す。

「散歩だ、散歩、犬の散歩ではないかっ！　先の戦いで世にも珍しい犬を手に入れたのでな。リードがどこまで有効なのか、校内で検証していたのだ」

上機嫌にやってきたのは熾死王エールドメードである。魔眼を通して見れば、彼が手にした杖から魔力のリードが伸び、ジェル犬、ギリシリスにつながっている。

「やはり、犬を飼うなら、完全に隷属させるよりも躾けた方が面白いと思わないかね？」

ダンッと杖をつければ、ジェル犬ギリシリスがお座りをする。なかなかどうして、言葉通り、躾けているようだな。

「……わーお……いきなりレベルの高いこと訊かれたぞ……！」

「……あはは……エールドメード先生ですから……」

エレオノールとミサがそんな風にスルーを決め込むと、ゼシアが物怖じせず手を挙げた。

ビシィッとエールドメードは彼女を杖でさす。

「聞こうではないか」

「ゼシアは……猫派です……！」

隣でミーシャが同意を示すようにうなずいていた。カッカッカ、と笑いながら、エールドメードが杖を軽く引けば、ギリシリス犬は、魔力の糸に引っぱられるように彼のもとへ従順に駆けていく。

「できなくもないぞ、猫に」

ニヤリ、とエールドメードが唇を歪ませ、杖でギリシリス犬をさす。

「……嫌……です……！」

力一杯、ゼシアは否定した。

「確かに確かに。猫というには可愛げがないな、コイツは」

言いながら、エールドメードはこちらへ歩いてくる。

「そうそう、ちょうどいい。秩序の軍勢と神の扉だったたか。またまた面白そうなことが起きたではないか。いやいや、さすがは魔王というべきか。休む間もなく、次から次へと愉快なものを引き寄せてくれる」

俺の前で立ち止まり、トン、と奴は杖をつく。

「一応、オマエの耳に入れた方が良さそうなことがあるが、聞くかね？　多忙ならば、オレが処理しておくが？」

「話せ」

愉快そうに唇を吊り上げ、熾死王は説明を始める。

「メルヘイスより、ディルヘイド各地の魔皇に神の扉の件は通達された。また、地底世界の三大国に伝えたところ、ジオルダル教団、アガハ竜騎士団が早速、調査を始めるとのことだ。ガデイシオラには、たまたま魔王の妹がいたようで、覇軍の禁兵たちとともに神の扉を探しに国を出発したそうだ」

優秀な者たちばかりだ。魔眼の力も申し分ない。どこかに神の扉が構築されかけているのならば、じきに見つかるだろう。

「となれば、問題は勿論、かつての仇敵、アゼシオンだ。魔導王の一件も含め、少々ごたついているようだぞ、あの国は。あるかどうかも定かではない神の扉探しに、貴重な人材を割くことは難しい、などと言ってきたそうでな。中隊規模の兵を調査に向かわせることはできるようだが、いやいや」

トラブルを楽しむようにエールドメードはくつくつと喉を鳴らす。

「お世辞にも魔眼が良いとは言えぬ、と？」

杖で俺を指し、熾死王は大きくうなずいた。

「その通りだ」

ネフィウス高原にできていた五キロほどの神の扉でさえ、普通の者には見ることができぬ。魔眼(めの)悪い者をいくら動員しても、成果は上がるまい。

「エミリアはどうした？」

「カカカ、困ったことに、あの女も勇議会の重要な審議の真っ最中だそうでな。戦争や災害時における各国の軍、勇者学院の役割や指揮系統について、話し合っている。それを捨てておいても構わないのなら、すぐに動くと言っていたようだが？」

目に見える脅威がなくば動かぬ、か。中にはまともな考えの者もいるだろうが、勇議会の判断は多数決で決まる。国の運営に関わる重要な審議を滞らせてまで神の扉を探す必要はない、と判断した者の方が多かったというわけだ。

エミリアが抜ければ、残りの者たちが戦争や災害時の対応について決める。そしてその多くは、神の扉を探す労力を割く必要がない、と判断した者たちだ。

「気味の悪い冗談のようではないか」

俺の心を見透かしたように、エールドメードはそう言った。外敵のことを考える余裕がないほど、ごたついているか。これまでの国の在り方を変えるのだ。ある程度組織が固まってくるまでは仕方あるまい。

「僕が行ってくるよ」

レイが言う。それが一番妥当か。勇者カノンが直接赴いたとあれば、力を貸してくれる者もいよう。

「ミサもつれていけ。こちらは記憶を探るだけだからな」

レイがうなずく。

「じゃ、行ってきますね。真体でなら、アゼシオン中をくまなく探しても、そんなに時間はかからないと思います」

「いちいち俺たちが出張っていってはキリがない。見込みのある者に探し方を教えておけ」

「そうするよ」

微笑みながら、レイは言い、ミサと手をつなぐ。二人は転移していった。

「さて、サーシャ。その落書きを見て、なにか思い出さぬか？」

「……うーん……」

サーシャは相合い傘魔法陣が刻まれた壁をじっと見つめる。うーん、と彼女は再び唸り、首を捻った。

「…………沢山、書いた気がするわ……沢山……お城になるんならって……それで……」

はっと気がついたように、サーシャは壁を指さす。

「ね。これ、地図じゃないかしら？」

サーシャが示した部分には、なにも描かれていない。魔眼で透視するも、増築部分があるわけでもなさそうだ。

「なにも書いてないぞ？」

と、エレオノールが壁に魔眼を向ける。

「そんなことないわ。よく見てごらんなさい。ほら、そこよ」

「んー、どれだ？」

エレオノールが壁に顔を近づける。そのとき、ガガガガガガッとものすごい勢いで壁が削られ始めた。サーシャの瞳に《破滅の魔眼》が浮かび、壁を抉（えぐ）っているのだ。その破壊跡は、次第に地図を描いていく。

「おわかりいただけたかしら？」

「おわかりとかじゃなくて、サーシャちゃん、今、自分で描いてるぞっ！　今っ！　魔眼見てみてっ」

「自分の魔眼（め）は見られないわ。変なこと言うのね」

「ボクがおかしいみたいになってるぞっ！」

エレオノールの苦言をものともせず、サーシャは壁に地図を描き上げた。

「……ダンジョンの？」

ミーシャが言う。

「そのようだな」

くるり、とサーシャは反転し、こちらを向いた。

「アベルニユーが描いたこの地図について、推理してみるわ」

大真面目な顔でサーシャは言うと、ゼシアはキラキラと瞳を輝かせた。

「名探偵サーシャベルー……です……！」

ゼシアに褒められ、サーシャはご満悦の様子だ。

「二千年前、そう呼ばれたこともあったかもしれないわね」

「絶対なかったと思うぞ……？」

エレオノールがぼそっと言った。

「静かにしていてくれるかしら。たった今、わたしにはこの事件のすべてがわかったわ」

キランッとサーシャは魔眼を光らせる。

「犯人は、わたしよっ！」

「意味がわからないぞっ！」

「この地図通りに魔王城のダンジョンを再構築すれば、二千年前にわたしが書いた悪戯書きが見つけられるようになるの。後で魔王さまが見つけたときに、びっくりさせようと思って、わたしは犯行に及んだんだわ」

サーシャはダンジョンの入り口へ視線を向ける。

「こうやって、ダンジョンを再構築すれば」

厳かにサーシャは両手を広げ、ゆっくりと上げていく。そして――

「…………」

だが、なにも起こらない。

「……こうやって、ダンジョンを再構築すれば……」

言い直し、サーシャは再び両手を広げる。だが、ダンジョンはうんともすんとも言わぬ。

「うー……アノス、このダンジョン、わたしのくせに全然言うこと聞かないわ……わたしなのにっ、わたしなのにっ……」

キッ、キッ、と目の前のダンジョンをサーシャは睨む。だが、勿論、なにも起こらぬ。

「当然だ。今や俺の物だからな」

トン、と足踏みをして、軽く床を鳴らす。ドゴゴゴゴゴゴッと激しい音が響き、魔王城が揺れ始めた。サーシャが描いた地図の通りに、ダンジョンを再構築しているのだ。一分ほどが経過し、揺れは収まった。

「行くか。その落書きとやらを見れば、また記憶を思い出すやもしれぬ」

足を踏み出せば、ザー、と耳鳴りがした。根源の深奥(しんおう)から、不気味な声が響く。

『知らば――』

ノイズとともに、そいつは言った。

『――知らば、後悔することになるだろう』

「ふむ。またお前か」

『救えはしない。救えは。ここで引き返すことが、最良の道。知らぬことこそ、彼女に与えられた唯一無二の幸せなのだ』

「彼女というのは、アベルニユーのことか？」

『奪いたくば、進め。だが、ゆめゆめ忘れるでないぞ』

ザーと雑音を響かせながら、そいつは言った。

『この先で、彼女は、再び現実を知ることになる』

ザッ、ザザッ、ザーと頭に響くノイズが、まるで俺を嘲るように聞こえた。

『世界は決して、笑ってなどいないのだから』

§20. 【燼死王の仮説】

根源の奥から響く不気味な声が遠ざかっていき、やがてノイズも消えた。

「カッカッカ、今の声はグラハムの置き土産か？」

杖を両手で持ち、燼死王が愉快そうに口元を歪める。天父神の神眼にて俺の深淵を覗き込み、響いた声を聞き取ったのだろう。

「いやいや、しかしだ。見たところ、あの男の虚無の根源は、魔王の根源により今もなお滅び続けている。無さえも滅ぼしてのけるとは、カカカ、まさに魔王ではないかっ。底知れぬ深淵、底知れぬ力、この天父神の神眼でさえも、オマエのすべては見えてこない」

ダンッと杖をつき、奴は言った。

「暴虐、暴虐、暴虐ではないかっ！　世界の秩序たる神の前でさえ、オマエはなおも暴虐な存在として君臨している」

カッカッカ、と嬉しそうに燼死王は笑う。魔王の力が底知れぬことについてではない。そんなことはとうに承知しているだろう。

「にもかかわらずだ。オマエの根源に声が響くというのは、どういうことだろうな？」

「さてな。今わかっているのは、こいつが神族に関係しているということぐらいだ」

創造神ミリティア、破壊神アベルニユー、軍神ペルペドロ。あれが話しかけてきたのは、神に関することばかりだ。

「あるいは、秩序の軍勢に進軍の命を下した者かもしれぬ」

「な・る・ほ・どぉ」

危険の匂いを嗅ぎ取ったか、ひどく嬉しそうに熾死王は唇を吊り上げる。

「つまり、だ。その声の主が、神族側の王だというわけだな。カッカッカ、ああ、まったく素晴らしいではないか！」

両手を大きく広げ、大仰な身振りでエールドメードは言った。

「魔王に散々秩序を蹂躙されたことにより、なんとついには、神界の支配者までもが姿を見せるしかなくなったというのだからっ！」

「まだわからぬ。そもそも、神族に王はいなかったはずだ。世界を創った創造神ミリティアでさえ、他の神に命令を下す立場にはない。天父神ノウスガリアも、秩序を生む秩序という、秩序の歯車にすぎなかった」

神族はただこの世界の秩序を構築しているだけで、魔族や人間のように支配者を持たない。それぞれがそれぞれの秩序に従い、行動するのみだ。

「確かにノウスガリアも、神の王のことなど口にした試しはないがね」

「んー、じゃや、最近生まれたってことはなあい？　ノウスガリアを滅ぼした後とかどーだ？」

エレオノールが言う。

「可能性はあるだろうが、そのわりには、今も破壊神のことを昔から知ってそうな口振りだったな。ミリティアのこともそうだ」

「王の秩序だから、他の神のことを知ってる？」

ミーシャがそう述べた。生まれながらに、他の神の情報を有しているということか。

どうだろうな？

「これまで生まれなかった秩序が生まれたならば、世界にはなにかしら影響があるはずだ。神の王であり、秩序の支配者であるならばなおのことだ。たとえば、天父神の秩序を持つエールドメードには、それを感じとることができそうなものだが？」

熾死王は大きく肩をすくめる。天父神の秩序には、なんの影響も感じられぬのだろう。

「では、天父神も創造神も、知らなかっただけというのはどうかね？」

エールドメードが言う。

「世界を創った創造神と、秩序を生む天父神が知らぬ、か。辻褄だけは合うが、果たしてそいつが支配者と言えるか？」

「その神族の王が、創造神と天父神から記憶を奪っていたとしたら、どうだ？」

「ふむ。なんのためにだ？」

「カッカッカ、愚問だ、愚問、愚問ではないか。無論、恐ろしき神族の敵、暴虐の魔王アノス・ヴォルディゴードに、正体を悟られないようにするためだっ！」

ノウスガリア然り、ペルペドロ然り、神族は確かに秩序を乱す俺を敵視している。

「正体を隠していたなら、なぜ今になって俺に接触してきた？」

「つまり、正体を明かさざるを得ない状況になった、ということではないかね？」

「俺を手ずから始末するつもりだと？」

ニヤリ、とエールドメードは笑う。

「この燬死王が思うに、グラハムはその神族の王を知っていたのではないか？」

言わんとすることは、大体予想がつく。

「知っていたからこそ、選定審判を改造し、《全能なる煌輝》エクエスを生み出す、などと口にしたと？」

「そう、そう、その通りだ。グラハムは、神族の王をオマエから隠そうとしたのだ。狂乱神アガンゾンを味方につけていたこともある。奴が神族を利用し、不穏な計画を立てていたとしても不思議はあるまい」

「早い話が、その神族の王と手を結んでいたというわけか」

杖の先端を俺に向け、奴は言った。

「その通り」

再び杖をつき、コツコツと床を鳴らしながら、燬死王は歩き出す。

「《全能なる煌輝》エクエスを生み出せば、神族の王がなすことはすべて、エクエスの仕業のように見える。神族の王は、グラハムとエクエスを隠れ蓑にしながら、暴虐の魔王を追い詰めようとした。無論、グラハムはグラハムで、神族の王を利用し、出し抜こうと考えていた」

「グラハムが俺に敗れたことにより、その計画が狂った、か」

隠れ蓑がなくなったとしても、俺を滅ぼすという目的が変わるとは思えぬ。神族というのは、得てして融通が利かぬものだ。

「カッカッカ、ずいぶんときな臭い話になってきたではないかっ！　神族の王が、秩序の支配者が存在するのならば、敵だけをただ見ていればいいという話でもないだろう。ソイツは神に命令を下す権能を持っている可能性があるのだから！」

立ち止まり、熾死王は言った。

「つまり、裏切り者が出る可能性があるというわけだ」

杖から手を放し、くるくると宙で回転させながら、奴は続けて言った。

「破壊神アベルニユー、創造神ミリティア、未来神ナフタ、代行者であるアルカナが、その候補だろうな。秩序である彼女たちは、その意思はともあれ、神族側につく可能性が高い。もっとも――」

ピタリ、と杖が止まり、その先端が熾死王を指す。

「その最有力候補は、天父神の秩序を簒奪したこのオレだっ！」

「仮説にすぎぬ」

一蹴してやると、「そうかね？」と奴は言う。まあ、熾死王については、神族の王とやらが存在せずとも、機会さえあれば愉快そうに裏切ってくれるだろうがな。

「お前の言葉は、話半分に聞かなくてはな。俺との《契約》を守りつつ、裏切る算段をつけていないとも限らぬ」

「神族の王が存在すると見せかけて、このオレが裏切りを試みていると？　いやいや、まさかまさか、そんな大それた真似は思いつきもしないなぁ」

しらばっくれるようにエールドメードがうそぶく。本当に裏切る気でもこう言うだろうし、そうでなくともこう言うだろう。食えぬ男だ。

「オレの裏切りなどという些末なことはともかく、しかし、そう考えれば、ミリティアがオマエの記憶を奪ったことにも納得がいくのではないか？　ん？」

「ミリティア以外の意思が介入したというのは、あり得る話だ」

今のところ、アベルニユーの記憶を俺から奪う理由はミリティアにはない。神族の王に限らず、何者かが創造神の力に干渉できたとすれば、納得もいく。

俺の父、セリス・ヴォルディゴードの遺言を聞き、ミリティアは俺からその記憶を奪おうとした。その瞬間に介入し、彼女が意図しない記憶までも奪い去った。それを後から知ったミリティアが創星に記憶のヒントを残したとすれば、辻褄は合う。

「……ミリティアと戦うことになる……？」

ミーシャがぽつりと呟く。

「燼死王の仮説が事実にせよ、そうはならぬ」

酔っぱらったサーシャの言葉が本当なら、ミーシャは創造神の生まれ変わりだ。不安もあるだろう。

「安心せよ。なにがあろうと、お前は俺の配下だ。お前が抜けたいのでもなければな」

薄くミーシャは微笑み、一切の逡巡なく言った。

「根源が滅びても、わたしはアノスのそばにいる」

「良い答えだ」

そう言って、彼女に笑い返してやる。

「さて。では、行くか。なんでも、この先で現実とやらを知ることになるそうだが、くだらぬ。とっとと真相を暴き、笑い話に変えてやるとしよう」

俺たちは地下ダンジョンへ入っていく。

「ああ、エールドメード。お前は来なくともよい。メルヘイスとともに、神の扉探索の指揮にあたれ」

「ダンジョン内にいても、できることだが？」

「犬の散歩も結構だが、魔王学院の教師ならば、自習に来た教え子の面倒ぐらいは見てやるがよい」

カッカッカ、とエールドメードは笑った。

「読めぬ、読めぬな、まるで読めぬ。この状況で、この熾死王に出す命令が、教育に励めというのだからな。なにを考えている？　地下ダンジョンに入れば、すぐ戻って来られぬ恐れがあるため、戦力をここに残しておきたいか？　それとも、この奥に、オレに見られては困ることでもあるのか？」

「なに、ナーヤが待ちぼうけていたものでな」

一瞬、エールドメードは目を丸くする。そうして、ひどく愉快そうな笑みを覗かせた。

「取るに足らぬということかっ！　いい、いいぞっ。そうこなくては、それでこそ暴虐の魔王だっ！　オマエはいつも、オレの期待に応えてくれる！」

肩を震わせて笑いながら、奴は足を止めた。

「ああ、ときに秩序の軍勢、アレはなかなか危険だな」

俺の背中に熾死王はそう声をかける。

「狙いが魔王ではなく、世界中に戦火を撒き散らすことというのが、実に傑作だ。自らに向かってくる敵ならば一蹴できるものが、世界を狙われては守るのも一苦労ではないか」

言いながら、エールドメードはくるりと踵を返した。

「仮に秩序の軍勢が、世界中へ進軍したとして、オマエの配下に裏切り者がいれば、瞬く間に戦火は広がる。多くの民の死、配下の死を前に、そのとき、魔王はいったいどんな力を見せるのか。考えただけでも、胸が躍――るぐむむっ……！」

呼吸困難に陥りながら、エールドメードは胸を躍らせる。

「カカカ……そうならないように、尽力しなければ。なあ、不適合者」

俺が振り向けば、その顔を、奴は背中越しに杖でさした。

「そう恐い顔をするな。ほんの冗談だ」

そう言って、熾死王は地下ダンジョンの入り口へと戻っていく。

「いやいや、この先なにが起こるのか。剣呑、剣呑、剣呑だ」

§21.【夢と記憶に浮かぶ城】

デルゾゲードの地下ダンジョン。壁に掛けられた魔法松明が仄かな明かりを放つその通路を、俺たちは進んでいた。先頭はサーシャだ。彼女は相も変わらず、ふらふらとした足取りで、あっちへ行っては引き返し、こっちへ来ては踵を返し、無軌道に歩き回っている。

「この辺りだと思ったんだけど……」

舌っ足らずな口調で、もう何度目になるかわからぬ言葉を呟き、サーシャは迷いなく迷いながら、ダンジョンをひた進む。

「あ。あったわ！」

なにを見つけたか、サーシャはまっすぐ走っていく。

「サーシャ」

ミーシャが案ずるように声をかけたその瞬間、バゴンッと彼女は突き当たりの壁に衝突した。

「うー……壁のくせに通せんぼしようっていうの……？」

サーシャは壁に存在意義を問うている。涙目で目の前を睨むサーシャの顔を、エレオノールが覗き込んだ。

「ところで、サーシャちゃん、なにを見つけたのかな？」

「なに……？」

なぜか不思議そうにサーシャちゃん、サーシャが訊き返す。

「『あったわ』って言ってたぞ？」

サーシャは頭を押さえる。

「……わたしは、破壊神だわ……」

「うん、知ってるぞ」

「破壊神は、破壊の秩序に従うもの」

「つまり？」

「……頭を打って、記憶が破壊されたわ……」

「……わーお……」

エレオノールが困ったように苦笑する。

「見つけ……ました……！」

ゼシアがぴょんぴょんと飛び跳ねる。皆が視線を向けると、胸を張って壁の一角を指した。

そこには、小さく文字が刻まれていた。

――魔族に生まれ変わったら、きっとあなたに会いに行くわ。

――この魔眼を見ればきっと、気がついてくれるはず。

――たとえ記憶はなかったとしても、わたしはあなたに辿り着く。

――わたしがあげたその魔眼で、優しく睨み返してほしい。

――この気持ちを、必ずまた思い出すから。

「ラブレターかな？」

エレオノールが悪戯っぽく言うと、サーシャは顔を真っ赤にしながら、犬歯を覗かせた。

「ちっ、違うんだもんっ、違うんだもんっ！　そんなんじゃないんだからっ！」

「でも、ほら、アベルニユーは魔王様に恋してたんだし、ラブレターでもおかしくないぞ？」

ますますサーシャは顔を朱に染め、唐突に走り出す。

「違うんだもぉぉぉぉぉぉぉぉぉぉぉぉぉぉっっ――あうっ……！」

バゴンッと彼女はまた壁にぶつかった。

「……さ、サーシャちゃん、大丈夫？」

「ただの落書きなんだもん……深い意味はないんだもん……気の迷いなんだもん……見ちゃだめなんだもん……」

　壁に顔を押し当てながら、サーシャはそんな風に呟いている。

「そんなこと言われても、サーシャちゃんがここにつれてきたんだし……」

「うー……エレオノールがいじめるわ……破壊神いじめだわ、破壊神いじめ……わたしが色々滅ぼしたの恨んでるんでしょ？　そうなんでしょ？」

「あー、わかった、わかったぞ。適当に悪戯書きしたくなるときもあるよね」

　軽い調子で言い、エレオノールはサーシャを宥めている。

「でも、見られたくなかったのに、アベルニユーはなんでこんな落書き残したのかな……？」

　不思議そうに壁に刻まれた文字を見つめながら、エレオノールが首を捻る。

「羞恥心がなかった？」

　ミーシャが言った。

「だろうな。神族は感情に乏しい。破壊神には心が芽生えたが、しかし魔族や人間ほどではあるまい。加えて、恋に恋をしていたがゆえに羞恥とは無縁だった、ということかもしれぬな」

　俺がそう口にすれば、恨めしそうにサーシャがこちらを睨む。

「そう気にするな、サーシャ。前世は前世だ。破壊神の過去に囚われることなく、お前は今を生きればよい」

「いっ、生きてるもんっ！」

「ならば、それでよい」

するとサーシャはびしっと俺を指さした。

「魔王さまは不感症だわっ！」

一瞬、地下ダンジョンが静寂に包まれた。

「ほう。俺がな。不感症か。なるほど」

「……な、なによー？　脅したってだめなんだもんっ。不感症は不感症だもんっ！」

「なに、責めはせぬ。俺とて、自分が真っ当な感性を持っているとは思っていない。そうでなければ、どれだけ信念を貫こうと、暴虐の魔王と呼ばれることはなかっただろう」

「うー……」

サーシャは俺をじっと睨む。

「違うんだもんっ！　そんなんじゃないんだもんっ！　魔王さまは不感症だけど、良い不感症なんだもんっ！」

「んー……？」

意味がわからないといった風にエレオノールが首を捻る。

「……良い不感症は……どういう意味ですか……？」

ゼシアが両目に疑問を貼りつけていた。

俺が視線を向けると、ミーシャはじっと考え、それから言った。

「アノスは無垢」

思わず、俺は目を丸くする。

「く。くくく、くははははっ。笑わせるな、ミーシャ。俺が無垢ならば、世界には清らかなものしかないぞ」

「わたしはそう思う」

まっすぐな瞳で、ミーシャは言う。

「サーシャも」

「良い不感症が、無垢という意味だと？」

ちらりとサーシャに視線を向ければ、彼女は上目遣いで睨み返してくる。

「アノスが無垢だから、少し歯がゆく思っただけ」

「ふむ。ものは言いようだな。まあ、お前の想いを否定するわけではないが、少し誇張がすぎるのではないか？」

「適切」

迷いなく即答され、虚を突かれた気分になった。彼女が無垢ゆえに、俺の心にあるそれを見ることができるのかもしれぬな。しかし、まあ、無垢か。なかなかどうして、傑作だ。

「こそばゆいが、ミーシャがそう言うのなら、ありがたく受け取っておこう」

そう伝えると、こくりとうなずき、彼女は微笑んだ。

「うー……なによ。ずるいわ、ミーシャばっかり。わたしの不感症は受け取ってくれないの」

「サーシャちゃん、なにあげようとしてるんだっ⁉」

エレオノールが驚いた風に声を上げた。

「くはは。構わぬ。いいぞ、サーシャ。くれるというのならば、ありがたくもらおう」

ぱっとサーシャは表情を輝かせ、俺を指さした。

「良い不感症だわっ！」

くるりと前を向き、彼女は再び歩き出す。

「先、行くわよ。もっと色々書いた気がす――あうっ……」

バゴンッとサーシャは再び壁にぶつかる。

「さっきから、サーシャちゃん、なにしてるんだっ!?」

「……激突ごっこ……です……！」

エレオノールとゼシアが言う。

「もしや、サーシャ、この先へ行きたいのか？」

「先？」

ミーシャが首をかしげる。

「いつぞやも見せただろう。こういうことだ」

足を踏み出して、俺は体ごと壁に突っ込んだ。そのまま踏み込めば、ズゴンッと音を立てて、壁が破壊される。

「えーと、アノス君？　それ、なにしてるのかな？」

「隠し通路だ」

「全然意味わからないぞっ！」

そう言いながらも、ズゴゴゴゴッと俺が突き破っていく後ろをエレオノールはついてくる。

すぐに壁を抜け、別の通路につながった。

「見て」

ミーシャが指さす。通路の壁には様々な落書きが刻まれている。

――生まれ変わったら、なにをしようかしら？

――やっぱり、お酒よね。

神族は酔えないから、沢山酔っぱらうわ。

――朝寝坊を沢山して、ベッドで惰眠を満喫するの。

――それから、友達を沢山作るわ。

魔族だから、強ければきっとみんな仲よくしてくれるわよね。

――魔王さまは平和に慣れていないだろうし、しょうがないから助けてあげるわ。

――そういえば、これ、魔王さまはちゃんと見つけてくれるかしら？

――せっかく落書きしても、見られなかったら空しいわ。

「なんか、とりとめもないことが沢山書いてあるぞ」

通路を進み、壁に刻まれた文字を目に映しながら、エレオノールが言う。

「アノスも、初めて見る？」

ミーシャの問いに、俺はうなずく。

「地下ダンジョンをこの形に成形したときのみ、刻まれた文字が一つとなり、読めるようになる仕組みのようだ。他の形のときは、ただの傷でしかなかっただろう」

魔力の仕掛けがあるわけでもないから、魔眼で見てもそうそう気がつかぬ。サーシャの言った通り、ただの悪戯書きだ。

「なにか思い出したか、サーシャ？」

「……うーん……思い出す……思い出せそうな気も……？」

ぶつぶつと呟きながら、壁に刻まれた沢山の悪戯書きに目まぐるしく視線を移し、サーシャは、その先を歩いていく。

「あ――」

再び、通路の突き当たりに到着した。

「行き止まりだぞ」

横の壁には、これまで同様悪戯書きが刻まれている。

――ねえ、魔王さま。

――最後に一つ、言っておくことがあるわ。

――ありがとう。

――生まれ変わって、どんな結末を迎えるとしても、これだけは言えるわ。

――わたしは、

「ん？」

エレオノールが、壁に視線を巡らせる。しかし、どこにもその文字の続きはない。悪戯書きは途切れていた。

「続きがないぞ？」

顎に指先を当てて、エレオノールは疑問を浮かべる。

「また隠し通路かな？」

「……隠し通路じゃ……ありません……！」

瞳をキラキラと輝かせて、ゼシアは言った。

「ゼシアは……知っています……！」

「んー？　なんでゼシアが知ってるんだ？」

「夢で……見ました！　ゼシアの妹の……夢です……！」

期待に胸を弾ませるように、彼女は両手をぐっと握る。

「あー、そうなんだ。ゼシアの夢だとどうなるんだ？」

遊びにつき合うといった調子で、エレオノールが優しく尋ねる。ゼシアが頭上を指さした。

「続きは……空です……！　お城が空を飛んで……そこで、ゼシアは、妹に会います……！」

「そっかそっか。でも、このお城はデルゾゲードだから、ゼシアが見た夢とはちょっと違うかもしれないぞ」

「いや」

俺の言葉に、エレオノールが振り向く。

「ゼシアが夢で会ったというその妹は、実在するのかもしれぬ」

「え？」

俺はその場に魔法陣を描く。黒い粒子がダンジョン内に立ち上り、所狭しと魔法文字が描かれていく。立体魔法陣としてのデルゾゲードが姿を現そうとしているのだ。

「飛べ」

ゴ、ゴ、ゴ、ゴ、と重たい音を響かせ、デルゾゲードが激しく揺れる。《転移》の魔法が発動するかのように、目の前が一瞬真っ白に染まったかと思えば、次の瞬間、行き止まりだった壁の向こうが、空に変わっていた。

「空……です……！」

楽しそうにゼシアが言う。

「転移した？」

「ああ。ミッドヘイズには代替の魔王城を残し、デルゾゲードを空へ飛ばした。本来これがあるべき場所にな」

指先を伸ばし、デルゾゲードに魔力を送れば、ぐんと上空へ向かい、城が加速していく。

二千年前の魔族とて、生身の体ではそうそう至れぬ場所。かつて飛空城艦ゼリドヘヴヌスにてようやく到達したその遙か空の彼方へ、魔王城は一直線に向かっていく。雲を突き破り、青空を抜け、視界がやがて黒く染まった。

「ここは、黒穹と呼ばれている」

ミーシャたちは、目の前の光景に息を呑む。さんざめく星々が、きらきらと輝いている。その黒い空を、更に進む。やがて、速度が緩まると、視線の先にデルゾゲードと同じ材質で出来た建築物が見えた。

「あれ、なんだ？」

「デルゾゲードの下部だ。あの場には、神々の蒼穹（そうきゅう）に通じる神界の門があってな。二千年前、《四界牆壁（ベノ・イエヴン）》でそれを塞ぐために、デルゾゲードの深層部をこの空に残しておいた」

そうすれば、《四界牆壁（ベノ・イエヴン）》はより長く保たれ、壁が消えた後も神族に対する牽制（けんせい）になる。

ミーシャが俺を振り向く。

「落書きの続きが？」

「あそこにあるのだろう」

ゆっくりとデルゾゲードは降下し始め、黒穹（こっきゅう）に浮かぶ巨大な建造物に、俺たちのいる地下ダンジョン部分をドッキングしていく。目の前に壁がいくつもよぎり、そして魔王城の降下が止まる。黒き粒子が消え去れば、そこに通路の先が現れていた。

「ふむ。これだ」

俺は壁を指さす。

――笑っているわ。

――たとえ、世界が笑ってなんかいないとしても、
　わたしは、確かに、笑っていた。

――それだけは、覚えていてね。

「……魔王さま……」

その落書きを見て、サーシャがぽつりと呟く。

「……アノス……」

アベルニユーとサーシャ、二つの想いと記憶が混ざるかのように、彼女は蒼白き瞳で、じっと壁を見つめた。

「あの日に、きっと書いたんだわ」

《思念通信》を使い、過去の映像を俺たちに送りながらも、彼女は言った。

「あなたが約束をくれた、あのときに」

§22. 【デルゾゲード誕生】

遠い過去の記憶――

暗い暗い闇が立ちこめている。そこは滅びを凝縮したような暗黒の中心、《破滅の太陽》サージエルドナーヴェの深奥。二人の男女の影が見えた。

「あれが、魔王さまの言ってたデルゾゲード？」

破壊神の少女がそう魔王に問いかけた。《破滅の太陽》の外側には、闇に覆われた空が見えている。夜ではない。黒穹と呼ばれる、地上の生命が立ち入りできぬ空域だ。そこに浮かんでいたのが、魔王城デルゾゲードである。全体は菱形だ。上半分を見れば、普通の城だが、下半分には、いくつもの砲門や、固定魔法陣がついており、さながらそれは飛空要塞だった。

「器だけだ。肝心の中身がなくば、要塞としても、立体魔法陣としても役目は成さぬ。せいぜい神界の門を覆い、神族を牽制するぐらいだろう」

デルゾゲードの下部は、神界の門を覆うように構築されている。神々の蒼穹から地上へ神が降臨するとき、多くの場合、黒穹に浮かぶその門を通る。魔王はその神界の門へ反魔法と魔法障壁を張り巡らせ、神々の地上への侵入を阻んでいた。とはいえ、入り口はここだけではなく、また強大な魔力を有する神族ならば、それを抜けられなくもない。

「それで？　あのお城を、わたしの新しい体にしようって言うのかしら？」

魔王はうなずく。

「あの器がお前の根源と神体で満たされれば、俺との魔法契約が結ばれる。破壊神の秩序をねじ曲げ、《破滅の太陽》サージエルドナーヴェを、理を滅する魔法、《理滅剣》に変える。それをもって、お前が有する破壊の秩序をこの世界から完全に奪い去る」

「ふーん。そ。お城、お城か。お城ねぇ……」

アベルニユーは、黒穹に浮かぶデルゾゲードにぼんやりと視線を向ける。どことなく気乗りしないといった顔である。

「魔王さまって、お城に恋できるの？」

と、破壊神は尋ねた。

「さて。経験はないが」

と、魔王は答えた。

そんな彼をじっと見つめ、アベルニユーは微笑する。

「ねえ。でも、破壊神アベルニユーをあのお城に変えるには、わたしがうんって言わなきゃだめよね。まだ、わたしのぜんぶは魔王さまのものじゃないわ」

「ふむ。一通りもらったと思ったが？」

首を捻り、魔王は視線で問いかける。《混滅の魔眼》と《終滅の神眼》を交換した後、魔王はアベルニユーと幾度となく勝負を重ね、彼女の体の、その所有権を一つずつ奪った。

「まだ一つ、心が残ってるわ」

優雅に微笑み、アベルニユーは言った。

「最後の勝負をしましょう。魔王さまが勝ったら、身も心もあなたのものになるわ。お城にしたければ、好きになさい」

破壊神に視線を向け、悠然と魔王は口を開く。

「勝負の方法を述べよ」

「恋をちょうだい」

予め考えていたのか、破壊神は即座に言った。

「魔王さまは、わたしが恋に恋をしてるって馬鹿にするでしょ？」

「馬鹿にしたわけではない」

「でも、言うじゃない。だけど、わたしは本当の恋なんて知らないわ。この気持ちが嘘か本当かもわからない。だって、知らないんだもの。本物の恋なんて見たことないわ」

ツンとした口調で、けれどもどこか楽しげにアベルニユーは言う。

「だから、それが勝負の内容。わたしに本当の恋を教えてよ」

「さて。本当の恋か。なかなかどうして、それは俺にも容易なことではないな」

「そ？　無理ならいいわ」

くるりと踵を返し、アベルニユーは暗闇の地面を歩いていく。

「その代わり、魔王さまの心をちょうだい。わたしの心をあげる代わりに、あなたの心をくれるなら、デルゾゲードになってあげてもいいわ」

弾むような足取りで歩を刻み、彼女は顔を魔王へ向ける。

「恋に恋してててもいいと思わない？」

アベルニユーの視線を、アノスはまっすぐ受け止め、見つめ返した。

「偽物でもいいじゃない」

彼女は言う。

「わたしの世界に、あなた一人しかいられないなら、世界で一番、好きなんだから」

アノスは穏やかに、彼女を見据える。目を合わせることに慣れていないのか、照れたようにアベルニユーは視線を落とす。

「な、なんとか言いなさいよ……」

俯き加減になり、彼女は呟く。魔王が無言を貫けば、沈黙に耐えられなくなったとでもいうように、彼女は上目遣いで彼の顔を覗いた。

「……だめなの……？」

「偽物で良いなどと、つまらぬことを言うな」

魔王がゆるりと、彼女へ向かって歩き出す。

「見たいのではなかったか？　この世界が笑っているところを。お前の願いは、叶えてやると言ったはずだ」

アベルニユーは不思議そうな表情を浮かべ、アノスに疑問の視線を向けた。

「アベルニユー。お前は、神としてこの世の秩序を全うするのではなく、魔族や人間のように、地上を歩き回りたかったのだろう？　花の形や、山の雄大さ、喜びや、嬉しさを、その目で見てみたかったはずだ」

「わかってるわ。だから、お城になった後に、存分に見ればいいって言うんでしょ？」

「いいや」

はっきりと魔王は言った。

「お前を魔族に転生させてやる」

一瞬、きょとんとした表情を破壊神は浮かべた。

「だけど、そんなの……」

できるわけがない、と彼女の顔が語る。

「先に述べたように、デルゾゲードとなった破壊神の秩序は、理を滅する魔法へと変わる。その《理滅剣》を使い、お前の戒めを解き放つ。秩序と意識は分断され、お前はその足で自由にディルヘイドを歩き、その魔眼で世界を見つめることができるようになる」

「……破壊の秩序に、囚われることなく？」

半ば呆然とアベルニユーは尋ねる。魔王は確かにうなずいた。

「俺もお前と同じく恋は知らぬ。本物の恋はくれてやれぬが、希望にぐらいは手が届く」

アノスは《契約(ゼクト)》の魔法陣を描く。

「俺の心を奪う契約だ。ただし、平和は譲れぬ。俺の心と本物の恋、どちらもすべては渡せぬが、半分ずつならば、くれてやる。これで許せ」

アベルニユーは細い指先を《契約(ゼクト)》に伸ばし、そっとそれを破棄する。僅かに魔王の視線が驚きを示す。破壊神の少女は、ふんわりと微笑(ほほえ)んだ。

「契約なんていらないわ。その代わり、約束をちょうだい」

「約束など、容易(たやす)く破られるものだ」

「だから、いいのよ。脆(もろ)く崩れやすいほどいいの。それを壊さないように大事に守って、滅ぼさないように大切に見つめたいの。馬鹿なことって思うかもしれないけどね」

破壊神は目を細め、ほんの少し緊張した声で言った。

「わたしの魔王さま」

「……ふむ。意図がつかめぬ」

「わたしは魔族に生まれ変わるんでしょ？　だから、あなたはわたしの魔王さまになってよ」

アベルニユーの思惑が読めなかったか、アノスは疑問の視線を向けた。

「魔王さまも知らないんだったら、ちょうどいいわ。わたしが生まれ変わったら、会いに来て。それで、一緒に平和な日々を過ごしましょ。夢みたいな楽しい日常の中で、恋を勉強して、教えてもらったり、教えてあげたりするんだわ」

まだ見ぬ理想に思いを馳(は)せ、魔王は表情を和らげた。

「よい夢だ。平和はまだ遠いがな」

「約束してくれる？」

「必ず果たそう」

「それじゃ、勝負は魔王さまの勝ちね」

そう口にして、アベルニユーは両手を広げる。うっすらと彼女の神体が輝き始めた。

「まだ説明が済んでいない。神族から魔族への転生は一筋縄ではいかなくてな。転生すれば、記憶は残らぬ。それだけではない――」

「なにがあっても、責任はとってくれるんでしょ？」

「当然だ」

すると、破壊神は満足げな表情を見せる。

「じゃ、いいわ。ここまでつき合ってもらったんだもの。本当はもっと早く、破壊神の秩序を奪いたかったはずなのに」

彼女の神体が光り輝いたかと思えば、灰色の粒子が《破滅の太陽》の中に立ち上る。それは黒穹に浮かぶ魔王城デルゾゲードへ向かっていき、幾本もの魔法線をつないだ。その神体を、その根源を、巨大な器へ移動させようとしているのだ。

「ねえ、わたしの魔王さま」

彼女は瞳に《破滅の魔眼》を浮かべて言った。

「わたしは、いつだって、絶望になんかなりたくなかったわ」

その声は、悲しみを吐露するように。

「滅びを見つめる秩序でいるのは、もう沢山。だけど、目を開けば、いつも、いつだって、なにかが壊れゆく瞬間が見えた」

涙の雫が、ぽたぽたと、暗黒の大地に落ちては、光を放つ。

「なにかがわたしを責め立てる。壊せ、壊せ、壊せって。なにもかも滅ぼしてやれって、もう一人のわたしが何度も訴えている。でも、これはわたしじゃない。わたしじゃないって思いたい。きっと、そう」

希望を持つかのように、彼女は言う。

「なにもかもが壊れる、この破壊の空で、あなただけが、わたしの神眼をまっすぐ見つめてくれた」

破壊神とは思えないほど、か細く、弱々しい表情で、少女は涙をこぼす。

「壊れないでいてくれた。わたしは初めて、自分を知ったように思ったわ。本当の自分を」

魔眼にいっぱいの涙を浮かべながら、彼女は震える唇で言葉を紡ぐ。

「世界は笑ってなんかいない、ずっと、そう思ってたの」

だけど、と彼女は呟く。

「あなたが希望を見せてくれた。もしかしたら、違う答えがあるかもしれない。だから、わたしは、生まれ変わったらそれを探すわ。記憶はなくなっても、きっと、探しに行くと思う」

泣き腫らしたような赤い魔眼で、破壊神は微笑んだ。

「ありがとう。わたしは、ただ恋に恋をしていたんだって、あなたは笑ったけれど」

魔法線を辿り、彼女の神体と根源が光とともに消えていく。

「それでもこれは、あなたがくれた、かけがえのない想いだったから」

灰色の粒子が一斉に魔法線を伝い、デルゾゲードへ移動する。闇より深き黒穹(こっきゅう)が、彼女の放つ輝きに照らされ、まるで真昼のような明るさだった。魔王の目の前から、アベルニューが完全に消え去り、彼を襲う破壊の秩序は跡形もなく消滅する。

声が響いた。

――もしも、この先があるなら。

アベルニューの声が。キラキラと瞬(また)くように、それは響き渡る。

――もしも、この小さな恋が、本当の恋につながっているなら。

破壊の空を、まるで希望に塗り替えるように。

――わたしはその続きを、見てみたい。

§23.【秩序の心】

《思念通信(リークス)》が途絶え、俺の頭から過去の映像が消えていく。視界に注意を向ければ、目の前には、俯いているサーシャがいた。思い出した記憶はこれでぜんぶか、と視線で問いかけるも、彼女はますます俯くばかりだ。

「なにを恥ずかしがっている？」

尋ねると、顔を真っ赤にして、彼女はあうあうと口を動かす。

「……わかり……ました……！」

ゼシアが嬉しそうに、サーシャの顔をさす。得意満面で彼女は言った。

「……小さな池の……お魚さん……ですか……!?」

「誰が鯉なのっ……!?」

我に返ったかのように、サーシャが激しくつっこんだ。

「……怒られ……ました……」

しゅん、とゼシアが肩を落とす。ミーシャが頭を撫で、「怒ってない」と言い聞かせる。

「それに、ある意味コイであってるぞ」

エレオノールが指を立てて、そんなフォローを入れた。

「サーシャ。二千年前の想いは頭に残っているか？」

「え……うーん……それは、あるような気はするけど……？」

「今と違いはあるか？」

再びサーシャは恥ずかしげな表情で俯き、上目遣いで俺を見る。

「ち、違いって……その……ええと、だから……」

「今見た過去は、俺の記憶にないものだ。しかし、あるいは、俺は当時のお前の言葉を、軽く受け止めていたのやもしれぬと思ってな」

「…………え…………？」

「どうだ？」

真剣に問えば、彼女は俺の瞳をまっすぐ覗き込んだ。

「こ、ここで言うの？」

サーシャは、周囲にいるエレオノールや、ミーシャをちらりと見た。

「……なるほど。人前では言えぬというわけか……」

ということは――

「ち、違うわよっ……！」

慌てたようにサーシャが弁解する。

「違うとは？」

「……だから、その……い、言うわ……」

きゅっと唇を引き結び、すぅっと息を吸って、真っ赤な顔でサーシャは瞳に覚悟を宿らせる。

そうして、怖ず怖ずと口を開いた。

「……変わらないわ……」

緊張した面持ちで、震える手をぎゅっと握り締めながら、サーシャは俺にまっすぐ言葉を投げた。

「二千年前も、今も、わたしの気持ちは変わらないわ。転生したって、記憶がなくなっていたって、わたしは、また同じ想いを手に入れた」

人生で一度きりの大告白とばかりに、サーシャは言った。

「わたしは、また同じ恋をしたわ」

「恋の話ではない」

きょとん、とサーシャが俺を見た。瞬きもできぬほど、彼女は呆然と俺を見続けている。

「…………………………え……？」

「くはは。サーシャ。いくら俺とて、破壊神でなくなったお前に、いきなり本当の恋ができたのかと聞き出すような無粋はせぬ。恋愛とは秘めるものだ。聞いたところで、あけすけには言えまい」

「なっ……あ………」

かーっとサーシャの顔が羞恥に染まる。勢いのままに彼女は叫んだ。

「なんでこういうときに限って、そんな常識的なこと言ってるのっ⁉」

「俺とて、この時代に多少は学んだ。たった今見た二千年前の記憶の通り、恋の勉強をしていたといったところか」

再びサーシャはなにを言っていいかわからぬといった調子で、ただあうあうと口だけを動かした。

「……コイ……です……！」

と、ゼシアが小声で言う。そんな言葉も、今のサーシャの耳には入らぬようだ。

「頭が働かぬようだな。酔いを醒ましてやろうか？」

「だ、大丈夫よっ！　酔いなんて、すっかり醒めたわ！」

ミーシャとエレオノールが顔を見合わせる。

「それはもう、どんなに飲んでても醒めるぞ」

と、エレオノールが耳打ちすれば、ミーシャがこくこくとうなずいた。

「もう一つの方だ」

「……もう一つ……もう一つ……あ、あれのことかしらっ……？」

「ああ、あれだ」

「……つまり、それよね……それっ……」

「それだな」

「それは……だから、その、えっとね……わっ、わかってるわ、わかってるんだけどね……」

これは、まるでわかっておらぬな。妙に動転しており、それどころではないといった風にも見える。二千年前の記憶を思い出したことで、少々混乱しているといったところか。

「もう一人のお前が、何度も訴えると口にしていただろう？　壊せ、壊せ、壊せ、なにもかも滅ぼしてやれ、と」

「あ…………」

ようやく気がついたという風に、サーシャが声を上げる。

「そのときの想いは、今も残っているか？」

サーシャは静かに目を閉じる。自らの心に意識を巡らせるようにして、そっと口を開いた。

「……ないわ。そんな風に思ったことは一度もないもの。わたしが、魔族として生まれてからは……」

サーシャの言葉を受け、エレオノールが言った。

「それって、サーシャちゃんが破壊神だったからじゃないんだ？　ほら、なになにの秩序だから、これこれするぞーって、よく神族が言ってるし」

「サーシャが有していた破壊神の秩序はこのデルゾゲードと化したが、その意識のすべてはサーシャが持っている。記憶は失えども、その心はすべて破壊神アベルニユーのものだ」

「……破壊神の秩序が、あのときのわたしの心を左右していたってことかしら？」

「あるいは、本当にもう一人いたのかもしれぬ。秩序という名の心が」

「……難しい」

ミーシャが言った。結論が唐突すぎて、わからなかったのだろう。

「神族は秩序に従う。殆どの者は心を持たず、己の秩序を実行するだけの人形のようだ。天父神ノウスガリア然り、軍神ペルペドロ然りな」

こくこくとミーシャがうなずく。

「だが、希にミリティアや、アベルニユー、ナフタなど、心ある神族が存在する。往々にして彼女たちは、秩序と心の狭間で、思い悩むこととなる。その違いが少々疑問でな。魔族や人間とは心の有り様が大きく異なるということなのだろうが」

「どんな風に違う？」

ミーシャが訊いた。

「あくまで仮定にすぎぬが……神族は秩序としての心と、極めて乏しい人としての心を持つ。愛や優しさが強まれば、秩序としての心はなりを潜める。だが、殆どの神に、愛や優しさは芽生えぬ。つまり、愛や優しさを持つ神と、持たざる神がいると言える」

　こくりとミーシャはうなずき、言った。

「秩序としての心しか持たない神と、二つ目の心——人の心を持つ神がいる？」

「その通りだ。そして、本来、神族は秩序としての心しか持たない者なのやもしれぬ」

　エレオノールが顔に疑問を浮かべた。

「んー、それは、どうしてだ？」

「……わたしが……ミリティアかもしれないから？」

　ミーシャの言葉に、俺はうなずく。

「神族は本来、魔族には転生できないとミリティアは言っていた。アベルニユーには理滅剣を使った。だが、ミリティアに使う機会はなかったはずだ。彼女がもしも、ミーシャとして転生したのだとすれば、それは根源に人の心を持っていたからとも考えられる」

　ミリティアはそれに気がついた、といったところか。なんとも推定にすぎぬがな。

「でも、それって、どういうことなのかしら？　アルカナみたいに代行者だってこと？」

「まだわからぬ。尋ねるが、サーシャ。もう一人の自分が、と二千年前のお前は口にしたが、本当にそれはお前だったか？」

　俺の問いに、サーシャは答えられない。居心地の悪い沈黙が、その場を覆っていた。

「いらぬ戒めを俺が植えつけたと軍神は言っていたが、存外、植えつけたのは他の誰かといったことも考えられよう。秩序の心という戒めを、アベルニユーやミリティアに」

「……ちょっと待って。じゃ、なに？　誰かが、神族を創ったってことなの？」

サーシャが尋ねる。

「さてな。だが、そう考えると神族の中に、人の心を持ち、自らの秩序にさえ逆らう者がいるというのもしっくりくる。完全に秩序だというなら、そんなことはありえまい」

「人の心を持っていない神族がいるのは？」

ミーシャが問う。

「あくまでこれも予想にすぎぬが、神族は元々人だったのだ」

「わーお……それは、びっくりだぞ……」

エレオノールが緊張感の乏しい驚きを発する。

「人間か魔族か、あるいは最早、滅びた種族かもしれぬ。秩序という力が彼らに植えつけられ、そして彼らの心は滅び、その根源は神と化した。だが、愛と優しさを持つ強き心だけは、完全に滅びなかった」

「それが、ミリティアやアベルニユー、ナフタちゃんたちだ」

あるいは、俺が失った記憶には、この仮説を裏づける根拠があったとも考えられよう。アベルニユーの記憶を何度も見たことで、俺の想いが蘇り、そうして、この考えを連想したとしても不思議はない。

「行くぞ」

俺は連結したデルゾゲードの下部へ向かい、歩き始めた。

「って、どこに行くのよ？」

俺の横に並びながら、サーシャが訊く。

「この先にも、アベルニユーは落書きを残しているはずだ。それを見れば、また記憶を思い出すだろう。それに」

とことこと駆け出しては、楽しそうに俺を追い越していく小さな少女に視線を向ける。

「ゼシアの夢のこともある」

「ああ、そういえば、あれってどういうことなのかしら？　ゼシアが……っていうか、エレオノールが、デルゾゲードに関係してるってことよね？」

「それか、神族にな」

サーシャが頭を捻る。

「この先には、神々の蒼穹に続く神界の門がある。そこへ来いということもしれぬ」

通路を進めば、また壁には文字が刻まれていた。

――そういえば、ミリティアには神族の友達がいるみたい。

――生誕神。自分たちは似ているって言ってたわ。

――生誕の秩序と創造の秩序が似ているのかしら？

――わたしも、似ている秩序の神族に会えば、友達ができたのかしら？

とりとめもない、本当にただの落書きだ。その先にも似たような文字が刻まれており、サーシャはそれら一つ一つに目を向けては、記憶を思い出すべく、うんうんと唸っている。神族を巡る様々な事柄が、俺の周囲に散らばっている。創造神ミリティア。破壊神アベルニユー。エレオノールとゼシアの妹。根源の深奥に響く、謎の声。

それらをすべて拾い集めれば、この世界にまつわるなにかがわかりそうな気がしていた。

§24.【夢の子供】

デルゾゲードの深奥へ向かい、俺たちはゆるりと歩いていた。

あちこちの壁にはアベルニユーの落書きが刻まれており、それに忙しなく視線を移していたサーシャが、ふいに通路の奥へ顔を向けた。じっと彼女は目の前を見つめる。

「……ねえ、アノス。この先、なんか、すごく既視感があるわ」

俺を振り向き、彼女は言う。

「なにがあるの？」

「神界の門だ」

ぱちぱちと瞬きをして、ミーシャが俺を見上げた。

「《四界牆壁》は？」

「他の壁同様、とうに消えているはずだ」

「んー、じゃ、これまで神族がやってくるときって、ここを通ってきてたってことだ？」

人差し指と首を傾け、エレオノールが訊いてくる。

「俺が転生する前は知らぬが、その後はここを通ってはいないようだ。まあ、わざわざ俺の懐に飛び込んでくるような真似はしまい」

「軍神ペルペドロだったかしら？　あいつみたいに、神の扉を使ったってこと？」

サーシャの問いに、俺はうなずく。

「他にも手段はあったはずだ。とはいえ、この先にある神界の門は神族にとっては一番使い勝手のいい通用口でな。塞がれては、さぞ不便だっただろうな」

ペルペドロが使おうとした神の扉も、開くまでに時間を要した。この黒穹にデルゾゲードを構えたことで、神族どもが地上へ降りてくるのを抑制できていただろう。

「……ちょっと……待って……」

記憶を思い出そうとするように、サーシャが頭を手で押さえる。彼女はどこか、深刻そうな顔をしている。

「神界の門の近くに、なにか書いた気がするわ……」

「大事なこと？」

ミーシャが淡々と尋ねる。

「……うん……たぶんだけど……すごく、大事なことだわ……そんな気がする……」

ちょうど通路を抜け、開けた場所に到着した。室内は球形になっており、デルゾゲードの立体魔法陣が起動している。黒き粒子がその場を満たし、中心には、神々しく輝く巨大な門が浮いていた。バチバチと門から放たれる目映い光が、デルゾゲードの放つ暗黒と鬩ぎ合い、激しく火花を散らしている。

「ついたぞ。あれが神界の門だが――」

サーシャを振り向き、俺は問うた。

「どこに落書きをした？」

彼女は少々困ったような表情で、室内をぐるりと見回す。しかし――

「書くところがない」

ミーシャが言った。室内には無数の魔法陣が描かれ、壁は魔力を有する影に覆われている。落書きができるような場所は見当たらない。

「確か、えーと……」

サーシャが俺の顔を見て、バツが悪そうに視線を逸らす。

「……確か、アノスを困らせようとして、書いたような気がして……他の落書きを見つけたら、探したくなると思うから、わかりにくい場所に……」

「仕方のない奴だな」

「にっ、二千年前のことを言われても困るわっ！　神様だったんだしっ！」

「責めてはおらぬ。おかげで大凡見当がついた」

俺はまっすぐ歩いていき、そのまま中空に足を踏み出す。すると、黒い粒子が集まり始め、影の橋をかけた。それは、部屋の中央にある神界の門まで続いている。

「このデルゾゲードにある物のうち、神界の門だけは俺の支配下にない。隠すにはもってこいだろう」

影の橋を渡り、神界の門の前までやってきた。

「んー、門にも特に落書きはないぞ？」

背中から、エレオノールが言う。隣でゼシアが懸命に視線を巡らせていたが、やはり落書きは見つけられぬ様子だ。

「さて、サーシャ。俺を困らせたいなら、この門のどこに書く？」

「あー、そっか。サーシャちゃんは記憶がないだけで、アベルニユーなんだから、考えれば同じことを思いつくはずだぞっ」

　エレオノールたちの視線が、サーシャに集中する。

「えーっと、怒らないで聞いてくれる？　たぶん、たぶん……なんだけど」

　そう前置きをして、ひどく気まずそうにサーシャは言った。

「門の裏じゃないかしら……？」

「わおっ。アノス君が命を捨てて《四界牆壁（ベノ・イエヴン）》で塞いだ門の裏側に書いておくなんて、サーシャちゃん、ひどいぞっ」

　おどけたように、エレオノールが両手を上げて仰（の）け反（ぞ）った。サーシャを見つつ、俺は言う。

「俺が開けたくはない門を開けねば、落書きに辿（たど）り着（つ）けぬというわけか」

　ミーシャがぱちぱちと瞬（まばた）きをして、彼女を見つめる。

「……サーシャ……」

「うー……視線が痛い、痛いわ……」

　そう言いながら、サーシャが両腕で俺たちの視線を防ぐ。

「まあ、確かにこれを開けたところで、今すぐ神がなだれ込んでくるわけでもなし、可愛（かわい）い悪戯（いたずら）だがな」

「だったら、早くそう言ってよ……」

サーシャはほっと胸を撫で下ろしつつも、恨めしそうな視線を向けてくる。俺は両腕を多重魔法陣にくぐらせ、蒼白き《森羅万掌》の手にて神界の門に触れた。ぐっと押してやれば、中から真白な光が漏れ、両開きの門は開かれていく。奥には白い石畳が続く通路が見えた。壁もなく、天井もなく、その石畳は黒い空に浮かび、延々とどこまでも彼方に続いている。

「わーお、なんか、不思議空間だぞ」

エレオノールの言葉を耳にしながら、俺は白い石畳へ足を踏み出し、再び神界の門を振り返った。門の裏側を見るため、《森羅万掌》の手にてそれを閉じようとすると、サーシャが慌てたように声を上げた。

「ちょっ、ちょっと、閉めて大丈夫なの？」

「安心せよ。閉じ込められることはない」

ゆっくりと内側から神界の門を閉める。そうして、門を一通り視線でさらった。

「ふむ……」

「あ……れ……？」

サーシャが戸惑ったような声を上げる。

「どこにもないぞっ？」

エレオノールが口にすると、ミーシャが門の上部を指さした。

「あそこ」

彼女が示したその箇所には、丸い穴が空けられている。反対側には、同じ箇所に石板があり、魔法陣が描かれていた。

「神界の門は左右対称。あそこだけ、非対称」

「誰かが持ち去ったのだろうな」

サーシャが表情を険しくした。

「誰かって、誰よ？」

「この先には神しかいまい」

「えーと、じゃ、元々あそこにあった石板にアベルニユーは落書きをして、それを今度は神族の誰かが持って行っちゃったってことかな？」

エレオノールが言うと、サーシャは疑問を浮かべた。

「なんで、そんなこと……？」

『知ってるよ』

声が響く。サーシャはぱっと後ろを振り向いた。

先程までは誰もいなかった白い石畳の上に、幼い女の子が立っていた。外見は六、七歳ほどか。纏（まと）っているのは、神族がよく身につけている装束だ。薄桃色の髪を持ち、頭には可愛（かわい）らしい翼が生えている。へその辺りがぼんやりと光り、そこから魔法線が現れていた。その線の先は、どこにもつながっていないように見える。

「……あ――っっ……!!」

と、真っ先に叫んだのは、ゼシアだ。その声は爛々（らんらん）としていた。

「……ゼシアの妹……です……っ！」

ゼシアが少女を指さし、嬉(うれ)しそうな表情で訴える。

『エンネスオーネ』

透明感のある細い声でその女の子は言った。

『――それが、この身を表す名前だよ』

彼女はそう言って、ニコッと笑った。口を動かしてはいるものの声は出ておらず、言葉は《思念通信(リークス)》のように、直接頭に響いていた。サーシャが警戒するように身構えつつ、ミーシャと横目で視線を交換する。緊迫した面持ちで、エレオノールが息を呑んだ。

「……可愛(かわい)い……名前……です……！」

ただ一人、まったくの無警戒でゼシアが少女の名前を褒めていた。

『ありがとう』

僅かに、エンネスオーネは笑う。

『ついてきて。エンネスオーネは待っていたの。ずっと、ずっとね。みんなが来てくれるのを、ここで待っていたよ』

くるりと反転し、エンネスオーネは白い石畳を駆けていく。

「……ついていき……ます……！」

ゼシアが喜び勇んで、その子の後を追いかけていく。

「え、ちょっ、ちょっとゼシア、待つんだぞっ。この先は、神界だからっ……！　知らない子についていっちゃだめなんだぞ」

エレオノールが慌てて、ゼシアを追いかける。

「……ゼシアの……妹ですっ……！　ママの……子供です……！」

「そっ、それは夢の話だぞっ。ボクは産んだ覚えないぞっ！」

「隠し子……ですかっ……？」

「ぼっ、ボクには隠しようがないぞっ。いいから、待って、ゼシアッ！」

無邪気にエンネスオーネを追いかけるゼシアを、エレオノールは必死に追いかけていく。

「どうするの……？」

サーシャが訊(き)いてくる。

「なに、神々の蒼穹(そうきゅう)はまだ先だ。行くぞ」

俺はサーシャたちとともに三人の後を追いかけた。

§25.【芽宮神都(がきゅうしんと)】

宙に浮く白い石畳の上を、幼いエンネスオーネが走っていく。そのすぐ後ろをゼシアが追いかけ、それをエレオノールが追う。少し離れて、俺とミーシャたちが追走していた。

やがて石畳の先が、純白の光に包まれているのが見えてきた。魔眼(め)を凝らしてみても、光の奥になにがあるのか、知ることはできぬ。エンネスオーネがその光の中に飛び込んでいき、迷わずゼシアが後を追った。俺たちの目の前に、その純白の光が迫ってくる。

「ちょっと、これ、大丈夫なんでしょうねっ？　帰れなくなったりしないいっ？」

慌てたようにサーシャが言った。

「くはは。そう心配するな。たとえ、幾億の次元を超え、神界の遥か深層に行き着こうとも、帰れなくなったりはせぬ」

「逆に心配なんだけどっ⁉」

いつもの調子で、サーシャが激しくつっこんできた。すっかり酔いは醒めたようだな。

「ゼシアがもう行っちゃったし、行くしかないぞっ」

エレオノールがそう言って、ゼシアの後を追う。そのまま俺たちも石畳を駆け抜け、純白の光の中に飛び込んだ。絵の具で塗り替えられるかの如く、景色がさっと変わっていき、視界に現れたのは街だった。馴染みのない建物が立ち並び、遠くには大きな宮殿が見える。

「んー？　なんか変わった街だぞ。あそこの建物とか、屋根がないし」

エレオノールの視線の先には大きな洋館があった。豪奢な造りだが、しかし屋根がない。

「ほんとだわ。あっちのお店は、入り口がないわよね……？」

サーシャが不思議そうに、往来に軒を連ねるに店舗を指さす。小物屋、書物屋、武器屋、宿屋などの看板が出ているが、その中に扉のない店があった。辺りに人の気配はない。無論、ここに神族以外がいるわけもないので、当然と言えば当然だ。

「太陽」

ミーシャが頭上を見上げ、手で光を遮りながら言った。

「……なにあれ……？」

「すごいぞ」

サーシャとエレオノールが声を上げ、天を見つめる。そこは、広大な海だ。波打つ水面が、空のように広がっており、その奥には確かに太陽らしき影が見える。

「空が海とは、また変わった場所だな」

「……あの神界の門が、この異界につながってたってことよね……？」

サーシャが、確認するように言葉をこぼす。

『ようこそ、ゼシア、エレオノール。それから、魔王アノス』

エンネスオーネがこちらを振り向き、歓迎するように言った。少女の頭の小さな翼がファサッと動く。

『ここは、芽宮神都フォースロナルリーフ』

幼い声で、彼女は告げる。

『神々の蒼穹へ続く神域の一つなの』

「ふむ。神界の門と神々の蒼穹には狭間があると聞いているが、この都がそうか？」

『うん。この神都の深層にも神界の門があるの。そこが神々の蒼穹につながってるよ？』

芽宮神都フォースロナルリーフ……神界の門をくぐったすぐ先にあるのなら、知っていそうなものだが、聞き覚えがない。忘れたか？　それとも俺が転生した後にできたものか？

「エンネスオーネ……！」

ゼシアが嬉しそうに、その名を呼んだ。すると、心なしか、その小さな女の子も嬉しそうに微笑んだ。

「……エンネスオーネは……ゼシア、呼びましたか……？」

『うん。エンネスオーネはゼシアの夢の中で、ゼシアを呼んだよ』

「……やっぱり、呼びました……！」

弾けるような笑顔を見せ、ゼシアはエンネスオーネに近づく。そうして、彼女の両手を取り、上下にぶんぶんと振った。

『呼んだのは、ゼシアとエレオノール。それから、魔王アノス。ここに、この神都にみんなを連れてきてほしかったの』

エンネスオーネはそう説明した。

「……ゼシアは……連れてきました……偉い子……です……！」

ゼシアは自慢するように胸を張る。

「……エンネスオーネは……ゼシアの妹ですかっ……!?」

柔らかく、エンネスオーネは微笑んだ。

『うん』

「……ゼシアが……お姉さんです……!!」

エンネスオーネの両手を握り、瞳をキラキラと輝かせて、ゼシアは俺たちを振り向いた。

「んー、ちょっと聞いてもいーい？　ボクは君のことを産んだ覚えがないんだけど、どういうことなのかな？」

人差し指を立てながら、エレオノールは顔に疑問を浮かべている。

「あ、ついでに、あの神界の門の裏にあった落書きのことも教えてくれるかしら？」

サーシャがそう質問する。

『ごめんね。どっちも、まだ答えられないよ』

心苦しそうにエンネスオーネは言った。

「……えーと、どういうことだ？」

「さっき、知ってるって、言ったわよね……？」

エレオノールが不思議そうに言い、サーシャが疑惑の視線を飛ばした。

『……ごめんなさい……』

脅えたように、エンネスオーネは俯く。すると、ゼシアが彼女を守るように両手を広げた。

「……いじめは……だめ……です……！」

「あー、ゼシア……。いじめてるわけじゃないんだぞ……？」

エレオノールがとりなそうと近づくも、ゼシアはエンネスオーネを渡さないと言わんばかりに、翼のついた頭をぎゅっと抱き抱える。

「……だめ……です……！」

困ったように、エレオノールが小首をかしげる。

「安心せよ、ゼシア。お前の妹に手を出すはずがあるまい」

「……約束……ですか……？」

「ああ」

すると、ゼシアはほっとしたように笑う。

「お前からエンネスオーネに、事情を訊いてくれるか？　姉にならば話しやすいだろう」

ゼシアは得意満面でうなずき、エンネスオーネの顔を覗き込む。

「エンネスオーネ……ゼシアに……教えてくれますか……？」

すると、彼女はこくりとうなずいた。

『エンネスオーネは、まだ生まれてないの』

「……生まれていないのに……エンネスオーネは……ここにいますか……？」

不思議そうにゼシアが尋ねる。

静かにエンネスオーネは首を振った。頭の翼が、ぴくぴくと動く。

『わからないの。わかったり、わからなかったりするの。エンネスオーネは不安定。まだ生まれていない。これから生まれる、新しい秩序だから』

その言葉に、ミーシャはぱちぱちと瞬きをする。

「じゃ、エンネスオーネちゃんは、神族なんだ？」

エレオノールが尋ねると、彼女はうなずいた。

『エンネスオーネは、まだ神になる前の存在なの。根源胎児、生まれていない、根源の赤ちゃん。それが、今のエンネスオーネ』

「あー、そうなんだ。だから、根源がそんなに小っちゃいんだ？」

彼女は魔眼を凝らし、エンネスオーネの深淵を覗く。

「小さい？」

ミーシャが尋ねる。

「うん、小っちゃいぞ」

エレオノールは、根源を直接見ることができる。魔力を見ることに関してはミーシャほどの力はないが、通常は魔力から類推するしかない根源のサイズを直接測れるのだろう。

『エンネスオーネは、ゼシアやエレオノールの味方。この世界が優しくなるように、創造神ミリティアが願いを込めて創造した秩序なの。だけど、まだ完全じゃない。思い出せないの。エンネスオーネは世界のために作られたけど、自分がどんな秩序なのか、覚えていない』

エンネスオーネは心苦しそうに言った。

「お前が根源胎児だからか？」

『そう。創造神は本来、秩序を創る神じゃないから。エンネスオーネは、他の神に誕生を奪われたんだよ』

「んー、誕生を奪われたってなんだ？」

エレオノールが問う。

『……生まれるために必要なものを、奪われたの……この街のどこかにあるはずだけど、エンネスオーネの力じゃ探し出せない。だから、ゼシアに夢を見せて、ここに呼んだの』

「夢を見せたのが、ゼシアだったのはなぜだ？」

『エンネスオーネの力が届くのは、ゼシアとエレオノールしかいなかったから』

すると、ゼシアが嬉しそうに言った。

「……妹だから……です……」

『うん』

エンネスオーネも笑顔で言った。

「あー、じゃ、もしかしてあれかな？　ボクに夢を見せても、全然信用してもらえないだろうと思って、ゼシアに見せたんだ？」

　気まずそうに、エンネスオーネは俯いた。

『……ごめんなさい……』

「……いじめは……だめです……」

　エンネスオーネを守るように、ゼシアはエレオノールを睨む。

「えーと、い、いじめてないぞ。ボクはそんなに鬼じゃないぞー？」

「……嘘……です……！　ゼシアにいつも、草を……食べさせます……！」

　ゼシアの言葉には、積年の恨みが込められていた。

「そ、それはほら、野菜を食べないと大きくなれないからっ。ねっ」

　とりなそうとするエレオノールに、じとーとゼシアが疑惑の視線を向けている。三人が微笑ましいやりとりをしている間に、サーシャから《思念通信》が送られてきた。

『……悪い神族には見えないけど、簡単に信じていいのかしら？　ここって一応、神族のテリトリーでしょ。もう少しで神界なわけだし……』

『ミリティアが世界のために創ったというのが本当なら、捨ておくことはできぬがな。他の神族に秩序の誕生を邪魔されているというのも、あり得る話だ』

『でも、他の神族が、アノスを罠にはめようとして、そうしてるのかも？　アヴォス・ディルヘヴィアのときみたいに、また魔王を滅ぼす秩序とかを生もうとしてるってことだって考えられるじゃない？』

『エンネスオーネとミリティアに、つながりがないわけでもない』

『つながり？　そんなのあった？』

『酔ったサーシャが、エレオノールとゼシアをデルゾゲードで待ってた』

ミーシャが話に入ってきた。

『え？　うーん……そういえば、そんなことも……あったような……』

サーシャが頭を捻る。酔っていたから、記憶に乏しいのだろう。

『ゼシアは夢でエンネスオーネを見て、エレオノールとともに、あの場へやってきた。お前があのとき、アベルニユーの想いから、なにかしらの記憶を思い出していたのなら、それはミリティアから伝えられたことかもしれぬ』

『……それは、ありそうだけど……じゃ、どうしようかしら？』

すると、俺たちを見つめ、エンネスオーネは不安そうに言った。

『……やっぱり、信じては、もらえない……？』

ゼシアがぶるぶるともの凄い勢いで首を左右に振った。

「……信じ……ます……エンネは、ゼシアの妹です……！」

ゼシアはエンネスオーネの両手を取り、ぎゅっと握る。

「……ママが、エンネを産むように……ゼシアはがんばります……！」

「えーっと、ゼシア？　あんまり安請け合いしちゃだめなんだぞ？　ボクだって、できることとできないことがあるんだぞ？」

「だめ……ですか……？」

悲しげな表情でゼシアは訴える。

「……だめっていうか、ほら、神族をボクが産むっていうのも、全然よくわからないぞ？」

「妹が……欲しいです……産んで……ほしいです……」

「そう言われてても、ボクの判断じゃ決められないし……？　というか、産めるのかもわからないし……？」

エレオノールが困ったように俺を見る。

「まあ、とりあえず産んでから考えればいいだろう」

「わーおっ！　なんか、それ、だめな親の発言っぽいぞっ、アノス君」

エレオノールがびっくりしたように声を上げた。ゼシアは嬉しそうな表情で、エンネスオーネをぎゅっと抱きしめる。

「やり……ました……！　おねだりが……得意です……お姉さんですから……！」

「しかし、エンネスオーネ、お前が世界を優しくするための秩序だというのなら、是非とも産まれてもらいたいものだが、その奪われたものの記憶はあるのか？」

『心ない人形』

真剣な表情で、エンネスオーネは言う。

『魔力のない器』

とても、大事なことを伝えるように。

『体を持たない魂魄』

一旦言葉を切り、また彼女は続けた。

『この三つを揃えれば、エンネスオーネは不完全な状態で生まれるの』

「ほう。また妙な話だな。完全な状態で生まれるには？」

ゆっくりと彼女は首を左右に振った。

『エンネスオーネは不完全な状態でしか生まれないの。それが摂理で、それが秩序だから』

「……ふむ」

ミリティアが、世界を優しくするために創造した秩序。それが産まれていたとしても、秩序は不完全だったということか。裏を返せば、この世界を優しく創り変えようとしても、不完全なものにしかならぬということだ。

「エンネスオーネ、その三つを探すのになにか手がかりはあるか？」

『……色々、難しくて……エンネスオーネはうまく説明できないの……だけど、ウェンゼルなら、うまく説明できると思うよ。先にウェンゼルを助けにいかなきゃ』

言って、エンネスオーネは唐突に走り出す。

『ついてきて』

「待つ……です……！　急に走ったら……危ないです……！」

ゼシアがすぐに、彼女を追いかけ、その手をつかむ。エンネスオーネは振り向き、笑った。

二人は手をつなぎ、人のいない芽宮神都フォースロナルリーフを駆けていく。

§26. 【緊縛神と囚われの神】

「エンネスオーネ」

　前を走るエンネスオーネに並び、俺は訊いた。

「先程言っていたウェンゼルというのは何者だ？」

　パタパタ、と頭の翼を小さくはためかせ、エンネスオーネはこちらを向いた。

『生命と誕生の秩序を司る、生誕神ウェンゼルだよ。エンネスオーネは、本当は生まれないはずだったの。だけど、ウェンゼルが生誕神の権能を使ってくれたおかげで、生まれかけの秩序になれたんだよ』

「あれ？　生誕神って、どこかで聞き覚えがあるような……？」

　エレオノールが記憶を探るように、視線を上へ向ける。すると、サーシャが言った。

「ミリティアの友達だわ。デルゾゲードの落書きに書いてあったたし、なんとなく、そうだったような気がするもの」

「あー、それだ。ボクも来るときに見たぞ」

「ウェンゼルは、どんな神様？」

　ミーシャが問うと、エンネスオーネは言った。

『ウェンゼルは優しいよ。いつもエンネスオーネを守ってくれて、エンネスオーネが生まれようとするのを助けてくれるの。エンネスオーネはミリティアからの大事な預かりもので、自分の大切な子供だって、ウェンゼルは言ってくれたんだ』

ぱちぱちとミーシャが瞬きを二回する。

「ウェンゼルも、エンネスオーネのお母さん？」

にっこりとエンネスオーネは笑い、嬉しそうにうなずいた。

『エンネスオーネは生まれにくい生命だから。ミリティアが創造の秩序を、ウェンゼルが生誕の秩序を与えてくれたの。だから、エンネスオーネのママは一人じゃないんだよ』

「あー、そっかそっか、わかったぞっ」

エレオノールは、ようやく合点がいったとばかりに口を開く。

「エンネちゃんが、ゼシアの妹だっていうのは、ゼシアをここに連れてくるために見せた、ただの夢ってことだ？」

安堵したようなエレオノールに対して、ゼシアは絶望的な表情を浮かべていた。

「……エンネのママは……ゼシアのママじゃ……ないですか……？」

泣き出しそうな声でゼシアが言う。

「……エンネは……ゼシアの妹じゃ……ないですか？　嘘……ですか？」

すると、エンネスオーネは笑った。

『大丈夫。エンネスオーネはエレオノールの子供でもあるよ。だから、ママは三人いるの』

「じゃっ、ゼシアの妹……です……！」

『うん』

彼女がそう返事をすると、ゼシアは嬉しそうに笑った。エレオノールがこそこそとエンネスオーネのそばによっていき、小声で耳打ちをする。

「エンネちゃん、本当のところはどうなんだ？」

『……まだよくわからないの。だけど、エンネスオーネの声が外に届いたのは、エレオノールとゼシアだけだから……そうだと思って……そうだといいなって……』

「んー、そっかぁ……それって、どういうことなんだ？　お母さんにしか届かないのかな？」

エンネスオーネは俯(うつむ)き、頭の翼をしゅんとさせる。

『……わからないの……ごめんなさい……』

すると、いつのまにかゼシアがエレオノールの隣にいて、彼女をじとっと睨(にら)んでいた。

「なにを……話してますか……？」

「なっ、なんでもないぞっ。そういえば、エンネちゃんのお母さん、ウェンゼルを助けにいかなきゃって言ってたけど、どうしちゃったんだ？」

『ウェンゼルは、エンネスオーネを助けるために、捕まっちゃったの』

ゼシアの疑惑の目から顔を逸(そ)らし、エレオノールが話題を変える。

暗い表情を覗(のぞ)かせ、彼女は言う。

「ふむ。何者だ？」

『エンネスオーネは神族に嫌われているの。だから、堕胎神(だたいしん)アンデルクがやってきたよ。アンデルクはエンネスオーネを生まれる前に滅ぼそうとしているって、ウェンゼルが言ってた』

「この芽宮神都にいるのか？」

『うん。堕胎神アンデルクは、エンネスオーネを滅ぼす機会を窺(うかが)ってる。ウェンゼルは、エンネスオーネを守るためにアンデルクと戦ったよ。だけど負けて、あの宮殿に閉じ込められているの』

　エンネスオーネが立ち止まった。彼女の視線の先には、大きな宮殿がある。

『堕胎神は一人じゃない。堕胎の番神を従え、それから緊縛神ウェズネーラを味方につけているの。ウェズネーラはその権能で、あの宮殿の中に緊縛牢獄を作った。それで生誕神ウェンゼルを閉じ込めたの』

　エンネスオーネは振り返り、俺を見た。

『エンネスオーネの力じゃ、緊縛牢獄を破れないの。緊縛神にも勝てないから、ずっと隠れていたの。お願い、魔王アノス、ウェンゼルを助けて。エンネスオーネが生まれるには、ウェンゼルが必要なのっ』

　切実な表情で、エンネスオーネは訴えてくる。生まれる前の秩序ということは、彼女もまた神族だ。しかし、そうとは思えぬほどに、豊かな感情を持っている。

「無論、ウェンゼルがミリティアの友ならば、捨ておくことはできぬ」

　そう口にすると、ほっとしたようにエンネスオーネは表情を綻ばせた。

「しかし、神族同士が争うとは珍しい。どちらかが滅べば、秩序の整合は崩れる。相反する秩序とて、本来は直接互いを攻撃したりはせぬものだ」

　二千年前は、神と神が争う光景など見た試しがない。すべての秩序は互いに干渉し合いながらも、ただそれぞれの役割を淡々とこなしていた。

「それって神族にとって、エンネスオーネはなにがなんでも産ませたくない秩序ってことなのかしら？」

サーシャが考えながら、そう口にする。

「逆に言えば、エンネちゃんを産んじゃえば、世界が平和になるってことじゃなあい？　もしかしたら、もうおかしな神族がディルヘイドに攻めてくることはなくなるかもしれないぞ」

暢気（のんき）な口調でエレオノールが言った。

「そう願いたいものだ」

目の前の宮殿に視線を向け、俺は再び歩き出す。それを見て、エンネスオーネたちが後ろに続く。やがて、入り口にさしかかる。

「この中が緊縛牢獄（ろうごく）なのよね？」

サーシャが言うと、ミーシャはじっと宮殿内部に魔眼（めめ）を向けた。

「宮殿全体が強い魔力を帯びている。神族のもの」

ごくりと唾を飲み、サーシャが俺を見た。

「……どうするの？」

「先も言ったが、秩序同士が互いを傷つけることは殆（ほとん）どない。堕胎神アンデルクが生誕神ウェンゼルを滅ぼさず、捕らえただけというのもそのためだろう。多少、暴れてやっても、ウェンゼルの身に危機が及ぶことはあるまい」

「……えーと、つまり？」

「正面から堂々と入ればよい」

「……だと思ったわ……」

悪い予感が当たったというような顔をするサーシャに笑いかけ、俺は迷いなく宮殿の中へ足を踏み入れた。途端に、ぬめっとした空気が肌を撫でる。緊縛神の秩序によるものか、全身に鎖でもつけられているように、体が重さを訴える。

『……ぁ……』

がくん、とエンネスオーネが膝を折る。

「エンネッ……!?」

ゼシアが心配そうにエンネスオーネの顔を覗き込む。彼女は両手を床につき、脂汗を垂らしながら、荒い呼吸を繰り返した。彼女にはまだこの緊縛牢獄への抵抗力がないのだろう。

「運んでやろう」

俺が手を伸ばそうとすると、ゼシアは袖まくりをして、しきりに拳を握っては、二の腕をアピールしてくる。

「……どう……ですか……？」

「なにしてるの、あれ？」

サーシャが不思議そうに言う。

「んー、たぶん、筋肉をアピールしてるんだと思うぞ」

エレオノールの答えに、サーシャはますます訝しげな顔になった。

「筋肉って、二の腕の？」

「ぷよぷよ」

ミーシャが率直な感想を漏らした。

「どう……ですか……⁉」

ぷよぷよの二の腕をずいと押しやり、ゼシアが真に迫った顔で俺を見つめる。妹に良いところを見せたいのだろう。

「いいだろう。エンネスオーネはお前に任せる。必ず守れ」

「承知……です……！」

背伸びしたような口調でそう言うと、ゼシアはエンネスオーネの前でしゃがみ込み、背中に乗るようにアピールする。

『……だ、大丈夫なの？』

「お姉さん……ですから……！」

ゆっくりとエンネスオーネは、ゼシアの背中に乗る。筋肉については、まださほどでもないゼシアだが、魔力を込めて、それをぐんと強化し、エンネスオーネを守る小さな魔法結界を張る。そうして、彼女をおんぶしたまま、勢いよく歩き出した。

「くすくすっ、すっかりお姉さん気取りだぞ」

「気取りは……だめです……！」

ぷくーと頬を膨らましたゼシアが、不服そうにエレオノールを振り返った。

「うんうん、わかってるぞ。ゼシアは立派にお姉さんだもんね」

こくりとうなずき、ゼシアがまた前へ進んでいく。宮殿の中には、何層もの鉄格子が設けられており、それが迷路のように入り組んだ道を構築していた。

俺たちはその鉄格子の迷路を奥へ奥へと進んでいく。しばらくして、ゼシアの背中でエンネスオーネが言った。

『……あの……』

少し恥ずかしげに、エンネスオーネは頭の翼を縮こませる。

『……ゼシア姉さんって、呼んでも、いい……？』

すると、ゼシアはぶるぶると首を左右に振った。

『え？　だ、だめなの……？』

「ゼシアお姉ちゃん……オススメ……です……！」

呼ばれたい呼称を猛アピールしていた。

『……じゃ、その…………ゼシアお姉ちゃん……』

エンネスオーネの言葉に、ゼシアはおんぶをしながらスキップを始めた。

「……お姉さん……です……!!」

「んー、エンネちゃんが生まれたら、うちの子にしてあげなきゃ駄々こねそうだぞ」

ふむ。その光景は目に浮かぶな。

「一万人いるのだから、今更一人増えても変わるまい」

「あー、そんなこと言ったら、エンネちゃんのこともアノス君に責任とらせちゃうんだぞ？」

からかうような笑みを浮かべ、エレオノールが背中から俺の頬をつつく。

「待て」

俺は足を止める。

「ん？　さすがの魔王様も怖じ気づいちゃったのかな？　珍しいぞ？」

言いながら、エレオノールが俺の前に出ようとするので、体を腕で押さえた。

「言ったことの責任ぐらいは持つが――」

顎をしゃくり、前に注意を向けるように促す。彼女は不思議そうに前方に魔眼を凝らした。

その奥には、一際頑丈そうな魔法の檻が見える。中に座っているのは、妙齢の女性だ。長い布を体に緩く巻きつけたような変わった装いをしている。真っ直ぐな長い髪と薄緑の神眼。白皙の肌が神々しい輝きを発していた。神族に違いあるまい。

『ウェンゼルッ！』

エンネスオーネが声を上げると、その神族はこちらに気がついた。彼女ははっとしたような表情を浮かべている。

「近くに……行きます……」

ゼシアは、勢い勇んで魔法の檻へ走っていく。

『ウェンゼル、今助けるから』

「……だめっ……！」

慌てたように、ウェンゼルが言った。

「来てはいけませんっ、エンネスオーネ。ここには緊縛神が……！」

その言葉と同時だった。天井から伸びてきた鎖が生き物のように蠢き、ゼシアとエンネスオーネめがけ、襲いかかってきた。

「任せて……ください……」

ゼシアが光の聖剣エンハーレを抜き、その鎖めがけて斬り下ろす。ガギィッと高い音が響く。

鎖は切れずゼシアとエンネスオーネの周囲を覆うようにぐるぐると渦を巻いていく。さながら、それは鎖の竜巻だ。

「……負け……ません……！」

ゼシアがエンハーレを突き出したが、しかし、それは鎖の竜巻に巻き込まれる。

「……あっ……！」

ギィィインッと衝突音が鳴り響き、彼女の手から、聖剣が離れ、勢いよく飛んでいった。とどめとばかりにその鎖はみるみる竜巻の範囲を小さくしていき、中心にいるゼシアたちに巻きつこうとする。しかし、その寸前で、ピタリと止まった。

「ふむ。貴様が緊縛神か？」

竜巻の中に無造作に手を突っ込み、俺は鎖をつかんでいた。

「……そう。僕は緊縛神ウェズネーラ……」

声が発せられた瞬間、鎖から魔力が放たれ、俺の腕に巻きつこうとする。それを軽く床へ叩きつけてやれば、ドゴオォォッと音が響き、粉塵が上がる。ガシャガシャと金属音を鳴らしながら鎖は蠢き、それは人型を象っていく。風が巻き起こり、粉塵が吹き飛ばされたかと思えば、そこには全身に鎖を纏った男が立っていた。神族に相応しい、強い魔力を感じる。

「では、ウェズネーラ。ものは相談だ。そこの生誕神ウェンゼルに話があってな。今すぐ解放すれば、手荒な真似はせぬが、どうだ？」

「……解放……？」

ウェズネーラが顔をしかめる。

「ウェンゼルを解放すれば、お前は見逃してやろう。ウェンゼルを解放しなければ、お前の秩序が危機に陥り、いずれにせよウェンゼルはここから出ることになる。どちらが得かは考えるまでもあるまい」

一瞬の間の後、そいつはへらへらと笑った。

「……だめだよ……だめだ……そんなのだめに決まってる……！」

言葉と同時に緊縛神から魔力の粒子が立ち上り、ミーシャたちが臨戦態勢をとる。

「だって、ママは、僕の物だ。僕とずっとここにいるんだからっ！　ママは、ママはママは――」

ウェズネーラの体から、全方位に向かい、無数の鎖が伸び始める。

次の瞬間、それが猛然と襲いかかった。

「僕のママは、どこにも行っちゃいけないんだぁぁっ……!!」

§27．【神の母子】

緊縛神ウェズネーラが放った鎖は、生き物のようにうねうねと蛇行し、半分は俺たちの逃げ場を塞ぎ、残り半分が目前へと迫る。

「《根源死殺（ベブズド）》」

二つの魔法陣に腕をくぐらせ、両手を黒く染める。向かってきた二本の鎖を軽く両断した。

瞬間――切断跡から無数の小さな鎖が現れ、俺の両腕に巻きついた。

「ほう」

ぐっと腕を引いてみるが、ウェズネーラの体からは鎖が伸びるばかりで、引き合うこともできない。伸縮自在というわけか。

「もう、しつこいぞっ！」

初撃の鎖を回避したエレオノールたちだが、しかし、彼女たちが避けた方向へ再び鎖は追ってくる。速度はさほどでもないが、誘導は正確だ。

「《四属結界封》！」

エレオノールは地、水、火、風、四つの魔法陣を描き、結界と化して緊縛神の鎖を阻む。しかし、その結界自体にぐるぐると鎖が巻きつき始めた。

「わおっ、結界ごと縛る気だぞ」

「このっ！」

サーシャが《破滅の魔眼》にて、《四属結界封》に絡みつく緊縛神の鎖を睨みつける。バラバラとそれは砕け散り、金属の破片が無数に飛び散る。しかし、その破片からやはり、小さな鎖が出現し、再び彼女たちを守る結界を縛りつけた。

ギシギシと《四属結界封》が軋み、僅かにその結界の範囲を小さくする。

「氷の結晶」

ミーシャは《創造の魔眼》で小さな鎖を氷の結晶へ変えていく。さすがに別物に変えられてしまっては新たな鎖を出すことができず、周囲にはぱらぱらと結晶が舞い降りる。

「そんなのは無駄さっ！　僕の前で自由になんかなれっこないよっ……！」

緊縛神ウェズネーラが、増長した声を飛ばす。それと同時、緊縛牢獄の鉄格子が飛んできて、ミーシャたちを取り囲み始めた。ガシャン、ガシャンと上下左右に壁のように覆い被さる鉄格子は、不格好な牢屋を形成していく。

「閉じ込め……られました……！」

エンネスオーネを背負いながら、ゼシアは周囲の牢屋に視線を配る。鉄格子が積み重なる毎に魔力が増していき、その牢屋から無数の赤い鎖が射出された。

ぐるぐると《四属結界封》に巻きついてくる赤い鎖を、ミーシャが《創造の魔眼》で見つめたが、しかし、それを創り変えることはできなかった。

「効かない……」

ミーシャが更に魔眼に魔力を込める。白銀の輝きが彼女の瞳に集中していく。

「緊縛の赤鎖は魔力を縛る権能ですっ」

奥の檻から、生誕神ウェンゼルが声を上げた。

「生半可な魔法では鎖に触れた途端に縛られ、その効力を発揮することができないでしょう」

「ミーシャ」

サーシャが手を伸ばすと、ミーシャがそれをつかむ。二人はそれぞれ、半円の魔法陣を描いた。《分離融合転生》にてアイシャとなれば、そこからの脱出もかなうだろう。

「よい」

俺がそう口にすると、二人は魔法行使を中断した。

「所詮は、ただ縛りつけるだけの魔法だ。そこでゆるりと見ているがよい」

「んー、だけど、《四属結界封(デ・イジエリア)》が潰されちゃったら、痛そうだぞ？」

エレオノールが人差し指を立てて言う。

「なに、それまでには終わらせる」

縛りつけられた両手から起源魔法《魔黒雷帝(ジラスド)》を放つ。漆黒の稲妻は、バチバチとけたたましい音を鳴らしながら鎖を辿(たど)り、緊縛神ウェズネーラを撃ち抜いた。

「……ぐっ……ががががっ……‼」

一瞬よろめいたが、ウェズネーラは踏みとどまってそれに耐える。生誕神ウェンゼルが、沈痛な表情で下唇を噛(か)む様子が目の端に映った。

「くはは。さあ、どうする？　俺を縛り続ける限りは《魔黒雷帝(ジラスド)》を避けることはできぬ」

生誕神ウェンゼルに、俺は視線を向ける。

「滅びる前に、彼女を解放してはどうだ？」

「だめだ、だめだだめだ、そんなのだめだっ！　僕は、緊縛の秩序……誰も、僕の前では自由になんかなれないんだ……僕のママは、ずっと僕のそばにいる、僕のママ、僕のママは……」

《魔黒雷帝(ジラスド)》で反魔法をズタズタにされ、黒き電流を浴び続けながらも、ウェズネーラは高らかに叫ぶ。

「僕がここに、永遠に縛りつけるっ‼　僕の物だぁぁあっっ！！！」

「マザコンだぞぉぉっ‼」

エレオノールが声を上げた瞬間だ。緊縛牢獄(ろうごく)の鉄格子(てつごうし)が、今度は俺の周囲に積み重なる。エレオノールたちへ向けたものよりも遙(はる)かに多く、不格好で巨大な檻(おり)を構築していく。牢屋(ろうや)が完成すると、檻(おり)の四隅から放たれた赤鎖が、《魔黒雷帝(ジラスド)》を走らせている鎖に巻きついた。直後、漆黒の稲妻は前に進まず、赤い鎖が巻きついた場所で不自然に止まった。

「鎖に触れてはいけませんっ。その子は、拘束と停滞を司(つかさど)る緊縛神。万物は秩序の鎖にて縛られ、停滞を余儀なくされますっ！」

　ウェンゼルがそう言うと、緊縛神ウェズネーラが小生意気な笑みを見せる。

「ママの言う通りさ。僕に縛れないものなんかない」

「では、これも縛ってみよ」

　前方に魔法陣を一〇門描き、《獄炎殲滅砲(ジオ・グレイズ)》を射出する。光の尾を引き、勢いよく放たれた漆黒の太陽に赤い鎖が巻きつき、それを拘束した。

「ほらね。誰も僕の前では自由になれない。誰も僕からは逃れられない。結界でも、雷でも、炎だって、僕はなんでも縛りつけちゃうんだ。すごいだろう？」

「驚くには値せぬ」

「なんだよ、強がっちゃってさ。いいけど、もうお前たちは帰れないよ。僕たちと一生ここで過ごすんだ。そうしたら賑(にぎ)やかになって、ママも喜ぶよっ！」

　ケタケタと緊縛神ウェズネーラが笑う。

「ウェズネーラ。わたくしはそのようなことは望んでおりません。彼らを放してあげなさい」

　窘(たしな)めるようにウェンゼルが言うと、緊縛神が彼女を振り向く。

「どうしてさ？　ママはここにいたいんだろう？　ママは僕のママだって、僕に縛りつけていて欲しいって言ったじゃないか」

「可愛い子、冷静になってわたくしの言うことをよく聞いて。あなたにはもうそれができるはずです」

「勿論、聞いてるよ。僕は、良い子だからね。ちゃんとママが喜ぶようにしてあげるよ」

ケタケタケタと再び奴は笑った。

「ふむ。母親が愛しいようだな、ウェズネーラ」

「当然さ。僕ほど、ママを愛してる者はいないんだ。だから、ママがずっとそばにいられるように、こうやって縛りつけてあげてるんだよ」

黒き《根源死殺》の両手で鎖を引きちぎり、《破滅の魔眼》にてそれを滅ぼす。

「幼稚な愛だ。真に母を想うならば、そろそろ親離れしてやるがいい」

檻を挟み、その向こう側にいる緊縛神へと、俺は足を踏み出した。

「……幼稚っ？　僕のどこが幼稚だって言うのさっ⁉　だって、ママは僕と一緒にいたいんだよ？　僕に守ってもらいたいんだっ……‼」

「妄想も大概にせよ」

檻の四隅に長い鎖が一本ずつ現れ、それが魔法陣を構築した。

「なんだよっ、お前っ！　僕の前で、その態度はなんだっ‼　二度と舐めた口が利けないように、縛りつけてあげるよっ！」

緊縛神ウェズネーラが膨大な魔力を発すれば、赤、青、黄、緑の鎖がそれぞれ魔法陣から飛び出してきた。

「《緊縛檻鎖縄牢獄》ッ!!」

《破滅の魔眼》にてそれを睨もうとすれば、赤い鎖が巨大に膨れあがり、俺の視界を覆った。

次の瞬間、四本の鎖は、俺の体に巻きついていた。

「ほうら、もうお前は逃れられない。赤鎖は魔力を縛り、青鎖は体を縛り、黄鎖が五感を縛り、緑鎖が思考を縛る。《緊縛檻鎖縄牢獄》に縛られれば、魔法を使うことも、歩くことも、見ることも、まともに考えることすらできやしないんだっ！」

《緊縛檻鎖縄牢獄》の鎖が俺をきつく縛りつける。五感が縛られ、見ることもできず、触った感触さえない。脱出方法はある。しかし、緑鎖にて思考が縛られているのか、あるとわかっている脱出方法のいくつかに、辿り着くことができなかった。

「君は今から、僕のお喋り人形だよ。この牢獄で、僕とママと、楽しくお喋りをしながら暮らすんだ。ああ、勿論、僕の声だけは聞こえるようにしておいてあげるよ。そうじゃなきゃ、話せないからね」

ケタケタケタッ、と引きつったような笑いが聞こえた。

「偉そうな口を利いて、ごめんなさいって謝るなら、もう少しだけ自由にしてあげてもいいけどねぇ」

「ふむ。なかなかどうして強力な力だが、一口に自由を縛るといっても大変だ。いかに縛る力があろうと、縛る思考を把握していなければ、それもかなわぬ」

「なんの話さ？　負け惜しみかな？」

「わからぬか？」

勝ち誇る緊縛神に、言葉を発す。

「縛りきれていないものがあると言っている」

口を開き、俺は腹の底から声を発した。それを見て、奴はケタケタと笑った。

「なんだい、それは？　馬鹿みたいに口を開いてるだけで、なんの——がはぁっ……」

奴の体が激しく揺さぶられ、全身から血が噴出した。

「神族にしては耳が悪い。この音域の声が聞こえぬようだな」

——死ね。

と、常人には聞こえぬ言葉を、超音波の塊にて放ち、奴の体を激しく揺さぶる。

「わかってればこれぐらいっ！」

魔法障壁を展開し、奴は音の振動を防ぐ。

「ほら。縛ってない思考があるんじゃなくて、どうせ抜け出せないから縛らなかっただけなんだよ。悪あがきをしたぐふぉぉぉっ……!!」

魔法障壁を砕かれ、ウェズネーラは弾け飛んでいた。

「縛っていないものが、一つだけとは言っておらぬ」

床に手をつき、よろよろと身を起こそうとしながら、奴は驚愕の表情を俺へ向けた。

「……そ、んな……そんなはず……どうやって、僕を弾き飛ばすほどの力を……魔法じゃない……声でもない……こんなことができるはずがぼぉぉっ……!!」

再び弾き飛ばされ、ウェズネーラが床を転がる。

「わからぬか。では、一つヒントをやろう」

指を三本立て、緊縛神に見せつける。

「……なん……だよ……？」

「三秒だ。三秒以内ならば、俺はそれを自由に体から出し入れすることができる」

「……体から……？　三秒……？」

ウェズネーラは、はっとした後、そんな馬鹿なといった表情を浮かべた。

「気がついたか。俺の根源だ」

すぐさま立ち上がり、俺から距離を取るようにウェズネーラは駆け出した。

「……こんなはず……いくら三秒以内だって体から根源を出して、ましてや殴りつけるなんて……⁉　そんなのどう考えても秩序に反して……ごほぉぉおっ……⁉」

一瞬にして俺の体から飛び出た根源の体当たりを食らい、ウェズネーラが再び弾(はじ)け飛んで、こちらへ戻ってきた。奴(やつ)はよろよろと身を起こし、俺を睨(にら)む。

「……ああ……ああ、そうかいっ……‼　わかったよ、お前が只者(ただもの)じゃないってことはっ！　なら、もう一度出してみなよ……！　その根源を縛りつけて三秒経(た)てば、お前だってただじゃすまないだろ……僕は緊縛神だ……縛れないものなんか――」

「くはは」

ウェズネーラが目を見開く。俺を縛る《緊縛檻鎖縄牢獄(エゲルツ・エングドメラ)》に亀裂が入ったのだ。

「な……」

「遊びは終わりだ」

赤、青、黄、緑、四つの鎖に縛られながらも、俺は悠然と足を踏み出した。

「……どう……して……なんで……!?」

「体と魔力を縛ったぐらいで、俺の自由を縛れると思ったか？」

目の前にある鉄格子（てつごうし）の檻（おり）を両手でつかむ。魔力を込め、それをぐにゃりと曲げた。

「くっ……くそっ……！」

奴（やつ）は一転して逃げの一手を打ち、背を向けて走り出す――その寸前で、奴（やつ）の手首を俺がつかまえていた。

「五感を縛ったからといって、お前を知覚できぬと思ったか？」

《滅紫の魔眼》にて緊縛の秩序に反し、《根源死殺（ベブズド）》の手をもって、《緊縛檻鎖縄牢獄（エゲルツ・エングドメラ）》の鎖を断ち切った。

「だったら、今度は――」

緊縛神の体中から、膨大な魔力が立ち上る。

「――絶対に身動きできないぐらいに、がんじがらめに縛ってやるよぉぉおおっっっ!!」

再び鎖の魔法陣から、赤、青、黄、緑の鎖が伸びてくる。先程よりも数が多い。その無数の《緊縛檻鎖縄牢獄（エゲルツ・エングドメラ）》の鎖は、俺を縛ろうとまっすぐ襲いかかる。その中の一本――赤鎖だけを素手にてつかみ、それ以外の鎖を躱（かわ）す。

「縛れないものはない、だったな？　ならば、お前はその秩序に従わねばなるまい」

腕を振るっては、その魔力を縛る赤鎖を強引に操り、《緊縛檻鎖縄牢獄（エゲルツ・エングドメラ）》の残りの鎖を縛ってやる。そうして、赤、青、黄、緑がすべて一体となった鎖にて、逆にウェズネーラの体を拘束していく。

「なっ……!!　まっ……待てっ……!?」

奴（やつ）は自らが作り出した《緊縛檻鎖縄牢獄（エゲルツ・エングドメラ）》の鎖にぐるぐると巻かれ、体を縛られていく。そうして、緊縛神ウェズネーラをあっという間にす巻きにしてやった。

「……ん……ぐ……あぁ……く、くそぉっ……離せ……離せぇぇっ……！！」

ウェズネーラは魔力を振り絞るも、《緊縛檻鎖縄牢獄（エゲルツ・エングドメラ）》の四色の鎖に拘束され、身動きを取ることができない。赤鎖が魔力を縛り、青鎖が体を縛り、黄鎖が五感を縛り、緑鎖が思考を縛っているのだ。そこから抜け出す術は、どうやら知らぬようだな。

芋虫のように転がる男を見下ろし、俺は言った。

「縛るのは手慣れていても、縛られるのは初めてだったか？」

§28.　【生誕神】

ガラガラと音を立てて、エレオノールたちの周囲を覆っていた鉄格子（てつごうし）と鎖が崩れ落ちた。緊縛神が《緊縛檻鎖縄牢獄（エゲルツ・エングドメラ）》に拘束されたことにより、魔法を維持できなくなったのだろう。

「んー、やっと自由になれたぞ」

《四属結界封（デ・イジェリア）》を解除して、エレオノールが解放感たっぷりにぐーっと伸びをする。

「どうやら、あれだけは特別なようだな」

ウェンゼルを閉じ込めている魔法の檻（おり）に視線をやる。緊縛神の魔力がここまで弱まっていても、それは崩れることなく、堅固な護りを保ったままだ。是が非でも、生誕神を外に出したくはないということか。

『ゼシアお姉ちゃん……あそこまで、連れてってくれる？』

「任せる……です……ゼシアは……お姉さんですっ……！」

エンネスオーネを背負い、ゼシアはウェンゼルのもとへ駆けていく。

「あっ、こらっ、ゼシア、勝手に行ったら危ないぞっ」

エレオノールが慌てて、彼女を追いかける。

「…………だめだ……だめだよ……僕のママなんだ……僕が守るんだ……」

俺の足元で、ウェズネーラが譫言のように呟く。五感を縛られているため、最早まともに見ることも、聞くこともできぬだろう。その鎖を軽く持ち、緊縛神を床に引きずりながら、俺は奥にある魔法の檻へ向かう。近づけば、そこには様々な壁画があった。

神族にまつわることを示したものか？　一見して意味のわからぬものが山ほどある。

『助けに来たよ、ウェンゼル』

檻の鉄格子ぎりぎりに接近したゼシアの背中でエンネスオーネが言う。

『魔王アノスと、ゼシアお姉ちゃんとエレオノールを連れてきたの』

ウェンゼルもまた鉄格子のそばに立っている。彼女はその隙間から手を伸ばし、エンネスオーネの頭を優しく撫でた。

「……本当に、仕方のない子ですね。堕胎神に見つかるから、わたくしのことは助けに来ないように、言い聞かせたでしょう」

柔らかい口調で、その神は言った。

『……ごめんなさい……』

頭の翼をしゅんとさせて、エンネスオーネは謝る。

『でも、エンネスオーネは待ちきれなかったの。早くしなきゃって、思ったの』

「早く生まれたがっているのですね、あなたは」

もう一度優しくエンネスオーネの頭を撫で、生誕神ウェンゼルは俺に視線を向けた。

「初めてお会いしますね、魔王アノス。わたくしは、樹理四神と呼ばれる秩序の一人、生誕神ウェンゼルと申します」

ふんわりと微笑み、ウェンゼルはそう俺に挨拶をした。

「樹理四神というのは、初耳だが？」

「秩序の根幹、生命の根源の基本原則、それらを樹理四神と申します。わたくしは、生誕の秩序を司り、生きとし生ける者の誕生を育む神」

秩序の根幹を司る、か。樹理四神ということはあと三神いるのだろう。

「ミリティアに近い秩序か？」

「近いといえば、近いでしょう。しかし、ミリティアは世界の創造を担う神、生誕神は世界を生むことはできません。樹理四神は本来、神々の蒼穹、その深奥に座し、人に名を知られることなく、世界の幹を保ち続ける役割を担います」

「ふむ。ここは深奥どころか、まだ神々の蒼穹にすら入っていないが？」

なにがあったのか、と言外に含ませると、ウェンゼルは静かにうなずいた。

「あなたを待っていました」

　穏やかに、彼女は俺に笑いかける。

「いずれ、暴虐の魔王が神々の蒼穹へやってくると聞きました。他の樹理四神に先立ち、あなたに会うために、このフォースロナルリーフで待つことにしました」

「誰から聞いた？」

「ミリティアです。彼女は、わたくしの唯一の知友ですから」

「神々の蒼穹へ行くとミリティアに言った覚えはない。今日ここへ来たのも半ば偶然のようなものだが、なぜ彼女はそれを知っていた？」

「わたくしも、多くは存じません。順を追って説明いたしましょう」

ウェンゼルは、エンネスオーネに視線をやり、言葉を続けた。

「この子、エンネスオーネは、ミリティアがわたくしに託した新しい秩序です。生誕神の権能にて、生誕を願ってのことでしょう」

「断定できぬのは、ミリティアと直接話せなかったからか？」

ウェンゼルは沈痛な表情を浮かべ、首肯する。

「この子は自分がこの世界を優しくするための秩序だとあなたに説明したと思います。残念ながらわたくしにも、この子から聞いたこと以外ははっきりと確かめる術はありません」

彼女は言葉を一旦切り、すっと息を吸う。そして、また神妙そうな顔で説明を続けた。

「魔王アノス。あなたが転生した後、ミリティアは地上に留まりました。わたくしは、平素と同じく神々の蒼穹、その深奥に。わたくしたちの間は、あなたが命がけで行使した

《四界牆壁(ベノ・イエヴン)》によって隔てられていました」

「確かに、神族には絶大な効果を発揮する壁だ。神界の門を塞いだものは特にな。しかし、ミリティアの力で越えられぬとは思えぬ」

「ただ越えるだけでしたら、彼女も神々の蒼穹(そうきゅう)へ戻ってくることができたでしょう。ですが、エンネスオーネを創造したことで、彼女にはそれができなくなっていたのです」

　穏やかな口調でウェンゼルは語る。

「彼女の意思とその行いは、創造神たる己の秩序に背いていました。ミリティアは創造の秩序に抗(あらが)うことができず、その身は壁を越えることを拒否したのです」

「創造神の秩序に背く行為、か。《四界牆壁(ベノ・イエヴン)》さえなければ、己の秩序と戦いながらも、神界へ戻ることができていたかもしれぬな。新たな秩序を生もうとしたミリティアの前に、俺が作った壁が立ちはだかったのなら、皮肉な話だ。

「彼女は諦めず、この地に、エンネスオーネだけを送りました」

　エンネスオーネを撫(な)でながら、生誕神は言う。

「この子は、まだ生まれてはいない、生まれかけの秩序です。この子をわたくしの権能で生誕させてほしいというミリティアからのメッセージだと思いました」

　優しい母のように、ウェンゼルはエンネスオーネを見つめる。

「エンネスオーネに、わたくしは精一杯の力を注ぎました。そうして、エンネスオーネの秩序は芽吹き、この芽宮神都フォースロナルリーフが誕生しました」

「んー、なんでエンネちゃんを誕生させようとしたら、街ができちゃったんだ？」

エレオノールが疑問を浮かべる。

「痕跡神が有する痕跡の大地や、ナフタの限局世界のように、エンネスオーネの秩序が具現化し、できた神域が、この都というわけだ」

「魔王アノスの言う通りです。しかし、生誕神の秩序をもってしても、エンネスオーネは依然として根源胎児のまま、生まれることができませんでした」

「なぜだ？」

「いくつもの理由が考えられます。まず第一にエンネスオーネの生誕が、現存する秩序に背いているということ。他でもない、この生誕神の秩序に。ですから、わたくしには、この子を完全に生むことができないのでしょう」

生誕の秩序に反する存在を、生誕神はその権能をもってしても生むことはできぬ、か。

「でも、ミリティアは世界を優しくするために、エンネスオーネの秩序を創造しようとしたのよね？　それが、生誕神の秩序に反するってちょっと矛盾してる気がするわ」

サーシャが言う。

「あー、確かに、そうだぞ。生誕神の秩序は、アベルニユーみたいに危ないものにも思えないし、そこのところってどうなのかな？」

エレオノールが生誕神に問いかける。

「生命や根源の生誕を司るのが、生誕神。生物が胎内に子を宿すのは、生誕神ウェンゼルの秩序によるもの」

「……それに反してるって、逆によくない秩序のような気がしてくるぞ？」

エレオノールが疑問を浮かべると、エンネスオーネが悲しげに視線を落とした。ゼシアが振り返り、じとっとエレオノールを睨む。

「エンネ……いじめ……ですか……？」

「ちっ、違うぞ。エンネちゃんがどうとかじゃなくて、エンネちゃんの秩序の話だからっ。ほら、破壊神だって、むちゃくちゃぶっ壊すひどい秩序だけど、サーシャちゃんは酔わなきゃ人畜無害だぞ」

「一言余計だわ……」

サーシャの白い視線がエレオノールに突き刺さる。小さく手を上げ、ミーシャが言った。

「エンネスオーネを創造したのは、本当にミリティア？」

ミリティアとウェンゼルは、壁に隔たれ会うことができなかった。ミリティアを騙る何者かが、エンネスオーネを送り込み、ウェンゼルを騙そうとした可能性は考えられる。

「エンネスオーネは《創造の月》アーティエルトノアによって創造され、この地に届けられました。ミリティア以外に、それができる神族はいません」

アルカナも使えるには使えるが、まあ、代行者の身では秩序を変えるほどの力は引き出せまい。

彼女がそれをするとも思えぬ。

「つまり、エンネスオーネは生誕神の秩序に反するが、世界を優しくするための秩序だと？」

「……どんな秩序なのか、全然見当もつかないんだけど……？」

サーシャがそう言いながら、頭を悩ませる。

「エンネスオーネが生誕せぬ他の理由はなんだ？」

「堕胎神アンデルク。堕胎の秩序が、エンネスオーネの生誕を妨害し、彼女を死産させようとしています。そして、それはエンネスオーネが、この世界にとって望まれぬ命であることを表しています」

「堕胎神の役目は、世界の秩序を乱すものの誕生を抑止すること、といったところか？」

　俺の問いに、ウェンゼルはうなずいた。

「その通りです」

「しかし、それは妙なことだな。堕胎神アンデルクと生誕神ウェンゼルは相反する存在ではないのか？」

　一瞬の間の後、ウェンゼルは言った。

「確かに、わたくしはアンデルクと相反する秩序ですが……？」

「エンネスオーネの生誕は、堕胎神の秩序にも、生誕神の秩序にも反している。相反する二つの秩序に反しているとは、それはなんだ？」

　数秒間、沈黙がそこに訪れる。

「……わかりません……。あるいは、エンネスオーネは、ありとあらゆる秩序から歓迎されていないのかもしれません……言うなれば、この世界そのものが、彼女の誕生を忌避しているのでしょう……」

　ミリティアがこの地へ来られなかったのも、創造神の秩序がエンネスオーネの誕生を拒否したためだ。あながち間違いでもないだろう。

「神族が不適合者と呼ぶ俺よりも、エンネスオーネの生誕は避けねばならぬと？」

「……はい……」

秩序と秩序は互いに密接に絡み合っている。創造がなければ破壊がないように、生誕がなければ堕胎もない。すべての秩序は言わば、世界を循環させるためのものであり、その循環を乱すのが、エンネスオーネか。そう考えると奇妙にも思えてくる。神族というのは、それぞれ固有の秩序と固有の意識を持ちながらも、あたかも全体で一つの秩序として振る舞うのか？

「それに関係しているのかは定かではありませんが、エンネスオーネは不完全な状態でしか生まれません。彼女には、足りないものがあるのです。それがなんなのか、きっとミリティアは知っていたのでしょう。そして、恐らく――」

「エンネスオーネ自身がそれを知っているはず、か？」

ウェンゼルはうなずく。

「あなたがいずれ、神々の蒼穹へ向かうことを知っていたのもエンネスオーネです。それはミリティアが託した言葉でしょう。彼女が不完全でも産まれることができれば、きっと、ミリティアのメッセージを完全に思い出すはずです」

「ならば、話は簡単だ。エンネスオーネを産み、足りないものを見つけ、彼女を完全な秩序にすればよい。それで世界は今よりも優しくなる」

俺は魔法の檻に手を伸ばす。

「下がっていろ。檻を壊してやる」

「いえ。ここにいれば、堕胎神アンデルクがまたやってきます。わたくしはもう一度、彼女と話し合い、説得してみようと思います」

「話し合いの余地があるのか？」

「……それは、わかりません。それでも、わたくしは彼女の姉なのです。アンデルクが秩序に背こうという感情に目覚めれば、彼女を滅ぼさずとも、エンネスオーネを誕生させることができるはずです……」

裏を返せば、堕胎神は感情らしい感情を持っていないということだ。

「説得できなければ？」

覚悟を決めた顔で、生誕神は言う。

「……そのときは仕方がありません。滅ぼしましょう……魔王アノス、あなたもどうか、アンデルクと相見（あいまみ）えた場合は、情けをかけませんように……」

『……だめだよっ……!!』

声を上げたのは、エンネスオーネだ。視線を向ければ、真剣な口調で彼女は言った。

『……だって、堕胎神は滅ぼしちゃいけないって、ミリティアが言ってたよ……！』

§29.【エンネスオーネの謎】

その場の空気が、疑問に包まれていた。サーシャは表情を険しくして考え込み、ミーシャは瞬（まばた）きをした後、小首をかしげた。最初に口を開いたのは、エレオノールだ。

「堕胎神の秩序のせいでエンネちゃんが生まれないのに、堕胎神を滅ぼしちゃいけないってどーいうことだ？」

『……わからないけど、でも、エンネスオーネの記憶はそう言ってるの。堕胎神アンデルクは、滅ぼしちゃいけないって……』

「……アンデルクは説得できるってことかしら？　本当は良い神様とか？」

サーシャが言うと、ウェンゼルは心苦しそうな表情を浮かべた。

「堕胎神アンデルクは、己の秩序に忠実な神族。わたくしやミリティアとは違い、それに逆らおうという意思を持ってはいません……」

「でも、ウェンゼルは説得できると思ってるのよね？」

一瞬、ウェンゼルは答えあぐねる。

「……アンデルクが自らの感情に目覚めるのなら、それが一番とは思っています。けれども、そのことに囚われてはいけません。なにより優先するべきはエンネスオーネを産むこと。どうか、この世界がもう少しだけ優しくなりますように」

覚悟を示すように、生誕神ウェンゼルは言った。

「それがミリティアと、そしてわたくしの願いです」

「んー、じゃ、ますますわからないぞ？　どうして、ミリティアは堕胎神を滅ぼしちゃいけないって言ったんだ？」

人差し指と首を同時に傾け、エレオノールは不思議そうな顔をしている。

「恐らく、ミリティアはわたくしを気遣ったのでしょう。同じく妹を持つ姉として、アンデルクを手にかけなければならないわたくしの心情を、彼女は察してくれたに違いありません」

小さく息を吐き、彼女は残念そうに言った。

「けれども、アンデルクは、ミリティアの妹アベルニユーと違い、聞き分けがありません」

友の妹を滅ぼすことを、ミリティアは避けたいと思っていた、か。あり得る話だが、本当にそれだけか？　別の意図があった可能性もあるだろう。

「いくら暴虐の魔王といえども、神族の感情を目覚めさせることはできないでしょう？」

「なに、それならばすでに試したことがある。造作もないぞ」

あっと驚いたようにウェンゼルは口を開き、目を丸くする。

「……アンデルクの感情を、目覚めさせることが？」

「目覚めさせるだけならな。少々手荒な真似をするかもしれぬが？」

こくりとウェンゼルはうなずく。

「滅ぼさずに済むのなら、願ってもないことです」

「ミリティアが俺にそれを期待していたというのなら、話は簡単だが」

ミーシャが俺の方を向き、口を開く。

「断定できない？」

「さすがにな」

「だけど、アンデルクの感情が目覚めたら、戦わなくてよくなるのよね？　秩序はなるべく滅ぼさない方が、色々面倒臭いことも少なそうだし……」

そう言ったサーシャに、俺はゆるりと視線を向けた。

「……違うの？」

「感情が目覚めたところで、秩序に逆らうかはわからぬ。ノウスガリアとて、俺の前では最後、恐怖を覚えた。しかし、到底心を入れ替えたようには見えなかったな」

ウェンゼルに視線を移し、俺は言葉を続けた。

「とはいえ、アンデルクが味方になる可能性もあるわけだ。今はウェンゼルを無理矢理この檻から出さぬ方がいいだろう。事を荒立てず、堕胎神を待つ。現れたなら、まずはウェンゼル、お前が説得を試みろ。神族が秩序に抗う鍵は、愛と優しさだ。それを目覚めさせる可能性が高いのは、姉であるお前をおいて他にはいまい」

「……わかりました……」

「あまり気負うな。だめなら、後は俺に任せればよい」

万一、滅ぼすことになるのだとしても、ウェンゼルにやらせるわけにはいくまい。

「堕胎神はいつここへ戻る？」

「わかりません。それほど長い時間待つことはないと思うのですが、恐らく二、三日ほどで」

「じゃ、どうしようかしら？　その間に、アベルニユーが落書きした石板を探す？」

サーシャがそう提案する。

「いや。本当に堕胎神の秩序があることでエンネスオーネが産まれぬものか、先に確かめる。存外、そんなものはねじ伏せればどうにかなるやもしれぬ」

「また無茶苦茶言ってるわ……」

「あー……でも、アノス君だと本当にできるかもしれないぞ」

サーシャとエレオノールが、半ば呆れ気味の視線を送ってくる。それを軽く受け流し、俺はウェンゼルに問うた。

「エンネスオーネが生まれない他の理由は？」

「後は一つだけ。彼女は生まれるために必要なものを、奪われてしまいました」

と、ウェンゼルが答える。

「ふむ。それはすでに聞いたな。心ない人形、魔力のない器、体を持たない魂魄か」

彼女はうなずく。

「この街のどこかにあるとのことだが、在処はつかんでいるのか？」

「心ない人形は屋根のない屋敷の中に入れられ、魔力のない器は扉のない店に並べられ、体を持たない魂魄は墓標のない墓地に埋められています」

そういえば、来る途中におかしな建物をいくつか見かけたな。

「そこまでわかっていて手が出せぬのは、その前に堕胎神にやられたか？」

「それもありますが、本物がどれなのか、わたくしの神眼でも見抜くことができないのです」

「というと、一つではないと？」

「はい。屋根のない屋敷は、このフォースロナルリーフにいくつもありますが、その中に必ず心ない人形が存在します。魔力のない器や、体を持たない魂魄も同様です。それらは発する魔力の波長などがすべて同一のものにしか見えないため、見分けることも難しいのです」

『……エンネスオーネにも、どれが本物かわからないの……』

エンネスオーネの秩序が具現化しているのがこの街だ。つまり、産まれるために必要なものを奪われたというのは、彼女の秩序が歪められたに等しい。自ら手出しをして産まれることができるのならば苦労などしまい。

「それに、あそこには、堕胎の番神がいるから……」

「それだけわかれば十分だ。まずはその三つを揃える。ミーシャ、サーシャ」

ミーシャはぱちぱちと瞬きをして、サーシャが窺うように俺を見た。

「お前たちはここに残れ。なにをすべきかはわかっているな？」

ミーシャがこくりとうなずき、

「堕胎神に気がつかれないように、ウェンゼルを見守れってことでしょ」

と、サーシャが言った。

「最悪、俺が来るまで時間を稼げればよい」

「しかし、魔王アノス。たとえ、相反する秩序だとしても、神族が神族を滅ぼすことはありません」

ウェンゼルが言う。

「通常ならばな。エンネスオーネの誕生が近づけば、そうはいかぬ。生誕神の喪失とエンネスオーネの生誕を秤にかければ、奴らはより秩序が乱れぬ方を選ばざるを得ないはずだ」

俺は生誕神に魔眼を向け、そこから溢れる魔力を見つめた。

「お前は今も、エンネスオーネを生誕させるために、その権能を使い続けているな？」

「はい」

「ならば、今お前が滅びれば、エンネスオーネは産まれまい。仮に堕胎神の感情を目覚めさせられよう」

ることに成功したとして、それが良い方向に働くとは限らぬ。凶行に及ぶといったことも考え

一瞬考えた後に、ウェンゼルはまた口を開いた。

「……わかりました……あなたの言う通りにしましょう、魔王アノス……」

「よーし。じゃ、ボクとゼシアとアノス君で、エンネちゃんをがんばって産みにいくぞー」

エレオノールがそう言うと、ゼシアとゼシアが意気込みを見せる。

「エンネ……ゼシアたちに……任せてください……！　魔王軍は……不敗、です……！」

『うん。ありがとう、お姉ちゃん』

ぎゅっとゼシアの背中につかまるエンネスオーネ。瞬間、彼女は猛烈な勢いで走り出した。

「……ゼシアが……行きます……！　お姉さん……です……！」

「あ、こらっ、ゼシアッ！」

慌ててエレオノールが後を追いかけていく。

「魔王アノス、もう一つだけ」

踵を返そうとすると、ウェンゼルが言った。

「もしも堕胎神を滅ぼすことになったら、そのときはできるだけ早く、彼女が滅した後、一日が経つ前に、エンネスオーネを産んであげてください」

「なぜだ？」

「堕胎と生誕は、裏と表の秩序。堕胎の秩序が消失すれば、整合が崩れ、世界は生誕に傾くでしょう。生誕の秩序が強くなりすぎれば、エンネスオーネは望まれない形で産まれることにな

るかもしれません」

一つの歯車が狂えば、全体の動きが乱れる。ややこしいものだ、秩序というものは。

「わかった。まあ、一日もあれば十分だ」

「それからウェズネーラのこと、ありがとうございます」

ここまで鎖で引きずってきた緊縛神に視線をやる。

「なんの話だ？」

「その子がわたくしを慕っていたから……わたくしが、その子の身を案じていたから、滅ぼさないでおいてくれたのでしょう？」

笑みを湛え、生誕神は言った。

「ごめんなさい。迷惑をかけてしまって。ウェズネーラはまだ赤ちゃんみたいなもので、独占欲が強すぎるんです。きっと、良い子に育つと思うのですが……」

まあ、少々歪んではいるものの、緊縛神が持っていたのは紛れもなく母への愛情だ。こいつは自らの秩序に逆らうことのできる神族だろう。

「なに、ちょうどよい鎖があったのでな。滅ぼすよりも手っ取り早かったにすぎぬ」

僅かに、ウェンゼルは笑声をこぼす。

「魔王アノス。やはり、あなたはミリティアが言った通りの人ですね」

そうして、祈るように彼女は言った。

「きっと、あなたなら、ミリティアの願った優しい秩序を、エンネスオーネを生んでくれると信じています」

「ウェンゼル。そういえば、聞き忘れたことがあった」

「なんでしょう？」

俺はサーシャを指さす。

「そこのサーシャは破壊神アベルニユーの生まれ変わりだ。そして、彼女が思い出した記憶によれば、ミーシャはミリティアの生まれ変わりかもしれぬ」

サーシャに向けていた指を、今度はミーシャに向ける。

「なにかわかるか？」

ウェンゼルはじっとミーシャに神眼を向ける。しばらくして、彼女は首を左右に振った。

「創造神の秩序は感じられません。それがなければ、判別はつけられないのです」

「そうか。まあよい」

踵を返し、背中越しに俺は言った。

「時間があれば、ミリティアの思い出話でもしてやってくれ。なにか思い出すやもしれぬ」

§30．【創造神の思い出】

俺が宮殿から去ったすぐ後のことだった。

「……えーと、それじゃ、どうしようかしら？」

檻の中にいるウェンゼルに視線を向け、サーシャが言う。その様子を俺はミーシャの魔眼を通して見ていた。

「とりあえず、この緊縛神をどうにかしなきゃだめよね？　縛ったままじゃ、堕胎神が戻ってきたときに怪しまれるし……」

　鎖に巻かれ、床に転がっている緊縛神ウェズネーラにサーシャは視線を落とす。

「どこかに隠す？」

　ミーシャが尋ねる。

「それしかないわよね……？　でも、姿が見えなくても、怪しまれるかしら？」

「堕胎神アンデルクが今日、戻ってくることはないでしょう。もう少し、このままにしておいていただけますか？」

　そう口にしながら、生誕神ウェンゼルは檻の隙間から手を伸ばす。指先から魔力が発せられると、ふわりと緊縛神が浮き上がり、鉄格子の前に引き寄せられた。彼女は、ウェズネーラの頭を優しく撫でる。五感を縛られているため、殆ど感触はないはずが、ウェズネーラは僅かに安堵の表情を覗かせる。

　サーシャがミーシャに視線を向けると、彼女はこくりとうなずいた。

「わかったわ。もうちょっとだけね」

「ごめんなさい。この子は、本当はとても優しい良い子なんです。信じてはもらえないかもしれませんが……」

「信じる」

　ミーシャが淡々とした口調で言った。感情の動きに乏しい彼女だが、その瞳の奥には確かに優しい色が見える。ふんわりとウェンゼルは頬を緩ませた。

「ミーシャ、と言いましたか。そういうところは、ミリティアのようですね」

ぱちぱちとミーシャは瞬きをする。

「似てる？」

「ええ。とてもよく。創造神の秩序は伴っていないようですが、アベルニユーが思い出した記憶の通り、あなたはミリティアなのかもしれませんね」

サーシャとミーシャは顔を見合わせた。

「変な感じ」

「わたしも、破壊神だってわかったときは、そんな気持ちだったわ」

二人はまたウェンゼルの方を向く。

「どんな人だった？」

ミーシャの問いを受け、過去に思いを馳せるようにウェンゼルは遠い目をした。

「口数の少ない、優しい神でした。彼女はよく、神界から地上を見ていました」

「神界って、ここから更に遠いところよね？　神界の門をくぐったら、次元も違うんだし。神族ってそんなところから地上を見られるの？」

不思議そうにサーシャが尋ねる。

「ミリティアは創造神。この世界を創りし秩序なのです。地上も蒼穹も地底も、彼女の庭のようなもの。創造神ミリティアが望みさえすれば、世界をあまねく見渡せるでしょう」

「それでミーシャは、魔眼がいいのかしら？」

ふと気がついたように、サーシャは言った。ミーシャは小首をかしげる。

「そんなには見えない」

「……たぶん、わたしと同じで、どこかに秩序を置いてきたってことよね？　ウェンゼルにも創造神の魔力が感じとれないし、《創造の月》も、ミーシャは使えないし……」

ぱちぱちとミーシャは二回瞬きをした。

「わたしがミリティアなら」

すべてではないにせよ、破壊神の記憶を取り戻したサーシャと違い、ミーシャはなにも思い出してはいない。実感が湧かぬのは当然と言えよう。

「そうよね……まだ確定じゃないし……」

サーシャはうーん、と頭を悩ませた後、はっとしたように顔を上げた。

「あ、ごめんなさい。えっと……なんだったかしら……？」

気まずそうにサーシャが言う。ウェンゼルは穏やかに微笑み、また口を開いた。

「ミリティアは、よく見える神眼を持っていました。ですが、それゆえに、彼女は世界が残酷であることを誰よりも知ることになってしまいます。地上を見つめながら、心を押し殺したような表情で、神々の蒼穹に佇んでいた姿を思い出します」

そんな彼女を、ウェンゼルは見守っていたのだろう。彼女の言葉の端々から、ミリティアへの愛情が伝わってくるような気がした。

「長い間、彼女は世界を見守り続けてきました。創造の秩序である彼女の役目は、この世界を創ったことで殆どが終わっており、彼女には見ることぐらいしかできなかったのです。わたくしは一度、尋ねたことがあります。どうして、そんなに世界を見続けているのかと」

「なんて答えた？」

ミーシャが問う。

「優しくない世界を創ってしまった、とミリティアは言いました」

その言葉に感じ入るものがあったか、ミーシャが俯き、じっと考え込む。

「わたくしたち神は、この世界の秩序は、流れゆく川のようなもの。その水を途中で分水することはできても、本流が変わることはなく、ましてそれは堰き止められるほど穏やかな流れでもありません」

悲しげな瞳をしながら、ウェンゼルは言った。

「それでも、彼女は……ミリティアは、願ったのです。優しい世界が生まれるようにと。そうして、創造されたこの世界では人間や魔族が、また他の種族が互いに争い、傷つけ合いました。同じ人間同士、魔族同士ですら、諍いの種が消えるときはありません。世界は常に戦火に曝され、血と叫び声が絶えることのない地獄のような場所でした」

僅かに震えるミーシャの手を、サーシャがそっと握る。

「目を逸らさないことが、彼女にできた唯一の贖罪だったのでしょう。誰かの悲しみを共有することだけが、地獄を生み出してしまった自らへの罰だったのです」

「ミリティアがそう言った……？」

ミーシャの問いかけに、ウェンゼルは首を左右に振った。

「そうは口にしませんでした。けれども、わたくしはこれだけは確信をもって言えます。彼女は、とても優しい神でした」

言わぬだろうな、ミリティアは。そんなことを口にする資格さえないと自らを責め続けたのだろう。何千年、何万年、何億年か知らぬ。創世のときよりずっと、彼女は言い訳をせず、世界をただ見続けてきたのだ。

「冷たく残酷な世界を見続けたミリティアは、けれどもある日、朧気な希望を見つけました」

じっとウェンゼルの瞳を覗き、ミーシャは口を開く。

「アノス……？」

「ええ、そうです。神を打ち破るほどの力を持った暴虐の魔王。秩序を覆す理不尽の権化、魔王アノス。神々にとって天敵といってもいい彼は、しかし、ミリティアにとっては微かな、ほんの一筋の光だったのです」

当時のことを思い出すように、ウェンゼルは言う。

「恨まれていると思っていた、とミリティアはわたくしに話してくれたことがあります。実際、魔王アノスは、創造神を許せずにいたでしょう。彼にしてみれば、わたくしたちは命を弄ぶような存在でしかなかったのですから。彼女も弁解することはなかったでしょう。神々を滅ぼし、魔王が新たな世界を創るのなら、それが一番良いと思っていたのかもしれません」

ミリティアの考えそうなことではある。

「だから、ミリティアは地上など見ていなかったように振る舞い、ただ創造神の秩序として、魔王の前に降りました」

「……アノスは滅ぼさなかった……」

ミーシャの言葉を、ウェンゼルが首肯する。

「語り明かした、とミリティアは言いました。いつものように無表情で、淡々と、だけど、とても嬉しそうに。ほんの微かな光が、暗闇にいた彼女を確かに照らしたのでしょう。やがて、魔王はミリティアに平和への協力を申し出ました」

「それが、世界を四つに分ける壁？」

「はい。人間、魔族、精霊、そして神さえも魔王が作った壁で隔てられました。そうして、長い長い争いの連鎖が、このとき、ようやく止まりました。世界が誕生して幾星霜の夜を経て、今初めて、本当に初めて、信じられないほどの平和が地上に訪れたのです」

熱のこもった口調でウェンゼルが言う。彼女にとっても、それは待ち望んだ出来事だったのだろう。一方で、それを耳にしたサーシャは、あっと驚いたように口を開けていた。

「……ちょっと、待って。じゃ、なに？　ほんの二千年前まで、ずーっっっと人間や魔族は争い続けてきたっていうの？」

「一つの種族が滅び、生命の数が減って、争いが小康状態に陥ったことはあります。けれども、潜在的な火だねが絶える日は訪れなかったのです。わたくしたちからしてみれば、今、この世界は、不自然なほどの奇跡の中にあります」

「……今が……世界が始まって以来の平和だったなんて……」

呆然とサーシャが言葉を漏らす。

「アノスらしい」

ミーシャの言葉に、サーシャは呆れたような笑みを返す。

「恐らくではありますが、ミリティアはこの平和がまだ完全なものではないと考えたのでしょう。ですから、エンネスオーネを創造したのだと思います」

ミーシャはぱちぱちと瞬きをして、ウェンゼルに尋ねた。

「秩序の整合？」

「ええ。平和をもたらすために、魔王アノスは破壊神の秩序を奪い去った。先程言ったように世界は不自然な奇跡の真っ直中にあります。ともすれば、今にも崩れそうな危ういバランスの上に、この平和は成り立っています。ですから、あともう一歩、真の平和をつかむためには、この世界の秩序を整えなければなりません」

ウェンゼルは、ミーシャをじっと見つめ、優しく微笑みかけた。

「ミリティアは、誰かに世界を任せ、自分だけ遠巻きに見ているような真似は決してしないでしょう。あともう一歩。もしも、あなたがミリティアなら、きっと記憶をなくした今も、それをつかむために戦っているのでしょうね」

じっとミーシャは考え込む。だが、わからないといったように首をかしげた。その様子を、ウェンゼルは温かい表情で見守っていた。しかし、ふいに深刻そうな視線を二人へ向け、彼女は口を開く。

「あなたたち二人には、説明しておかなければなりませんね」

「……待って……」

ウェンゼルの言葉を途中で遮り、サーシャが言う。

「思い出しそう……」

彼女の瞳が、創星のように蒼(あお)い光を放ち始めていた。今の話がきっかけになったか、破壊神アベルニユーの記憶が蘇(よみがえ)ろうとしているのだ。

「……アノス……」

魔法線を通して俺を呼び、サーシャは《思念通信(リークス)》にて、過去の記憶を送り込んできた――

§31. 【天父神と創造神】

それは、遥(はる)か遠(とお)い彼女の記憶――

月明かりが降り注ぐ、真夜中だった。王都ガイラディーテを守護する聖明湖(せいめいこ)。聖水が湧き出るその湖の上を、一人の男が歩いていた。黄金の髪と燃えるような赤い魔眼。背に光の翼を有したその神族は秩序を生む秩序、天父神ノウスガリアと呼ばれている。

「従え。聖なる水よ。神の言葉は絶対だ」

ノウスガリアが水面を踏めば、大きく湖に波紋が広がる。彼の足を避けるかのように、湖は渦を巻き、深い空洞を作った。その穴の中へ、天父神は浮遊しながら降下していく。やがて、湖の底が近づくと、そこへ視線を向けノウスガリアは言った。

「従え、大地よ。神の言葉は絶対だ」

ゴ、ゴ、ゴ、ゴゴ、と地響きが鳴り、地面が道を譲るように変形していく。渦を巻いたような穴が構築されると、そこへノウスガリアは飛び込んだ。下へ下へと下りていけば、次第にぼんやりとした明かりが見え始めた。音もなく天父神はその地に舞い降りる。辺りには、聖水で作られた水の球体――聖水球が大量に浮かんでいた。その中にある一際（ひときわ）大きな水の球へノウスガリアは視線を向ける。

「胎動よ、響け。今、新たな秩序がここに生まれる」

低く厳かな声が響けば、聖水球の中が淡い光で満たされる。中心には、小さな光の球があった。根源である。かつて人間だった者の根源。そこに聖水の力と天父神の秩序によって、強大な魔力が注ぎ込（こ）まれ、想像を絶するほどの力を放っていた。

「天父神の権能をもちて、憎悪（ぞうお）とともに生きし人間よ、汝（なんじ）、新たな魔法秩序の名を授ける。《魔族断罪（ジェルガ）》、《根源母胎（エレオノール）》。二つの理、二つの力をもちて、汝（なんじ）ら魔王を滅ぼし、その子孫どもを殲滅（せんめつ）せん」

周囲の聖水球に立体魔法陣が描かれ、その根源へ魔法線がつながる。夥（おびただ）しい魔力が注ぎ込（こ）まれ、中心の聖水球は星のように瞬（また）いた。

やがて、その淡い光の球――ジェルガの根源は二つに分けられた。

「魔王を恨め、魔族を恨め。この世界の枠から外れた不適合者を、未来永劫（えいごう）を恨み続け、その存在を決して許すな。これが、世の理。摂理なり。すなわち、《魔族断罪（ジェルガ）》の魔法秩序」

僅かに、ノウスガリアは笑みを覗（のぞ）かせる。

「かくて《根源母胎（エレオノール）》は、命を育む。神の分身、見せかけの根源、心なき殺戮（さつりく）の兵士、すなわちそれこそが、紀律人形（きりつにんぎょう）ゼシアなり」

天父神の光の翼が広げられ、黄金の魔法陣を聖水球に描く。

「滅ぼせ、暴虐の魔王を。滅ぼせ、ディルヘイドの魔族を。奴が生まれ変わる器という器をすべて滅ぼし、その根源を永遠に彷徨わせよ。神の言葉は――」

黄金の魔法陣を覆うように、更に魔法陣が幾重にも重ねられ、それが球状の立体魔法陣を構築していく。金色の粒子が、天に昇って漂い始める。ノウスガリアは仰々しく両手を掲げた。

「――絶対だ！」

「それは違う」

遙か彼方から、白銀の光が降り注ぐ。神の刃が振り下ろされるが如く、黄金の球体魔法陣が真っ二つに斬り裂かれた。天父神が、目の前を睨む。ひらり、ひらり、と、そこへ舞い降りたのは、一片の雪月花。いつのまにか、空には《創造の月》アーティエルトノアが輝いていた。

「神は絶対じゃない」

静謐な声を発し、雪月花とともにそこへ降臨したのは、長い銀の髪を持つ少女、創造神ミリティアだった。彼女は、その瞳をまっすぐノウスガリアへ向ける。

「ははっ」

天父神は乾いた笑いを漏らす。それはどこか感情に欠けていて、ただ無機質に響き渡った。

「世界を創りし、創造の神よ。君は秩序に従い、魔王の体と根源を切り離すことに成功した。アノス・ヴォルディゴードに取り入り、味方をするフリをして、魔王を転生させた」

ゆっくりとノウスガリアは、ミリティアへ近づいていく。

「神の計画は絶対だ。《魔族断罪》と《根源母胎》、二つの魔法にて、枠から外れた不適合者の運命は、再び秩序の内側に定められた」

「転生前なら、魔王を滅ぼせるとあなたは思った」

ノウスガリアは不敵な笑みを覗かせる。

「天父神だけではなく、あらゆる秩序がそう判断した」

「それは間違い」

静かにミリティアは言った。

「君は――創造神の秩序は、この方法では、魔王を倒せないと言うのかな？」

彼女は首を左右に振る。

「《魔族断罪》も、《根源母胎》も、優しくない。誰かを傷つけるだけのこの秩序は、間違っている」

「ははっ」

再び乾いた笑いを漏らし、天父神は言った。

「神は間違いを犯さない」

「正しいと思うの？」

無機質な声で、けれども悲しげにミリティアは問うた。

「二つの魔法が、なにを生むか、あなたにはわからない？」

「それは理であり、秩序だ。そして、明日も世界は正しく回り続ける。神の摂理は絶対だ」

「生まれるのは秩序ではなく悲しみ。理ではなく悲劇。涙を生む秩序は正しくなんかない」

「神に悲しみはない。それはただの秩序であり、この世界をあるべき形に保ち続けるためのもの。悲しみは神の責ではなく、それは小さき者たちに課せられた宿命だ」

悲しい瞳で、ミリティアはノウスガリアを見据える。

「……ごめんなさい……優しく創ってあげられなくて……」

創造神は瞬きを二回する。一度目でその瞳が白銀に染まり、二度目で《創造の月》アーティエルトノアと化した。

「優しい秩序」

小さく言葉をこぼし、ミリティアは、聖水球の中にあった根源を優しく見つめる。そのうち一つが、白銀の月明かりを纏い、ゆっくりと聖水球の外へ出た。ふわふわと浮かぶ光の球は、ミリティアのもとへ移動しては、その手に収まった。

「ああ、そうか。理解したよ。君はもう狂ってしまったのか」

「狂っているのは、あなた」

ミリティアの言葉を「ははっ」と一笑に付し、天父神は言った。

「救済しようか。創造神、暴虐の魔王に乱されし歪んだ秩序よ。天父神の力を受け、元の姿へ戻るがよい」

ノウスガリアの魔眼が赤く輝き、彼は両手に白銀と黄金、二つの炎を立ち上らせる。

「神の双炎に裁かれよ」

瞬間、白銀の炎と黄金の炎がミリティアを包み込む。ゴオオオオオォォォと音を立てて炎が激しい渦を巻いた。しかし――

「氷の結晶」

ミリティアが一瞥すると、瞬く間に彼女の周囲の炎が凍りつき、粉々に砕け散った。

「神剣ロードユイエにて審判は下される」

ノウスガリアの周囲に無数の炎が立ち上り、それらが次々と黄金に輝く神剣ロードユイエに変化していく。

「魔王に歪められし、愚かなる秩序、創造神ミリティア。不憫なり。この神の刃にて、狂いし神の心を討とう」

勢いよく射出され、前後左右上下から襲いかかる無数のロードユイエを、くまなく視界に入れ、ミリティアはその瞳から、白銀の光を煌めかせる。

「《源創の神眼》」

瞬きを一度。その瞬間、ロードユイエの進行方向が変わり、刃と刃を交差させる。ガシャン、ガシャン、と音を立てながら、すべての神剣が一点で交わっていき、やがて光に包まれた。

「氷の世界」

光の中から現れたのは、小さなガラスの球体。あたかもそれは魔法模型のようで、内側には雪が降る氷の世界が構築されている。光が広がり、雪月花が吹雪のように舞い散った。

「……む……ぐ……!!」

ノウスガリアの体が、その小さな氷の世界の模型に吸い込まれていく。抗おうと、天父神の魔力を振り絞っても、僅かに吸引が遅れるのみだ。

「しばらく、そこで大人しくしてて」

「ははっ」

下半身をすべて吸い込まれながらも、ノウスガリアは右手を開いて見せる。そこには、先程二つに分かれた根源の内の一つがあった。聖水球からつかみとっていたのだろう。

「《魔族断罪（ジエルガ）》の秩序はこの手に。そして、君の権能では《根源母胎（エレオノール）》を創り変えることはできない。遅いか早いか、それだけの違いにすぎないだろう。秩序を生む秩序をいつまでもこんなところへ閉じ込めておけば、この世界はまともに機能しない。君もそれをわかっている」

更に体が吸い込まれ、顔と手だけをかろうじて出しながら、ノウスガリアは勝ち誇ったように言う。

「魔王は滅びる。世界は変わらない。神の秩序は絶対だ」

ガラス玉の世界へ、ノウスガリアは完全に飲み込まれた。ミリティアは、それに目もくれず、手にした淡く光る根源を、そっと胸に抱く。

「彼の言う通り。わたしは、あなたを助けられない」

夜空に輝くアーティエルトノアから白銀の光が創造神に降り注ぐ。それに誘われるかのように、彼女はゆらりと空へ浮かんでいく。

「だけど、できるだけ、優しく生まれるように」

《源創の神眼》にて、ミリティアはその根源を優しく見つめる。半分に分けられた根源が補われるように、新しい根源が創造され、そこに融合した。

「二千年、待ってほしい。きっと、その悲劇からあなたを解き放つ人がやってくるから」

優しく、ミリティアはその根源を放した。それは、《根源母胎（エレオノール）》の魔法陣を描き、上下へ目映（まばゆ）い光の柱を立てた。魔眼に優れたものとて、殆（ほとん）どのものは見えぬ秩序の光である。その輝きは、天地を支える支柱を彷彿（ほうふつ）させた。空へと浮かび上がっていったミリティアの周囲は、いつしか真っ黒な空になっていた。そこは生命の辿り着けない黒穹と呼ばれる場所。目の前には、魔王城デルゾゲードの下層部が浮かんでいる。

「アベルニユー」

ミリティアの手の平に雪月花が舞い、それが小さな球体――創星エリアルに変わる。妹に記憶を渡すかのように、彼女はデルゾゲードにその創星を放った。

「あなたの願いを叶えてあげる。最後まで、会うことはできなかったけど、心はいつもそばにあった」

蒼白い光を放ちながら、ゆっくりとエリアルはデルゾゲードに溶けていく。

「やがて、世界は秩序を失い、混沌に飲み込まれる。それは始まり。優しい――始まり。そうであって欲しい」

妹に言い聞かせるように、創造神は告げる。

「もう一度、あなたは恋をして、そしてきっと思い出す。ここに希望を、エンネスオーネを遺していくから。魔王と一緒に見つけてあげて。それから――」

静謐な声で、ミリティアはそっと囁く。

「いつか平和が訪れたら、思い出して。わたしは、ここで戦っていた」

そっと、魔王城の外壁に指を触れ、ミリティアは言う。

「世界を優しく変えるために」

§32．【心ない人形】

ウェンゼルのいた宮殿を後にした俺たちは、芽宮神都フォースロナルリーフの往来を南下し、その門前に辿り着いた。中には庭園があり、その奥に屋根のない豪奢な屋敷がそびえ立つ。

「エンネ……ここ……ですか……？」

隣にいるエンネスオーネにゼシアが尋ねる。

『うん。ここに本物があるかはわからないけど……』

「んー、沢山、屋根のないお屋敷があったよね。どうやって本物を探せばいいんだ？」

エレオノールが、俺に丸投げすると言わんばかりにこちらを見た。

「ひとまず、物を見ぬことにはな。外から覗ければよかったが、あいにくとこの神域では魔眼の働きが阻害される」

頭の片隅には、ウェンゼルとの会話で思い出したサーシャの記憶が流れ始めた。それをエレオノールたちにも転送しておく。

「わおっ、なんか頭の中に見えるぞっ」

「また思い出したようだ。ながら見しておけばよい」

言いながら、庭門を開け放ち、俺は迷わず中へ入った。後ろからエレオノールたちがついてくる。周囲を軽く警戒するも、特に脅威は見当たらず、何事もなく屋敷の前に到着した。

扉を開ければ、ぎぃ、と古めかしい音が鳴った。

「あれ、暗いぞ？」

屋根はないが、上階が明かりを遮っており、屋敷の一階は薄暗い。

「照らし……ます……！」

ゼシアが魔法陣から光の聖剣エンハーレを抜き、屋敷内に明かりを放った。室内は不気味なほど綺麗だ。まっすぐ敷かれた赤い絨毯の先には階段があり、中二階へ続いている。絨毯の両脇には騎士の銅像が立ち並び、壁にはいくつもの絵画がかけられていた。人の気配はない。誰も使っていない屋敷ならば、埃ぐらいは被っていそうなものだが、床も銅像も階段の手すりも、磨き上げられたように輝いている。まさか番神が掃除をしているとも思えぬ。神域ゆえに、地上とは違い、汚れることはないのだろう。

「行くぞ」

絨毯の上を俺は歩き出す。

「そういえば、心ない人形って、どんな見た目なんだ？」

エレオノールが人差し指を立てて、首をかしげた。

「……これ……ですか……!?」

ゼシアがエンハーレで銅像を照らす。彼女は勇ましく、そこに魔眼を向けている。

『それはただの銅像なの』

頭の翼をぴくりと動かしながら、エンネスオーネが言った。

「……ただの……銅像でした……」

がっくりとゼシアが肩を落とす。

「エンネスオーネ、心ない人形の外見や魔力はわかるか？」

『普通に、人形だったように思う……でも、見たことはなくて……外見は一定じゃなくて、変化するかも……エンネスオーネも、心がない人形だってこと以外は詳しくわからないの……』

気落ちしたように、エンネスオーネの頭の翼がしゅんとする。とことことゼシアが回り込んで、彼女の正面に立つ。

「大丈夫……です……！　エンネ……ゼシアが、見つけます……！」

励ますように、彼女はぐっと拳を握る。

「落ち込むは……なしです……任せる……です……！」

すると、嬉しそうにエンネスオーネは微笑んだ。

「そういえば、ずっと気になってたんだけど、心ない人形っていうと、やっぱり心がないんだよね？　でも、人形って普通、心がないんじゃなーい？」

のほほんとした調子で、エレオノールが言う。

『……うん。でも、ただの人形じゃなくて、心ない人形なの……エンネスオーネの秩序は、そう言ってるから……』

「それって、どういうことだ？」

ゆっくりと彼女は首を横に振った。

『……わからないの……ごめんなさい……』

「……わかり……ました……！」

ゼシアがそう口にすると、エンネスオーネが驚いたように彼女を見た。

『ほんとっ……？』

「ゼシアは……いつも、思います……！　ジュースと言って……草のすり下ろしを……飲ませようとする人は……心ないです……！」

「そ、そうだとすると、性格が冷たいお人形さんってことなのかなー？」

エレオノールがおどけてゼシアの顔を覗き込むと、丸い瞳がじとっと彼女を見返した。

「あるいは、心がない、とあえて明言していることに意味があるのやもしれぬ」

「んー？　どういうことだ？」

視線から逃れるように、エレオノールがこちらへ戻ってきた。ゼシアが後ろからじとっと彼女に視線を送っている。

「心だけがない人形、すなわち心以外のなにかを持っている。もしくは、本来は心ある人形だったといったことも考えられよう」

階段を上り終え、中二階へ到着する。すぐ目の前には、大きな両開きの扉があった。

「なにか……書いてあります……！」

ゼシアがエンハーレで扉を照らす。そこに、張り紙がしてあった。エレオノールは、書かれている文字に視線を落とす。

「えーと？　『この部屋は、心以外をはね除ける――』」

――この部屋は心以外をはね除ける。

――相応しくないものが部屋に践み入れば、彼女の堕胎が進んでしまう。

——彼女は、ここから出られない。

——心ない人形は、屋根のない屋敷（やしき）以外では生きられない。

——心を入れて。その人形に心を。

——彼女が外で生きられるように。

一通り読んだ後、エレオノールはお手上げと言った調子で、両手を上げた。

「わーお、全然わからないぞっ？」

彼女は俺の方を見た。

「心ない人形とやらが、この部屋にありそうなことはわかったが」

言って、俺は両開きの扉に手をやり、それを開く。部屋の中心に、椅子が一つ置いてある。そこに、真っ白な人形が座っていた。服は着ておらず、精巧な造りとは言い難（にく）い。粗雑な魔法人形でも、もう少し人に寄せるだろう。

「今度こそ……心ない人形……です……！」

ゼシアがエンネスオーネの手を取る。

「エンネ……行きます……！」

『うんっ』

二人は手をつなぎ、部屋の中へ一歩踏み込む。

「待て」

《飛行（フレス）》で二人を引き止めるように浮かせれば、ゼシアとエンネスオーネの足が、宙をこぐ。

「なにかいるぞっ……！」

エレオノールが前方に魔眼を向ける。椅子に座った白い人形の奥――暗闇の中に、不気味に光る目が見えた。それも無数に。

「……コナ……イデ……」

カタカタと人形の口が動く。

「……ココロ、イガイは……ダメ……」

白い人形がそう言葉を発した瞬間、暗闇からバサ、バサッと翼をはためかせる音が響いた。ぬっと奥から現れたのは、巨大なクチバシと鋭い爪を持つ黒い怪鳥だ。そいつらは、白い人形を囲うように浮遊し、こちらにぎらりと視線を向けてくる。

『……堕胎の番神ヴェネ・ゼ・ラヴェール……』

身構えるように、頭の翼をきゅっと硬直させ、エンネスオーネが言った。

『……一回、逃げなきゃ……』

「ギィイイイヤアアアアッッッ！！！」

甲高い鳴き声を上げ、堕胎の番神たちが一斉に俺たちへ襲いかかってきた。

『逃げてっ!!』

エンネスオーネが叫んだ瞬間、矢の如く飛んできた怪鳥が闇に飲まれて弾け飛んでいた。彼女は呆然と口を半開きにする。《四界牆壁》。漆黒のオーロラを前方に張り巡らせ、突っ込んできた番神どもは、悉く消滅した。

「安心せよ。害鳥など、こうして網にかけてやればよい」

『……だめ……』

エンネスオーネがはっとしたように言った。

『……わかったの……堕胎の番神は、あの子を堕胎させるためにいるのっ……エンネスオーネたちは、この部屋に入っちゃいけないんだよっ……！』

暗闇から矢の如(ごと)く飛んだ怪鳥のクチバシが、椅子に座っていた白い人形に突き刺さる。

『あ……！　はっ、早く出なきゃっ……!!　そうしないと――』

次々と番神たちは白い人形に突っ込んでいき、それを貪り食おうとでもするように、ついばんでいく。

『やめ……だめっ……やめ……て……』

体を抱き、エンネスオーネは苦痛に表情を歪(ゆが)ませる。すると、ゼシアが彼女の両手をぎゅっと握った。

「エンネ……大丈夫……です」

「ギィイイイイヤァアアアアッッッ！！！」

怪鳥の姿をした番神どもが、甲高い鳴き声を上げる。それはまさに、断末魔の叫びだった。

「《魔黒雷帝(ジラスド)》」

漆黒の稲妻がエサにたかる怪鳥どもを撃ち抜き、一瞬にして焼き滅ぼす。黒い羽根が無数に宙を舞い、バサバサと音を立てて番神は床に落ちた。

『え……？　あ…………』

エンネスオーネが目を丸くする。彼女の視線の先には、無傷の白い人形とその傍(かたわ)らに立つ俺の姿があった。

「ほら、エンネ……お姉さんの……言う通り……です……！」

自慢するようにゼシアはえっへんと胸を張る。

『嘘……さっきまで隣にいたのに……いつあそこに……？』

「エンネ……それは……」

びっくりしたように頭の翼を仰け反らせるエンネスオーネに、ゼシアは少々背伸びをした口調で説明した。

「……いつのまにか……です……！」

「ゼシアー、お姉さんぶりたいのはわかるけど、中身が伴ってないぞー」

小声でエレオノールが助言している。ゼシアはこくりとうなずき、エンネスオーネに言い聞かせる。

「魔王……ですから……！　理屈は……なしです……！」

エレオノールはうーん、と首をかしげている。だが、エンネスオーネは表情を輝かせた。

『すごい……魔王ってすごいね……！』

「暴虐……です……！」

『暴虐……？』

「……暴虐、ですっ……！」

『……ふふっ、暴虐なの……』

ゼシアとエンネスオーネは顔を見合わせ、「暴虐」『暴虐』と笑い合う。とりとめもない会話だが、なんでも楽しい年頃なのだろうな。微笑（ほほえ）ましいことだ。

『……もしかして……』

そっとエンネスオーネが俺を見つめる。へその緒のように伸びる魔法線が、ぼんやりと淡い光を醸（かも）し出（だ）していた。

「……なにが……もしかしましたか……？」

エンネスオーネの頭の翼が、パタパタとはためく。彼女は首を左右に振った。

『……うぅん、まだわからないの……』

「……じゃ……見に……行きますか？」

ゼシアが椅子の人形を指さす。

『うん』

エンネスオーネとゼシアがこちらへ走ってくる。後ろからエレオノールが続いた。

「ふむ。しかし――」

俺は、椅子に座った人形に視線を落とす。

「どうやら、あの張り紙は、堕胎の番神のことを警告していたわけではなさそうだな」

白い人形は溶け始めている。番神を滅ぼした後もそれが止まる気配はなく、刻一刻と融解は進む。右腕の半分が、今にもなくなろうとしていた。

『あっ……は、早く止めなきゃっ……』

人形のそばまで走ってきたエンネスオーネが声を上げる。

「どう……しますかっ……？」

『……わからない……わからないけど……放っておいたら、消えちゃうの……』

切羽詰まったような調子でエンネスオーネが言う。

『……どうしよう……どうしよう……？　これは消しちゃいけないの。エンネスオーネに、大事なものなんだよっ……！』

慌てふためくように、パタパタと彼女の頭の翼がはためいていた。

「そう焦るな。来い」

俺は歩き出し、部屋の入り口へ戻っていく。

「えーと、アノス君、どうするんだ？　あれ、《時間操作》とかで止めた方がいいんじゃ？」

「ただの物体や見知った魔法ならともかく、起源のよくわからぬものは止められぬ。だが恐らくは、張り紙通りのことが起きているだけだろう」

「んー、どういうことだ？」

「まずは確かめる。全員、部屋から出ろ」

俺とエレオノールが部屋の外に出る。ゼシアとエンネスオーネも急いで走ってきていた。ゼシアが部屋から出て、エンネスオーネもそれに続いて扉をくぐろうとしたそのとき――

『あっ……！』

なにかに足をとられたか、彼女は床に倒れた。

「エンネッ……！」

心配そうにゼシアが声を上げる。

「大丈夫……ですか……？」

『うん。大丈――』

エンネスオーネがはっとしたように振り向く。

「あっ、直ってるぞ……！」

エレオノールが白い人形を指さす。

「ほら、人形の右手。さっきまでは溶けてたよね？」

溶けかけた人形の右手が回復魔法でもかけられたように、ゆっくりと復元していく。

「『相応しくないものが部屋に踐み入れば、彼女の堕胎が進んでしまう』というのは、これのことだろう」

「えーと、ボクたちが部屋に入ると、溶けるようになってるってことかな？」

エレオノールが尋ねる。

「ああ」

そう口にすると、エンネスオーネは慌てて部屋の外に出た。

「じゃ、彼女っていうのは、あの人形のことなんだ」

「『心ない人形は、屋根のない屋敷以外では生きられない』。恐らく、あの人形を外に持ち出せば、完全に溶けてなくなるだろう。張り紙が意味する『心』とやらを持ってきて、あれに入れてやれば、持ち出しできるようになる、といったところか」

「そっかそっか、じゃ、その心を探せばいいってことだっ！」

と、口にして、エレオノールはまた疑問の表情を浮かべた。

「……あれ？　でも、あの人形を持ち出してどうするんだ？　エンネちゃんを産むために必要な本物かどうかもわからないんじゃなかったっけ？」

「まあな。しかし、このフォースロナルリーフは、エンネスオーネの秩序が具現化したものだ。張り紙の文字は彼女の言葉に等しい。人形を外に出すことも、その秩序に意味があることに違いない」

言って、俺は踵を返す。

「心を探すぞ。順当に考えれば、体を持たない魂魄がそうか。魔力のない器の方も見ておいた方がいいだろう」

「了解だぞっ」

俺の隣に並び、エレオノールは言った。

「……アノス……」

つんつん、とゼシアが俺の足を指でつつく。

「どうした？」

「エンネが……言いたいこと……あります……」

見れば、エンネスオーネが、上目遣いで俺に視線を向けてくる。恥ずかしがっているのか、頭の翼が縮こまっていた。立ち止まり、俺は彼女の前にしゃがむ。

「どうした？」

『……あの、あのね……』

怖ず怖ずと、エンネスオーネは口を開く。

『……魔王アノスは……エンネスオーネのパパかもしれないの……』

予想だにせぬ言葉だった。

§33．【魔力のない器、体を持たない魂魄】

屋根のない屋敷を後にして、フォースロナルリーフの往来を歩いていく。

「墓標のない墓地より、扉のない店の方が近そうだな？」

尋ねると、『あ、うん……』とエンネスオーネは答える。扉のない店は、芽宮神都へ訪れた直後に見かけた。俺はひとまず、そこへ足を向ける。

「しかし、俺がエンネスオーネの父親か。記憶が完全ではないにせよ、神族の親というのは、にわかには信じがたいものだ」

ミリティアが絡んでいるのは確かだろうが、さてどんな経緯があったのやら？

「そんなこと言ったら、ボクだって、ずっと信じがたいぞ」

エレオノールが俺の隣に並ぶ。すると、ゼシアがぴたりと立ち止まる。

「……ゼシア？」

エレオノールが振り向くと、彼女ははっと閃いたような顔をしていた。

「……エンネのパパが……アノス……エンネは……ゼシアの妹……！」

両拳をぐっと握り、ゼシアは瞳をキラキラと輝かせる。

「……アノスは……ゼシアの……パパになりましたかっ……!?」

「わーお、なんか、すごい飛躍してる子がいるぞっ……！」

エレオノールがどう説明したものかといった顔で頭を悩ませ始めた。

「ゼシアは魔法で生まれている。強いて父親だというなら、天父神が一番それに近いか」

たちまち、ゼシアはショックを受けたように涙目になった。

「ノウスガリアは……嫌ですっ……！」

ぶるぶると髪を振り乱し、体を大きく左右に振りながら、彼女は全身でアピールする。

「ボクも、それはなんか嫌だぞ……」

苦笑しながら、エレオノールが言う。俺たちは再び往来を歩き始めた。

「しかし、疑問は尽きぬ。二千年前の俺が、平和のため、ミリティアと力を合わせ、世界に新たな秩序を生み出そうとした、というのは十分に考えられる話だが」

疑問の表情を浮かべるエンネスオーネに、俺は続けて言った。

「ミリティアが、エンネスオーネをこの場所へ送ったのは、俺が転生した後だ。それゆえ、ミリティアは《四界牆壁(ベノ・イエヴン)》に阻(はば)まれ、生誕神ウェンゼルに直接会うことができなかった」

同意を示すように、エンネスオーネはこくりとうなずく。

「しかし、俺がミリティアに協力していたなら、世界を四つに分ける壁を作る前に、生誕神のもとへお前を連れていけばよかっただけのことだ。記憶はないが、事情を知っていたなら、そんなマヌケな結果になるとは思えぬな」

「あー、そういえばそうだぞっ。普通に考えれば、ミリティアがエンネちゃんを創造したのは、アノス君が転生した後だよね？」

今気がついたといったように、エレオノールが声を上げる。俺が転生した後にエンネスオーネは創造された。つまり、俺は彼女の生誕には直接関わっていないはずだ。

するると、頭の翼をパタパタとはためかせ、エンネスオーネは怖ず怖ずと言った。

『……あのね……詳しいことはわからないけど……フォースロナルリーフの謎を解き明かしてくれる人が……エンネスオーネの深淵を深く覗いてくれる人が、パパだって……』

「ミリティアがそう言ったか？」

『……たぶん……エンネスオーネの秩序が……そう言っている気がするから………』

「ふむ。またそれは妙な話だな」

ミリティアは、エンネスオーネの秩序がまともには生まれぬことを知っていた。それゆえ、こうしてメッセージを残した、か？　俺にどうにかしてほしい、ということかもしれぬな。

「あ。あったぞ、扉のないお店だ」

俺たちは足を止める。その店には棺が描かれた看板が出ている。ぐるりと見回してみても、建物のどこにも入り口はない。窓はおろか、通気口すら存在しない。

「入れ……ません……！」

と、ゼシアが壁をドンドン叩く。エンネスオーネも真似をして、彼女の隣に立っては壁を叩いていくが、特になにも見つからないようだ。

「どこかにヒントでも隠されてるのかな？」

エレオノールが目に疑問を浮かべながら、こちらを向く。

「ああ、見つけたぞ」

「わおっ、相変わらず早いぞっ。さすが魔王様だ」

壁にかけられた店の看板を外せば、裏側に先程と同じように張り紙がしてあった。

「えーと、なになに、『この店は、適合した魔力を代金に器を売る』」


――この店は、適合した魔力を代金に器を売る。

――盗人が部屋に踐み入れれば、彼女の堕胎が進んでしまう。

――彼女は、ここから出たがっている。

――魔力のない器は、扉のない店以外では生きられない。

――魔力で満たして。その器に魔力を。

――彼女が外で生きられるように。


「屋根のない屋敷に書いてあったのと殆どおんなじだぞ？」

エンネスオーネとゼシアが俺を見上げた。

『どうすればいいの？』

「……ゼシアの魔力は……お代になりますか……？」

張り紙からすれば無理な気はするが、抜け道がないとも限らぬな。なにが起こるかも、見ておきたいところだ。

「試してみよ」

こくりとうなずき、ゼシアは扉のない店の壁に手をやった。

『ゼシアお姉ちゃんと一緒にやってみるの』

頭の翼をパタパタさせ、エンネスオーネが笑顔で言う。

「こう……です……！」

ゼシアが魔力を手の平に集め、建物の内部へと送り込む。エンネスオーネはゼシアの隣に並び、見よう見まねで壁に手を当てた。そうして、魔力を店の内部へ送り込んでいく。

「なにも起きないぞ？」

エレオノールが首を捻（ひね）った。傍目（はため）には、なにも起きていないように見える。

「そのまま続けよ」

そう言って、ゼシアたちから少し離れた壁まで移動する。手を振り上げ、そこめがけて、軽く拳を叩（たた）きつけた。ドゴオオオオォォォォッと派手に音が鳴り響き、店内の壁に穴が空く。

「わーお……でも、壊してもだめなんじゃなあい？」

「中を見ておこうと思ってな」

店内を覗（のぞ）く。暗闇にキラリと光る目があった。

「「ギィィィイヤッッッ!!」」

甲高い鳴き声とともに、数匹の怪鳥が翼を広げる。巨大なクチバシを突き出し、矢の如（ごと）く飛んできた堕胎の番神を《魔黒雷帝（ジラスド）》で一掃する。叫び声を上げながら、黒き怪鳥はバタバタと地面に落ちた。番神にしては少々手応えがない。まあ、数はいるようだがな。

堕胎の番神がすべて沈黙したかを確認しながらも、店内の様子を窺（うかが）う。

「あれが魔力のない器か」

店内中央に、ガラスの棺(ひつぎ)があった。透明度が高く、中が見える。なにも入っていない。

「……ゼシアは……お代になりませんか……？」

『エンネスオーネも……頑張る……』

更に二人は魔力を集中させた。壁から店内へ送り込まれた魔力は、一旦引き寄せられるようにガラスの棺(ひつぎ)へ向かう。しかし、そこに触れた瞬間、拒絶されるように弾(はじ)かれていた。

「張り紙にある通り、適合せねばだめということのようだな」

見れば、ガラスの棺(ひつぎ)が溶け始めている。ゼシアとエンネスオーネが魔力を送り込むのをやめれば、また溶けた部分が復元していった。

「じゃ、今度は適合する魔力を探さなきゃいけないんだ？」

「大凡(おおよそ)、予想はつくがな」

エレオノールが疑問を目に浮かべ、人差し指をピッと出した。

「どれのことだ？」

「心ない人形だ。あれは魔力でできていた」

《創造建築(アイリス)》の魔法で壊れた壁を修復しながら、俺は答える。

「残るは墓標のない墓地か」

エンネスオーネを見れば、ひょこっと頭の翼が動く。

『場所はわかるよ。こっちなの』

エンネスオーネが走り出す。彼女が後ろに手を伸ばすと、それをつかんだゼシアが隣に並ぶ。

往来から外れ、路地を進んでいけば、途中で石畳がなくなり、鬱蒼(うっそう)とした森に出た。木々の間をくぐり進んでいくと、森の暗闇から、甲高い鳴き声が聞こえてくる。襲ってこられぬよう《四界牆壁(ベノ・イエヴン)》で網を張っておいた。やがて、俺たちは開けた場所に辿(たど)り着(つ)く。一面はだだっ広い土壌だ。草は生えているが、長さはさほどでもなく歩きやすい。中央には、大きな石碑が置いてあった。とことことエンネスオーネがそこまで走っていき、こちらを振り向く。

『ここなの』

周囲にはその石碑以外に、目印になりそうなものはない。森を抜けたからか、番神が襲ってくる気配もないようだ。石碑の前に立ち、それに視線を落とす。

——この墓地は、目覚める遺体を待っている。

——墓荒らしが現れれば、彼女の堕胎が進んでしまう。

——彼女は、目覚めようとしている。

——体を持たない魂魄(こんぱく)は、墓地の外では生きられない。

——器を与えて。その魂魄(こんぱく)の器を。

——彼女が外で生きられるように。

「……えーと、目覚める遺体が、魂魄(こんぱく)の器なのかな？　器ってことは、もしかして……？」

エレオノールが、悪い予感がするといったように俺を見た。

「魔力のない器だろう」

つまり、扉のない店に置いてあったガラスの棺(ひつぎ)だ。

「んー？　んー、ちょっと待って。だって、心ない人形をお屋敷から出すには、心が必要で、それって体を持たない魂魄じゃなかった？」

「ああ」

「それはこの墓地にあって、持っていくには魔力のない器が必要なんでしょ？」

「そうだな」

「だけど、魔力のない器を手に入れるには、心ない人形がいるって言ってなかったかな？」

「その通りだ」

「……じゃ、どうすればいいんだ？　これじゃ、どうしようもない気がするぞ……？」

途方に暮れた様子のエレオノールに、俺は不敵に笑ってみせた。

「つまりは、それが答えというわけだ。どうしようもないというのがな。ゆえに、エンネスオーネはお前をここへ呼んだのだろう」

§34.【命、生まれるとき】

俺はその場に魔法陣を描く。盟約に基づき、所有するその人型魔法に呼びかければ、俺とエレオノールの間の魔法線が色濃く光を放つ。

俺の魔力がエレオノールへ流れていくと、彼女は驚いたように声を上げた。

「こっ、こらっ。いきなりどうするんだ？　さっきの説明じゃ、ボクはまださっぱりわからないぞ？」

「論より証拠だ。身を委ねよ」

「……もう……強引だぞ……」

彼女が小さな声でそう口にし、俺が描く術式に身を委ねる。魔法文字が少女の周囲に漂い、そこから聖水が溢（あふ）れ出（だ）す。体が聖なる水の球に覆われ、ふわりと浮く。《根源母胎（エレオノール）》の魔法が発動した。墓地の一角が照らされ、そこに淡い光が現れる。

「んー？　偽物（にせもの）の棺（ひつぎ）を作るなら、《創造建築（アイリス）》の方がよくなあい？　《根源母胎（エレオノール）》の魔法じゃ、ガラスの棺（ひつぎ）にならないぞ」

エレオノールが不思議そうに言った。

「ガラスの棺（ひつぎ）は、この芽宮神都フォースロナルリーフが与えた形にすぎぬ。あれの本質は、これだ」

墓地に淡い光の球――疑似根源が完成する。すると、地面が黄色に輝き、聖水球を照らし出す。地中から黄色に輝く炎が浮かび上がってきて、光の球の中へ入ってきた。

『……体を持たない魂魄（こんぱく）なのっ……』

黄色の炎を指さし、エンネスオーネが言う。頭の翼がパタパタと動いていた。

「《根源母胎（エレオノール）》にて生み出した疑似根源を、魔力のない器と認識したというわけだ」

「んー？」

まるで意味がわからないといった風に、エレオノールは首を捻（ひね）った。

「……えーと、それって、どういうことなんだ……？」

「心ない人形を屋敷(やしき)から出すには、体を持たない魂魄(こんぱく)がいる。体を持たない魂魄(こんぱく)を墓地から移動させるには、魔力のない器が必要だ。そして、魔力のない器を店で買うには、心ない人形が必要となる」

「そこまではわかるぞ。箱を開けるための鍵は、箱の中にあるみたいな感じだよね？」

「そうだ。お前が言った通り、ここにある物だけを使ってもどうにもならぬ。エンネスオーネが生まれることができぬのは、この芽宮神都にて定められた秩序というわけだ」

「……あー、えーと……エンネちゃんを生むためには、この神都にはない、誰かの助けが必要だったってことなのかな……？」

俺はうなずく。

「彼女を正しく生むために必要な三つのものは、《根源母胎(エレオノール)》にて生み落とせる疑似根源だ。人の根源はそもそも、形骸と心、魔力を持つ」

「あー、そっか。ボクが一人で《聖域(アスク)》の魔法を使うときには、心だけを生む疑似根源を生み出しているから」

「このフォースロナルリーフで言えば、すなわちそれが、あの黄色の炎、体を持たない魂魄(こんぱく)に当たる」

理解したように、エレオノールは「うんうん」とうなずき、ピッと人差し指を立てた。

「じゃ、地底で天柱支剣(てんちゅうしけん)を支えるときの材料にした疑似根源、形骸だけのやつが魔力のない器だ。それで、魔力だけの疑似根源が心ない人形かな？」

心ない人形、魔力のない器、体を持たない魂魄(こんぱく)。この三つの名は、それぞれ半端(はんぱ)な根源、すなわち疑似根源を指していたのだろう。

「サーシャが思い出した記憶によれば、エンネスオーネ同様、お前はミリティアの手によって創り変えられた。エンネスオーネの見せる夢が、お前とゼシアにだけ届くのも、ミリティアからのメッセージだろう」

「……ボクが、エンネちゃんを生むのに必要だからってことかな……？」

俺は首肯する。エレオノールがいなければ、エンネスオーネを生むことができない。ゆえに彼女がここへ来るように仕向けられていた、と考えれば納得もいく。

「そして、《根源母胎(エレオノール)》の魔法自体が、エンネスオーネを生むヒントになっている」

「えーと……つまり」

エレオノールが俯(うつむ)き、考え込む。

「…………つまり？　どういうことなのかな……？」

思いつかないといった様子で、彼女は更に深く考え込む。

「お前が普段、魔力、心、形骸、そのどれか一つ、あるいは二つのみを有する疑似根源しか複製していないのはなぜだ？」

「……だって、三つ揃(そろ)った複製根源を作っちゃったら、意識が生じる命になるから――」

はっと気がついたようにエレオノールは顔を上げた。

「心ない人形と、魔力のない器、体を持たない魂魄(こんぱく)の三つを合わせたら、一つの根源になるってことだ……!?」

「疑似根源を組み合わせ、命を生む。地上ではありえぬ話だが、この芽宮神都はエンネスオーネの秩序が具現化した場所だ。まだ生まれてはいないエンネスオーネが存在できる神域。ならば、心ない人形も、魔力のない器も、体を持たない魂魄も、厳密にはまだ生まれてはいない。それらを一つに合わせることにより、根源が生まれると考えればよい」

ゼシアがキラキラと目を輝かせ、ピッと手を挙げた。

「……三つ、合わせれば……エンネ、産まれますか……？」

「心ない人形、魔力のない器、体を持たない魂魄。この神都に無数にあるそれらが、どれも見分けがつかぬとウェンゼルは言っていたが、なんのことはない。どれもが本物なのだろう。これらをすべて一つにし、完全な根源に変えてやれば、エンネスオーネが産まれるはずだ」

ゼシアはぱっとエンネスオーネを振り返り、彼女にぎゅっと抱きついた。

「……やり……ました……！　エンネ、もうすぐ……です……っ！」

戸惑ったように、エンネスオーネは頭の翼をぱたぱたとはためかせる。しかし、彼女はすぐに笑みを浮かべた。

『……早く、会いたいな……ゼシアお姉ちゃんたちに……早く……』

「……任せる……です……！」

ゼシアがエンネスオーネの両手を握り、意気込んだ顔を向けた。

「あ、だけど、それでもう間違いないのかな？　他の可能性って考えられない？」

エレオノールが俺に尋ねる。

「無論、答え合わせをせぬことにはな。行くぞ。魂魄を持て」

「了解だぞっ」

エレオノールが聖水球の中からぴょんっと出てくる。その体に《創造建築》でいつもの服を着せてやった。彼女が手を伸ばせば、黄色い炎が収められた光の球がふわふわとそこへ飛んでくる。エレオノールは疑似根源を大事そうに胸に抱えた。

「次は……どこ……ですか……？」

「屋根のない屋敷へ向かう」

「……了解……です……！」

ゼシアはエンネスオーネと手をつなぎ、先を急ぐように走り出す。俺とエレオノールはすぐその後を追う。そうして、再び屋根のない屋敷に戻ってきた。俺は張り紙のある扉の前に立ち、それを開ける。中に番神はおらず、先程と同じく中央の椅子に人形が座っていた。

「エレオノール」

「えーと、疑似根源から出してみるぞ……」

エレオノールが光の球に魔力を込める。すると、扉が開くように疑似根源の一部が欠け、黄色の炎が中からふっと現れた。体を持たない魂魄は、ふわふわと室内へ入り、宙を漂いながら、ゆっくり椅子に座る人形のもとへ飛んでいく。

「読み通りか。人形も魂魄も無事のようだ」

俺たちが室内へ足を踏み入れれば、たちまち溶け出した心ない人形も、魂魄の侵入には反応しない。墓地を出ることのできないその黄色い炎も、この部屋では消えるといったことはなさそうだ。体を持たない魂魄は人形のもとへ到着し、その胸の中に吸い込まれていった。

「…………」

魂魄を宿した人形の瞳に、黄色い光が宿る。ギ、ギと音を立てながら、それはぎこちなく椅子から立ち上がった。一歩、一歩、人形はこちらへ歩いてきて、部屋の外へ出た。

「……オミセ……へ……」

無機質な言葉が、人形の口から発せられた。

「ゼシアに……お任せ……です……！」

『エンネスオーネも、手伝うよ……』

ゼシアが人形の両肩を持ち、エンネスオーネが両足を持つ。二人はそのまま、ぴょこぴょこと軽い足取りで「んしょ」『んしょ』と声を発しながら、人形を運び出していく。

「えーと……その運び方は、どうなのかな……？」

不安そうにエレオノールが、二人の子供を見守っている。

「まあ、運べるのならば、問題あるまい」

俺たちは屋根のない屋敷を後にする。続いてやってきたのは、扉のない店だ。

「……オロシテ……」

魂魄を宿した人形がそう声を発する。ゼシアとエンネスオーネは、「よいしょ」と声を揃え、人形を地面に下ろした。人形はぎこちなく歩み出て、屋敷の外壁に手を触れた。すると、壁が扉のように開く。人形はまっすぐ中央にあるガラスの棺へ移動していく。そうして、膝を抱えてうずくまるような姿勢で、その中に納まった。途端に、ガラスの棺が目映い光に包まれる。

「わーおっ。なんかすごいぞっ」

ガラスの棺が光と化し、人形の体を覆うように包み込む。ぐにゃりと人形の輪郭が歪み、その形を変えていく。丸く、丸く――それは、光り輝く小さな卵へと姿を変えた。

「卵だぞ？」

「……生まれ……ますか……？」

エレオノールとゼシアが、揃って疑問を浮かべる。エンネスオーネは真剣な表情でじっとそれを見つめた。すると、コツコツ、と音が鳴り響く。その卵にヒビが入り始めた。次の瞬間、卵が割れ、そこに小さな鳥のヒナがいた。

「……可愛い……です……！」

ゼシアとエンネスオーネが駆けよっていき、鳥のヒナの前でしゃがみ込む。

『……なんの鳥……？』

「コウノトリのようだな。残りの人形や魂魄をすべてこの鳥にしてやれば、エンネスオーネという秩序の赤ん坊を運んでくるといったところか？」

俺の背中から、エレオノールが顔を出す。

「んー、でも、屋根のない屋敷も、扉のないお店も、墓標のない墓地も沢山ありそうだし、けっこう時間かかりそうだ――」

ガ・ガ・ガ・ガガガラアアァァアンッと、けたたましい音が遠くから鳴り響き、彼女の声をかき消した。驚いたようにエレオノールが振り返る。神都の奥に位置する巨大な建物――生誕神ウェンゼルがいるその宮殿が、見るも無残に崩れ落ちていた。

§35.【強襲】

すぐさま《魔王軍》の魔法線を通じ、ミーシャの魔眼に視界を移す。だが、真っ暗だ。サーシャの魔眼に切り替えるも、やはり視界は暗闇に包まれている。

「エレオノール、ゼシア。エンネスオーネを任せた。先に行くぞ」

「わかったぞっ！」

ぐっと足を踏ん張り、全力で魔力を叩き込む。ドゴォォッと床が潰れた瞬間、飛び出した俺は光の矢と化した。一直線にフォースロナルリーフの宮殿を目指し、ボロボロに崩れている外壁を突き破っては、ウェンゼルが閉じ込められていた場所に辿り着く。

上階は綺麗に崩れ落ち、空の海が見えている。周囲の壁画や、柱もほぼガタガタに壊れており、瓦礫の山といった有様だ。魔法の檻には、人が一人通れるぐらいの大きな穴が空いていた。中にいたはずの生誕神ウェンゼルは連れ去られたか、姿を消している。

檻の手前にサーシャが、反対側にミーシャが倒れている。身動き一つせぬが、根源は無事のようだな。ウェンゼルの奪取を優先したか？

「《封呪縛解復》」

サーシャとミーシャに魔法陣を描く。魔眼で見たところ、体の機能が衰えていく封印か呪いがかけられている。反魔法にて、必死に抵抗しているのだろう。意識はあるだろうが、封印を解くのに集中し、動くことができぬ様子だ。《封呪縛解復》にてそれを解いてやろうとするも、しかし強い秩序のためか、すぐには回復できない。

滅紫に染まった魔眼にて、俺は彼女たちにかけられた秩序魔法を睨み、《封呪縛解復》の魔法陣を多重に描いていく。そうしながらも、周囲をぐるりと見回す。壊れた柱の隅に緊縛神ウエズネーラがいる。秩序の鎖にて、す巻きにされたままのようだ。ウェズネーラは堕胎神の手駒だったはず――無力化されているため、無理矢理、檻を破ったといったところか。

「一瞬でこの場にいた三人を無力化しておいて、味方のはずの緊縛神を助けずにいくとは不可解だな」

そう呟き、俺は顔を背後の壁へ向けた。

「最早、用済みだったか。それとも――」

指先を壁画へ向け、《魔黒雷帝》を放つ。激しい雷鳴とともに漆黒の稲妻が壁を粉砕すれば、その後ろに人影があった。

「――そこに身を隠すのが精一杯だったか？」

その女は、数歩こちらへ足を踏み出した。血のような赤い織物を身に纏った神。紐で結った赤黒い髪に、紅を塗ったような唇。それから、ひどく無機質な瞳。隠してはいるものの、その深淵には、尋常ではないほどの魔力があった。

「お前がアンデルクか？」

ウェンゼルの話では、堕胎神アンデルクは今日戻って来ることはないはずだった。なぜ彼女は読み違えたのか？　それとも、こいつは堕胎神ではない別の神族か？

「無礼な口を利くでない、童や」

感情のない声で、けれども見下すように、その女は言った。

「頭が高いぞよ。頭を下げてたもれ」

「ウェンゼルをどこへやった？」

女はただ冷笑した。

「そちの問いに、妾が答える義務などありんせん。エンネスオーネはいずこかえ？」

俺と女の視線が交錯し、激しい火花を散らす。その神は、真っ白な顔を少しも崩さず、口を開こうともしない。

「どうする？」

「魔族如きの交換条件に応じる必要などありんせん。生誕神ウェンゼルはすでにここ芽宮神都より外へ去ってのう。フォースロナルリーフは堕胎の秩序へ傾いておる。わかるかの？　血眼になってまで、探す必要などありんせん」

両唇を吊り上げ、女は無機質な笑みを覗かせた。

「そちの言うた通り、妾は堕胎神アンデルクよ。望まれん命を堕胎するこの世の秩序ゆえ。遅かれ早かれ、エンネスオーネは死産じゃ」

アンデルクが両手を広げ、指先から赤い糸を出す。それらが魔法陣を描いたかと思えば、中心から無数に出現した赤い糸が、みるみる伸びていき、まるで傷痕のように地面に張りつく。

ギィ、ギギギとその赤い傷痕が開き、「ギィイィヤアアアッ！」と鳴き声が響く。次々と空へ舞い上がった怪鳥は、堕胎の番神ヴェネ・ゼ・ラヴェール。黒い羽根を舞い散らせながら、フォースロナルリーフの上空を無数の番神が旋回し始めた。

「ふむ。要は、お前を滅ぼすか、この神都から追い出してやれば、エンネスオーネは無事に済むというわけだ」

言いながら、俺は起源魔法《魔黒雷帝(ジラスド)》を竜巻のように纏(まと)う。ジジジジジジジッとけたたましい雷鳴を響かせながら、漆黒の稲妻が空に拡散し、飛び回る害鳥を悉(ことごと)く撃ち抜いた。断末魔の叫びとともに、バタバタと黒い鳥が落ちてくる。

「童や。そちは自分の立場を心得ているかえ？」

なおも尊大な態度で、女は言った。

「さて、なんの話だ？」

「理解しておろう？　そちは不適合者じゃ。秩序を乱す、望まれん命。堕胎神の秩序から運良くこぼれ落ちた、存在せぬはずの世界の異物ゆえ」

堕胎神が足を鳴らせば、地面に張りついた赤い糸が蠢(うごめ)き、彼女の前に魔法陣を描いた。

「ひゃっひゃっひゃ」

と、高らかにアンデルクが笑う。その声さえ、どこか感情に欠けていた。

「この神域、フォースロナルリーフへやってきたのが、運の尽きよのう。泣こうがあがこうが、ここから先、そちの行きつく先は一つに決まっておる。堕胎じゃ」

ジャキンッと金属音が響く。

「蛇堕胎鉗子(だだたいかんし)エグリャホンヌ」

赤い糸の魔法陣から、ぬっと現れたのは、双頭の蛇の意匠が施された巨大な鋏(はさみ)――指穴があり、柄の長い、糸切り鋏である。堕胎神アンデルクは、両手でその大きな二つの指穴を、それぞれつかむ。蛇堕胎鉗子の鋭い切っ先が俺へ向けられた。

「話が早い。ならば、喋れる内にもう一つだけ答えておけ」

アンデルクはなにも言わず、油断なく俺の隙を窺っている。

「ウェンゼルとは話したか？」

「つまらん質問じゃ。姉上と話す必要などありんせん」

「姉妹なら、仲よくすればよい」

「それが秩序じゃ」

やれやれ。ウェンゼルの言った通り、どうにも、こいつは典型的な神族だな。感情を持っているようには見えぬ。無機質で神族らしい受け答えだ。

「ウェンゼルはお前を説得しようとしていたぞ。姉妹同士で、争いたくはなかったのだろう」

「ひゃっひゃっひゃ」

アンデルクは笑う。

「神はただ秩序なんえ。意思もなければ、心もないのう。姉上は生誕、妾は堕胎、それぞれただ担うのみじゃ」

「お前はそうだろうな。しかし、ウェンゼルは秩序だけではなく、心を持っていた」

能面のような顔で、アンデルクは答えた。

「ほんの少し秩序が乱れただけのことじゃ。すぐに正常に戻るわい」

「くはは。乱れ？　この世界を優しくするため、エンネスオーネを生誕させようとした想いも、妹であるお前を救いたいと思った葛藤も、ただの秩序の乱れだと？　それはまたずいぶんと大きな、ほんの少しだ」

「神に心はありんせん。生誕神ウェンゼルはただ心があるような反応を見せただけでのう。神ならぬそちは、それを心かのように錯覚しただけじゃ」

「ほう。面白いことを言うものだ。確かに、心の中など、誰にもわからぬがな」

「人間も魔族も竜人も、人というのは勘違いをしてかなわん」

蛇堕胎鉗子エグリャホンヌに赤い魔力の粒子が集う。今にも俺を貫かんとばかりに牽制しながら、アンデルクは言った。

「ありもせん心をあるように錯覚し、ありもせん希望をそこに幻想し、挙げ句の果てに、ありもせん秩序を夢に見ようとしよる。さりとて、神に心はなく、世界の秩序は常に正しく回っておる。然るに、この世界に優しい秩序などという矛盾したものはありんせん」

アンデルクはその魔眼を光らせる。

「エンネスオーネは決して生まれることぁない。結末は決まっておる」

ジャキンッと、蛇堕胎鉗子の刃が交錯した。

「堕胎じゃ」

「ふむ。よくわかった」

蛇堕胎鉗子を構えるアンデルクへ、俺はまっすぐ歩き始める。

「ならば、貴様に教えてやろう。神に心が、秩序に誤りが」

魔法陣を五〇門描き、《獄炎殲滅砲》を撃ち放つ。

「エンネスオーネに生誕があることを」

漆黒の太陽が光の尾を引き、次々と堕胎神に着弾する。だが、それらは強力な反魔法に阻(はば)まれ、奴(やつ)には傷一つつけることができない。

「望まれん赤子や、蛇の牙がぁ食らいて堕つる――」

呪詛(じゅそ)を唱えるように、アンデルクは言う。

「エグリャホンヌ」

蛇堕胎鉗子の切っ先を俺に向け、奴(やつ)はまっすぐ突っ込んでくる。地面を蹴り、その巨大な神の鋏(はさみ)を、真っ向から迎え撃った。

「《焦死焼滅燦火焚炎(アヴィアスタン・ジアラ)》」

エグリャホンヌの切っ先と俺の手の平が衝突するその瞬間、周囲に弾(はじ)け飛んだ漆黒の太陽を魔法陣とし、右手が輝く黒炎と化す――否。輝く黒炎と化すその寸前で、魔法陣がすうっと消え、《焦死焼滅燦火焚炎(アヴィアスタン・ジアラ)》が止まった。

「妾(わらわ)に向けた、望まれん魔法や堕胎せん」

《四界牆壁(ベノ・イエヴン)》を使うも、一瞬闇のオーロラがちらつくだけで、それは消えた。魔法が完全に発動する前に、堕胎されたのだ。蛇堕胎鉗子が俺の手の平を貫き、血が溢(あふ)れ出(だ)す。そのまま鋏(はさみ)の先をつかみ、押さえつけようとしたが、しかし、察知されたかのように蛇堕胎鉗子は引かれ、奴(やつ)の姿が俺の前から消えた。

「望まれん童や、蛇の牙にて食らおうて――」

地面に張り巡らした赤い糸を伝い、一瞬の間に背後に現れたアンデルクは、神の鋏(はさみ)を開いていた。ギラリと光った両の刃は、俺の首の左右にある。

「堕胎じゃ——エグリャホンヌ……！」

ジャキンッと鋏の刃が閉じられる。身を低くしてそれを避け、両の拳を思いきり握った。

「《根源死殺》」

反転すると同時に、二つの拳が漆黒に染まる。しかし、魔法が完全に手を覆う前に、どちらの《根源死殺》も堕胎された。

「望まれん魔法や、堕胎せん——かっ…………は……ぁ…………!!」

堕胎神の口から、血が吐き出される。ただ魔力を込めただけの俺の拳が、アンデルクの腹部にめり込んでいた。

「大した権能だ。いくらでも堕胎するがよい」

思いきり魔力を込め、俺はアンデルクの顔面を殴りつける。堅固な魔法障壁が展開されるも、構わずその上から、拳を叩きつけ、堕胎神を遙か後方に吹き飛ばした。

ガッガァァアンッと奴は壁画にぶち当たった。前のめりに倒れ、堕胎神は床を血で濡らす。

「ぐっ…………なん…………？」

起き上がろうと顔を上げた奴の目の前に、俺が立っていた。

「よもや——」

拳を開き、パキパキと指を鳴らしながら、奴を見下ろす。

「神だからといって、殴り殺されぬとでも思っているのではあるまいな？」

§36.【堕胎神と望まれぬ胎児】

「見下ろすでない、不作法な童や。そちは妾に堕胎される胎児じゃ。悪運よく堕胎の秩序からこぼれ落ちたとて、その本質に変わりはありんせん」

這いつくばりながら、堕胎神アンデルクはニタァと笑う。

「妾の前では、そちは赤子同然じゃ」

「地べたを這いずる者から、そんな大言を吐かれるとは思わなかったな」

「殴り殺せるものなら、殴り殺してみぃ。妾は本来、神界の深奥に座す秩序。そちがお目にかかるのも憚られるほどの神じゃ」

アンデルクは蛇堕胎鉗子をぐっと握る。反撃に転じようとしたその右手を、俺は思いきり踏み付けた。

「……ぐっ、ぎゃ……！」

「歯を食いしばれ。うっかり滅んでくれるな」

魔力の粒子が俺の拳に集う。魔法術式もなにもなく、ただ力任せに堕胎神の顎を下から殴りつけた。張り巡らされた魔法障壁と反魔法がガラスのように粉々に砕け散り、アンデルクの体は宙に舞う。血を流しながらも、奴は言った。

「……そらみぃ、殺せはせん……」

「それはなによりだ」

　両拳を握り、浮かんだアンデルクに十数発の拳を叩き込む。奴の体がボコボコに歪み、弾けるような勢いで宮殿の壁へすっ飛んでいく。体を飛ばされながらも、奴は言葉をこぼした。

「……無駄じゃ、無駄じゃ……赤子に撫でられたようなもの……この程度ではすぐに治ってしまうの……」

「治してみよ」

　俺の声を聞き、アンデルクがはっと後ろに視線を向ける。奴がすっ飛んでいく進行方向に、一瞬で回り込んだ俺が立っていた。

「……ぐっ……があぁっ……!!」

　再びその体に魔力を込めた拳を叩き込み、奴を反対方向へ弾き飛ばす。

「……これしきで、妾が……」

「もう終わりと思ったか」

　先程よりも早く、弾き飛ばされた方向へ回り込んだ俺は、即座に連撃を叩き込み、アンデルクの体を魔法障壁ごとボコボコに歪め、勢いよくぶっ飛ばした。

「……ごっ、ががぁ……これ……ぐらいの……」

「無論、ここからが本番だ」

　再度後ろへ回り込み、一呼吸の間にアンデルクを幾度となく、勢いをつけて殴りつけた。魔法が堕胎される以上、俺の攻撃は単純明快、それを愚直に繰り返すのみ。弾け飛ぶアンデルクを待ち受け、力任せにぶん殴る。吹き飛ばしては移動し、移動しては殴りつけ、殴りつけては回り込む。繰り返すごとに、その間隔が次第に小さくなっていく。最初に殴り飛ばされてから、奴の足はただの一度とて、地面に触れてすらいない。

そして数秒後、奴の体は宙に釘付けにされ、前後から俺に殴られていた。高速で回り込み続けるあまり、端から見れば、俺は二人に分身しているかのように錯覚したことだろう。

「……ぐ……がぅ……がっ……ぐむぅ……！」

全力で反魔法と魔法障壁を張り巡らしながら、アンデルクは前後からの拳に、かろうじて耐えている。

「……あ……ありんせん……！　こんな……妾は神じゃ。この世の秩序じゃ。この神眼にさえ、二人にしか見えぬほど高速で動くじゃ、と――」

狼狽の色を覗かせたその直後、一転して、彼女は高圧的に表情を歪ませる。

「――などと言うと思うたかえ？　ひゃ。ひゃっひゃっひゃ！　馬鹿め、馬鹿めっ。つまらん手管じゃ。ありえぬほどの速さで動き、拳を繰り出していると見せかけ、そちは魔法で二人に分かれているのじゃ……！　殴り殺すといったのは、妾を謀るためかえ？」

前後から殴られ続け、宙に釘付けにされたアンデルクが、勝ち誇ったように言う。俺の策を見破ったと言わんばかりだ。

「謀る？　なんのことだ、アンデルク？」

「まだ言うかえ？　妾の神眼を欺けると思うたか？　よう考えてみい。母親が胎内にいる赤子を見失うかえ？　それと同じじゃ。妾に錯覚を引き起こさせるほどの速さなど、この世には存在せん」

「さて、どうだろうな？」

ひゃっひゃっひゃ、とアンデルクは俺の言葉を笑い飛ばした。

「もう一つじゃ。そちは《秘匿魔力(ナジラ)》を使うて(つこ)おる。妾(わらわ)が気づかぬ魔法なら、堕胎できぬと思うたかえ？」

神眼(め)を光らせ、彼女は殺気を込めて言った。

「退(ひ)けやぁ、童が。これ以上、続けりゃ、そちの運命は決まりじゃ」

構わず、俺はアンデルクを殴りつける。直後、奴(やつ)は動いた。

「望まれん魔法や堕胎せん。消えやぁ――」

堕胎神アンデルクが、その堕胎の権能を発揮する。その瞬間――

「……ごっ、ぐぎゃぎゃぎゃぎゃっ……あごごごごごっっっ！！」

「魔法を堕胎すれば、その他が疎(おろそ)かになるのは道理だ」

堕胎の権能に魔力を回した分、手薄になった反魔法と魔法障壁を完膚無きまで砕き、俺は奴(やつ)の身に直接拳を叩(たた)き込(こ)んでいた。依然として、アンデルクの神眼(め)に映る俺は二人。前後から、高速で拳を放ち、その神体をギッタギタに歪(ゆが)めていく。

「……ぐっ……ぎゃっ……な……がぶっ……な、にが……!?　なぜ堕胎せん……!?　妾(わらわ)の秩序を消したかえ、不適合者っ!?」

「くはは。秩序？　なんのことだ？　《秘匿魔力(ナジラ)》は囮(おとり)だ。魔法で二人に分かれたと思わせるためのな」

「……な、ん……じゃ……と…………!?」

「腹の中の赤子が元気に動くあまり、うっかり双子に見間違えたか？　なあ、堕胎神？」

驚愕の表情で、アンデルクは悲鳴のような声を上げた。

「……ありんせんっ‼　妾の神眼が、捉えきれぬ赤子など……⁉」

再び奴は、全力で魔法障壁を張り直そうとするが、もう遅い。

「仕上げだ」

さすがに魔力と素手のみで、神族の魔法障壁をこじ開けるのは骨が折れる。ゆえに、これを誘ったのだ。がら空きの体に、俺は拳を叩きつける。その神体がボロボロになるほどの勢いで、殴って殴って殴りつけ、完膚無きまでズタズタに殴打し、最後に地面に奴を叩きつけた。ドゴオオオッと床にめり込み、アンデルクは血を吐いた。

「……かっ……は……………ぁ…………」

奴はその場にぐったりとし、荒い呼吸を繰り返す。アンデルクの頭の上に立ち、俺はその顔を見下ろした。

「……ひゃ……ひゃひゃ……そ……その程度かのう……童や。そち、は……妾を殴り殺すことは、できん……」

「死にかけの体でよくもまあ言ったものだ」

血に塗られた唇を歪め、アンデルクはニタァと笑う。

「……妾は堕胎神じゃ。然りて、母胎を殺すのも堕胎の一種よ……わかるかえ？」

ひゃっひゃっひゃと笑声を上げれば、堕胎神の魔力がぐんと跳ね上がった。

「見いや。蛇が食らいついておる」

俺のへそ辺りについていたアンデルクの返り血が、魔法陣を構築した。そこに牙を突き立てていたのは、一匹の赤黒い蛇である。

「ふむ。呪いの類か？」

「決して逃れられぬ、のう」

俺は足を上げ、奴の顔面を踏みつける。しかし、寸前でアンデルクは、地面に張りついていた赤い糸に飲み込まれ、姿を消した。奴は糸を辿るようにして、離れた位置に現れる。そして、床に落ちていた蛇堕胎鉗子エグリャホンヌを拾いあげた。見れば、意匠の蛇が消えている。

「なるほど。その鋏についていた蛇が、こいつか」

「ほうかほうか。蛇に見えるかえ？」

ボロボロの体で、それでも魔力だけは生き生きとさせながら、堕胎神は笑う。

「臍帯じゃ！」

言葉と同時、俺に噛みついた蛇の反対側――双頭の蛇のもう一つの頭が伸びて、堕胎神アンデルクの下腹辺りに噛みつき、体内へ潜り込む。恐らくは、その胎盤に。

「ほうら、戻りゃっ！　望まれん命や、回帰せん」

ゆらゆらと赤い糸が周囲に立ち上り、俺とアンデルクを囲う。そうして、この場に球状の部屋を作りあげた。

「蛇堕胎子壷」

「これがどうかしたのか？」

俺とアンデルクをつなぐ蛇をつかみ、ぐんっと引っぱった。抵抗できず、こちらに飛んできた堕胎神に、右拳を叩きつける。

「……ぐっ、ぎゃっ……！」

アンデルクが悲鳴を上げた瞬間――俺の根源が激しく傷つき、荒れ狂うように滅びの力が滲み出す。

「……ふむ……」

内側に意識を集中し、暴走しようとする力を押さえ込む。奴は攻撃を仕掛けてすらいない。にもかかわらず、俺の根源は直接大きな打撃を受けた。つまり――

「この臍帯が、お前を母胎に、俺を赤子にしているというわけか」

ひゃっひゃっひゃ、とアンデルクは笑った。

「胎児じゃ」

臍帯の蛇が、赤黒い輝きを発する。膨大な魔力がその蛇を通じ、アンデルクから俺へ流れ込む。反魔法を働かせるが、その魔力は素通りし、俺の中へ入ってくる。

「拒めはせんのう。母胎の与えるものを胎児はただ受け取るのみじゃ」

魔力が注がれるたびに、俺の体が縮んでいく。いや、これは若返っている、か。一六歳相当だった体が、一五歳、一四歳へとみるみる年を遡っている。あっという間に一〇歳になり、今はもう六歳の体だ。《成長》を使えば対抗できるだろうが、アンデルクは魔法を堕胎できる。

「なるほど。ミーシャとサーシャを無力化したのも、これに類する権能か」

「あの二人にゃ、蛇堕胎鉗子の臍帯は使っておらぬ。体の機能だけが胎児に戻る魔法じゃ。その分、抵抗の余地はあったがのう」

ニタニタと奴は笑みを見せる。俺はそうはいかぬと言いたげだ。

「ほうら、終わりじゃ。妾の母胎で無力な胎児に戻りゃあ」

赤黒い光が俺の全身を包み込み、そうして俺の服がその場に落ちる。体が完全に胎児と成り果てたのだ。

「望まれん胎児や、神の鋏がぁ間引いて堕つる――」

蛇堕胎鉗子が開き、その刃が神の臍帯に当てられる。

「堕胎じゃ。エグリャホンヌ」

ジャキンッと音を立てて、蛇の姿をした臍帯が切断された。

「ひゃ……！　ひゃっひゃっひゃ……！　だから、言ったんえ。いかな命も、胎児に戻りゃ無力同然。ここへ来たのが運の尽きじゃ。のう、可哀相な童や」

これまでの作り物の笑みとは違い、さも愉快そうに、アンデルクが高笑いをしていた。

『ほう。ずいぶんと楽しそうだ』

「――ひゃ……？」

響いた《思念通信》に奴は、ピタリと言葉を止める。魔法を堕胎しなかったのは、なにが起きたのか知りたかったからだろう。

『少しは感情らしいものを見せたな、アンデルク』

ぎくりとした表情で堕胎神は俺の服を見つめた。そこに、禍々しき漆黒の魔力が立ちこめる。膨大な魔力が胎児となった俺の体から発せられ、爪と牙を持つ、黒き魔人の如き姿を象った。

「……なん、じゃ……これ、は……？」

驚愕をあらわにして、アンデルクは言った。

「……ありんせん……こんな……ことが……」

一歩、俺が前へ出ると、びくっとアンデルクの体が震えた。

『胎児だからといって、臍帯を切れば滅びると思ったか？』

もう一歩俺が更に歩を進めると、アンデルクが後ずさる。

『あいにくとこの体は、転生後のものでな。普通の胎児とはわけが違う』

「……ま、迷うてでるでないっ!! くたばりゃあああぁぁぁぁっ！」

蛇堕胎鉗子を握り、それをまっすぐアンデルクが突き出す。しかし、その切っ先は俺の体に触れた途端、じゅうっと溶けた。

「……な……ん……じゃと……？」

『転生後、母胎で俺は眠り続けた。普通の胎児のようにな。なぜか、わかるか？』

「き、消えやぁぁっ!!」

蛇堕胎鉗子を開き、アンデルクは俺の首を挟み込む。ジャキンっと音が響き、じゅわぁっと二つの刃が溶けた。否、滅びたのだ。

『胎児の体では、さすがの俺も魔力の制御が難しい。相殺しようにも、根源から滅びの力が溢れ出し、母胎を危険に曝すからだ』

「……な……ぁ……」

脅えたように、アンデルクが後ずさる。自らに襲いかかろうとする胎児を初めて目の当たりにしたと言わんばかりに、奴は恐怖の色を隠せなかった。

「……ありんせん……こんな、ことは……ありんせん……」

ガタガタと歯の根の合わぬ音が響く。俺が更に足を踏み出せば、堕胎神はその場に尻餅をついた。その視界には、禍々しき漆黒の胎児が、迫ってくる光景が見えたことだろう。

『さて。いかな命も胎児に戻れば無力、だったか？』

俺は漆黒の拳を振り上げる。それは滲み出た滅びの魔力、暴虐なまでに純粋な力を俺は握る。拳から漏れ出たその滅びは、周囲の赤い糸を腐らしていき、世界にさえも傷を与えようとする。あまり時間もない。

『言っておくが、今の俺の拳は先程の比ではないぞ。普段は世界を傷つけぬように気をつけているが、さすがに胎児では加減が利かぬ』

「き、消えりゃぁぁぁっ、バケモンっ……望まれん赤子や、堕胎じゃっ!!」

アンデルクは全魔力を注ぎ込み、蛇堕胎鉗子を復元しては、槍のようにする。猛然と突き出された赤黒き切っ先を、俺の滅びの掌がつかみ、まるでバターのようにどろっと溶かした。

「……ばっ………」

『あいにくと父も母も、俺の生誕を願っていた』

漆黒の拳を、アンデルクに振り下ろした——

§37.【緊縛の愛】

ピタリ、と俺はアンデルクの鼻先で拳を止めた。風圧と魔力の粒子が奴の結った髪をかき乱す。アンデルクはガタガタと震えながら、眼前に迫った滅びの一撃からただただ目を逸らすことができないでいた。

『当たっていれば、どうなったか、わからぬほど愚鈍ではあるまい』

魔力の放出にて僅かに宙に浮かび、堕胎神を脅すよう視線を送る。

『エンネスオーネを堕胎する秩序を止め、ウェンゼルの居場所を吐け』

そっと撫でるよう、奴の腹に漆黒の爪を立てる。じわっと赤い血が滲み、失禁したようにアンデルクの足元を濡らした。

『胎児に腹を食い破られるのがお望みか？』

ガタガタと歯の根が合わぬ音が響く。堕胎神は答えた。

「……できは、せん……妾は堕胎を司る神じゃ……秩序を止めることなど、ありんせん……川の流れを堰き止めりゃ、そりゃもう川に非ず……」

生誕神ウェンゼルをこの芽宮神都フォースロナルリーフから追い出し、エンネスオーネを堕胎しようとしたのは、堕胎神の秩序によるもの。神ゆえに、奴はそれに逆らうことはできない。感情を呼び覚ましてはやったものの、やはり恐怖では秩序に抗えぬか。

「……ひゃ……ひゃひゃひゃひゃ……」

『どうした？　気が触れるにはまだ早いぞ』

「無礼を申すな、童や……言うてみい……妾は誰じゃ？　そちの前にいる妾は何者じゃ？」

ひゃっひゃっひゃ、と不気味に笑い、堕胎神アンデルクは瞳を狂気に染めた。先程までの作り物めいた笑みとは違い、その白い顔には確かに暗い感情が刻みつけられている。

「そうじゃ。そうじゃそうじゃ。妾は……妾は堕胎を司る神、堕胎神アンデルクッ！　望まれん命は――」

奴の両腕に魔力が集う。出現したのは、先程溶かしてやった蛇堕胎鉗子エグリャホンヌ。シャキンッと刃が開き、赤黒い魔力の粒子が螺旋を描く。俺が身構えた瞬間――

「――堕胎じゃ！」

ジャキンッとエグリャホンヌの鋏が閉じる。切断したのは自らの神体――堕胎神アンデルクの首が飛んでいた。放物線を描いた首が地面に落ち、コロコロと転がっていく。それに魔力は感じられぬ。絶命しているのだ。ゆらゆらと周囲に立ち上っていた無数の赤い糸――蛇堕胎子壺はぐしゃりと歪み、一気に砕け散る。神の臍帯が効力を失い、俺の体から赤い糸が幾本も抜けていくと、元の一六歳相当にまで戻っていた。

「ふむ。なるほど」

魔法で服を纏い、周囲に視線を向ければ、夥しいほどの赤い糸が芽宮神都フォースロナルリーフに現れていた。まるで傷痕をつけるかのように、神都の様々な建物、往来、木々の緑や、海のような空に赤い糸が張りついていく。

『アノス君ッ……！』

エレオノールから《思念通信》が届く。

『赤い糸が沢山現れてから、エンネちゃんの様子がおかしいぞっ。根源がすごく弱っていて』

『エンネ……死にそうです……アノス……助けてください……！』

今にも泣き出しそうなゼシアの声が聞こえてくる。

「そう焦(あせ)るな。優しさと愛の《聖域(アスク)》を魔力源にした結界ならば、秩序にも有効だ。幾分か影響を防げるだろう」

『わかったぞっ！』

宮殿の床に横たわるアンデルクの遺体に視線を落とす。

「確かに母胎が死ねば、生まれる赤子もいまい」

蛇堕胎鉗子エグリャホンヌで堕胎神アンデルクの首を落とす。それこそが、堕胎の秩序を最大に働かせる方法なのだろう。神ならば、死んだところでものの数にも入らぬしな。

「《蘇生(インガル)》」

アンデルクの根源に血を落とし、魔法陣を描く。蘇生(そせい)の光が発せられた後、しかし、それが突如ぐにゃりと歪(ゆが)む。《蘇生(インガル)》が完全に発動する前に、堕胎されたのだ。

「母胎が死んだ状態ならば、魔法の堕胎も捗(はかど)るのだろうが、そう意地を張らぬ方がよい」

滅紫に染まった魔眼(め)で奴(やつ)の根源を見据え、ゆるりと右手を構える。

「死したお前の根源を滅ぼすのは、蘇生(そせい)するより遙(はる)かに容易(たやす)い」

一歩、根源との間合いを詰める。諦めて蘇(よみがえ)るなら、それでよし。このまま滅びを選ぶというのならば、それもまた奴(やつ)の意思だ。死して発動する堕胎の秩序も、滅びてしまえば消え失(う)せるだろう。

「《根源死殺(ベブズド)》」

魔法陣を途中まで描いて止める。アンデルクは、完全に魔法を無力化しているわけではない。

堕胎——すなわち、胎児の状態まで待たなければ、その権能は発揮できない。ならば、話は簡単だ。発動しかけの魔法をそのままねじ込んでやればよい。奴が《根源死殺》を堕胎するより先に根源を貫く。

「どうやら、滅びたいようだな、アンデルク」

素早く魔法陣の続きを描き、そこに指先をくぐらせようとしたそのとき、目の端に穴が開けられた魔法の檻が映った。

「……ふむ」

俺は手を下ろし、《根源死殺》の魔法陣を消す。

「よくよく考えれば、妙な話だ」

エンネスオーネの秩序を生むため、芽宮神都を駆け回りながらも、俺はミーシャとサーシャの視界を監視していた。サーシャが記憶を思い出した後、二人は堕胎神の襲撃に備えながら、ウェンゼルを見守っていた。しかし、一瞬だ。俺が気がつく間もなく、ミーシャとサーシャはそこに倒され、魔法の檻には穴が空き、そしてウェンゼルは芽宮神都の外に追放された。

いかに強力な神とて、今のミーシャとサーシャを倒すのは簡単なことではない。同時に、しかも一瞬でとなればなおのことだ。生誕神ウェンゼルを神都から追放するのは、更に時間がかかるだろう。デルゾゲードにつながる扉か、神界へ行くための扉、どちらかをくぐらねばなるまい。不意をついたにしても、三人のうち、誰かは堕胎神の襲来に気がつく。

俺が芽宮神都の謎解きに集中した一瞬の間に起きたこととして、少なくとも一手ですべてを同時に行わねば、襲ってくる奴の姿ぐらいは見られたはずだ。だが、実際には気がつけば、この有様だ。そこまでしてのけたにしては、ここから立ち去れなかったというのもお粗末だな。

確か、ウェンゼルは言っていたか。もしも堕胎神を滅ぼすことになったら、奴を滅ぼした後、一日が経つ前にエンネスオーネを生むように、と。堕胎と生誕は、裏と表の秩序。堕胎の秩序が消失すれば整合が崩れ、世界は生誕に傾く。生誕の秩序が強くなりすぎれば、エンネスオーネは望まれない形で生まれることになるかもしれない。それはある意味、事実ではあるのだろう。だが、別の意図も含まれていたのやもしれぬ。

そして、ミリティアは堕胎神を滅ぼしてはならぬとエンネスオーネに伝えてあった。それらを総合して考えれば——

「そういうことか」

俺は堕胎神の根源を俯瞰しつつ、柱の方へ歩いていく。そうして、その陰に倒れている緊縛神ウェズネーラの鎖を解いた。五感が戻った奴は俺を目にするなり、敵意を剥き出しにする。

「おっ、お前……！」

「ウェンゼルが消え、アンデルクが自死の堕胎を使っている」

俺の言葉に、ウェズネーラは息を呑んだ。

「状況はわかるようだな。アンデルクを滅ぼさねば、エンネスオーネが堕胎されるが、そうもいかぬ」

先に戦ったときとはまるで違い、緊縛神は深刻そうな表情を浮かべた。

「力を貸せ、緊縛神。アンデルクは魔法を堕胎するが、神である以上、他の秩序にはそうそう干渉できぬ。お前の鎖は堕胎できぬはずだ」

ウェズネーラは顔を背け、ぐっと拳を握る。

「……む、無理だ。僕は緊縛と停滞を司る秩序、アンデルクが僕の鎖に干渉できないように、僕もアンデルクの堕胎を縛ることはできない……」

「秩序を縛るのは、これが初めてではないはずだ」

驚いたように、緊縛神がこちらを振り向く。

「お前はウェンゼルを、母を守っていたのだろう？」

その言葉をウェズネーラは否定せず、ただじっと俺を見つめる。

「母に請われ、母のために、彼女を檻に閉じ込めていたのだ」

戸惑いを見せながらも、こくり、とウェズネーラはうなずく。

「……僕のママは、どこにもいっちゃいけないんだ……僕は、僕がママをここに縛りつけていれば……ママは僕のそばにずっといられる……」

ぐっと奥歯を噛みしめ、緊縛神は無念をあらわにした。

「……僕は、縛り続けることが……できなかった……」

「幼稚な愛、などと口にしたが、すまぬ。お前は親孝行な息子だ」

その言葉に、緊縛神は涙を滲ませる。

「……お前が……お前さえ来なければ、ママは……」

「永久に縛りつけることができたか？」

ウェズネーラは押し黙る。その表情が、俺の抱いた疑問の正しさを裏づけていた。

「心配するな。彼女は滅びはせぬ」

「……本当に？」

俺はうなずき、言った。

「心をもって、堕胎神の秩序を縛りつけよ。母への愛情を抱くお前ならばできるはずだ」

一瞬ウェズネーラは躊躇した。だが、すぐに頭を振って、自分の顔を両手で叩く。心を決めた表情で彼はすっと立ち上がった。そして、堕胎神の遺体、その根源をまっすぐ見つめた。

「……ママ……やっぱり、僕は……」

強い意思を込めて、彼は言った。

「お別れなんて嫌だっ……！」

付近にあった穴の空いた魔法の檻。その鉄格子が解体され、一つずつ飛んでいく。ガシャン、ガシャンと折り重なり、鉄格子は、堕胎神の根源を閉じ込めるように檻を形成していく。

「……絶対……絶対にぃっ……!!」

ウェズネーラの表情が苦痛に染まる。他の秩序を縛りつけることが、自らの秩序に反しているからだろう。それでも、彼は全魔力を振り絞り、自らが有する緊縛神の秩序を、そこに叩きつけた。愛と優しさをもって、秩序をねじ伏せながら——

「《緊縛檻鎖縄牢獄》ッ！！！」

檻の四方に鎖の魔法陣が浮かび、その中心から現れたのは真紅の鎖だ。それはまっすぐ堕胎神の根源へ向かい、ぐるぐるとそこに巻きついていく。鎖が一巻き根源を覆うごとに、フォースロナルリーフに張りついた赤い糸が消えていく。堕胎神の秩序が縛られているのだ。

歯を食いしばり、ぐっと拳を握りながら、ウェズネーラは自らの緊縛の権能を行使する。まるで鎖で繭を作ったかのようにアンデルクの根源をがんじがらめに縛り、その檻に吊した。

芽宮神都に傷口のように広がっていた赤い糸が、薄れていき、やがては完全に消える。

堕胎神の秩序が緊縛され、完全に封じられたのだ。すると、次第に堕胎神の根源自体が弱まり始めた。秩序の鎖に縛られ、身動きすらできない根源が薄れ、そして消えていくのだ。縛られてはいない彼女の首とともに。

「生誕神と堕胎神、なかなかどうして、厄介な秩序のようだな」

檻の中に、淡い光が集った。それは人型を象り、妙齢の女性がそこに現れる。長い布を体に緩く巻きつけた装い。真っ直ぐな長い髪と薄緑の神眼。フォースロナルリーフから追放されたはずの生誕神ウェンゼルだった。

§38. 【背表背裏の姉妹神】

「ママッ……！」

ウェズネーラは魔法の檻へ駆けていき、座り込む彼女に手を伸ばした。ウェンゼルがそれをつかむと、彼は目に涙を浮かべる。

「……ごめんなさい……ママ……怒らないで……！」

すると、ウェンゼルは穏やかに微笑んだ。

「怒ってはいませんよ」

「……だけど、僕は、守れなかった……ママの言いつけを……秘密だったのに。僕とママだけの秘密だって、ママが言ったのに……！」

泣き崩れるウェズネーラの頭を、鉄格子越しにウェンゼルはそっと撫でた。

「いいのですよ、ウェズネーラ。あなたは、いつもわたくしの言いつけを守らないけれど、とても優しい子です。だから、あなたが立派に戦ってくれたこともわかっています」

べそをかき、緊縛神ウェズネーラはその場にうずくまる。その姿は神族どころか、ただの幼子のように思えた。

「二神一体の神か。まあ、厳密には、体は別なのだろうが」

魔法の檻へ歩を進め、ウェンゼルの前で立ち止まる。

「生誕神ウェンゼルが顕現しているとき、堕胎神アンデルクは存在することができぬ。同様に堕胎神アンデルクが顕現していれば、生誕神ウェンゼルは存在できぬといったところか？」

肯定するように、ウェンゼルはうなずいた。

「わたくしたちは、神々の蒼穹においても、特別な理を持つ神。表裏一体の秩序、決して互いに向き合うことのない、背表背裏の姉妹神です」

コインの表と裏のようなものだろう。両方が同時に出ることは決してありえぬ。

「自然に身を任せれば、お前たちはなんらかの条件で、代わる代わる生誕と堕胎を繰り返すのだろうな。そろそろ堕胎神アンデルクの出番だったわけだ」

コインが裏返るように、アンデルクが現れると同時にウェンゼルは消えた。ミーシャもサーシャも、よもやウェンゼルがいた檻の中から攻撃が来るとは思っていなかっただろう。ただの一手で二人を無力化し、ウェンゼルを芽宮神都から追い出したのは、そういうカラクリだ。

「ウェズネーラはアンデルクの手先ではなく、お前が堕胎神に裏返らぬように縛りつけていた。言葉通り、母が自分のそばにいられるように守っていたのだ」

ウェンゼルは、傍らにいる緊縛神に視線を落とす。

「わたくしが頼んだことです」

「なぜ話さなかった、と訊くのは愚問か。表裏一体の秩序ならば、アンデルクが滅びれば、お前もまた滅びるのだろう。その猶予が一日というわけだ」

堕胎神アンデルクを滅ぼした場合、そのときは一日が経過する前に、エンネスオーネを産むようにとウェンゼルは俺に伝えていた。堕胎神が滅び、まだ生誕神の秩序がある内に、事をなさねばならなかったからだ。

「ミリティアの言った通り、聡い方ですね、あなたは。おっしゃる通り、生誕と堕胎は表裏一体、片方だけでは長く生きることはできません」

彼女は優しく包み込むような穏やかな表情を浮かべている。

「……この身が隠匿され、アンデルクが顕現するより先に、エンネスオーネを産むことが、わたくしにとっても理想でした。そして、それは不可能ではないと思っていました」

「ふむ。なにか予定外のことでも起きたか？」

「あなたがここへ来るのが早すぎたのです。エンネスオーネがあなたを呼んだことにより、堕胎神アンデルクの秩序が強くなってしまいました」

神族が不適合者と呼ぶ俺は、堕胎神にとって堕胎すべき存在。俺が神々の蒼穹へ近づいたことにより、その力が強くなっても不思議はない。

「堕胎神とお前が、背表背裏の姉妹神だとはエンネスオーネに伝えていなかったのだな」

「理想通り、物事が進めばそれでよいでしょう。しかし、いよいよとなれば、堕胎神を滅ぼし、エンネスオーネを産まなければならない事態が訪れます。それを彼女に伝えるのは、あまりに酷です」

なにをさしおいても、ウェンゼルはエンネスオーネを産むつもりなのだろう。だが、自らの生誕が母の命を奪ったとなれば、エンネスオーネは生涯重い十字架を背負うことになる。母として、打ち明けるわけにはいかなかったというわけだ。

「ですが、皮肉なものですね。それが裏目に出てしまったようです」

堕胎神アンデルクにウェンゼルが閉じ込められていると思い込んだエンネスオーネは、ゼシアの夢を通して、俺をこの地へ招いた。結果、堕胎神の秩序が強まり始め、ウェズネーラの鎖でも生誕神をここに縛りつけておくことができなくなったのだ。

「エンネスオーネがいなくなった隙に、ミーシャとサーシャに打ち明けようと思いましたが、その時点で、もうわたくしが考えていたほどの猶予はありませんでした」

確かに、ウェンゼルはなにかを話そうとしていたな。サーシャがミリティアの記憶を思い出したことで機を逸した。あるいは、俺が芽宮神都にあのコウノトリを生んだことがきっかけで、堕胎神の秩序がより強まったのやもしれぬ。

「……今、ウェズネーラが、わたくしをここに縛りつけてくれていますが、それも、長くはありません……不適合者アノス・ヴォルディゴードとエンネスオーネ、秩序に反する二つの存在がここにあれば、秩序はあなたたちを屠ろうと堕胎に傾く。それが摂理です。緊縛神の鎖でも、いつまでも生誕を縛り続けることはできません……」

緊縛神は《緊縛檻鎖縄牢獄（エゲルツ・エングドメラ）》に全魔力を注ぎ込（つ）（こ）んでいる。だが、それでも、ウェンゼルの深淵（しんえん）を覗（のぞ）けば、その根源はすでに乱れ始めている。生誕が堕胎に裏返ろうとしているのだ。

「魔王アノス。どうか、エンネスオーネに悟られない内に、堕胎神を」

「だめだよっ、ママッ！」

ウェズネーラの全身から緊縛の鎖が伸び、それが直接、ウェンゼルに巻きつく。

「……だめだ、だめだ……ママは僕のそばにいるんだ。ずっと、僕がここに縛りつけてあげるからっ……！　ママはどこにもいかないいんだっ！　今度こそっ、今度こそ、僕が守ってあげるからっ……！」

きつく体を縛られながらも、ウェンゼルは穏やかに微笑（ほほえ）む。

「優しい子。あなたのせいではありません。あなたは、わがままな母につき合ってくれた。このような重荷を背負わせた母を、こうして愛してくれている。今は少しやんちゃだけど、きっと、あなたは優しい秩序になれます。緊縛の権能を、こんなにも優しく使えたのですから」

別れの言葉のように、願いを託し、ウェンゼルは言った。ウェズネーラは首を振る。

「……嫌だ……嫌だよ、ママ、そんなの嫌だ……」

困ったように、ウェンゼルは笑う。

「……最後だから、あなたの強いところを、見せてちょうだい。わたくしの代わりに、この世界を愛してあげて……」

ぽとり、とウェズネーラは涙の雫（しずく）をこぼす。

「ね」

緊縛神の涙を指先で拭い、ウェンゼルはじっと彼の目を見つめる。残された猶予が幾許もないのは、彼女をここに縛っているウェズネーラ自身が、一番よくわかっているだろう。ガタガタと震えながら、それでも彼はうなずいた。母を安心させようと、何度も、何度も。

「……約束するよ……」

「いい子ね」

ウェンゼルの体が朧気に揺らぎ、その根源が弱まり、すうっと消えていく。

「魔王アノス。ごめんなさい。後のことは――」

「まあ、待て」

前へ出ると、鉄格子の隙間から、《根源死殺》の指先で、俺はウェンゼルの胸を貫いた。

「あっ……ぁ………!」

「ママッ!!」

ウェズネーラが声を上げる。

「心配するな。引き止めたにすぎぬ」

《四界牆壁》にて、ウェンゼルの内側にある根源を丸々覆い、神の魔力を閉じ込める檻とした。さすがにこのまま維持はできぬが、まだ幾分かはもたせられる。

「アンデルクを説得すると口にしたのは、方便ではあるまい」

深刻な表情で、ウェンゼルは答えた。

「……はい。しかし、わたくしは、彼女と会うことができません。話しかけても、彼女が応じたことは一度もありません……届かないのです……」

「奴の感情は、すでに呼び覚ました。恐怖を覚え、乱れた奴の秩序ならば、声ぐらいは届くかもしれぬ。姉であるお前の訴えが真実、アンデルクの胸を打つのならば、あるいは愛に目覚めることもあろう」

それを聞き、ウェンゼルは、瞳に微かな光を宿した。

「堕胎神が愛を持っていれば、の話だがな。俺には、それほど殊勝な神には見えなかった」

ウェンゼルは真剣な表情で、はっきりと言った。

「理想に届く可能性が、まだ僅かでも残っているのでしたら、わたくしはそれに懸けます」

俺は視線で促す。ウェンゼルは、ふっと苦しげな吐息を漏らし、視線を檻の中へ向けた。

「アンデルク」

彼女はまっすぐ、そこにはいない妹へ声をかける。

「会うことのできない、わたくしの大切な妹。堕胎のお仕着せを課せられたあなたの悲劇を、わたくしはいつも、いつも、黙って案じることしかできないでいました」

言葉に愛情が溢れ、声から優しさがこぼれ落ちる。秩序に抗うように、ウェンゼルは心を込めてアンデルクに言った。

「生まれたときから、わたくしたちは二人で一人、一人で二人。いつも背中にあなたの存在を感じていました。その姿も、その声も、その秩序も知っているのに、こんなにも身近にあなたはいるのに、一度も話したことがない」

瞳に涙を浮かべ、彼女は続ける。

「ねえ、アンデルク。あなたの声を聞かせてほしい。あなたの苦しみを教えてほしい。わたくしたちはいつも、命を間に挟んで、いがみ合ってきました。長い長い、喧嘩(けんか)ばかりの日々でした。殺そうとするあなたと、生かそうとするわたくしと、けれども、それは本当にわたくしたちの望んだことでしょうか？」

強く、強く、彼女は自らの大切な妹へ訴える。

「ねえ。もう終わりにしましょう。こんなつまらない姉妹喧嘩(げんか)をして、なにが楽しいというのかしら？　アンデルク、どうか、どうか——これが、わたくしの心からのお願いです……」

神である彼女が、それでもなにかに祈るように、強い想(おも)いを込めて、言葉を放つ。

「答えてちょうだい。あなたの本当の気持ちを教えてほしい。世界の秩序としてじゃなく、あなたの心を教えてちょうだいっ!!」

ウェンゼルの体が次第に消え始めた。限界か。これ以上、《四界牆壁(ベノ・イエヴン)》を強くすれば滅ぶだろう。

「叶(かな)うなら、あなたに会いたかった。会って、あなたと話したかった……アンデルク……お願い……応えて……！」

ふっ、と俺の手の平の中で、ウェンゼルの根源が消える。同時に彼女の体も消えていた。

秩序が反転するが如(ごと)く、彼女が見ていたその場所に淡い光が集い始める。顕現したのは、赤い織物(おりもの)を身につけた女。結った赤黒い髪がふわりと揺れ、無機質な瞳が、先程ウェンゼルがいた場所を鋭く射抜いた。そうして、堕胎神アンデルクは紅色の唇を動かす。

「お人好(ひとよ)しな姉上じゃ」

§39.【愛は歪み、秩序を乱す】

冷たい視線を、アンデルクは虚空に向けている。まるでそこに姉がいるかのように、彼女は言葉を投げかけた。

「今更、それを訊くかえ？　幾星霜と背合わせをしておった妾に、それを今更？」

堕胎神アンデルクの足元から、赤い糸が地面を這うように伸びていく。それが蜘蛛の巣のように広がったかと思えば、魔法陣が構築された。

「妾は堕胎の秩序。姉上がその秩序にて子を育むならば、それを堕とすのが妾の役目じゃ」

生誕神ウェンゼルへ向け、アンデルクはぴしゃりと言い放つ。

「相容れることなど、ありんせん」

冷たい表情を崩さぬまま、彼女はしばらく黙り込んだままだった。

「じゃがの」

ぽつり、とアンデルクが呟く。

「……決して相容れることはないがの。仲良うしたいとは思っておった。妾のことを、わかってくれると思っておった。なにも言わずとも、言葉が届かずとも、姉上は理解してくれていると思っておったのじゃ……」

紅色の唇が、僅かに吊り上がる。

「姉上の言う通り、妾たちは命を間に挟み、いがみ合ってきたのう。姉上が生もうとする命を、妾が堕胎する。幾度となく繰り返した。姉妹喧嘩とは、よう言うたものじゃ」

くつくつとアンデルクは笑う。

「……どれだけ喧嘩し、いがみ合おうと、わかってくれているものと思っておった……」

その目が血走り、その口は裂けんばかりに——その笑みが、凄惨な形に歪んでいく。

「今日この瞬間まではのぉ」

アンデルクは喉を鳴らす。好戦的な笑み。作ったようなその表情の裏側には、感情が激しく波打ち、渦を巻いているように見えた。

「……お仕着せ……のう」

反芻するように、アンデルクは言う。

「よもや姉上からそのような言葉を聞くことになろうとは、夢にも思わなんだ。生誕と堕胎、役割は違えど、妾たちはともにこの世界の秩序じゃ。そこに善悪はなく、そこに貴賤はなく、ただ正しき理だけがある。それが妾たち神の宿命じゃ」

血走った目で、湧き上がる感情を叩きつけるかのように彼女は虚空を睨みつけた。

「この堕胎の秩序がお仕着せに見えたかえ？　そんなに妾が不幸に見えたかえ？　妾がこの秩序に、世界の正しき理を担うことに誇りを持っているとは、夢にも思わなかったのかえ？」

ひゃっ、ひゃひゃひゃ、ひゃっひゃっひゃっひゃっと狂ったようにアンデルクは笑った。

「姉上の申すことはこうじゃ。生誕は素晴らしく、堕胎は忌むべきもの。己は清らかで、妾は汚らわしい。可哀相じゃ、哀れじゃと、そう見下しておったのじゃなぁ」

ジャキンッと刃と刃が重なる音が響く。赤い糸で描かれた魔法陣から、ぬっと神の鋏が姿を現す。蛇堕胎鉗子エグリャホンヌを、アンデルクは持ち上げた。

「これが本当に妾たちの望んだことかじゃと？　無論、望んだことに決まっておろう。妾は堕胎の秩序。世界を狂わす、望まれん命を殺すのが役目じゃ。それを姉上は冒瀆したんえ？　可哀相じゃと、生誕だけが正しき秩序じゃと、そう言ったんえ」

言葉を発するごとに、彼女の敵意が増大する。その瞳に宿るのは、愛が歪に歪んだ薄暗い光――ミーシャでなくとも、判別もつこう。紛れもなく、それは憎悪であった。

「幻滅じゃ。無礼を申すでないぞ、この売女がっ！　秩序としての誇りを、不適合者に売り渡したか」

アンデルクから発せられる魔力で、魔法の檻がガタガタと揺れる。彼女を緊縛しているはずのそれに、今にも穴が空きそうだった。

「ふむ。なかなかどうして、見事なまでに失敗したものだ」

神族にしては珍しく愛が芽生えたようだが、如何せん優しさがないときている。これでは、到底エンネスオーネを救おうとはしまい。

「ウェズネーラ、もう一度縛り上げろ。ウェンゼルと話す」

「…………うんっ……！」

すでにかなり消耗してはいるが、緊縛神は魔力を振り絞り、檻の四隅に鎖の魔法陣を描いた。

「戻ってきて、ママッ……！　《緊縛檻鎖縄牢獄》ッ！！！」

四方から伸びた真紅の鎖がアンデルクの四肢に巻きつき、その魔力と根源を拘束していく。

「……ぐ、ぬ……離せや、童が……。そちも、神族の一人であろう。秩序が不適合者の味方をするなどありんせん……っ！」

「秩序なんか、どうでもいいっ！　僕はママを守るんだっ。ママを返せっ……‼」

ぐるぐると真紅の鎖は堕胎神アンデルクに巻きついていく。

「返せ……？　返せじゃと……？　ひゃっ、ひゃひゃひゃひゃ……そちも妾より、姉上の方が良いと申すのかえ？　秩序でありながら、堕胎よりも生誕を求めると？」

ひゃ、ひゃひゃひゃひゃ、とアンデルクは引きつった笑い声を上げる。

「ああ……ようわかった……」

低い声に、暗い心がどろっと滲む。

「妾が堕胎せねばならんもんが、ようやっとわかったえ」

堕胎神の足元に広がる赤い糸の魔法陣から、魔力の粒子が溢れ出し、更に激しく魔法の檻を揺らす。

「……僕の鎖に、縛れないものなんかないっ……‼　お前なんか、恐くないぞっ！」

「やってみい」

挑発するようにアンデルクは笑う。直後、ウェズネーラは更に魔法陣を四つ描いた。すぐさま、そこから飛び出した真紅の鎖が、アンデルクの体に巻きついていく。瞬く間に緊縛され、最後の仕上げとばかりに鎖は彼女の頭を縛り始める。しかし、アンデルクは笑っていた。

「望まれん秩序や、蛇の牙がぁ食らいて堕つる」

アンデルクを縛った鎖の僅かな隙間から、蛇がにゅるにゅると這い出てきた。

「堕胎じゃっ！」

　ジャキンッと刃と刃が交差する音が響く。蛇が蛇堕胎鉗子に変化し、アンデルクの首を刎ねていた。

「芸のない」

「そう思うかえ、童や？」

　床を転がった首が、俺の方を向き、不気味な笑みを覗かせる。そして、大きく口を開いた。

「食りゃやぁぁあっ、エグリャホンヌッ！！！」

　神の鋏から双頭の蛇が伸び、アンデルクの首と体に牙を突き立てた。狙いはその神体の奥にあるもの――根源を食らっているのだ。彼女が滅びに近づくごとに魔力が急激に膨れあがる。

「……あぁっ……だ、め……だ……！」

　魔法の檻が軋み、ウェズネーラが脂汗を垂らす。

「……そんな……こんなっ……堕胎の秩序が……急に強くっ…………!!」

　その余波だけで、《緊縛檻鎖縄牢獄》が引きちぎられ、魔法の檻が弾け飛んだ。

「うあああああああああああああぁぁぁっ……………!!」

　風圧に吹き飛ばされたウェズネーラを追いかけ、その体の鎖をつかむ。近くにあった建物の屋根に飛び乗れば、先程までいたその場所に巨大な赤い糸の魔法陣が描かれていた。中心から無数の糸が溢れ出し、それは桁外れに大きく、赤い、双頭の蛇を形作った。

「ひゃ……ひゃひゃひゃ……滅べや、童や。望まれん秩序も、不適合者も、すべて、まとめて滅びゃいいっ……！」

「ふむ。慣れぬことは、やめておけ。滅びに近づけば、多少魔力は上がるだろうが、その不安定な根源ではそのまま消えるぞ」

放った言葉を、《思念通信》で奴へ飛ばす。双頭の蛇と化したアンデルクの根源から、赤い糸がほつれては飛んでいき、この芽宮神都に張りついていく。それは、エンネスオーネの堕胎を促す力だ。己の根源を削るようにして、アンデルクは秩序の力へ変えている。

「そうじゃ。妾は滅ぶ。それが正しき秩序じゃ」

「ほう」

「妾が滅べば、ウェンゼルも滅び、生誕神の秩序は消えるんえ。エンネスオーネは産まれず、そして望まれぬ命の新たな誕生を妨げることができるのう――」

ひゃひゃひゃひゃ、と高笑いが聞こえた。

「――これぞ、究極の堕胎じゃ！」

こうしている間も、刻一刻と奴は滅びに近づいていく。魔眼でその深淵を覗けば、堕胎神の秩序、蛇堕胎鉗子エグリャホンヌの力は、エンネスオーネだけではなく、ウェンゼルにも向けられている。奴を滅ぼせば、母胎が滅んだという条件が達成され、ウェンゼルが堕胎され、連鎖するようにエンネスオーネが堕胎するだろう。

秩序が自らの滅びを選ぶ。秩序が秩序を犯す。本来はどちらもありえぬことだが、奴の歪んだ愛が、悪い方向に秩序を凌駕したといったところか。俺が滅ぼさずとも、放っておけば奴はこのまま滅び、エンネスオーネは堕胎される。

とはいえ、今のアンデルクは最早、緊縛神の鎖では縛れまい。

「どうした、童や？　八方塞がりかえ？」

双頭の蛇が嘲笑うように言う。

「そちは妾に手出しできぬ。得意の滅びの魔法ならば、妾とて堕胎できぬかもしれぬが、それではこの身が滅んでしまうわ」

確かに、《滅紫の魔眼》と《灰燼紫滅雷火電界》ならば、奴の秩序も無視して貫通できるだろうがな。今、堕胎神を滅ぼすわけにはいかぬ。

「指でもしゃぶって見ておれ。妾がエンネスオーネを滅ぼすのをのう」

双頭の蛇は、禍々しく神眼を光らせ、芽宮神都にいるエンネスオーネの姿を探す。俺は屋根の上でウェズネーラを放すと、「退避しろ」と小さく言った。

「こ、これを……」

緊縛神は、最後の魔力を振り絞り、真紅の鎖を俺に差し出した。多少動きは止められるかもしれぬが、今のアンデルクを縛りきれるものではない。

「安心せよ。お前の母を滅ぼさせはせぬ」

受け取ったその鎖を、俺は右腕に巻きつけておいた。こくりとうなずき、ウェズネーラは俺の言いつけ通り、この場から退避していく。目の前にいる双頭の大蛇を見据え、俺は飛んだ。

「探しゃあ、堕胎の番神っ！」

キィィイヤァァアと鳴き声が次々と上がり、黒い怪鳥がフォースロナルリーフの上空に舞い上がる。同時にアンデルクが動き始めた。神都の建物を破壊しながら、奴は進んでいく。

「どこへ行くつもりだ？」

「……ぬ……？」

奴が眼下に視線を向ける。接近した俺は、次の瞬間飛び上がり、蛇の頭をぶん殴っていた。

「……があぁぁぁぁぁあっっっ……！！！」

ズッガァァァンッとアンデルクは宮殿の瓦礫に突っ込み、砂埃が舞う。

「なかなか厄介なことになったものだが、要はお前を滅ぼさずに、またウェンゼルに戻せばいいのだろう？」

「……そんな手段は、ありんせんっ……！　ろくな魔法も使えず、どうやって妾の滅びを止める？　無理じゃ、無理。望まれん命は、堕胎じゃ。堕胎……堕胎じゃあああああああああああああぁぁぁぁあっっっ！！」

素早く体勢を立て直した蛇の頭が、二つ同時に突っ込んでくる。宙を飛んで一つを蹴り上げ、その反動でもう一つの頭へと向かい、掌で地上へ思いきり叩きつけた。勢いよくアンデルクの巨体は地面にめり込む。蛇の頭に着地すると、奴は笑った。

「ひゃっひゃっひゃ……妾を痛めつけるだけで済むかえ？　おお、痛い、痛いのう。あと何発もろうたら、滅ぶかえ？　一〇発か？　二〇発か？　もしかしたら、後一発殴れば滅びるかもしれぬぞ。ひゃっひゃっひゃ、無駄じゃ、無駄ぶふぅぅっ……!!」

思いきり蛇の頭を踏みつけ、その口を塞いでやる。

「静かにしていろ。じきに面白いものを見せてやる」

§40.【雛の巣立ちを信じて】

アンデルクの足止めを行いながらも、魔法線を通し、エレオノールの魔眼に視界を移した。

彼女は《四属結界封》をエンネスオーネに張り巡らせ、堕胎神の秩序による影響を、極力軽減させている。

「……段々、やばそうになってきたぞ……」

エレオノールが上空を見上げる。黒い怪鳥がエンネスオーネを探すように飛び回り、不気味な鳴き声を上げていた。宮殿に覗く巨大な双頭の蛇からは、赤い糸がほつれては撒き散らされ、芽宮神都の至るところに張りついていく。傷痕のようなその糸が増えるたびに、エンネスオーネは苦しげに表情を歪めた。

『エレオノール。双頭の蛇は俺が押さえている。お前はエンネスオーネを産んで、ここへ連れてこい』

《思念通信》にて、彼女にそう命じた。

『えと、心ない人形とかをぜんぶ揃えて、コウノトリにすればいいんだよねっ？』

『ああ』

『できると思うけど、お屋敷も墓地もお店も沢山あるから、すっごく時間かかっちゃうぞっ』

『エンネ……消えそうです……！　間に合い……ますかっ……？』

不安そうな面持ちで、ゼシアはエンネスオーネの顔を覗く。彼女はぱたぱたと頭の翼を動かし、大丈夫だというように力なく微笑(ほほえ)んだ。

『それに、あの鳥さんたちに見つかるのも時間の問題だぞっ。魔力を消せばいいかもだけど、《四属結界封(デ・イジェリア)》を消したら、エンネちゃんが危ないし――』

エレオノールが咄嗟(とっさ)に振り向く。甲高い声とともに、堕胎の番神ヴェネ・ゼ・ラヴェールが黒いクチバシを向け、矢のように突っ込んできた。狙いはエレオノールでもゼシアでもなく、エンネスオーネの周囲を覆う《四属結界封(デ・イジェリア)》だ。

「こーらっ、だめだぞっ!!」

エレオノールの指先から放たれた《聖域熾光砲(テオ・トライアス)》がヴェネ・ゼ・ラヴェールを撃ち抜く。

「「「ギィイヤァァァ……!!」」」

断末魔の叫びを上げ、バタバタと怪鳥どもは地面へ落ちる。しかし、その体にアンデルクの赤い糸が絡(から)みついた。見るも不気味な禍々(まがまが)しい魔力が立ち上る。

「《聖域熾光砲(テオ・トライアス)》」

エレオノールの指先から光の砲弾が連射される。次々とそれは堕胎の番神に着弾したが、しかし、ヴェネ・ゼ・ラヴェールは大きく翼を広げ、悠々と飛び上がった。全身には堕胎神の赤い糸が巻かれており、魔力が格段に向上している。エレオノールの《聖域熾光砲(テオ・トライアス)》でも、一撃で仕留めきれぬほどに。

「……んー、困ったぞ。全力で撃てば倒せると思うけど……」

エレオノールの魔力は、疑似根源により心を生み出し、《聖域(アスク)》によって増幅している。そして今、殆(ほとん)どの力をエンネスオーネの護(まも)りに費やしているのだ。攻撃に転ずれば、エンネスオーネの堕胎が進む。

「「「ギィィイヤァァァァアァッ！！！」」」

「もうっ、まだ考え中だからねっ。おいたをする子は、おしおきだぞっ‼」

《聖域熾光砲(テオ・トライアス)》にて、エレオノールは飛びかかってくる赤い怪鳥を撃ち抜いていく。しかし、それに耐えた番神どもは、そのままエンネスオーネに張り巡らされた《四属結界封(デ・イジエリア)》に突撃した。ドゴッ、ボゴォッと結界に僅かながら穴が空く。

《四属結界封(デ・イジエリア)》に体ごと突っ込んだ堕胎の番神は、その力に体を削られていく。しかし、お構いなしに怪鳥どもは次々と捨て身で突っ込んできた。まるでアンデルクの狂気が乗り移ったかのように。エンネスオーネさえ堕胎すればそれで良(い)いと言わんばかりに、堕胎の番神たちは甲高い鳴き声を上げながら、結界に穴を穿(うが)つ。

「……エンネに手を出したら……めっ……です……！」

ゼシアは光の聖剣エンハーレを抜き、《複製魔法鏡(レガロイミテイン)》にて、それを無数に増やす。膨大な魔力を放ちながら、長く伸びたその光の剣にて、彼女は怪鳥を次々と串刺しにしていく。

「……焼き鳥の……刑……です！」

「ゼシア、焼き鳥は生で食べたらお腹(なか)壊すんだぞっ！」

エンハーレに串刺しにされ、身動きがとれなくなった怪鳥へ、エレオノールは《聖域熾光砲(テオ・トライアス)》を放つ。赤い糸が巻きついたその隙間を、光の砲弾は通り抜け、堕胎の番神を直接撃ち抜く。目映(まばゆ)い光にじゅうぅっと焼かれ、ヴェネ・ゼ・ラヴェールがぐったりと息絶える。

「一旦、逃げるぞっ。早くしないとまた次が来るから」

「……エンネ……動けますか？」

ゼシアが彼女に手を伸ばす。

『……うん……大丈夫なの……』

エンネスオーネはしっかりゼシアの手をつかみ、一緒に走り出した。

『それで、どうすればいいんだっ？　アノス君のことだから、簡単に切り抜けられる方法を考えているんじゃないかなっ？』

エレオノールが走りながら、《思念通信(リークス)》にて言った。

『エンネスオーネを囮(おとり)に使う』

『わーおっ、思ったよりも鬼畜な案だぞっ』

驚いたように彼女は声を上げた。

『この芽宮神都に存在する心ない人形、魔力のない器、体を持たない魂魄(こんぱく)を一つずつ揃(そろ)えていたのでは日が暮れる。その前にアンデルクは滅び、エンネスオーネは堕胎されるだろう』

『エンネちゃんを囮(おとり)にしたら、どうにかできるのっ？』

『エレオノール。お前が同時に生み出せる疑似根源は三〇〇六六。魔力、心、形骸それぞれの疑似根源を、扉のない店、屋根のない屋敷(やしき)、墓標のない墓地へ、それぞれ送り込む』

『あー、わかったぞ。ぜんぶ一気に外に出しちゃって、合体させるんだっ！』

『そうだ。堕胎の番神をエンネスオーネが遠くへ引きつけていれば、それを邪魔されることもあるまい』

「あ、だけど、ちょっと待って」

そう口にして、エレオノールは不安そうにゼシアを見つめる。

『エンネちゃんは、ゼシア一人で守るってこと……？　それは、ちょっと心配だぞ……』

「大丈夫……です……」

大きな建物の前で、ゼシアは立ち止まった。

「ゼシアは……一人で、守れます……エンネ……産んであげます……」

ぎゅっとエンネスオーネの手を握り、彼女は言う。

「ゼシアも……魔王の配下ですから……！」

「でも……」

『くはは。心配するのがお前の仕事だ。いつまでも目に止まるところにおいておけば、一人でおつかいも満足にできぬ』

数瞬考えた後に、エレオノールはこくりとうなずく。そうして、彼女は膝を折り、ゼシアをぎゅっと抱きしめた。

「街外れに行くんだぞ。できるだけ遠くに、できるだけ鳥さんを引きつけて。成功したら、毎日ゼシアの好きなアップルパイを作ってあげるぞ」

「……成功……確実です……!!」

高らかに聖剣エンハーレを掲げ、ゼシアは宣言した。

「アップルパイの……騎士……ゼシアです」

彼女は勇ましくポーズを決めている。

「エンネちゃんも、がんばって」

『……うん……』

エレオノールがエンネスオーネを抱きしめる。嬉(うれ)しそうに、彼女の頭の翼がひょこひょこと動く。彼女が二人から離れると、俺は言った。

『疑似根源なしの《聖域(アスク)》を使え。《四属結界封(デ・イジエリア)》を、《複製魔法鏡(レガロイミテイン)》にて強化するとよい』

エレオノールは《聖域(アスク)》を一旦解除する。そうして、ゼシアが向けるエンネスオーネへの愛情を使い、《聖域(アスク)》を展開、《四属結界封(デ・イジエリア)》を張り直す。

「《複製魔法鏡(レガロイミテイン)》」

ゼシアは魔法陣を描く。エンネスオーネの周囲に合わせ鏡の《複製魔法鏡(レガロイミテイン)》が現れ、その魔法結界を幾重にも重ね、強化した。

「いい、ゼシア？　ボクは近くにいないから、この《四属結界封(デ・イジエリア)》が突破されたら、張り直せないんだぞ」

人差し指を立て、釘(くぎ)を刺すようにエレオノールは言う。ゼシアはこくりとうなずいた。

「行って……きます……！」

エンネスオーネと手をつなぎ、ゼシアは走り出す。

「がんばるんだぞっ！」

エレオノールの激励に応えるようにゼシアは、光の聖剣を頭上に掲げる。そうして、上空に堕胎の番神を見つけると、彼女は掲げたエンハーレをそのまま伸ばし、敵を串刺しにする。

「ゼシアは……ここです……！　みんな、焼き鳥の刑……です！」

ゼシアは光の聖剣を派手に光らせる。すぐさま、他の番神どもがそれに気がつき、彼女のもとへ集まり始める。それらを引きつけながら、ゼシアはエレオノールの言いつけ通り、街の外れへと向かっていった。

上空を見れば、ゼシアを追いかけるように、黒い雲が移動している。いや、雲ではなく、それは鳥だ。ヴェネ・ゼ・ラヴェールの大群が、ゼシアの行き先を先回りしようとしていた。

エレオノールはその暗雲を心配そうに見つめた後、振り切るように頭を振って、近くにあった建物の中へと入った。

「行くよ、アノス君」

静かに、彼女は呟く。次の瞬間、エレオノールの周囲に魔法文字が漂い始め、そこから、聖水が溢れ出す。彼女の体が、聖水球の中にふっと浮かび上がった。

「……《根源母胎》……」

優しい詠唱が、室内に響く。《根源母胎》の魔法にて、生み出すことのできる根源クローンは今の時点では、一〇〇二二人。本来はその倍ほどの許容量があるが、すでに彼女は一万人のゼシアを生んでいる。疑似根源は、言わば不完全な根源クローン。たとえば魔力だけの疑似根源なら、それに要する力は三分の一。心も形骸も同様だ。

ゆえに、今、彼女が作り出せる疑似根源は三〇〇六六。淡い光の球が聖水球から次々と溢れ出していき、それは室内に漂い始める。やがて、無数の疑似根源がその建物の中を覆いつくしていた。しばらくエレオノールは、そのままの状態で待機した。堕胎の番神たちが、ゼシアを追ってこの街から姿を消すまで、疑似根源を放つわけにはいかない。

みるみる黒き怪鳥どもは移動し、街中から姿を消していく。それは同時に、ゼシアとエンネスオーネが大量の番神たちに追われているといった証明だった。エレオノールは心配そうな表情で、ただ娘を信じて耐えた。

『よい。放て』

合図を出す。エレオノールが手を上げれば、溢れかえった魔力で、窓と扉が開けられた。そこから、淡く光る疑似根源が抜け出ていき、芽宮神都をふわふわと飛んでいく。屋根のない屋敷、扉のない店、墓標のない墓地を目指して――

疑似根源の移動速度は遅くもないが速くもない。こうしている間にもゼシアがどんどん追い詰められているだろうが、一瞬で目的地に到着させるというわけにもいかなかった。

「……思ったより、沢山あるぞ……？」

疑似根源の半分が、屋根のない屋敷や扉のない店に辿り着いた。しかし、それでもまだ、街の半分を調べたにすぎぬ。あるいは、エレオノールが生み出せる疑似根源の上限三〇〇六六よりも、心ない人形や魔力のない器の数の方が多いのかもしれぬ。もしそうなら、すべてを揃えるのは予測よりずっと時間がかかるだろう。そしてその分、ゼシアが危険に曝されてしまう。

街全体に疑似根源が広がっていくにつれて、エレオノールは焦燥に駆られる。街の七割にまで行き届けば、七割の疑似根源が必要だった。足りるか、足りないか。まさにぎりぎりのところだろう。ある一角にだけ、扉のない店が大量に並んでいるようなことがあれば、かなり厳しい。祈るような時間が過ぎていき、やがて、街の隅々にまでその光の球が行き渡った。

「……これで、ぜんぶ、かな……？」

『そのようだ』

エレオノールはほっと胸を撫で下ろす。

「よかったぁ……本当にぎりぎりだったぞ……。ボクが産み出せる疑似根源の数とぴったり同じなんて、大ラッキーだっ」

心ない人形、魔力のない器、体を持たない魂魄。その総数が三〇〇六六だった。三つを一つにし、生まれるコウノトリの数は一〇〇二二。かなりの数だ。疑似根源を操作し、最短距離で三つを一箇所に集めていっても、すべての卵を孵すにはまだ多少の時間がかかる。

「ゼシア、もう少しがんばるんだぞ。今、エンネちゃんを産んであげるから」

§41【小さな配下】

フォースロナルリーフの街外れ。鬱蒼とした森をゼシアとエンネスオーネは手をつなぎ、ひたすら駆けていた。穏やかに波打つ空の海面ぎりぎりには、暗雲が漂っている。黒き怪鳥の群れ、堕胎の番神ヴェネ・ゼ・ラヴェールたちが、二人を追いかけ、包囲しようとしていた。

「キィッギィッ！」

「ギィイヤァァァァッ！」

「ギャッシャァァァァァァァァッ!!」

不気味な鳴き声が、幾重にも重なり、木霊する。ゼシアが光の聖剣を派手に振り回し続けたおかげで、狙い通り、ほぼすべての番神が彼女たちのもとへ集まっていた。

フォースロナルリーフの街中へエレオノールの生み出した疑似根源は行き渡った。エンネスオーネを産むために必要な三つのもの、心ない人形、魔力のない器、体を持たない魂魄をすでに、屋敷や墓地、店の外へ誘っている。疑似根源はその三つを出会わせ、コウノトリの卵を孵す。それまで、ゼシアたちは時間を稼げればよい。

「……焼き鳥……です……！」

光の聖剣エンハーレが、その真価を発揮し、無数に増えてはゼシアの周囲に浮かび上がる。彼女が突きを繰り出せば、グサグサと怪鳥が串刺しにされていく。

『ゼシアお姉ちゃん、後ろっ！』

「任せる……です……！」

鋭いクチバシを突き出しながら、矢の如く飛来した堕胎の番神を、彼女は光の聖剣で地面に斬り落とした。ヴェネ・ゼ・ラヴェールは堕胎の秩序を守るための番神。その役目はまだ生まれていない命を終わらせることだ。

ゆえに個体の力は、根源胎児であるエンネスオーネを滅ぼす程度であればよい。時の番神や破壊の番神などに比べれば、力は劣る。しかし、その数は尋常なものではなく、森を駆け抜けようとするゼシアたちをあっという間に包囲していた。気がついた彼女は、足を止める。無数の光る目が、エンネスオーネを射抜くように見据えている。彼女はびくっと体を震わせた。

「大丈夫……です……」

エンネスオーネを守るように、ゼシアが視線の前に立ちはだかる。

「……ゼシアが……います……」

彼女は《複製魔法鏡（レガロイミテイン）》の魔法を使い、エンハーレをそこに映す。すると、鏡の中の聖剣が実体化するように、ゼシアの周囲に浮かぶエンハーレの刃が更に増える。

手にした聖剣を前へ向ければ、合計一〇〇〇本を超える刃が一斉に射出された。甲高い声を上げながら、怪鳥たちは散開してその刃を避ける。幾本もの光の刃が地面に突き刺さった。

「《聖剣結界光籠（ティアス・ディアラ）》」

地面に刺さったエンハーレから、光の線が描かれ、聖剣と聖剣を結ぶ。すると、今度は聖剣が天に向かってみるみる伸びていき、蓋をするように光の線が描かれた。

「……鳥かご……です……！」

まるで籠のような結界であった。内側に閉じ込められた番神たちが外に出ようとするも、エンハーレの刃がそれを阻（はば）み、バサバサと地面に落ちるのみだ。

「みんな……閉じ込め……ます……！」

ゼシアは《複製魔法鏡（レガロイミテイン）》にて複製したエンハーレを、次々と周囲に乱れ撃ち、《聖剣結界光籠（ティアス・ディアラ）》を構築していく。結界の強さはさほどではないが、範囲は広く、堕胎の番神を一網打尽にするにはもってこいだ。森の中に、いくつも構築した《聖剣結界光籠（ティアス・ディアラ）》を遮蔽物にし、身を隠しながら、彼女はエンハーレで次々と害鳥を葬（ほうむ）っていく。そのときだ――

『ひゃっ』

不快な音が響いた。

『ひゃっひゃっひゃ……！　ひゃひゃひゃひゃ…………！』

辺り一帯に聞こえてくるその声は、狂気に満ちている。森の上空に漂う赤い糸、それが集まり、魔眼の形を象(かたど)っていた。宮殿にいる堕胎神アンデルクが、遠隔で操っているのだろう。

『無駄じゃ……無駄じゃ……！　逃れることはできはせん……そちらの運命は堕胎じゃ！』

アンデルクの声とともに、空から赤い糸が、雨のように降り注ぐ。それは堕胎の番神に巻きついていき、攻防一体の鎧(よろい)と化した。

『死にやあぁあっ……!!』

赤い糸を纏(まと)った怪鳥が、次々と空から突っ込んでくる。番神どもは《四属結界封(デ・イジエリア)》に守られたエンネスオーネを無視し、全員ゼシアを狙った。

「負け……ませんっ……！」

《複製魔法鏡(レガロイミテイン)》を使い、無数に複製したエンハーレで、ゼシアは怪鳥を迎え撃つ。千の光刃と千の怪鳥が鬩(せめ)ぎ合い、そうして、一匹がゼシアの剣撃をくぐり抜けた。

『お姉ちゃんっ……!!』

巨大なクチバシが、ゼシアの腹部に突き刺さっていた。反魔法と魔法障壁が破られ、幼い体から赤い血が滴(したた)る。

『胎児を狙うと思ったかえ？　そちを滅ぼしゃ、エンネスオーネは無力じゃ。ゆっくりと結界を啄(ついば)み、堕胎してやりゃいい』

ひゃっひゃっひゃ、と耳障(みみざわ)りな笑声がその場に響き渡る。

『食りゃやぁあぁっ、ヴェネ・ゼ・ラヴェールッ!!』

「「キィヤアァァァァァァッ……!!」」

膝を折ったゼシアのもとへ堕胎の番神たちが舞い降り、エサにたかる害鳥のように、そのクチバシで啄んでいく。魔力の粒子と、黒き羽根が舞い、赤い血が飛び散った。

『……お姉ちゃん……！　ゼシアお姉ちゃんっ……!!』

涙をこぼし、声を上げながら、エンネスオーネは堕胎の番神に突進した。体の周囲に張り巡らされた《四属結界封》、その何層かを消滅させながら、彼女はヴェネ・ゼ・ラヴェールを押し潰す。一瞬、ゼシアへの攻撃をやめ、怪鳥どもはエンネスオーネを睨んだ。

「「ギィィィイヤアァァァァァアッッ！！！」」

鳴き声が上がった瞬間、光の剣閃が幾重にも走り、堕胎の番神たちが悉く斬り裂かれた。

「エンネに……手を出したら、だめです……！」

ゼシアは負傷した体に鞭を打ち、周囲の番神をエンハーレで一掃する。

『ゼシアお姉ちゃん……』

エンネスオーネの手をつかみ、ゼシアはボロボロの体で走り出す。

「エンネ……もう少しです……！」

小さな手を互いにぐっと握り合い、二人は森の中を駆けていく。堕胎の番神が次々と襲いかかってくるも、ゼシアは光の聖剣にてそれを撃退した。しかし、幼い体は体力の限界を迎えている。怪鳥の攻撃すべてを防ぎきることはできず、彼女は時間を追うごとに傷を増やした。

『……お姉ちゃん……』

「大丈夫……です……」

心配そうに覗き込むエンネスオーネを勇気づけるよう、ゼシアはにっこりと笑ってみせた。

「ゼシアは……強いです……お姉さん……ですから……」

『ひゃっひゃっひゃ、頃合いかの。強がりも仕舞いじゃ』

アンデルクの声が響き渡り、頭上に堕胎の番神が集まっていくのが見えた。怪鳥たちが群れをなし、鳥に似た隊列を取る。そこへ赤い糸が絡みついていく。すべての番神を糸が覆いつくせば、一羽の巨大な鳥がそこにいた。

『滅びい、エンネスオーネ。堕胎じゃっ!!』

真っ逆さまに巨大な赤い鳥がゼシアとエンネスオーネめがけて落ちてくる。

「《複製魔法鏡》」

ゼシアは向かって来る巨大な鳥を見据え、前方に《複製魔法鏡》を二つ作る。

「合わせ鏡……です……！」

そこへ向かって、まっすぐエンハーレを突き出せば、合わせ鏡で際限なく増幅した光が、堕胎の番神を撃ち抜いた。だが、目映い光に斬り裂かれながら、なおもその赤い鳥は、落下を続ける。

「……負けま……せんっ……！」

エンハーレを思いきり振り下ろせば、赤い鳥が真っ二つに割れた。ゼシアがほっとしたのも束の間、二つに割れた赤い鳥が、そのまま突っ込んできて、森の地面に衝突した。

ドッゴオオォォンッと地面が派手に爆発して、堕胎の番神が四方へ散り散りに弾けた。その爆発に巻き込まれ、ゼシアとエンネスオーネは数メートル弾け飛んで、地面に激しく叩きつけられる。

「……あっ…………ぅ…………」

ゴロゴロと転がり、ゼシアはうつぶせに倒れた。気がつけば、赤い糸の雨が、芽宮神都にいくつもの水溜(みずた)まりを作っていた。深い傷痕を彷彿(ほうふつ)させるそれは堕胎神の秩序が具象化したもの。《四属結界封(デ・イジエリア)》に守られたエンネスオーネさえ、蝕(むしば)まれ始めた。

『……ゼシアお姉……ちゃん……』

エンネスオーネが体を起こそうと全身に力を入れる。しかし、足の踏ん張りが効かず、彼女はそこに倒れた。

『……ごめんね……もう、エンネスオーネは、動けないの……』

ゼシアはよろよろと身を起こし、エンネスオーネのもとまで歩いていく。

『……逃げて。お姉ちゃんだけでも……』

エンネスオーネが上空へ視線をやる。再びそこへ堕胎の番神たちが集まっていた。先の爆発にて、《聖剣結界光籠(ティアス・ディアラ)》に使っていた《複製魔法鏡(レガロイミテイン)》の大半が割れ、閉じ込められていた怪鳥たちが解放されてしまったのだ。

『……お姉ちゃんの妹に、なりたかったよ……』

「……エンネ……」

『……ごめんね……』

ゼシアは聖剣を地面に刺し、エンネスオーネの前でしゃがみ込む。

『お姉ちゃん……？』

「……大丈夫です……ゼシアが、運びます……」

『そんなの……無理だよ。逃げられないっ……！』

すると、ゼシアは得意気な顔で拳を握り、ぷにぷにの二の腕を彼女に見せた。

「ゼシアは……怪力です……！　お姉さんですから……！」

エンネスオーネの体に手を入れ、ゼシアは渾身の力で彼女を持ち上げる。そうして、背中に背負うと、エンハーレを口に咥えた。

「まはへて……くらはい……！」

エンネスオーネをおんぶしながら、ゼシアは重たく駆け出した。目の前に堕胎の番神が現れるも、周囲に浮かび上がらせた光の刃で、それを斬り裂く。

『……だめ……お姉ちゃん……』

上空には、先程同様、怪鳥の群れが鳥の隊列を取っていた。それは赤い糸を纏っていき、巨大な鳥と化す。

『……エンネスオーネを背負いながらじゃ、逃げられないの……』

彼女はきゅっと頭の翼を小さくする。ゼシアは決して彼女を放そうとはせず、ひたすら、森の中を駆けていく。

「つかまっへ……くらはい……！」

障害物の少ないところに出ると、《飛行》の魔法でゼシアはそこを低空飛行する。

『ひゃっひゃっひゃ。無駄じゃ、無駄じゃ。頼みの魔王は妾が足止めしておる。助けはこん』

その言葉を合図に、巨大な赤い鳥がゼシアたちめがけて急降下してきた。

『食りゃやぁぁぁぁあっ!!』

ゼシアは反転し、《飛行》で後ろ向きに飛びながらも、光の聖剣エンハーレを手に持ちかえる。それを、赤い鳥へ向けた。

「エンネ……お姉さんが……教えます……」

《複製魔法鏡(レガロイミテイン)》の合わせ鏡にて、先程同様、ゼシアはエンハーレを増殖させ、それらを束ねて、巨大な光の聖剣を作った。

「魔王の配下は……負けません……！」

突撃をしかけた巨大なヴェネ・ゼ・ラヴェールに、光の洪水の如(ごと)く聖剣の輝きが襲いかかる。

『何度同じ手を試すつもりじゃ？　そちらの宿命、変わることなどありんせん。望まれん命は――』

真っ二つに斬り裂かれた赤い鳥は、やはり先程同様、真っ逆さまに突っ込んだ。

『――堕胎じゃ！』

「……絶対っ……です……！」

最後の力を振り絞り、ゼシアが真っ二つに分かれた赤い怪鳥を、更に二つに斬り裂いた。

『堕胎じゃと、言うとろうがっ！』

四つに分かれた鳥はなおも、ゼシアに襲いかかる。

「……絶対です……言いましたっ……！」

思いきり、エンハーレを振るい、ゼシアは今度、鳥を八つに割った。

「……焼き鳥の刑……ですっ……!!」

一つに束ねたエンハーレを八本にバラし、ゼシアは長く伸ばしたその剣にて、分かれた怪鳥を串刺しにする。

「《聖剣結界光籠(ティアス・ディアラ)》」

結界の魔法が発動し、堕胎の番神を、光の籠に閉じ込めていく。

『お姉ちゃん……こっちにっ……⁉』

エンネスオーネの声が響いた。まっすぐ彼女を狙い、後ろから堕胎の番神が一匹、クチバシを槍(やり)のようにして突っ込んで来た。

「……させ……ません……！」

ゼシアがエンハーレにてその鳥を斬り裂いた、次の瞬間――

『囮(おとり)じゃ』

鏡が割れる音が響く。一瞬の隙をつき、エンハーレを増殖させていた《複製魔法鏡(レガロイミテイン)》にもう一匹の怪鳥が突っ込み、砕いていた。合わせ鏡が消え、増殖したエンハーレが消え、《聖剣結界光籠(ティアス・ディアラ)》が消える。

『ひゃっひゃっひゃ。このような見えすいた手にかかるとは、それでも魔王の配下かえ？』

八つに分かれた赤き鳥が、まっすぐ迫る。最早(もはや)、斬り裂くことも、防ぐこともできはしない。

二人に突っ込んだその怪鳥は、先程同様、派手に爆発することだろう。

『所詮は子供よのう。零点じゃ』

逃げるゼシアに誘導するように迫った鳥は――けれども直前でピタリと止まった。

『…………な、に……？』

《四属結界封(デ・イジェリア)》である。地、水、火、風の魔法結界が新たにそこに張られ、八つに分かれた赤い鳥、すべての突撃を防いでいた。

「《聖域熾光砲（テオ・トライアス）》」

八つの光の砲弾が、赤い鳥を飲み込み、そして消滅させた。

「偉いぞっ、ゼシア。百点満点だ」

空を飛んできたのは、魔法文字と聖水球を展開したエレオノール。彼女の背後に、一万を超えるコウノトリの姿が見える。人差し指を立てて、彼女は笑顔で言った。

「魔王の配下は、守るべき人が大優先なんだぞっ」

§42.【生まれない秩序】

芽宮神都フォースロナルリーフの上空——その空の海のスレスレをコウノトリの群れが飛んでいた。すべての卵を孵（かえ）したことにより、雛（ひな）から成鳥になったコウノトリたちは、そのクチバシを開き、堕胎神の秩序、その象徴である赤い糸を食べていく。降り注ぐ赤い糸の雨はみるみる消え、傷痕のようにつけられていた水溜（みずた）まりもコウノトリの胃の中へ消えた。

「もう一回っ。今度は沢山撃つぞっ。《聖域熾光砲（テオ・トライアス）》ッ！」

エレオノールが声を発すると、コウノトリに宿っている彼女の疑似根源に魔法陣が描かれ、光の砲弾が四方八方へ放たれる。残った堕胎の番神たちは、逃げ場なく発射される《聖域熾光砲（テオ・トライアス）》の前に一網打尽にされ、亡（な）きがらすら残さず消滅した。

同時にエレオノールが使った《総魔完全治癒（エイ・シェアル）》の魔法にて、ゼシアの傷が癒やされていく。

『……あ……』

敵が一掃されると、不思議なことが起こった。一〇〇二二羽のコウノトリから、一斉に輝く糸がエンネスオーネに伸びていたのだ。彼女は丸い光の殻に包まれ、糸に吊り下げられるように浮かび上がった。

『来い、エンネスオーネとともに』

『了解だぞっ！』

ゼシアとエレオノールは《飛行》にて浮かび上がり、エンネスオーネの隣を飛ぶ。

「……エンネ……産まれますか……？」

『わからないけど……たぶん……もう少しで……エンネスオーネは、エンネスオーネのことがわかりそうな気がするの……』

三人は勢いよく上空を飛ぶ。その姿が宮殿にいる俺からも肉眼で確認できた。

「ふむ。惜しかったな、堕胎神。もう少しお前が弱ければ、先に滅ぶこともできただろうに」

足元に視線を移す。俺に踏み付けられた巨大な双頭の蛇が、まさに滅びる寸前といった有様で、割れた地面にめり込んでいた。

「アノスくーん」

エレオノールの声が響く。彼女たちはゆっくりと俺がいる場所へ降下してきた。

「やっぱり、今回もボクたち魔王軍の大勝利だぞっ！」

「ゼシアの……お手柄……です！」

えっへんとゼシアは下降しながら、胸を張る。

「うんうん、偉い偉いっ。さすが、ボクの娘は可愛くて強いぞっ」

エレオノールが褒めると、ゼシアはまた得意気な表情を浮かべた。

「あとはエンネちゃんが、産まれるのを待てばいいのかな？」

鳥たちに吊り下げられ、輝く光の殻に包まれたエンネスオーネは、頭の翼をパタパタとはためかせた。

「コレは……どうしますか……？」

ゼシアが、地中に埋まったアンデルクをじっと睨む。

「あー、そうだ。滅ぼしちゃいけないけど、どうするんだ？」

「堕胎神は堕胎の秩序だ。その力と権能は産まれる前の命にこそ強く働く。俺に反応したのも、この神域、芽宮神都フォースロナルリーフが言わば子宮の役割を成していたからだろう」

ゆえに、奴は俺に、ここへ来たのが運の尽きだと口にした。芽宮神都にいる者は、生まれる前の命として認識されるということだ。

「……わかり……ました……！」

ゼシアは得意気にうなずき、言った。

「んー？　ゼシアは今のでわかったんだ？　どういうことだ？」

「難しいことが……わかりました……！」

くすくす、とエレオノールは脱力した顔で笑う。

「つまりだ。エンネスオーネを産んでしまえば最早、堕胎は叶わぬ。彼女が産まれれば、芽宮神都の制御もできよう。アンデルクは堕胎する対象を失い、その秩序は薄れ、生誕に傾く」

「あー、そっかそっか。エンネちゃんを堕胎するために出てきたんだから、滅ぼさなくても、それでウェンゼルに戻るんだっ」

納得したようにエレオノールは声を上げた。

「…………じゃ……」

小さく、声が漏れる。ギョロリ、と双頭の蛇の目が俺を睨んだ。

「なにか言ったか、アンデルク？」

「……無駄じゃ、と言うた……」

「ほう」

「ありんせん……エンネスオーネが産まれることは決してのう……心ない人形、魔力のない器、体を持たない魂魄……すべてを揃え、雛を孵そうとも……根源の総量は決まっておる……」

目の端でエンネスオーネを映す。光の殻に包まれて以降は、特に変化は見られない。

「……芽宮神都は世界の縮図じゃ。のう、エンネスオーネ？　そろそろ思い出したかえ？」

まるで呪いをかけるように、アンデルクは不気味な声を発す。

「決して産まれることのない、自らの秩序を」

大きな瞳を向けられ、エンネスオーネが殻の中でびくっと身構えた。ゼシアがエンハーレを抜いて、バゴンッとその瞳を叩く。

「……ぎゃっ……！」

「エンネ……いじめるのは……だめです……！」

ムッとした表情で、ゼシアは双頭の蛇の前に立ちはだかった。

『……魔王アノス……』

　エンネスオーネが自らの体を抱き、頭の翼を縮こませる。

「どうかしたか？」

『芽宮神都の命の上限は、一〇〇二二個』

　自らの秩序を思い出したように、エンネスオーネが言う。

『エンネスオーネは一〇〇二三番目に産まれる命。誰かの命を奪わなければエンネスオーネが産まれる枠はない。だけど、誰かの命を奪えば、エンネスオーネの順番は回ってこない』

「コウノトリを一〇〇二二羽生むことが、エンネスオーネを産む条件だが、芽宮神都の許容量は一〇〇二二しかないということか」

『……うん……やっとわかったよ。エンネスオーネは決して産まれることはない、一〇〇二三番目の命。それが、課せられた秩序』

「……ひゃっ……ひゃひゃひゃ…………！　そら、見たことか。不適合者、確かにこの戦いはそちの勝ちじゃ。しかしエンネスオーネを産まぬ限り、妾が生誕神に裏返ることはない……」

　力のない声だった。けれども、その深淵には、薄暗い狂気が秘められている。

「わかるかえ？　妾の滅びは止められはせん……妾が滅びりゃあ、背表背裏の神である姉上も滅びる。そうなりゃ、エンネスオーネは産まれかけの秩序すら保てず、滅びて消ゆる」

　ひゃっひゃっひゃ、と再び奴は笑う。自らの滅びを、まるで恐れておらぬように。

「堕胎じゃ、堕胎。秩序からは逃れられはせん。そちも、妾の手からはこぼれ落ちたが、いずれはこの大きな世界の理に飲み込まれ、消えゆく。遅いか、早いかの違いじゃ」

「あっ……！」

エレオノールが驚いたように、その魔眼(め)を堕胎神へ向ける。双頭の蛇を形作っている赤い糸が、みるみるほつれ、消えていくのだ。

「き、消えちゃうぞっ！」

彼女が《蘇生(インガル)》をかけるも、しかし、魔法は一瞬で堕胎された。滅びゆくアンデルクだが、それゆえ、彼女が有する堕胎の秩序だけはいっそう強くなっている。

「だめだぞっ。このまま滅びちゃったら、ウェンゼルもエンネちゃんも助からないっ⁉」

「……アノス……！　エンネ……助けてくださいっ……！」

エレオノールとゼシアが、すがるように俺を見る。

「無駄じゃ、無駄じゃ。考えても、わからんかえ？　もう手遅れじゃ。のう、不適合者や。そちは滅ぼすことには長(た)けておろう。秩序さえも滅ぼす、世界の異物じゃ。しかし、そちは世界を滅ぼすのみで、救うことは決してできんえ。秩序も命も、ただ滅ぼすのみよ」

蛇の口元が、ニヤリと笑う。笑ったそばから、糸がほつれ、崩れ始めた。

「……ああ、口惜(くや)しいのう。この先が見れんとは、誠に業腹(ごうはら)じゃ……」

一言声を発するたびに双頭の蛇の体が、みるみるただの赤い糸に変わっていく。

「そちと姉上が、絶望に打ちひしがれる顔が見たかったたわ」

「ふむ。見せてやろうか？」

一瞬の沈黙。アンデルクは疑問を浮かべた。

「…………なに…………？」

ほつれた糸をわしづかみにし、それを一本の真紅の鎖にくくりつける。ウェズネーラから借りた緊縛神の鎖だ。

「絶望に打ちひしがれるお前の顔をな」

緊縛神の鎖にて、ほつれていく赤い糸を搦め捕り、その場にぐるぐると巻きつけた。

「なにかと思えば、無駄じゃ無駄じゃ。時間稼ぎにしかなりはせん」

「エンネスオーネはミリティアが創造しようとした優しい秩序だ。お前たち神族の妨害で、それがなんなのか彼女自身すら忘れることになったようだが、しかし、ようやくわかった」

光の殻に包まれたエンネスオーネの深淵を、俺は覗く。

「なぜ、エンネスオーネはエレオノールとゼシアにだけ夢を見せられたのか？　なぜ、《根源母胎》の疑似根源に、魔力のない器や心ない人形が反応するのか？　なぜ、芽宮神都のコウノトリの数は、《根源母胎》が生み出せる根源クローンの数と同じなのか？」

目の前に魔法陣を描き、そこからアンデルクを睨む。

「エンネスオーネを産むために、ミリティアが俺に必要なものを残したのだと考えたが、本質は少し違う。エンネスオーネは生まれかけの秩序だ。天父神ノウスガリアが生み出し、ミリティアが創り変えた、ある魔法律――」

「……それって……？」

魔法線を通して魔力を送れば、エレオノールの周囲に魔法文字が漂う。

「きゃっ……」

聖水が溢れて、球体をなし、彼女はそこに浮かび上がった。

「《根源母胎》の魔法を働かせるための魔法秩序、それがエンネスオーネの正体だ」

あのとき、ミリティアは天父神から、奴が生み出した新たな魔法秩序を奪った。そして、創り変えたのがエンネスオーネ。魔法秩序であるエンネスオーネはこの場所へ。エンネスオーネの秩序が生まれかけたことにより、《根源母胎》の魔法術式は働くようになり、人型魔法である彼女は勇者学院に誕生した。

「エンネスオーネを産むために必要なものは、心ない人形、魔力のない器、体を持たない魂魄。そして、エンネスオーネ自身がこのうちの一つ、体を持たない魂魄だ」

屋根のない屋敷で、心ない人形がいる部屋から外へ出るとき、エンネスオーネは転んだ。しかし、彼女がまだ部屋の中にいるにもかかわらず、心ない人形は復元を始めた。彼女が心である証拠。体を持たない魂魄である証明だ。

「一〇〇二三番目の命が生まれないのは、そもそも生むための疑似根源が、この芽宮神都に産まれないからだ。エンネスオーネと組となる、魔力のない器、心ない人形がな」

本来、その魔力のない器と心ない人形はコウノトリが一〇〇二二羽揃えば生まれるはず。それが芽宮神都の命の許容量を超えているため、生まれることができない。

「だが、芽宮神都とまったく同じ秩序で動く魔法がここにある」

術式を構築していき、《根源母胎》の魔法を制御する。コウノトリから伸びた光の線が、エンネスオーネから外れ、エレオノールを覆う聖水球に集った。

「…………望まれん魔法や、堕胎せん……！」

アンデルクがそう口にするも、《根源母胎》の魔法は止まらない。

「この芽宮神都はエンネスオーネの神域、その魔法秩序にて働く《根源母胎(エレオノール)》を簡単に消すことはできまい。そうでなければ、お前はとうにエンネスオーネを滅ぼしている」

やがて、コウノトリから発せられた光の線は、エレオノールの胎内に集まる。彼女の腹部から、まっすぐ魔法線が伸びた。それはエンネスオーネのへそから伸びる魔法線とそっくりで、二つは手を結ぶように、静かにつながった。《根源母胎(エレオノール)》の魔法にて、疑似根源——すなわち魔力のない器と心ない人形を作り出し、二つをへその緒を通じて送り込む。

「彼女がなぜゼシアの妹なのか？　そして、なぜ俺を父親だと言ったのか？　なかなかどうして、面白い謎かけだったな」

エンネスオーネを覆う光の殻が、目映(まばゆ)く輝き始め、彼女の姿が覆い隠される。

「これが答えだ」

「……こんな、ことが……？　ありんせん……。魔法秩序にて働く魔法が、その魔法秩序を超える力を発揮するなど……」

「くはは。なにを言っている、アンデルク。忘れたか？」

今にも産まれようとするエンネスオーネを見て、赤い双頭の蛇の表情が青ざめる。まるで絶望に打ちひしがれるように。

「秩序を覆(くつがえ)すのが——」

「魔王様の魔法だぞっ」

俺の台詞(せりふ)を盗(と)るように、エレオノールが得意気に言った。

§43.【不完全なる生誕】

「……おの……れぇ……………！」

双頭の蛇から、口惜しそうな声が響いた。鎖に縛られたその体から、赤い糸がほつれ、みるみる天へと上っていく。

「……許されはせん……この不適合者め……！　この世界の秩序を壊そうなどと……決して許されはせんっ……‼」

「そう心配するな。お前に許してもらおうとは思わぬ」

弱々しく今にも消えそうな堕胎神の秩序を、《滅紫の魔眼》にて眺める。

「……そちの敵は、妾だけではないんえ。あらゆる神が、この世の秩序が、そちの行いを許しはせん……この世界では妾たちが秩序……いかに抗おうと行きつく先は一つじゃ。従う以外に道などありんせん……！」

「くはは」

一笑に付し、アンデルクを見下ろしてやる。

「寝言は寝てから言うものだ」

俺の魔眼が滅紫に輝けば、ジャランッと音を立てて、緊縛神の鎖が床に落ちた。双頭の蛇の体を形成していた赤い糸が一瞬にしてほどけ、消滅したのだ。

「ほ、滅んじゃったぞっ⁉」

「なに、秩序が裏返ったにすぎぬ」

アンデルクが消えた場所から数メートル横に、淡い光が集い始める。それは人型を象り、生誕神ウェンゼルが顕現した。

「調子はどうだ、ウェンゼル？」

彼女はこくりとうなずき、穏やかな表情を浮かべた。

「ありがとうございます、魔王アノス。信じがたいことではありますが、堕胎の秩序は衰退し、生誕が隆盛を極めています。望まれない命が再び産まれようとしない限り、アンデルクが自然と姿を現すことはないでしょう」

「えーと、裏返っている間に滅ぶことはないのかな？」

エレオノールの質問に、ウェンゼルは答える。

「堕胎の秩序は次の機会に備えるため、力を回復させることでしょう。わたくしが表に出てきている以上、彼女の意思がその神体や秩序に影響を与えることはありません」

生誕神ウェンゼルは、エレオノールを優しく見つめる。彼女の顔と、魔法線のようなへその緒を。その先を辿れば、卵のような光の殻が輝いている。

「今、エンネスオーネがここに生誕します」

厳かに、生誕神ウェンゼルが両手を掲げる。描かれた魔法陣が、エンネスオーネを祝福するように包み込む。そうして、光の殻にヒビが入った。シャンシャン、と心地よい音色を響かせながら、そのヒビが広がっていく。

「……エンネッ……がんばれ……ですっ！　がんばれ……です……！」

生誕を応援するように、ゼシアが手を大きく振りながら、声を上げた。それに応じるように、光の殻は割れ、中から無数の羽が勢いよく溢れ出す。シャンッと一際大きな音が鳴った。

光の殻は完全に割れ、羽が天高く舞い上がってはひらひらと落ちてくる。エレオノールのへそから伸びた魔法線が、役目を終えたようにそっと切り離され、彼女の胎内へ戻っていった。

「……初めまして……って言えばいいのかな……？」

照れくさそうに、彼女は笑う。そこに立っていたのは、変わらず小さな女の子である。

「ウェンゼル、魔王アノス、エレオノール、ゼシアお姉ちゃん……ありがとう……」

背中に二枚の小さな翼が生えた以外は、根源胎児だった頃のエンネスオーネと殆ど変わっていない。けれども、深淵を覗けば、確かな魔力が彼女の根源から発せられていた。

「……エンネ……！」

ゼシアが両手を広げると、エンネスオーネは駆け出して、彼女に抱きついた。

「エンネ……産まれました……！」

「うんっ！　エンネスオーネは産まれたよ。ゼシアお姉ちゃんの妹として、産まれたのっ！」

「……大手柄……です……！」

二人は嬉しそうに見つめ合い、互いに笑みを浮かべている。

「……あの、ね。もう時間がないの」

そう言ったエンネスオーネの顔は、真剣な表情に変わっていた。

「……エンネ……？　どこか……行きますか……？」

ゆっくりと彼女は首を左右に振った。

「エンネスオーネは思い出したの。根源降誕の魔法秩序、それがエンネスオーネ」

その片鱗が、《根源母胎》だったというわけか。

「えーと、降誕ってなんだっけ？」

顔に疑問を浮かべながら、エレオノールが首を捻る。すると、ウェンゼルが言った。

「偉人や聖人、偉大な王などがこの世に生まれることを降誕と言います」

「わおっ。じゃ、エンネちゃんは、すっごい命を生むってことだ？」

エンネスオーネは頭の翼をパタパタとはためかせる。

「すごいかはわからないけど、エンネスオーネは秩序の枠から外れた、新しい命を生むために生まれたの。新しい人類を」

「んー？　えっと……エンネちゃんは降誕の神様で、人間とか魔族とはまた別の命を生むってこと？」

パタパタと頭の翼を動かしながら、彼女は言った。

「エンネスオーネは少し特別なの。秩序だけど神じゃなくて、エンネスオーネという名の一つの魔法秩序。神の秩序が支配する世界を優しくするためにミリティアが創造した、魔王のための魔法なんだ」

エンネスオーネは、くるりと踵を返した。

「だけどね、だめなの」

「というと？」

ゆっくりと歩きながら、エンネスオーネは口を開く。

「エンネスオーネは優しくない。やっとわかったの。みんなをここへ呼んだ理由。エンネスオーネは待ってられなかった。早く産まれなきゃいけなかった」

彼女は、ちょうどウェンゼルが閉じ込められていた魔法の檻の辺りで立ち止まった。ミーシャとサーシャが床に横たわっている。アンデルクが消えたため、じきにその魔法効果も消え、立ち上がれるだろう。

エンネスオーネは二人を悲しげに見つめた後、ボロボロに崩れた壁画に視線を移した。

「見て」

様々な模様や絵が描かれた壁画の中、彼女が視線を向けたそこには、ある魔法陣が刻みつけられていた。

「えーと、相合い傘魔法陣だぞ？」

「……ウェンゼル……アンデルク……です……」

エレオノールとゼシアが言った。

「地上では相合い傘魔法陣と呼ばれているのですね」

二人はウェンゼルを振り返る。

「神界だと違うのかな？」

「これは、背表背裏の姉妹神を表す記号です」

エレオノールがはっとして、エンネスオーネに視線を移した。

「みんなはたぶん、見たことあるはずなの。デルゾゲードにアベルニユーが描いていたから」

確かに、刻みつけられていた。ミリティアとアベルニユーの名で。

「確か、ミリティアはアベルニユーに会うことができぬと言っていたな。彼女たちが、ウェンゼルとアンデルク同様、背表背裏の姉妹神だったからか」

サーシャの根源を《分離融合転生(ディノ・ジクセス)》にて二人に分けたとき、その一方がミーシャという人格を宿した理由がこれか。元々、彼女たちが二人だったからだ。体は一つで、意識は二つ。いや、少し違うか。もしも、そう考えるのならば――

「きゃっ……!!」

思考を分断するかのように、芽宮神都が激しく震撼(しんかん)した。

「……地震……です…………！」

「いや――」

大きな魔力を頭上に感じ、見上げれば、空にある海が真っ二つに割れている。そこに、城が浮かんでいた。デルゾゲードと同じ、立体魔法陣の城。

「……あれ………エーベラストアンゼッタだぞっ……！」

エレオノールが声を上げながら、遙(はる)か頭上に浮かぶそれを指さした。地底にあったはずの神代の学府、エーベラストアンゼッタだ。

「……ミリティア……」

エンネスオーネが浮かない表情で言った。

「魔王アノス、あれはミリティアだよっ。エンネスオーネの秩序が生まれたのをきっかけに、起動したの。早くしないと――」

その言葉を裏づけるように、ひらひらとエーベラストアンゼッタから、無数の雪月花が舞い降りてくる。城に魔法陣が描かれ、白銀の光が降り注ぐ。それは、床に倒れたミーシャを柔らかく包み込んでいた。

輝く蒼白い星、創星エリアルが白銀の光を辿り、彼女の中に溶けていった。静かに、ミーシャが体を起こす。その両眼は、蒼白く輝いていた。

「エンネスオーネ」

そっと、ミーシャは言った。いつもと同じように淡々と。けれども、いつもとは少し違い、神々しい静謐さが声から溢れた。

「すべてが終わるまで、秘密にしてって、言ったのに」

「……だけど……エンネスオーネは……」

「やっぱり、わたしは創るのが下手」

そう口にして、ミーシャは俺を見た。彼女はゆっくりとこちらへ歩いてくる。俺も前へ歩み出た。

「ふむ。数奇な巡り合わせだな。すべてが予定通りといったわけでもあるまい」

ぱちぱちと瞬きをして、彼女は静かにうなずいた。

「思い出したか、ミリティア？」

「二千年ぶり」

淡々と彼女は言った。

「訊きたいことばかりがあるが？」

「知ってる」

そう口にして、彼女は俺に問いかけるような視線を向けた。

「先に訊いてもいい？」

「構わぬ」

「大切なのは、秩序か、人か？」

エーベラストアンゼッタに刻まれていた問いだ。

「人が生きるために、秩序が必要だ。逆ではない」

即座に答えれば、小さな神は薄く微笑む。

「この日と、あなたを、わたしは待っていた」

§44.【創造の神の願いし世界】

空の海は割れたまま、そこに神代の学府エーベラストアンゼッタが浮かんでいる。月は見えぬ。にもかかわらず、白銀の月明かりが、芽宮神都を優しく照らしていた。

「――この日というのは、エンネスオーネが産まれる日のことか？」

俺の言葉に、こくりとミーシャはうなずく。

「わたしが世界を創ってから、七億年が経った」

静謐な声で彼女は言う。

「ずっと、この世界を見守ってきた。アベルニユーと二人で。破壊し、創造され、世界の命は循環する。争いの絶えない日々の中、根源はめくるめく輪廻した。悲劇の星の下に生まれた命も、いつかは幸せをつかめるかもしれない。最初はそんな風に思った」

「間違っているとは思えぬ。俺の父も、今はそばで平和に暮らしている」

ミーシャは悲しげな顔で微笑む。

「それは一つの事実。けれど、すべてにおいてそうではなかった」

淡々とした声は、静かに、そして重たく響き渡る。

「根源は輪廻し、命は循環する。だけど、それが永久ではないことに、わたしは気がついた。滅びに近づく毎に、強く輝くはずの根源。たとえ今世が悲しみに満ちていても、来世がより喜びに輝くなら、幸せと不幸せの整合はとれている」

まっすぐ俺の目を見つめ、ミーシャは語った。

「悲しみで終わらないなら……。幾度となく繰り返し、来世に希望をつないでいくなら、まだこの世界に救いはあった」

一旦、口を噤み、ミーシャは俯く。そうして、身を切るような声を彼女は発したのだ。

「この世界の潜在的な魔力総量は、常に減り続けている」

ふむ。総量、か。

「魔族や人間、魔法具や魔剣、聖剣など、魔力を有するすべての力を合算した値がか？」

ミーシャは静かにうなずいた。

「魔力は完全には循環しない。輪廻を続ける命のうち、いくつかはこぼれ落ち、やがて消えてなくなる」

世界の魔力総量が減り続けているのなら、輪廻や転生ができぬ命があると考えるのは妥当だ。俺の父、セリス・ヴォルディゴードのように魔力を失うこともあろう。そうして、失う魔力すらなくなれば、いずれ根源そのものが消えることになる。

「アノス」

悲しげに、彼女は俺の名を呼んだ。

「世界は、優しくなんかない。この世界は少しずつ人々の幸せを奪っている」

それが自身の罪だとでもいうように、彼女は告白した。

「それが秩序」

「覆してやればいい」

そう口にすれば、彼女は僅かに微笑む。

「アノスらしい」

その言葉はミリティアのものではなく、ミーシャが言っているようだった。

「世界が平和になるように、世界から悲しみが減るように、あなたは破壊神の秩序を奪った。魔王城デルゾゲードがミッドヘイズに立ち、あらゆるものは滅びから遠ざかった。だけど、いくつかの問題が残された」

「その一つが、選定審判か？」

「そう。破壊神の秩序が消え去り、世界は創造に傾いた。秩序の整合を保つため、選定審判が開かれ、神と人を巻き込んだ争いが繰り返される」

ミリティアはアルカナの選定神となり、地底で起きた選定審判を戦った。

「その他には？」

「あなたが忘れてしまった記憶にあること。創造神と破壊神は秩序の表と裏、背表背裏の姉妹神。わたしたちの根源は二つで一つ、一つで二つ。二神一体の秩序」

確か、サーシャが思い出した記憶で、なんらかの問題を先送りにしたと言っていたのだったな。それが、これか？

「つまり、こういうことか。破壊神の秩序を失えば、創造神であるお前も長くは生きられなかった」

ミーシャはうなずく。破壊神をデルゾゲードとしたことで、背表背裏の姉妹神であるミリティアは裏の秩序を失い、その寿命が限られてしまったのだ。

「アベルニユーも同じ。その根源は神族のもの。魔族に転生しても、秩序のつながりが完全に切れたわけじゃない」

「破壊神をデルゾゲードにしたままでは創造神が滅ぶ。創造神が滅べば、やがて、サーシャも消えるということか？」

「……そう」

「無策だったわけではあるまい？」

うなずき、ミーシャは答えた。

「わたしは選定審判を止めるため、創造神の秩序を手放した。あなたが使った魔法と同じように、その神体を神代の学府エーベラストアンゼッタに変えた。整合神エルロラリエロムの秩序ごと」

そうすれば、創造神と整合神、二つの秩序が同時に消える。創造と破壊のバランスは保たれ、整合の秩序が著しく弱くなることから、選定審判やそれに類する秩序は働かなくなるだろう。

「わたしの根源は、アベルニユーの根源の裏であり表。彼女が転生途中だったから、わたしは一緒に転生することができた」

「いつか見た夢では、妹に自らのぜんぶを譲ったと言っていたな？」

ミーシャはうなずく。

「秩序と切り離された神は長く生きられない。だけど、破壊神と創造神のつながりを断ち、完全に魔族に転生できればアベルニユーは生きていける。二つの秩序はデルゾゲードとエーベラストアンゼッタになった。微かに残ったつながりは、わたしたちが一人で二人だということ」

「完全に一人になれば、破壊神とのつながりを断ち、サーシャを普通の魔族として転生させることが可能だったわけだ」

「それで彼女はこの世に残り、わたしの最後の願いが叶うはずだった」

叶わなかった理由は、明白だ。ミリティアの邪魔をした者がいる。

「グラハムか」

「そう。彼はアルカナと万雷剣ガウドゲィモン、そして狂乱神アガンゾンの力にて、わたしを貶めようとした。この願いは叶わず、わたしは望まない形で転生した」

「お前の根源はサーシャと一つになったが、消える予定の意識が残った」

ミーシャがうなずく。

「一つの根源に、二つの意識という歪な形でわたしたちは生まれるはずだった」

簡単に言えば、カイヒラムとジステのような状態になっていたのだろう。

「それが偶然《分離融合転生》にて、二人に分けられた、か」

しかし、グラハムがなにをしたかったのかわからぬな。あの男のことだ。ただの嫌がらせとも取れるが、本当にそれだけか？

「偶然。けれども、運命だったのかもしれない」

「……ふむ。というと、レイがなにか？」

「彼は霊神人剣に選ばれた勇者。宿命を断ちきるその聖剣が、知らずとも彼の想いに応えていたのかもしれない」

《分離融合転生》にて存在しないはずのミーシャを生み、不幸を作り出してしまった勇者カノン――しかし、その実、彼女たちを救っていたか。エヴァンスマナはその当時、レイの手元になかったはずだがな。それでも、俺がミーシャとサーシャを救うお膳立てをしていたのであれば、なんとも凄まじい力を持っている。

そもそも、俺を滅ぼせる聖剣だ。人の名工が鍛え、精霊が宿り、神が祝福したというが、その三名とも、何者か知れぬ。得体の知れぬ力を有していても、不思議はないか。

もしも、転生後に俺が出会ったサーシャとミーシャが、一つの根源に二つの意識という状態だったならば、少なくとも過去を変えて救う必要はないと判断したはずだ。

「二人に分けられたわたしたちは、破壊神と創造神のつながりが弱くなっていた。《創造の月》と《破滅の太陽》は、同時に空には昇らないものだから」

つまり、彼女たちは、限りなく魔族に近い神だ。

「二人で一人のままだったならば、破壊神と創造神のつながりは強いまま、秩序から切り離されたお前たちは滅んでいたと？」

「そう。偶然というにはとても運がよすぎた。わたしたちは勇者の力で一五年の猶予を得た」

確かに、なんらかの力が働いたと考えた方が自然だろう。なんとも数奇な巡り合わせだ。

「そうして、一五年後、あなたがやってきた」

《分離融合転生(ディノ・ジクセス)》が完了し、一人に戻っていれば、やはり二人には死の運命が待ち受けるはずだった。それを、知らぬまま俺が救った。

「わたしは、またちょっとだけ生きられることになった」

穏やかな表情でミーシャは言った。

「アノスがいて、サーシャがいて、わたしがいる」

まるで、これから滅ぶと言わんばかりに。

「それは、わたしたちが見た泡沫(うたかた)の夢だった」

白銀の光がミーシャの体に降り注ぎ、彼女はふわりと浮き上がる。

「転生して、魔族になって、二人になっても、神は神で、秩序は秩序。秩序を失った神は、長く生きられない。けれど」

ミーシャは優しく微笑(ほほえ)んだ。

「あなたはわたしにいくつもの奇跡をくれた。世界を壁で隔て、平和を見せてくれた。《破滅の太陽》を落とし、神の恋を見せてくれた。アベルニユーが魔族へ転生するところを見せてくれた」

高く、高く、神代の学府に引き寄せられるように、ミーシャは空へ上っていく。

「ずっと世界を見守り続けてきたわたしが、見たことがないものばかり」

彼女はエーベラストアンゼッタを背にした。

「世界は信じられないほど平和になった。アノス。最後の奇跡はわたしが。この世界を優しく創り変える」

彼女を見上げ、俺は問うた。

「どうするつもりだ？」

「世界とわたし、どちらが先に生まれたかわかる？」

わからぬ、と視線を送れば、ミーシャは言った。

「世界が先。わたしの前にも創造神がいた。古い世界が限界に達すると、創造神は滅ぶ。そのとき、滅びに近づいた根源が最後の創造を行う。次の創造神を生み出し、その新しい秩序が新たな世界を創る」

エーベラストアンゼッタが白銀の光に包まれ、輝いていた。

「なるほど。魔力の総量が減り続けた果てに、その代の創造神が世界を創り変えるわけか」

「けれど、創造神はわたしで最後。繰り返すだけの世界の秩序に、わたしは抗うから」

瞬きを一度、神代の学府の光が奪われ、ミーシャの瞳が白銀に染まった。創造神たる彼女本来の力が、そこに注ぎ込まれているのだ。

「戦い方は、あなたが教えてくれた」

二度目の瞬きで、ミーシャの瞳が《創造の月》アーティエルトノアと化す。その視線が、神代の学府エーベラストアンゼッタに向けられると、城の立体魔法陣が起動した。

雪月花を舞い散らせながら、エーベラストアンゼッタは《創造の月》に変化する。だが、平素とは違う。その月には僅かに影が射していた。月蝕だ。

「滅びのとき、わたしの月は欠けていく。アーティエルトノアの皆既月蝕。それが、《源創の月蝕》と呼ばれる最後の創造。創世の光が、この世界を創り変える」

決意を込めて、彼女は言った。

「神様のいない、優しい世界に」

「この世界から、すべての秩序を奪うか？」

ミーシャはうなずく。

「なにもかもが定められた冷たい秩序は消えて、世界はあやふやで曖昧なものに変わる。先の見えない時代が訪れ、未知と不安が蔓延る。けれども、その熱い混沌を、きっと人は希望と呼ぶのだろう。それに――」

まっすぐミーシャは俺に言葉を投げた。

「その世界にはあなたがいる。世界が創り変えられた後、新たな世界の人々をあなたの魔法で生んであげて。《根源降誕》によって生まれた人々は神の秩序に囚われない。魔力の総量が減り続けることはなくなり、どんなに絶望の淵に突き落とされても、いつもどこかに希望が残る」

神によって支えられたこの世界の秩序は、絶えず命を削り続ける。ゆえに、ミリティアはエンネスオーネを創造しようとした。消えゆく神の代わりに、秩序の枠から外れた不適合者――

俺の魔法が生命を生み出す、新たな世界を創るために。

「秩序が消えれば、神は資格を剝奪され、彼女らも一個の新たな命として生きる。秩序のお仕着せに悲しむ神はもういなくなる。アベルニユーのように」

「ふむ。なかなかどうして、今の世界よりは良さそうだ」

「えっと……ちょっと待って……急展開すぎて頭がついていかないぞ……」

エレオノールが言い、うーんと深く考え込む。

「……新しい世界は、良さそうな気がするんだけど……今の話からすると、世界を創り変えるために、ミーシャちゃんは滅んじゃうんじゃない……？」

「なに、滅びなら克服すればよい。手を貸してやろう」

微笑み、ミーシャは静かに首を振った。

「わたしが滅ぶことはない。わたしは、この世界に生まれ変わるから」

「え……？」

エレオノールの顔が驚きに染まる。

「ミーシャ……世界に……変わりますか……？」

ゼシアが心配そうな表情でそう質問した。

「そう」

「また……会えますか……？」

ほんの少し悲しげに、けれども彼女は笑った。

「いつでも会える。わたしは、みんなを見守り続ける。この世界になって、みんなを優しく守り続ける。ただわたしという意識が消えて、話ができないだけ」

「だめだよ、ミリティアッ！」

エンネスオーネが声を上げる。

「だめだよ……そんなの……だって、それじゃ、みんなの中にミリティアが入ってない……」

困ったように微笑み、ミーシャは首を左右に振った。

「あなたは神とは違う、新しい世界のための魔王の秩序。だから、優しい。あなたの人のような優しさが、わたしはとても嬉しい」

幼子を説得するように、柔らかくミーシャは言った。

「役割が違うだけ」

エンネスオーネは泣き出しそうな顔をした。彼女はミリティアを止めたかったのだろう。それゆえ朧気な記憶、微かな想いが、こうしてここに俺を呼んだのだ。

「わたしは、ずっと見てきた。世界が生まれて七億年、ずっと見守り続けてきた。ずっと、ずっと、これがわたしの願いだった。世界を創るのではなく、この世界になれたら、そうしたら、もっと近くで、みんなを優しく見守り続けることができる」

彼女が両手を掲げると、《創造の月》アーティエルトノアが欠けていく。月蝕が進んでいるのだ。

「アノス、エレオノール、ゼシア、エンネスオーネ、ウェンゼル」

にっこりと笑い、少女は言った。

「ごめんなさい。ありがとう。楽しかった」

《創造の月》の皆既月蝕がみるみる進み、その白銀の光は赤みを帯びる。

「アベルニユーによろしく」

「別れの挨拶ぐらい、自分で言えばいい」

ほんの少し困った顔をして、ミーシャはゆっくりと首を左右に振った。

「きっと怒られる」

アーティエルトノアが完全に欠け、皆既月蝕が訪れる。芽宮神都を、その月が仄かな赤銀の光で照らし出した。

「さようなら」

瞬きを二回、ミーシャの瞳の月が、赤銀に変わる――

「――さようなら、じゃ」

《創造の月》が揺れ、赤銀の光が僅かに弱まる。強烈な視線の魔力が、アーティエルトノアに叩きつけられていた。

「ないでしょうがっ！　馬鹿なのっ!!」

地上から瞳に魔法陣を浮かべ、ミーシャに向かって突撃する人影があった。誰かなどと見なくともとっくに承知している。倒れていたサーシャが飛び起きたのだ。

「くはは。残念だったな、ミリティア。怒られてしまったぞ」

「くはは、じゃなくて、なに黙って聞いてるのよ。さっさと止めなさいっ。エレオノールも、ゼシアも、こんな馬鹿な話、ありえないでしょうがっ!!」

犬歯を剝き出しにして、《創造の月》を睨みながら、サーシャはそう言葉を叩きつける。

「やれやれ。すまぬな、ミリティア。ともに平和を目指した同志の願い、無下にはできぬが、俺の配下がうるさくてかなわぬ」

俺は空へ飛び上がると、上空へ巨大な魔法陣を描く。

「《魔王城召喚》」

巨大な城の影が揺らめき、それが反転するように魔王城デルゾゲードへと変わる。創造神ミリティアのアーティエルトノアは生半可な力では止められぬ。ゆえに、同等の力をぶつける。

「まあ、そう結論を急くな。まだまだ積もる話もあるだろう」

デルゾゲードを《創造の月》に突っ込ませる。魔王城から立ち上る黒き粒子と赤銀の光が鬩ぎ合い、火花が激しく渦巻いた。ド、ド、ド、ガ、ガガガァァンッと魔王城は外壁を半壊させながらも、《創造の月》へめり込んだ。

すると、月蝕が止まり、その月が神代の学府エーベラストアンゼッタへと戻っていく。そのまま勢いよく魔王城にて押し込み、《創造の月》の力を封じた。その隙にサーシャは更に上昇する。自らを引き止めようと向かってくる妹を、ミーシャは優しく見つめた。

「ごめんなさい、アベルニユー。わたしは、優しい世界を残してあげたかった」

「おあいにくさま。いい、ミリティア。あなたのいない世界が、どんなに優しくても、どれだけ平和でも」

上昇するサーシャは、空に佇むミーシャに手を伸ばす。

「絶対、笑ってなんかいないっ！　そんな世界、わたしはこれっぽっちも欲しくないわっ！」

§45.【答え】

ミーシャの上方に魔法陣が描かれ、そこに疑似魔王城デルゾゲードが構築される。《創造の魔眼》を、彼女は迫りくるサーシャへ優しく向けた。刹那——

「《獄炎殲滅砲(ジオ・グレイズ)》」

漆黒の太陽を乱れ撃ち、空に浮かぶ疑似魔王城を炎上させる。ミーシャを追い越し、俺は右手を黒炎に染めた。

「《焦死焼滅燦火焚炎(アヴィアスタン・ジアラ)》」

一直線に疑似魔王城へ向かい、その城を最下層から最上層まで一気にぶち抜いた。輝く黒炎に飲まれ、創造された城がみるみる灰へと変わっていく。

「わがまま言わないでよっ！　約束したでしょ。今度は、三人で会おうって。やっと、会えたのに。やっと思い出したのにっ！」

ミーシャの《創造の魔眼》が、サーシャを見つめ、彼女の体を氷で覆っていく。

「お願いごとは、これだけ」

伸ばしたサーシャの手が凍りつき、上方へ向かう彼女の勢いが止められる。

「あとはぜんぶあげるから。あなたはあなたの願いを叶(かな)えて」

瞬(またた)く間にサーシャの体が凍りついた。かろうじて無事だった首から上も、次第に氷へ創り変えられていく。それはやがて溶けるのだろう。すべてが終わった、その後に。

「恋をして、幸せになって。アベルニユー。あなたの顔を、わたしはこの世界になって毎日、優しく見守るから」

サーシャの顔が完全に凍りついた。瞬間、その瞳に魔法陣が描かれる。《破滅の魔眼》がその空域を睨みつけると、パリンッと氷が粉々に砕け散り、サーシャの体が解放された。

「馬鹿じゃないのっ！　恋なんていらないわっ！　願いごとなんて叶わなくていいっ！」

《創造の魔眼》を《破滅の魔眼》で相殺しながら、《飛行》にてサーシャは再び飛び上がる。

そうして、その右手がミーシャの左手を、その左手がミーシャの右手をつかんだ。

「なにも叶わなくていい。わたしも諦めるから、ミリティアも諦めて。一緒にいられれば、もうなにもいらないから。だって、わたしは……」

《破滅の魔眼》を赤く染め、涙をはらりとこぼしながら、至近距離でサーシャはミーシャに言った。

「ミリティア。わたしはもう幸せだったのよ」

「アベルニユー」

優しく、ミーシャは言う。

「わたしたちが二人でいる限り、創造神と破壊神の運命は消せない。あなたはまだ魔族になりきれていない。ただ秩序を失っただけ。秩序を失った神は、滅びへ向かう」

サーシャの手を、ミーシャはそっと握り返した。

「最後に会えてよかった」

「……冗談言わないで。運命なんて、ぶち壊してやるわ……何度でも……」

震える声で、それでも毅然とサーシャは言った。

「あのときと、同じじゃない。わたしがまだ魔族じゃなくても、創造神と破壊神の運命が、わたしたちを滅ぼすのだとしても、それが世界の秩序だとしても、そんなの、なにもかもぶち壊してあげるわっ！」

強く、強く、これまでよりも遥かに強大に、その《破滅の魔眼》は輝いていた。

「ふむ。よく言った。それでこそ、俺の配下だ」

疑似魔王城を焼き滅ぼした俺は降下し、ミーシャの背後をとった。

「転生が不完全なアベルニユーは、やがて滅ぶ。まず先送りにしたその問題を解決した後、ミリティア、お前の犠牲をなしに世界を真の平和に導けばそれで文句はあるまい？」

すると、ミーシャは薄く微笑み、左手を俺へ伸ばした。体を僅かに移動させ、俺はその小さな手を握る。

「犠牲じゃなく、願い」

淡々と彼女は告げる。

「祈り続けた。願い続けた。この冷たい世界を、ただ見守ることしかできなかった。そうして、七億の年が重ねられた。今、ようやくわたしの願いは成就する。だから、悲しまないで」

ミーシャが、俺とサーシャの手を優しく握る。

「笑って」

サーシャが泣きながら、首を左右に振った。金の髪が悲しく揺れる。

「わたしは生まれて初めて、創造神として相応しい行いができる。ただの一度も、創世の神と呼ばれるに値しなかったわたしが」

　彼女はじっとサーシャを見つめる。

「アベルニユー。世界をまっすぐ愛したわたしを、困った姉だと送り出してほしい」

　次いで、ミーシャは俺を見つめる。

「アノス。神の正道を行くわたしを、この世界の王として誇らしく見守ってほしい」

　俺とサーシャの背中を、彼女はその手で優しく抱く。

「わたしは決して不幸じゃない。大好きな人たちをこの世界になって、優しく見守り続けることができる。ずっと、ずっと……輪廻（りんね）するあなたたちを、ずっと見てるから」

　ミーシャは笑った。俺たちの憂いを吹き飛ばすよう、柔らかく。

「悲しいお別れは、どこにもない。わたしは、ただ神であり続けただけ」

「それでも……」

　震える声で、サーシャが言う。

「……ミリティアのお願いでも、わたしは嫌っ！　絶対、送り出してなんかあげないわ。絶対につ。だって、そうでしょ。わたしが笑っていても、アノスが笑っていても、ミリティアは笑わない。話すことも、こうして手をつなぐこともできない。ただ見ているだけ。そんなの寂しいだけじゃないっ!!」

　ぱちぱちと瞬（まばた）きをして、ミーシャは言う。

「寂しくない」

「ミリティアがよくても、わたしが、寂しいのっ!!　一生、泣いてやるわ。ミリティアの名前を呼び続けてあげる。そうしたら、きっと後悔するわっ。絶対、絶対、後悔させてあげるんだからっ!!」

困ったような顔でミーシャは、サーシャを見つめた。

「放さないから」

ミーシャにすがりつくようにして、サーシャは言う。

「この手は絶対に放さないわ。世界の終わりが来たって」

「ありがとう」

ミーシャは一度瞬きをする。その瞳が白銀に染まり、二度目の瞬きで《創造の月》へと変わった。《源創の神眼》である。瞬間――周囲が真白に染まった。

「見てるから。大好きなわたしの妹を」

なにもない真っ白な空間に、氷の雲が創造される。次いで氷の大地が構築され、草花や木々が生えた。氷の山が盛り上がり、大きな海が出現する。

『氷の世界』

ミーシャの声が《思念通信》で響く。俺たちは、彼女が創り出した氷の世界の中にいた。眼下には、戸惑ったような様子のエレオノールが見える。ゼシア、エンネスオーネ、ウェンゼル、ウェズネーラも飲み込まれたようだ。

「出してよっ、ミリティアッ！　出しなさいっ！」

『そこにいて。もう時間がない』

サーシャが《破滅の魔眼》を氷の世界へ向ける。氷という氷が砕け散るも、世界自体はびくともしない。

『破壊と創造の力は整合がとれている。けれど、いつも、いつだって、ほんの少しだけ破壊の方が多い。それが今の世界の秩序。創造するためには、破壊するしかない。だけど、破壊神が消えて、これまでに破壊されなかった命がその順番を待っている』

　優しい声が、氷の世界に響き渡る。

『軍神が生まれてしまった。世界には裂け目ができ、神の扉が開いていく。秩序の兵士たちが一斉に押し寄せてくる』

「そんなの、ぜんぶ蹴散らしてやるわっ！」

『戦わなくてもいい。敵も味方も、本当はどこにもいない。争いはもう沢山だから、世界は優しく生まれ変わる』

「馬鹿なのっ‼　馬鹿っ‼　馬鹿ぁっ‼　早く出しなさいっ！　出さないと、ぜんぶ、ぶち壊すわよっ‼」

《破滅の魔眼》が空を破壊し、海を割る。彼女は自らの根源を見据え、その力にて滅びへと近づけ、魔力を底上げしているのだ。刻一刻と彼女は滅びへ向かい、その力はかつての破壊神へ限りなく近づいていく。しかし、サーシャは神体を失っている。このままでは体がもつまい。

「そのぐらいにしておけ」

　サーシャの魔眼を手で覆い、力を止めた。糸が切れた人形のように彼女はがくんと脱力する。

　荒い呼吸を繰り返し、サーシャは譫言（うわごと）のように姉の名を呼んだ。回復魔法をかけながら、俺は口を開く。

「ミリティア。創造の神の創った世界とて、俺を閉じ込めておけると思ったか？」

『あなたの滅びを、わたしは優しく受け止める』

ミーシャは言った。

『おいで。わたしが新しく創る世界は、決して滅びはしない。これはその証明。今度は、あなたが力一杯走り回れる世界を創ってあげる』

その声は、優しく微笑む。

『子供のように、駆け出せる世界を』

相も変わらず、健気なものだ。新しい世界は、俺がうっかり滅ぼす心配をする必要もない。なんの気兼ねなく生きられると、そう言いたいのだろう。

馬鹿め。大馬鹿者め。お前は変わらぬ。記憶があろうとなかろうと、こんなにも人のことばかりを考え、慈愛に満ちている。

「ミリティア。お前は優しい。お前がこれから創り直そうとしている世界は、確かに優しいのだろうな」

氷の世界の外にいる彼女に、俺は言う。

「だが、それは優しい嘘だ」

その言葉に、ミーシャは黙って耳を傾けている。

「嘘は優しくとも脆いものだ。そんな有様ではたとえ世界を創り直したとて、やがて壊れる。いいや——」

はっきりと俺は断言する。

「俺が創る世界にすら及ばぬ、チャチなハリボテだ」

沈黙が僅かに流れ、彼女は言った。

『信じて』

「ならば、一つ勝負といこう」

俺はその場に魔法陣を描く。

「どちらがよりよい世界を創造できるのか。俺の方がマシな世界を創れると知ったなら、考えを改めてもよかろう？」

『わたしと創造魔法で競う？』

驚いたようにも聞こえるその声に対して、ふっと俺は笑ってみせた。

「俺がこの氷の世界を創り変えたなら、俺の勝ちだ」

じっとミーシャは考えている。世界の創造を競い合うならば、彼女が遙かに有利だ。

そして、俺に負ける程度の創造魔法では、到底世界を優しく創り変えることなどできぬ。

彼女が不可解に思っているのは、なぜ俺があえて勝てない勝負を挑んできたのか、といったところか。

『《契約》は？』

その言葉に俺は笑う。

「俺たちがか？」

『わかった。魔王アノス。あなたに挑もう』

俺は描いた魔法陣に手をかざし、魔力を込めていく。それはみるみる大きく膨れあがった。

デルゾゲードよりも遙かに巨大な立体魔法陣が、この氷の世界を覆っていく。

「緑に満ちよ」

《創造建築》の魔法にて、氷の大地に緑を溢れさせる。黒き魔力の粒子がそこに集えば、みるみる木々が生えていき、肥沃な土壌が構築された。

『氷と雪』

瞬く間に、俺が創造した緑の大地は、氷に創り変えられた。

「ふむ。さすがは、創造神の力だ」

『あなたの力は世界の枠から外れている。だけど、創造魔法なら届く』

「どうかな？　これは世界を創り変える勝負だ。あいにくと俺の創造はお前のように優しくないぞ」

俺は目の前に手をかざし、多重魔法陣を描く。それを砲塔のように幾重にも重ねていき、照準を空へ向けた。漆黒の粒子が激しく渦を巻き、魔法陣の砲塔に絡みつく。強力な魔法の余波が、空気を震撼させ、氷をどろりと溶かしていった。

サーシャを守るように、俺はその体を抱きよせる。ウェンゼルとエレオノールたちは空へ飛び上がり、全員で魔法の結界を構築していた。黒き粒子が砲塔を中心に七重の螺旋を描く。氷の大地と空を四つに分けるが如く深い亀裂が走った。

「《極獄界滅灰燼魔砲》」

魔法陣の砲塔から、終末の火が放たれる。七重螺旋を描くその暗黒の炎は、終わりを予感させる轟音とともに空へ向かい、なにもかもを蹂躙しながら直進した。二千年前の創造神ミリティア、破壊神アベルニユー、魔王アノス・ヴォルディゴードの魔力を借りる起源魔法。ミリティア本体には効かぬが、彼女が創った世界なら話は別だ。

　終末の火が、空の果てに到達し、そして世界の一切が炎上した。氷の雲が燃え、どこまでも広がる空が燃え、大地や山々が燃え、あらゆるものが黒き灰に変わっていく。そうして、世界はただ白と黒に染め上げられた。だが、その枠組み自体は健在だ。その証拠に、俺たちは芽宮神都に戻っていない。

「《極獄界滅灰燼魔砲(エギル・グローネ・アングドロア)》でも壊れぬとは、なかなかどうして、大したものだ。俺の滅びを受け止めるといった言葉に偽りはないようだな」

『嘘(うそ)はつかない』

「いいや――」

　ゆるりと右手を下げ、天に向けて開く。そこに影の剣が現れた。氷の世界に侵入するよう、空には魔王城デルゾゲードが姿を現していた。右手を握れば、影が反転するように闇色の長剣が俺の手に収まる。

「お前は嘘(うそ)をついている。今から、それを暴いてやろう」

　理滅剣ヴェヌズドノアを天にかざす。そこから投射された影が、白黒の世界に様々な像を浮かび上がらせる。城や街、山々や森、砂漠、湖、そこに住む人々が立体的な影絵のように現れた。幾億もの影絵が世界を新しく創っていく。しかし――

『わかっていたはず』

　影絵が一つ、凍りついた。

『理滅剣は破壊神の力。あなたが誰より優れているのは滅びの魔法。滅びと滅びを重ね創造の力に変えても、創造神の世界は創り変えられない』

影絵の世界が塗り替えられるように、大地が再び凍りついていく。

『嬉しかった』

彼女は言う。

『忘れないから』

あたかも別れの言葉のように。

『あなたは最後まで、わたしの創った世界を滅ぼそうとはしなかった。こんなときでさえ』

一瞬の静寂、腕の中でサーシャが震えていた。

『滅びの魔法が得意な暴虐の魔王が、わたしを引き止めようとして挑んだのは、世界の創造を競うこと。それが、わたしへの一番のはなむけ』

淡々としたミーシャの声、それでも彼女が笑っているのがわかった。

『ありがとう』

白銀が一気に世界を覆いつくす。

『わたしはこの世界を見てきた。見守り続け、ずっと考えてきた。悲しまないで。笑ってほしい。これが七億年、考えて、ずっと考えて出した、わたしの正解。だから――』

言葉が途切れた。見れば、白銀の氷が世界を半分覆いつくしたところで止まっていた。

「……俺が、奇跡をくれてやったと言ったな、ミリティア……」

白銀の世界が半分、影絵の世界が半分。一瞬にして世界を塗り替えられるはずの創造神は、けれども、その影絵を消せなかった。

「世界を壁で隔て、平和を見せた。《破滅の太陽》を落とし、神の恋を見せた。アベルニユーが魔族へ転生するところを見せた、と」

白銀の世界が再び影に塗り潰されていく。ゆっくりと、しかし確実に、影絵は数を増した。

「それが嘘だ。俺がお前に見せた奇跡は、そんなものではない」

創造魔法と創造魔法の鬩ぎ合いでは、俺が不利だ。にもかかわらず、影絵の世界は再び凍りつくことはない。

「転生した俺とお前は、この時代で初めての友となった」

遙か視線の彼方、そこに浮かんだ影絵はミッドヘイズで、俺とミーシャが出会った光景だ。

「《分離融合転生》の一件で、サーシャと仲違いをしたお前は、俺とともに彼女を追いかけ、仲直りをした」

また違う場所に浮かび上がった影絵は、デルゾゲードの地下ダンジョン。ミーシャにすがりつくサーシャの姿がそこにあった。

「お前に誕生日の指輪をくれてやった」

俺の家の影絵が浮かぶ。そこには《蓮葉氷の指輪》をつけ、満面の笑みを浮かべるミーシャがいた。それらを確かに、彼女は奇跡だと思っていたのだ。

「いつぞやの魔剣大会でお前は言ったな。俺は暴虐の魔王ではなく、クラスメイトで友達だと。生まれ変わり、今は一人の学生だと。楽しんできて――と。お前はかつての魔王ではなく、今の俺を見ていた。生まれ変わった俺を」

彼女の言葉で、俺は求めていた平和を肌身で感じることができた。

「そっくりそのまま返してやろう。お前はもう創造神ではない。ただの学生であり、俺の友だ。俺だけではないぞ。ここにはいない学友たちに、一言も告げることなく、ただ消えて、彼らが笑顔でいられると思ったか」

氷の世界を見つめるミーシャの神眼に、無数の影絵が映っただろう。それはレイやミサ、シンやレノ、ファンユニオンの少女たちや、エミリア、エールドメード、父さんや母さん、魔王学院の生徒たちの姿だ。

「お前と出会ってから半年、もう七ヶ月になるか。その記憶と想いを遠ざけていたのだろう。覚悟が乱れぬよう、創造の力で創り変え、心の奥に秘めていた。それがお前の嘘だ。だが、知っていよう。神の秩序は、愛と優しさには決して敵わぬ」

目を背けた彼女に、突きつけるように俺は影絵の世界を創った。

「ミーシャ」

彼女の名を呼ぶ。誰も呼ばないと悲しみに暮れていた、彼女の名を。創造神ではなく、一人の魔族として生まれ変わった、彼女の名を。

「あまり馬鹿を言うな。お前を失うなど、ありえぬ」

「そうだぞっ、ミーシャちゃんっ！」

空を飛ぶエレオノールが大声で叫んだ。

「魔王軍は全戦全勝、誰一人欠けることなく、今回も帰るんだぞっ！　それで一緒にお酒を飲むんだ。ミーシャちゃんがいなかったら、誰が酒乱のサーシャちゃんを止めるんだっ⁉」

「ミーシャは……ゼシアに優しいです……！」

ゼシアが負けじと大声で叫ぶ。

「ミーシャがいなくなったら……誰がゼシアの草をこっそり……食べてくれますかっ⁉」

両拳を握り締めて、この世界の外にいる彼女にゼシアは強く訴える。

「ゼシアは……草食動物には……なれませんっ……！」

「……ミーシャ……」

俺の腕の中で、サーシャが声を発する。

「……ねえ、ミーシャ。あなたの願いはわかったけど、本当にそれでいいの……？」

とても優しく、ひどく悲しげに、サーシャは語りかける。

「わたしたちは、いつも二人だったわ。創造神とか、破壊神とか、関係ない。あのときだってそうだった。一人じゃなきゃ生きられないってわかっていたって、そんなの無理だわっ。だって……」

涙の雫（しずく）が、《破滅の魔眼》からこぼれ落ちる。

「……だって……」

と、サーシャは言葉を重ねる。

「……だって、わたしたちは二人じゃなきゃ生きられないっ！　あなたが世界になるなら、わたしもなる。創造神と破壊神じゃなくなったって、このつながりは絶対切れない……どうしても世界に生まれ変わるっていうなら、一緒に来てってわたしに言ってよっ！」

ゆっくりと彼女は震える手を伸ばす。ここにはいない、ミーシャに向かって。

「わたしはあなたの妹だけど、あなたのお姉ちゃんだわっ……！　あなたより後には死ねない。あなたより先にも死ねない。一緒じゃなきゃ、だめなのっ！　ねえ、そうでしょ、ミーシャッ！」

強い意志を込めて、サーシャは叫んだ。かつての姉へ、かけがえのない妹へ。決して欠けてはならぬ、自らの半身へと。

「二千年前なら、答えは違ったやもしれぬ。だが、お前は、すでに一人の魔族として生きたのだ」

一旦言葉を切り、俺は周囲を見つめた。

「最早、優しい世界になどなれぬぞ。これだけの者たちの悲しみを生む世界が、優しいはずがあるまい」

心優しき友へ、俺は笑いかけた。大きく手を広げれば、この背中に影絵の世界が踊った。

「そうでないと言うなら、今、この場で創り変えてみせよ。俺たちがともに歩んだ、この七ヶ月の世界を」

俺の創造魔法が、世界に影を広げていく。現れた無数の影絵は、どれもこれも、俺たちが過ごした七ヶ月の日々を見せつける。創造神の秩序がそれを創り変えることができようとも、彼女の心はこれを消すことができない。

愛しい思い出を、消すことはできぬ。滅ぼす必要など、決してないのだ。俺たちが歩んだこの日々が、嘘や魔法で創り変えることなどできぬ、なによりの奇跡なのだから。

「なあ、ミーシャ」

理滅剣を手放す。剣はいらぬ。魔法もいらぬ。ただこの心さえあればよい。

「一人で考え抜いたたった七億年の答えが、俺たちの七ヶ月に敵うと思ったか？」

音もなく、目の前に、無数の破片が舞う。それは世界の欠片。ガラスに映った思い出の数々が、くるくると踊るように回転し、影絵の世界が遠ざかる。

七ヶ月の日々が走馬燈のように通り過ぎていき、気がつけば目の前は芽宮神都の空だった。

瞳いっぱいに涙を溜めたミーシャがいた。

「……あ……」

彼女がなにかを口にするより先に、サーシャがぎゅっとその体を抱きしめた。

「おかえり、ミーシャ。もう放さないわ」

涙の雫が頬を伝ってこぼれ落ちる。

掠れそうな声で彼女は言った。

「……ただいま……」

§ エピローグ　【～魔王の聖杯～】

芽宮神都の空に、抱き合う姉妹が浮かんでいる。その頭上で波を立てる割れた海が、次第に元の形へ戻ろうとしていた。

「サーシャ」

優しく、サーシャの肩をミーシャが叩く。けれども、彼女はその手を放そうとせず、きつく妹を抱きしめた。

「大丈夫だから」

そうミーシャが言うも、サーシャは頭を振って彼女に抱きつき、その肩に顔を埋めたままだ。手を放せば、またミーシャがどこかへ行ってしまうと言わんばかりに。困ったように、ミーシャは俺を見た。

「くはは。自分で蒔いた種だ。自分でどうにかするしかあるまい」

「……困った……」

自らにすがりつくサーシャの頭を、ミーシャは優しく撫でる。

「時間があまりない」

彼女が口にすると、サーシャが顔を上げた。

「秩序から切り離された神族は、長く生きられない。魔族で言えば、《分離融合転生》で二人に分かれたのと似たようなもの」

涙を拭ったサーシャの魔眼には、強い意志が見てとれる。

「わたしとミーシャが二人でいる限り、破壊神と創造神のつながりは断てないって言ってたわよね？」

ミーシャはうなずく。

「サーシャとわたし、どちらかが消えて、一つの根源、一つの意識になれば、完全に魔族としての転生が完了するはずだった。だけど、今は、ほんの少しだけ神族のまま」

すなわち、このままでは二人は滅ぶということである。

「どうすればいいの？」

その問いに、ミーシャは答えられない。自らがこの世界になることで、サーシャを救おうと思っていた彼女は、それ以外の方法を持ち合わせてはいないのだろう。

「ふむ。破壊神と創造神の秩序を取り戻せば、滅ぶ心配はなくなるだろうが」

それは再び、世界に破壊の秩序が蘇るということだ。死ななかったものが死ぬようになり、滅びなかったものが滅ぶようになる。二千年前とは違い、魔族も人間も、その魔力と魔法を退化させた。今の時代に破壊神アベルニユーを復活させれば、多くの滅びの元凶となろう。

「秩序のない世界に、創り変えられるなら」

ミーシャが言う。

「《源創の月蝕》で」

「……でも、それはミーシャが滅ぶときにしか使えないんでしょ？」

サーシャの問いに、こくりと彼女はうなずく。

「創造神が滅びを迎えるときにしか使えない。滅びを克服したとしても、無から世界を生み出すことはできない。滅びに近づき、最も強く輝くわたしの根源を捧げることが、世界を創り直す条件」

俺に視線を向け、ミーシャは言った。

「きっと、他に方法がある」

「なにも丸々創り直す必要はあるまい。使えるものはそのまま残し、都合の悪い部分だけを創り変えれば、労力は最小限で済む」

創世するだけの権能を使わずとも、ミーシャとサーシャが生き残り、この世界をより良くすることはできるはずだ。

「世界の深淵を覗けば、それもかなう」

魔力の総量が減っていく世界。破壊神が消えてなお、輪廻する命が少しずつ消えていく。どこかに、この世界の滅びの元凶があるのではないか。それが見つかりさえすれば、二人を助け、世界をあるべき形へ導くこともできよう。

「わたしはこの世界を見続けてきた。世界の秩序は複雑に絡み合い、正しく動いている。一つの秩序が崩れれば――」

ミーシャが一瞬はっとした顔になる。

「どうしたの？」

サーシャがそう問うた頃には、俺も異変に気がついていた。

「……止まって……」

ミーシャが視線を送るその方向に、神代の学府エーベラストアンゼッタがあった。その巨大な城は、白銀の光を撒き散らしながら、まっすぐ上昇していく。進行方向にあったのは、魔王城デルゾゲードだ。

「ふむ。こちらも制御が効かぬな」

魔王城を動かそうと魔力を込めるが、思うようにならぬ。俺の制御に抵抗できるのはアベルニユーぐらいのはずだが、その意識は今、目の前にいるサーシャの中だ。

「氷の世界」

ミーシャが二度瞬きをする。《源創の神眼》が、エーベラストアンゼッタとデルゾゲードの間に、小さなガラス玉を作った。それは二つの城を隔てる壁。小さくとも途方もない距離を持った世界だ。だが、突如、彼女が作り出したガラス玉がふっと消えた。

彼女に降り注いでいた白銀の月明かりがなくなり、その瞳の《創造の月》が消え去った。

「……おかしい……誰が……？」

ミーシャは魔族に転生している。創造神の力と記憶はエーベラストアンゼッタに残されたものだった。その供給が、何者かによって断たれたのだ。だが、敵の気配などどこにもない。

「……だめ……ぶつかるわ……！」

耳を劈く轟音を響かせ、エーベラストアンゼッタとデルゾゲードが衝突する。ぶつかったところで、創造神と破壊神を元に作られた城がどうなるわけではないが、突き上げられるように、その二つは空の海へ沈んでいく。

ザザッ、ザーッと頭に不快なノイズが走った。

『……言った……はずだ……』

サーシャとミーシャが俺を振り向く。これまでよりも一段と大きく、俺の根源から不気味な声がこぼれ落ちていた。

『……ここに来なければ、彼女は知ることもなかったのだ。知らぬ内に創造神は滅び、世界を創り変え、エンネスオーネの魔法秩序が新たな命の源泉となっただろう……』

「あれはお前の仕業か？」

空の海に飲み込まれていく二つの城を睨む。

「いつまでも隠れておらず、そろそろ名乗ったらどうだ？」

『七億の年を重ね、願い続けた彼女の希望は、今この瞬間潰えたのだ。最後の希望を逃し、創造と破壊の姉妹神は、後悔を胸に滅びゆく』

相変わらず、俺の言葉には取り合わず、そいつは言った。

『世界は優しくもなく、笑ってなどいない』

空の海が渦を巻く。その中心に光が見え、みるみるエーベラストアンゼッタとデルゾゲードが吸い込まれていった。

「神界の門だわ」

サーシャが言うと、ミーシャが続いた。

「閉ざされる」

空の渦潮の中心、その深淵を覗けば、確かに厳かな門があった。ゆっくりとそれは閉ざされ、消えようとしている。あの先は神々の蒼穹、すなわち神の本拠地である神界だ。門が閉められれば、そう容易くは戻って来られまい。

「《森羅万掌》」

蒼白き両の手にて、神界の門をぐっとつかむ。だが、次の瞬間、つかんだ門がボロボロと崩れ始めた。内側から壊されているのだ。このままでは神界へ続く道が完全に断たれる。

地上から離れるのはある意味賭けだが、エーベラストアンゼッタとデルゾゲードはミーシャとサーシャの半身だ。彼女たちが生き延びるには、あれを手放すわけにはいかぬ。

「追うぞ」

《飛行（フレス）》でぐんと上空へ飛び上がる。サーシャとミーシャもすぐ俺の後を追ってきた。

「ボクたちも行くぞっ！」

「……ミーシャとサーシャを……助け……ます……！」

エレオノール、ゼシア、エンネスオーネ、ウェンゼルが、俺たちの後ろに続いた。ウェズネーラは少々遠い。間に合うまい。俺は空の渦潮に突っ込み、滅びゆく神界の門を見据える。その奥では、次元が揺らめき、激しく波を打っていた。門が半壊していることで、神界とここをつなぐ魔法術式が乱れている。行けるは行けるだろうが、穏やかには済むまい。

「手を取れ。放せば、各々（おのおの）違う場所へ飛ばされよう」

ミーシャとサーシャが俺の手を取る。後方では、エレオノールたちが手を取り合っていた。全員固まっていた方が無難だが、その余裕もなさそうだ。あちらは間に合うかぎりぎりといったところか。

「エレオノール、上手（うま）く神々の蒼穹（そうきゅう）に入れたならば、ウェンゼルと話し合い、慎重に行動せよ。無理なら、地上へ引き返し、シンに伝えるがいい」

「了解だぞっ！」

渦潮を通り抜け、目の前が真っ白に染まる。神界の門の中へ入ったのだ。魔力が乱気流のように荒れ狂う中、小さな二つの手を握り締め、俺たちはその先へ進む。

「なんで、デルゾゲードとエーベラストアンゼッタが言うことを聞かなくなったの……？」

サーシャがそう疑問を浮かべる。

「……わからない……」

ミーシャは、視線を険しくし、目の前を見つめていた。

「あの声」

憂いに満ちた顔で、ミーシャは呟く。

「……後悔することになるって……」

知れば後悔する。ここを訪れれば、彼女は再び現実を知ることになると、根源に響く声は言っていた。僅かに、ミーシャの手が震えている。不安なのだろう。それはサーシャも同じか。焦燥を押し隠すように、彼女は強く俺の手を握っている。

「ふむ。懐かしいものだな」

そう言ってやれば、二人の表情が疑問に染まる。

「お前たちは二人では生きられない。二人で生きようとすれば、世界の平和が崩れ去る。なんとまあ、あつらえたように同じ状況だ。ミーシャとサーシャ、お前たちの命に加え、世界の平和が加わったにすぎぬ。さて、いったい、どれをどう救うのが正しいか」

まっすぐ前へ飛びながら、俺は二人に視線を送った。

「覚えているか、俺の答えを」

ミーシャの手の震えが止まる。サーシャはふふっと笑った。二人は同時に言った。

「『三つとも救う』」

くはは、と俺は笑った。

「願うな、祈るな、ただ我が後ろを歩いてこい」

目の前に光が見えた。まもなく、狭間を抜け、神々の蒼穹に辿り着く。まだ終わってはいなかった。それだけのことだ。なにも変わりはしない。あのときの言葉に偽りはないと示すが如く、俺は繰り返す。

「お前たちの前に立ち塞がるありとあらゆる理不尽を、俺がこれから滅ぼし尽くす」

了

あとがき

魔王学院のアニメが終わりまして、ようやく一段落がつきました。アニメ化をすると原作者はけっこう多忙になるということを噂で耳にしておりましたが、私も例に漏れず忙しい日々を過ごしておりました。

また座り仕事が多いからか、終わった後で気が抜けたのか、少し体調を崩してしまいまして、頭がまったく働かないのが二週間ぐらい続いたりして心配だったのですが、休養をとったり、体に負担のかかる仕事を見直したりしまして、最近ようやく回復してきました。

やはり終日仕事をしているのはよくないので、週に一回、せめて半日ぐらいは休日を作った方がいいのかもしれませんが、なかなか上手くコントロールができず、ついつい働いてしまいます。実のところ、これまで小説の仕事をしている間は休憩時間と思っていたのですが、どうやら体には着実に疲労が溜まるということに気がつきました。

しかし、どうしても気が急いてしまうというか、書きたいことは沢山あるのに実際に書けるのはそのうちのいくつかしかなく、体もついてこないとなるともどかしい思いをします。とはいえ、体を壊してしまっては元も子もないので、万全の状態で執筆ができるように休憩も仕事と思って頑張らなければと思います。もうしばらくは、あまり無理をしないように心がけます。

さて、今回も担当編集の吉岡様には大変お世話になりました。ありがとうございます。またイラストレーターのしずまよしのり先生には何度見ても素晴らしいイラストを描いていただきました。ミリティアとアベルニユーが絵になり、感慨深いです。

最後になりますが、長い物語にお付き合いくださっている読者の皆様に、心からお礼を申し上げます。

魔王学院の物語は、これからいよいよ世界の深淵(しんえん)に迫っていきます。第十章はもしかすると上下巻になるかもしれませんが、書きたかったエピソードが満載ですので、楽しんでいただけるように頑張って参ります。

二〇二一年二月一日　秋(しゅう)

◉秋著作リスト

「魔王学院の不適合者
～史上最強の魔王の始祖、転生して子孫たちの学校へ通う～ 1～9」（電撃文庫）

本書に対するご意見、ご感想をお寄せください。

ファンレターあて先
〒102-8177　東京都千代田区富士見2-13-3
電撃文庫編集部
「秋先生」係
「しずまよしのり先生」係

本書はインターネット上に掲載されたものに加筆、修正しています。

電撃文庫

魔王学院の不適合者9
～史上最強の魔王の始祖、転生して子孫たちの学校へ通う～

秋

2021年4月10日　初版発行

発行者　青柳昌行
発行　株式会社KADOKAWA
〒102-8177　東京都千代田区富士見2-13-3
0570-002-301（ナビダイヤル）
装丁者　荻窪裕司（META＋MANIERA）
印刷　株式会社暁印刷
製本　株式会社ビルディング・ブックセンター

●お問い合わせ
https://www.kadokawa.co.jp/（「お問い合わせ」へお進みください）
※内容によっては、お答えできない場合があります。
※サポートは日本国内のみとさせていただきます。
※ Japanese text only

※定価はカバーに表示してあります。

ISBN978-4-04-913734-7　C0193　Printed in Japan

電撃文庫　https://dengekibunko.jp/

電撃文庫創刊に際して

文庫は、我が国にとどまらず、世界の書籍の流れのなかで〝小さな巨人〟としての地位を築いてきた。古今東西の名著を、廉価で手に入りやすい形で提供してきたからこそ、人は文庫を自分の師として、また青春の想い出として、語りついできたのである。

その源を、文化的にはドイツのレクラム文庫に求めるにせよ、規模の上でイギリスのペンギンブックスに求めるにせよ、いま文庫は知識人の層の多様化に従って、ますますその意義を大きくしていると言ってよい。

文庫出版の意味するものは、激動の現代のみならず将来にわたって、大きくなることはあっても、小さくなることはないだろう。

「電撃文庫」は、そのように多様化した対象に応え、歴史に耐えうる作品を収録するのはもちろん、新しい世紀を迎えるにあたって、既成の枠をこえる新鮮で強烈なアイ・オープナーたりたい。

その特異さ故に、この存在は、かつて文庫がはじめて出版世界に登場したときと、同じ戸惑いを読書人に与えるかもしれない。

しかし、〈Changing Times,Changing Publishing〉時代は変わって、出版も変わる。時を重ねるなかで、精神の糧として、心の一隅を占めるものとして、次なる文化の担い手の若者たちに確かな評価を得られると信じて、ここに「電撃文庫」を出版する。

1993年6月10日
角川歴彦

電撃文庫DIGEST　4月の新刊

発売日2021年4月9日

幼なじみが絶対に負けないラブコメ7 【著】二丸修一　【イラスト】しぐれうい	末晴の妹分だった真理愛が本格的に参戦し、混迷を極めるヒロインレースに、黒羽の妹たちも名乗りを上げる!? 不良の先輩に告白されトラブルとなった朱音を救うため、群青同盟のメンバーで中学校に潜入することに！
続・魔法科高校の劣等生 メイジアン・カンパニー② 【著】佐島 勤　【イラスト】石田可奈	達也が理事を務めるメイジアン・カンパニーは魔工院の設立準備を進めていた。そんな中、加工途中のレリックを狙う事件が勃発。裏に人造レリック盗難事件で暗躍した魔法至上主義過激派組織『FAIR』の影が……。
魔王学院の不適合者9 ～史上最強の魔王の始祖、転生して子孫たちの学校へ通う～ 【著】秋　【イラスト】しずまよしのり	《創星エリアル》を手に入れ、失われた記憶の大部分を取り戻したアノス。ほどなくしてサーシャの中に、かつて自身が破壊神だった頃の記憶が蘇り始め――？ 第九章《魔王城の深奥》編!!
わたし以外とのラブコメは許さないんだからね③ 【著】羽場楽人　【イラスト】イコモチ	「よかったら、うちに寄っていかない？　今日は誰もいないから」デートの帰り道、なんと有坂家にお邪魔することになった！　だがそこで待ち構えていたのは、待望のキス……ではなく、下着姿の謎の美女で……!?
男女の友情は成立する？（いや、しないっ!!） Flag 2. じゃあ、ほんとにアタシと付き合っちゃう？ 【著】七菜なな　【イラスト】Parum	ある男女が永遠の友情を誓い合い、2年半の歳月が過ぎた頃――ふたりは今さら、互いへの恋心に気づき始めていた……！　第1巻は話題沸騰＆即重版御礼!!　親友ふたりが繰り広げる青春〈友情〉ラブコメディ第2巻！
君が、仲間を殺した数Ⅱ -魔塔に挑む者たちの痕（きず）- 【著】有象利路　【イラスト】叶世べんち	「咎」を背負った少年は、姿を消した。そして彼を想っていた少女は、涙する日々を過ごす。だが《塔》の呪いは、彼女を再び立たせ……さらに苛烈な運命へと誘う。「痕」を負った少女・シアを軸に贈るシリーズ第二弾。
世界征服系妹2 【著】上月 司　【イラスト】あゆま紗由	異世界の姫・檸檬が引き起こした、忌まわしき妹タワー事件から数日。兄である俺は、相変わらず妹のお世話（制御）に追われていた。そんなある日、異世界から檸檬を連れ戻そうと双子の美人魔術師がやってきて――!?
新作 **家出中の妹ですが、バカな兄貴に保護されました。** 【著】佐々山プラス　【イラスト】ろ樹	大学進学を機に、故郷を離れた龍二。だが、実験飛行場での研究のため再び故郷に戻ることに。「久しぶりだなくそ兄貴」そこで待っていたのは、腹違いの妹・樹理。龍二にとって消し去りたいトラウマそのものだった。
新作 **春夏秋冬代行者 春の舞 上** 【著】暁 佳奈　【イラスト】スオウ	いま一人の『春』の少女神が胸に使命感を抱き、従者の少女と共に歩き出す。暁　佳奈が贈る、季節を世に顕現する役割を持つ現人神達の物語。此処に開幕。
新作 **春夏秋冬代行者 春の舞 下** 【著】暁 佳奈　【イラスト】スオウ	自分達を傷つけた全ての者に復讐すべく『春』の少女神に忠義を誓う剣士が刀を抜く。暁　佳奈が贈る、季節を世に顕現する役割を持つ現人神達の物語。